SCIENCE FICTION

Herausgegeben
von Wolfgang Jeschke

Von **Anne McCaffrey** erschien in der Reihe
HEYNE SCIENCE FICTION & FANTASY:

Der Zyklus
DIE DRACHENREITER VON PERN:

1. *Die Welt der Drachen* · 06/3291
2. *Die Suche der Drachen* · 06/3330
3. *Drachengesang* · 06/3791
4. *Drachensinger* · 06/3849
5. *Drachentrommeln* · 06/3996
6. *Der weiße Drache* · 06/3918
7. *Moreta – Die Drachenherrin von Pern* · 06/4196
8. *Nerilkas Abenteuer* · 06/4548
9. *Drachendämmerung* · 06/4666
10. *Die Renegaten von Pern* · 06/5007
11. *Die Weyr von Pern* · 06/5135
12. *Die Delphine von Pern* · 06/5540

DINOSAURIER-PLANET-ZYKLUS:

1. *Dinosaurier-Planet* · 06/4168
2. *Die Überlebenden* · 06/4347

ROWAN-ZYKLUS:

1. *Rowan* · 06/5622
2. *Damia* · 06/5623
3. *Damias Kinder* · 06/5624
4. *Lyon* · 06/5625

PEGASUS-ZYKLUS:

1. *Wilde Talente* · 06/5987; auch als 06/4289
2. *Der Flug des Pegasus* · 06/5988

EINZELBÄNDE:

Planet der Entscheidung · 06/3314
Ein Raumschiff namens Helva · 06/3354; auch ✦ 06/1008
Die Wiedergeborene · 06/3362
Killashandra · 06/4728

Anne McCaffrey

DER FLUG DES PEGASUS

PEGASUS 2

Roman

Aus dem Amerikanischen übersetzt von
Ulrike Ziegra

Deutsche Erstausgabe

**WILHELM HEYNE VERLAG
MÜNCHEN**

HEYNE SCIENCE FICTION & FANTASY
Band 06/5988

Besuchen Sie uns im Internet:
http://www.heyne.de

Titel der amerikanischen Originalausgabe
PEGASUS 2: PEGASUS IN FLIGHT
Deutsche Übersetzung von Ulrike Ziegra
Das Umschlagbild ist von Romas Kukalis

Umwelthinweis:
Dieses Buch wurde auf chlor- und säurefreiem
Papier gedruckt.

Redaktion: Wolfgang Jeschke
Copyright © 1990 by Anne McCaffrey
Amerikanische Erstausgabe 1990 als A Del Rey Hardcover Edition,
published by Ballantine Books, New York
Mit freundlicher Genehmigung der Autorin
und Paul & Peter Fritz, Literarische Agentur, Zürich
Copyright © 1998 der deutschen Ausgabe und der Übersetzung
by Wilhelm Heyne Verlag GmbH & Co. KG, München
Printed in Germany 1999
Umschlaggestaltung: Atelier Ingrid Schütz, München
Technische Betreuung: M. Spinola
Satz: Schaber, Satz- und Datentechnik, Wels
Druck und Bindung: Presse-Druck, Augsburg

ISBN 3-453-14877-0

PROLOG

Im Laufe der Erforschung des Weltraums im ausgehenden zwanzigsten Jahrhundert machte man eine bahnbrechende Entdeckung: Man fand eine Methode, um übersinnliche Wahrnehmungsfähigkeiten, die sogenannten paranormalen, psionischen Fähigkeiten, die lange als zweifelhaft gegolten hatten, nachzuweisen und aufzuzeichnen. Das »Gänseei«, ein ultraempfindlicher Elektroenzephalograph, war entwickelt worden, um die Gehirnwellen der Astronauten zu messen, die sporadisch Lichtblitze sahen, was man damals als zerebrale oder retinale Fehlfunktion diagnostizierte. Als man das Gänseei auf der Intensivstation eines Krankenhauses in Jerhattan verwendete, um die Gehirnaktivität eines Patienten mit einer Kopfverletzung zu überwachen, stellte man fest, daß das Gerät auch noch anderen Zwecken dienen konnte. Der Patient, Henry Darrow, war ein selbsternannter Hellseher und Astrologe, der einen erstaunlich hohen Prozentsatz zutreffender »Vorahnungen« hatte. In seinem Fall registrierte das Gerät auch die Entladung ungewöhnlicher elektrischer Ströme, als er einen »Vorfall«, eine hellseherische Phase, erlebte. Zum ersten Mal gab es einen wissenschaftlichen Nachweis für übersinnliche Wahrnehmungsfähigkeiten.

Henry Darrow erholte sich von seinem Schädel-Hirn-Trauma und gründete das erste Zentrum für parapsychologische Talente in Jerhattan. Ferner formulierte er ethische und moralische Grundsätze, die dazu dienten, Menschen mit erwiesenen und demonstrierbaren psionischen Talenten in einer Gesellschaft, die sich solchen Fähigkeiten gegenüber grundsätzlich skeptisch, feindselig oder übermäßig paranoid verhielt, gewisse Privilegien einzuräumen und ihnen sinnvolle Aufgaben zuzuweisen.

Übersinnliche Wahrnehmungsfähigkeiten – oder »Talente«, wie man sie damals taufte – äußern sich in unterschiedlichen Abstufungen und Formen. Die Begabung zur telepathischen Übermittlung von Gedanken über kurze Entfernungen ist recht häufig anzutreffen, wenn die Blockaden einmal beseitigt sind. Wir kennen Sendetelepathen, die anderen ihre Gedanken übermitteln, aber keine empfangen können, und Empfangstelepathen, die Gedanken empfangen, aber keine senden können. Weiterhin gibt es Empathen, die, mitunter völlig unbewußt, fähig sind, die Stimmungen von ihren Mitmenschen wahrzunehmen. Telempathen können extreme oder in größerer Entfernung erlebte Emotionen wahrnehmen und darauf reagieren. Einige dieser Talente sind in der Lage, Emotionen zu steuern, indem sie andere Emotionen aussenden oder negative Emotionen neutralisieren – solche Talente haben sich bei der Kontrolle von Menschenmengen von unschätzbarem Wert erwiesen, weil sie Ausschreitungen bei Massenveranstaltungen verhindern können. Doch die wertvollsten Telepathen sind jene, die Gedanken sowohl empfangen als auch senden und weltweit mit anderen Menschen telepathisch in Kontakt treten können.

Auch Telekineten – sie können physische Objekte durch reine Geisteskraft bewegen – sind von unschätzbarem Wert. Ihre Fähigkeiten reichen vom Transport schwerer Maschinen bis hin zur Manipulation mikroskopisch kleiner Teilchen.

Hellseher und Präkogs können zukünftige Ereignisse voraussehen, entweder nahe bevorstehende oder weiter in der Zukunft liegende. Ihre Visionen haben es schon sehr oft ermöglicht, die Zukunft zu verändern und so Unglücke abzuwenden. Manche Hellseher haben Affinitäten zu speziellen Elementen: Einige können Ereignisse voraussehen, die mit Feuer, Wasser oder Wind zu tun haben; andere sind besonders hellsichtig, was Kinder, Gewalt oder kriminelle Absichten anbelangt.

Auch Finder haben bestimmte Affinitäten – einige können Menschen oder Tiere finden und andere unbelebte Gegenstände –, und ihre Fähigkeiten können in ihrer Reichweite stark variieren.

Talent hat viele Gesichter, und wir haben noch nicht alle Spielarten von Talenten erfaßt. Die verschiedenen parapsychologischen Zentren forschen weltweit nach nutzbaren Begabungen, denn die registrierten Talente können der Nachfrage nach Talenten schon lange nicht mehr nachkommen. Die Ausbildung für die wenigen außerordentlich begabten Talente ist hart, und das Lob, das sie einstreichen, entschädigt sie nicht immer für ihren unermüdlichen Einsatz in ihren anspruchsvollen Positionen.

Und doch träumen viele davon, daß ein Talent bei ihnen entdeckt wird, und für einige erfüllt sich der Traum.

KAPITEL 1

*Sie sind auf einem großen Schmaus von
Sprachen gewesen und haben sich die
Brocken gestohlen.*

WILLIAM SHAKESPEARE

Die zwölfjährige Tirla spähte von der Straße her in die
Hauptplaza des Hochhauskomplexes Linear G, zog
aber sofort wieder den Kopf ein und preßte sich gegen
die Plasbetonwand. Bedienstete des Gesundheitsamts
schwärmten über den ganzen Platz und sammelten die
Menschen ein, die am frühen Morgen unterwegs
waren: gesunde Arbeiter, die auf dem schwarzen Brett
die Jobangebote studierten, um einen Job für den Tag
zu ergattern, Mütter mit ihren behinderten Kindern,
die auf dem Weg zu den Reha-Zentren waren, und die
legalen Kinder, die zur Turnhalle wollten.

Sie riskierte einen weiteren Blick, um sich ein Bild
davon zu machen, was die Beamten auf ihren Tischen
ausbreiteten: Ampullen und große Druckluftflaschen
für die Hyposprays. Sie zog den Kopf wieder ein. Sie
hatte genug gesehen, um zu erkennen, daß es sich um
eine weitere großangelegte Impfaktion handelte. Eigen-
artig, sie hatte nichts von neuen 'munkrankheiten
gehört. Eines mußte man ihnen lassen – die Gesund-
heitspolizei war schneller als die Gerüchteküche, wenn
es darum ging, Desaster abzuwehren.

Tirla ging im Geiste schnell ihre aktuelle Liste von
Müttern illegaler Kinder durch, die es zu informieren
galt: erstens, weil sie sie dafür bezahlen würden, daß
sie ihnen Bescheid gab, die Kinder zu verstecken; zwei-

9

tens, weil jene, die es sich leisten konnten, sie dafür bezahlen würden, etwas von dem Impfstoff, gegen was er auch war, zu stehlen. Sie zählte sie an den Fingern ab: Elpidia, na logo, die alte Schnapsnase Pilau, Bilala und Zaveta, Ari-san und Cyoto – und sie täte gut daran, Mama Bobtschik zu fragen, ob es Neugeborene gab, denn die würden die Fünffachspritze brauchen. Vielleicht sollte sie sich selbst auch eine besorgen, und möglicherweise konnte sie sich eine Kiste unter den Nagel reißen, je nachdem, wie das Serum verpackt war. Es hing alles davon ab. Mirda Khan, ja – am besten erzählte sie es dem alten Schlachtschiff gleich nach Mama.

Sie würde sich saubere Klamotten besorgen müssen – sie hatte sich gewaschen, aber sie trug ihre Wochenmontur erst seit fünf Tagen, und sie sah aus, als hätte sie sie schon eine Woche lang an. Das Gesundheitsamt hatte einen Blick für solche Details. Mama Bobtschik war immer für ein frisches Outfit, und das mußte sie besonders beachten, wenn sie ihr die Nachricht zuerst überbrachte. Dies konnte ein sehr guter Tag werden, dachte Tirla, und ihre Stimmung besserte sich, als sie sich über die Straße zur Nottreppe schlich, die zu Mama Bobtschiks Wohnung führte.

Tirla hatte seit ihrer Geburt die meiste Zeit ein vollkommen inoffizielles Dasein im multikulturellen, dreißig Stockwerke hohen Linear-Wohnkomplex gefristet. Sie mußte mit allen Wassern gewaschen sein, um den strengen Kontrollen, geschickten Manövern und kleinen Fallen des Stadtrates von Jerhattan und der RuO, der Behörde für die Aufrechterhaltung und Durchsetzung von Recht und Ordnung, zu entkommen, und dazu gehörte auch die heutige unerwartete Impfaktion.

Tirlas Geburt war nie offiziell registriert worden. Sie war jedoch das fünfte Kind ihrer alleinerziehenden

Mutter Dikka – nur das erste, Tirlas Bruder Kail, war legal. Die Regierung sterilisierte Frauen, wenn sie ein zweites Kind gebaren. Somit waren Firza, Lenny, Ahmed und Tirla alle mit Mama Bobtschiks Hilfe in Dikkas winzigem Apartment zur Welt gekommen. Mama Bobtschik hatte jedes Jahr ein illegales Kind bekommen, bis sie unfruchtbar wurde. Kail war legal gewesen, bis Dikka ihn mit zehn verkaufte. Dann bekam Firza Kails ID-Armband, bis Dikka sie gewinnbringend an den Mann brachte. Im darauffolgenden Jahr starben Dikka, Lenny und Ahmed an einer der Epidemien, die sporadisch aufflammten und unzählige Menschen in den Linear-Wohnsilos dahinrafften. Alles mußte sehr schnell gehen, und in der Verwirrung, die bei der Entsorgung der Leichen herrschte, wurde Dikkas Tod nicht offiziell registriert. Somit blieb Tirla mit zwei ID-Armbändern zurück – Legalität genug. Selbstgenügsam und erfinderisch, wie sie war, schaffte sie es, das Apartment zu behalten. Sie bekam Sozialhilfe für zwei Personen, bis Dikkas ID annulliert wurde, nachdem sie nicht zu einem routinemäßigen Gesundheitscheck erschienen war.

Tirla war gewieft und ließ sich nicht dadurch unterkriegen, daß sie nicht registriert war. Sie kannte die Artikel, Paragraphen und Unterabschnitte dieser Paragraphen in- und auswendig und wußte, daß es kein Problem für sie sein würde, daß die ID abgelaufen war. Zwei Tage vor dem Ablaufdatum der ID nahm sie ihre wenigen Habseligkeiten – den Heizofen, den besten Schlafsack, den 'corder und die Geschenke, die Dikka ab und zu von ihren Männern bekommen hatte – und zog fünf Stockwerke unterhalb der Plaza in den Wartungssektor von Linear G, in ein Versteck direkt neben dem Sicherheitsgitter, das den unberechtigten Zutritt zum Maschinentrakt verhinderte. Nur eine schmale und wendige Person wie Tirla konnte die hochgelegene

Stelle erreichen, wo massive Rohre eine breite Plattform bildeten, ehe sie abknickten und die Innenwand
hinaufliefen. Sie schloß ihren Heizofen und den 'corder
an den Kabeln über ihrem Kopf an, wohl wissend, daß
ihr geringer Elektrizitätsverbrauch unbemerkt bleiben
würde, und richtete sich ein. Sie vermißte die Informa-
tionsprogramme, die in ihrem winzigen Apartment die
ganze Nacht über den TRI-D-Bildschirm geflimmert
waren. Die großen öffentlichen TRI-Ds auf der Plaza
hörten zur Sperrstunde um Mitternacht auf zu senden.
Tirla mit ihrem klugen, gewitzten und organisierten
Geist war wissensdurstig. Sie verwendete sogar Kails
ID, um sich in die Schule einzuklinken. Einer von Dikkas Liebhabern hatte gesagt, daß man die Regeln kennen mußte, bevor man sie brechen konnte. Das hatte
Tirla nie vergessen.

Für weitere zwei Jahre versorgte Kails Armband
seine Schwester mit dem täglichen Lebensunterhalt,
wöchentlichen Kleiderrationen und anderen Annehm-
lichkeiten, bis »Kail« binnen drei Wochen nach seinem
sechzehnten Geburtstag nicht im Evaluierungszentrum
erschien. Die Annullierung des Armbands war kein
Problem für Tirla, weil sie sich mittlerweile gut eta-
bliert hatte und den meisten ihrer Kunden in den
Wohnkomplexen und den Gang-Bossen in den industriellen Komplexen der Nachbarschaft praktisch un-
entbehrlich geworden war. Da sie in der Lage war, alle
Dialekte und Sprachen, die in den Linear-Wohnsilos
für die Habenichtse gesprochen wurden – und das
waren an die neunzig –, zu übersetzen, ersparte sie
ihren Kunden Stunden in offiziellen Dolmetscherinsti-
tuten und, besser noch, sie beugte Mißverständnissen
vor. Sie wußte, wann sie schmeichelhaft sein mußte
und wann unnachgiebig. Sie wußte, wem Höflichkeit
gebührte, und vergaß nie, sich dementsprechend zu
verhalten. Alle, die sie kannten, wußten ganz genau,

daß sie illegal war. Weil sie den Bewohnern von Linear G jedoch so nützlich war, wie zum Beispiel heute, wenn sie sie vor dem Gesundheitsamt warnte, und weil sie offiziell sowieso nicht existierte, lohnte es sich – noch – nicht, ihren illegalen Status zu melden.

Die verschiedenen Deals, die sie machte – und sie schwieg sich eisern darüber aus –, erbrachten oft »flottierende« Banknoten. Floater waren legale Noten, die an den Überbringer zahlbar waren, sich nicht zurückverfolgen ließen und häufig den Besitzer wechselten. Die Schatzkammer von Jerhattan und alle Kaufhäuser und Banken waren so klug, den Umlauf von kleineren Floater-Mengen zu ignorieren, so wie sie auch die kleinen schlitzohrigen Händler ignorierten, solange sie keinen Ärger machten und ihre Ware harmlos war. Tirla und andere wie sie verließen sich auf die Floater, um ihr illegales Leben in den Linear-Wohnsilos zu finanzieren.

Der Wohnkomplex Linear G überragte mit dreißig massigen Stockwerken die langgestreckten, gleichförmigen kommerziellen Blöcke F und H, in denen die Bewohner der Linear-Wohnkomplexe E, G und I arbeiteten. Einmal, als sie noch die ID ihres Bruders hatte, war Tirla an einem Feiertag mit Mama Bobtschik zur Great Palisades Promenade gegangen, wo Tausende und Abertausende von Menschen unterwegs waren, um einen strahlenden Frühlingstag zu genießen. Sie hatten auf die Skyline der exklusiven wabenförmigen Glastürme, der Plattformen und der riesigen konischen Gebäudekomplexe von Manhattan Island geblickt und Bauklötze gestaunt, wie die großen und kleinen Einradwagen die Fahrspuren entlangflitzten, die die Gebäude bekränzten, als seien sie farbige Girlanden. Es war das erste Mal gewesen, daß Tirla Schiffe auf dem Wasser treiben oder die großen Vergnügungsschweber gesehen hatte. Sie hatten sogar Ex-

13

traverpflegung bekommen, die die Standardration, die man an den Ausgabestationen bekam, bei weitem überstieg. Buril, Mamas Sohn, besaß einen Nachschlüssel, mit dem er den Alarmmechanismus manipuliert hatte, so daß sie sich hatten vollstopfen können, ehe der Fehlfunktionsalarm losging. Es war ein Supertag für Tirla gewesen. Sie hätte sich auch in ihren kühnsten Träumen nicht vorzustellen vermocht, daß die Welt so groß war.

An jenem Tag erklärte Buril ihr auch alles über die Raumplattform, die gebaut wurde, wofür so viele Arbeiter gebraucht wurden. Wenn sie fertig war, sagte er, würden alle Menschen, die auf Manhattan Island wohnten, zur »richtigen Klasse« gehörten und genug Geld hatten, in der Lage sein, sich in den Weltraum abzusetzen und andere Welten zu finden, auf denen sie leben konnten. Dann würden all diese schönen Gebäude leerstehen, und es würde genug Platz für alle Menschen da sein, die jetzt in den winzigen Linear-Wohneinheiten zusammengepfercht waren. Dann könnten sie in großen Apartments wohnen, in denen jedes Familienmitglied ein Schlafzimmer haben würde, und es würde ihnen keiner mehr vom Gesundheitsamt oder der RuO auf den Fersen sein, um sie wie räudige Hunde zu sterilisieren.

Als Tirla an diesem Morgen an Mama Bobtschiks Tür klopfte, um ihr von der Impfaktion des Gesundheitsamts zu erzählen, hörte sie, wie sich die alte Frau unter Ächzen und Stöhnen aus dem Bett wuchtete.

»*Kto stuchitsya? Perestan'te udaryat'sya. Okh, kak bolit golova!*«

Tirla grinste. Also hatte Mama wieder mal einen Brummkopf von dem Wodka, den sie aus den Kartoffeln, die Tirla ihr unter der Hand besorgt hatte, herstellte. Es war ein Kinderspiel für sie, Mama Geld aus der Nase zu ziehen, wenn sie in diesem Zustand war.

»Hier ist Tirla. Ich wollte dir nur sagen, daß das Gesundheitsamt schon auf der Plaza ist.«

»*Boje moi! Eto tak?* Ist mein Leben nicht schon schwer genug? Doch die Tür öffnete sich gerade so weit, daß Tirla ins Zimmer schlüpfen konnte. »Was hast du gesagt? Schon wieder das Gesundheitsamt? So bald? Warum?«

»Wieder eine Impfaktion, so wie's aussieht. Sie schnappen sich alle, Gesunde, Studenten, behinderte Kids und ihre Mütter.«

»Ah, wir müssen uns beeilen. Elpidia, Zaveta …« Mama Bobtschik rasselte die Namen der Frauen herunter, deren Kinder sie gewöhnlich zur Welt brachte.

Tirla zog sie am Arm.

»Nu, was willst du denn von mir?«

»Ich kann euch nicht helfen, wenn ich keine saubaren Kleider habe«, sagte Tirla und schaffte es, zugleich mitleiderregend auszusehen und effizient zu klingen.

Buril hatte den Kleiderausgabeschacht im Apartment seiner Mutter manipuliert, so daß man mehr als die Standardration aus ihm herausbekommen konnte. Seine Geschicklichkeit mit solchen Dingen war sehr nützlich gewesen, bis Yassim – Tirla machte drei Kreuze, wenn sie bloß an *diesen* Mann dachte – Mama eine riesige Summe für ihn bezahlt hatte. Aufgrund seines ungewöhnlichen Talents, staatliche Geräte zu manipulieren, war Buril ziemlich wertvoll – er war nicht den gewöhnlichen Weg gegangen, den die Kinder, die Yassim kaufte, normalerweise gingen. Und Mama hatte genügend Floater bekommen, um sich zur Ruhe zu setzen.

Mama Bobtschik zwinkerte mit blutunterlaufenen, glasigen Augen und sah das zierliche Mädchen an. »*Da*, das stimmt!« Sie tätschelte Tirla den Kopf, ehe sie zum Kleiderausgabeschacht ging und etwas tat, das ihre massige Gestalt vor den Blicken des Mädchens verbarg. Als sie zurückkam, hatte sie ein Paket in der Hand.

»Ich hab mich heute morgen gewaschen«, sagte Tirla und zog den alten Anzug sofort aus. Sie mußte die Ärmel und Hosenbeine des frischen Overalls hochrollen, aber als sie jede Rolle sauber an Hand- und Fußgelenken gefaltet und die Klettverschlüsse der Bündchen zusammengedrückt hatte, bauschten sich Ärmel und Hosenbeine schön und verliehen ihrem Dress mehr Stil. Sie schloß den hübschen geflochtenen Gürtel, den sie von ihrer Mutter geerbt hatte, wieder und steckte das überstehende Ende unter den Gürtel. »Jetzt gehe ich zu Mirda Khan, durch dieses Stockwerk und dann nach oben und nach unten. Für mehr habe ich keine Zeit. Was nehme ich als ID? Die werden mich schnappen, wenn ich nichts ums Handgelenk habe.«

Was sich Tirla am meisten in ihrem Leben wünschte, war eine echte, gültige ID, die ihr ein Recht auf ein Apartment, ein TRI-D, drei Mahlzeiten am Tag und jede Woche eine frische Kleiderration gewährte. Eine ID, die nur ihr gehörte und die nie die von jemand anderem gewesen war! Eine, die ihr den Zugriff auf die Schulprogramme ermöglichte, um die sich die wenigsten Kids, die sie kannte, überhaupt scherten.

Jetzt legte sie den Kopf schief und sah Mama Bobtschik erwartungsvoll an, wohl wissend, daß eine ID lebensnotwendig war, wenn die Bediensteten des Gesundheitsamts den Linear-Komplex durchkämmten. Mama Bobtschik tat so, als müßte sie es sich noch überlegen, und ließ Tirla eine Weile zappeln.

»*Eto tak!* Für das Gesundheitsamt verwenden wir eine.« Mama Bobtschiks Röcke – sie trug den einteiligen Coverall nie ohne richtige Röcke, um ihre dicken Beine zu kaschieren – raschelten, als sie Tirla wieder den Rücken zukehrte. Ganz gleich, wie sehr Tirla auch die Ohren spitzte, sie konnte nicht herauskriegen, wo

Mama diese kostbaren gefälschten IDs herzauberte, die ebenfalls auf Burils Mist gewachsen waren. Sie waren nur einen Tag zu gebrauchen – nur einen Tag, weil das ID-Armband von den tragbaren Lesegeräten, die das Gesundheitsamt verwendete, um die Impfungen zu erfassen, zwar akzeptiert wurde, sich aber später als Fälschung entpuppen würde, wenn die Einträge des Tages genauer überprüft wurden.

Mama Bobtschik drehte sich um und hielt ihr das kostbare ID-Armband vor die Nase. »Du gibst mir meinen Anteil von dem Zaster ab, den du dafür kriegst, daß du die anderen warnst. Wie immer.«

Tirla nickte feierlich, die Augen wie hypnotisiert auf das vor ihr baumelnde Armband gerichtet.

»Und wenn du genug Impfstoff stehlen kannst, gebe ich dir dreißig Prozent«, fügte Mama hinzu.

Tirla stieß ein entrüstetes Schnauben aus. »Sechzig. Ich könnte beim Stehlen erwischt werden.«

»Na, dann vierzig. Bis jetzt hat dich noch niemand erwischt. Ich habe dir schließlich kostenlos die ID gegeben und habe Ausgaben für die Spraypistole.«

»Fünfundvierzig!«

Die beiden Feilscherinnen beäugten einander, und Tirla hielt Mamas Blick mit unbeweglicher Miene stand. Schließlich breitete sich ein Lächeln auf Mamas Mondgesicht aus, und sie strahlte auf Tirla hinunter. Sie spuckte in ihre Handfläche und umschloß Tirlas zarte Hand mit der ihren, um den Deal zu besiegeln.

»Du bist ein kluges Köpfchen. Los jetzt. Du mußt dich beeilen.«

Sie hatte ihren Satz kaum beendet, da schlüpfte das Mädchen schon durch die halb offene Tür und lief den Gang hinunter, um ihre Botschaft überall zu verbreiten.

Trotz ihres Tempos schaffte Tirla es gerade noch so, ihre Route zu beenden, ehe die Beamten des Gesundheitsamts in die Stockwerke eindrangen, die IDs der Insassen jedes Apartments überprüften und sie wie eine Herde nach draußen auf den Platz hinuntertrieben, wo sie sich in die Warteschlange einreihten, um sich ihr Hypospray abzuholen. Sie erfuhren bald, daß die gesundheitliche Bedrohung nicht von einer 'munseuche ausging, sondern von einer äußerst ansteckenden Darmerkrankung, die in Linear B ausgebrochen war und verheerende Folgen hatte. Alle Linear-Bewohner wurden in dem Versuch geimpft, die weitere Ausbreitung der Krankheit zu verhindern. Das Intercom des Gesundheitsamts plärrte ununterbrochen und lieferte kurze Erklärungen in allen Sprachen, die in Linear G registriert waren. Tirla machte selbst schnell ein paar Übersetzungen, wenn nervöse Mütter sie darum baten.

»Es ist nur mal wieder eine Lebensmittelverunreinigung«, versicherte sie den Skeptikerinnen. »Sie haben die Schuldigen gefunden. Sie müssen eine hohe Geldstrafe zahlen und haben ihre Lizenz verloren.«

»Ha!« sagte Mirda Khan. Aus ihren dunklen Augen funkelte Mißtrauen. »Die wird so lange futsch sein, wie es dauert, genug Kohle locker zu machen, um sie zu erneuern. Wie lange hält der Schutz der Impfung vor?«

»Oh, diese hier tut's für ein Jahr!«

»Ein Jahr? Die werden besser.«

Tirla und Mama Bobtschik arbeiteten sich Schritt für Schritt in der langen Warteschlange vor, bis sie endlich an der Reihe waren, ihre Handgelenke über das Lesegerät hielten und ihre Spritze bekamen. Sofort tat Mama so, als habe sie einen Schwächeanfall, und stützte sich schwer auf den Tisch. Während die Frau vom Gesundheitsamt sich um sie kümmerte, ließ Tirla ein ganzes Tablett mit Ampullen in der Einkaufstasche verschwinden, die Mirda Khan bereit hielt, als sie Mama zu Hilfe eilte.

»*Okh, kak bolit golova!*« sagte Mama mit schwachem

Stimmchen und legte sich den Handrücken ihrer fetten Hand auf die Stirn. Der Schmerz, der in ihrer Stimme anklang, war nicht nur gespielt angesichts ihres ausgewachsenen Katers.

»Was hat sie gesagt?« fragte die Frau vom Gesundheitsamt, zwischen Besorgnis und Unmut schwankend.

»Sie hat Kopfschmerzen«, erwiderte Tirla.

»Nicht von dieser Spritze«, gab die Gesundheitsamt-Tante kühl zurück. »Los jetzt, gehen Sie weiter!«

Gehorsam nahmen Mirda Khan und Tirla Mama Bobtschik in ihre Mitte, faßten sie unter den Armen und führten sie langsam zum nächsten Seitengang. Sobald sie außer Sichtweite waren, griff Mama sofort nach Mirdas Tasche und spähte hinein.

»Ein ganzes Tablett. Phantastisch, Tirla, wirklich phantastisch. Wir haben mehr als genug. Lauf voraus und sag ihnen, daß sie in kleinen Gruppen kommen sollen. Die Gesundheitsmafia hat unsere drei Stockwerke schon durchgecheckt. Es besteht keine Gefahr.«

Während sie ihren Auftrag ausführte, probierte Tirla ihr ID-Armband an allen öffentlichen Ausgabestationen aus, an denen sie vorbeikam, ganz gleich, welche Ware sie ausspuckten. Sie stopfte jeden ergatterten Gegenstand in das überschüssige Material auf der Rückseite ihres Coveralls oder in einen Ärmel oder ein Hosenbein. Es wurde schwerer, sich schnell zu bewegen, aber sie schaffte es. Am Abend hatte sie genügend Floater und illegal erworbene Schätze zusammen, daß sie für den nächsten Monat ausgesorgt hatte und es sich rundum gutgehen lassen konnte. Wenn sie ihre Vorräte etwas streckte, könnte sie vielleicht sogar sechs Wochen über die Runden kommen, ehe sie wieder arbeiten mußte.

KAPITEL 2

»Es war keine Aura von Gefahr oder Bedrohung zu spüren«, beschwichtigte Rhyssa Owen ihren Kollegen Sascha Roznine, als er besorgt auf sie herunterstarrte. Um ihn aus seinem unheilschwangeren Gemütszustand herauszureißen und ihn wieder auf konstruktivere Gedanken zu bringen, legte sie ihm beschwichtigend die Hand auf den Arm und unterstrich ihre Aussage mit einem mentalen *Siehst du? Eine Einmischung, aber keine Bedrohung.*

Saschas Anspannung ließ nach, aber er starrte weiter auf das Diagramm, das Rhyssas frühmorgendliches Schlafmuster wiedergab. Die Zacken zeigten, daß sie durch einen mentalen Eindringling aus einer REM-Traumphase in den vollen Wachzustand katapultiert worden war.

Als Direktorin des Zentrums für parapsychologische Talente an der nordamerikanischen Ostküste lebte Rhyssa Owen auf einem Grundstück, das einmal das Henner-Anwesen gewesen war – ein idyllischer Ort mit Bäumen, Wiesen und gediegenen Gärten auf den Palisades, den Klippen am westlichen Ufer des Hudson River. Dieses archaische Relikt der Vororte aus dem zwanzigsten Jahrhundert lag inmitten der Reihen von Linear-Betonsilos, welche die Millionen von Menschen beherbergten, die im monströsen Jerhattan-Komplex lebten und arbeiteten. Das Haus, in dem Rhyssa wohnte, unterschied sich nicht von den anderen zweistöckigen Apartmenthäusern zwischen den Gärten und Bäumen. Wie alle Unterkünfte für die Talente war es gesichert und vor unangekündigten Besuchern abgeschirmt. In der Tat wußten selbst die Bewohner der Linear-Betonsilos, welche die Längsseiten des ausgedehnten Grundstücks des Zentrums säumten, nichts von seiner Existenz, so kunstvoll war seine Tarnung. Niemand hätte in der Lage sein sollen, in Rhyssas Geist einzudringen, schon gar nicht, während sie schlief.

»So eine Unverschämtheit, dich aus dem Schlaf zu reißen. Du brauchst soviel Ruhe wie möglich.« Sascha übermittelte ihr eine Vision von sich selbst und Rhyssa, wie sie sich in ihrem Bett, Bauch an Rücken, unter ihrer extra dicken Daunendecke aneinanderkuschelten.

Ja, ja, gab Rhyssa zurück. Sie antwortete mit einer Vision, in der ein resoluter Fußtritt Sascha aus dem Bett beförderte. *Aber sogar wenn du physisch da gewesen wärst, hättest du nicht helfen können, Saschabär. Es hat sich alles in meinem Kopf, in meinen Träumen abgespielt. Und das ist deine Daunendecke, nicht meine. Ich benutze nie karierte Decken.*

Rhyssa lächelte zu ihm auf und klimperte mit den Augenlidern, um sich über seine Projektion lustig zu machen. In einer Geste der Resignation hob er die Augenbrauen. Sie genossen dieses Spiel beide. Sie spielten es schon jahrelang.

Fräulein Neunmalklug, weichen Sie mir nicht aus, sagte Sascha. »Wer, um alles in der Welt, könnte sich in deinen Geist einschleichen? Und warum?«

»Gute Frage!« Rhyssa verschränkte die Arme über der Brust und starrte in den trostlosen Regen und die tief hängenden Wolken, die den gewöhnlich atemberaubenden Ausblick auf Jerhattan verhüllten. *Ich brenne darauf, es herauszufinden.*

Immer mit der Ruhe, flattere nicht gleich davon. Du verausgabst dich zu sehr, wenn du deinen Geist nach draußen richtest, um nach ihm zu suchen. Du wirst deine ganze Energie brauchen, um mit den Zeloten fertig zu werden. Er übermittelte ihr eine Vision von drei Personen, deren

Gliedmaßen so ineinander verschlungen waren, daß sie an einen orientalischen Fetisch erinnerten. In jeder Karikatur eines Gesichts stand eine Mischung aus Fanatismus und Skeptizismus geschrieben.

Oh, tu das nicht! Sie lachte, während sie ein Bild zurücksendete, in dem Arme und Beine entknotet wurden, bis alle Personen in Reih und Glied standen. Eine Kleiderbürste fuhr über Uniformjacken und Hosen, und die Rangabzeichen wurden zurechtgerückt. *Ich kann mich nicht erinnern, daß ich einmal nicht an mich halten mußte, um nicht loszulachen, wenn ich gezwungen war, mir ihre dringenden Anfragen nach Talenten anzuhören. Sie sind so schon lächerlich genug.*

»Gut. Sie verdienen es nichts anders. Soll ich Sirikit überprüfen lassen, wann dieses Phänomen das erste Mal registriert wurde?« *Ich kann es immer noch nicht fassen!* schnaubte Sascha wütend.

»Gute Idee.« Rhyssa lächelte mild, als sie Kleidungsstücke aus Kommode und Schrank nahm. Sie sprach weiter, während sie sich im Bad ankleidete. »Mir geht heute morgen auch nichts anderes im Kopf herum, als mein Diagramm überprüfen zu lassen. Ich brauche meinen Schlaf wirklich.«

»Wahrscheinlich ist es ein erwachtes Talent, das über die Stränge schlägt. Ich wünschte, sie würden nicht immer überreagieren, wenn sie ihre Geisteskräfte einmal entdeckt haben.«

»Dieses Talent muß verdammt viel Power haben!« Rhyssa übermittelte Sascha schalkhaft das Bild einer sehr jungen Madlyn Luvaro mit weit geöffnetem Mund. Die Leute um sie herum hielten sich die gemarterten Ohren zu und wichen vor den Schallwellen zurück, die sich um sie herum ausbreiteten.

Sascha zog eine Grimasse. Madlyn Luvaro konnte einen mentalen Schrei ausstoßen, der bis zur Raumstation und allen Schiffswerften in ihrem Umkreis drang. Als Leiter der Ausbildung und Entwicklung der Talente hatte Sascha die Aufgabe, ihr beizubringen, ihre mentale Stimme gezielt einzusetzen und zu kontrollieren. Madlyn bewunderte ihn leidenschaftlich und war peinlich besitzergreifend. Er konnte ihrer Anbetung immer schwerer entrinnen und hatte aus diesem Grund stetig das Gerücht geschürt, daß er und Rhyssa kurz vor einer festen Beziehung standen. Rhyssa hatte das Gerücht freundlicherweise nicht entkräftet.

»Ich werde Sirikit darum bitten, nach aufgeblühten Talenten zu forschen«, sagte er und gab seinen Auftrag an den Kontrollraum weiter. Er trug Sirikit außerdem auf, Rhyssas Diagramme zu überprüfen, die der Elektroenzephalograph in den letzten Monaten aufgezeichnet hatte.

Rhyssa erschien, gestiefelt und gespornt, und bedeutete Sascha, ihm in ihr Büro zu folgen, das neben ihren Wohnräumen lag. Sie gähnte, als sie sich an ihren Schreibtisch setzte und sich telekinetisch ein paar Notizdiscs heranholte, die sie jeweils so drehte, daß die Seite mit dem Indexcode sichtbar war. Sie wählte die gewünschte Disc und stapelte die anderen mit der Codeseite nach oben sauber vor sich auf, während sich die ausgewählte Notizdisc in das Laufwerk des Computers schob. Gleichzeitig flog das Elektrodennetz vom Haken und legte sich über ihren Kopf. Mit einem Finger drückte sie den linken Kontaktsensor an der Schläfe fest, so daß alles an Ort und Stelle war.

»Wir werden ihn nicht in unseren Archiven finden«, sagte sie und war wie Sascha überrascht, daß sie ein bestimmtes Geschlecht benutzte. »Nun, anscheinend weiß ich doch etwas mehr von diesem flüchtigen Besucher, als ich dachte.«

»Ein heimlicher Liebhaber?«

»Möglich«, murmelte sie und übermittelte ihm ein

Bild von einem scheuen Grinsen und einem Ausdruck des Verlangens in einem Gesicht, das auf einen verschwommenen Schatten gerichtet war. Ihr Ton war zwar beiläufig, aber Sascha bemerkte, daß sie zutiefst überrascht war, etwas über die Identität des Eindringlings aussagen zu können.

»Ich gehe der Sache nach«, sagte Sascha und verließ ihr Büro. Als er sich in den Antigravschacht schwang, der von ihrem Turmbüro zu dem weitläufigen Komplex im Untergeschoß hinunterführte, in dem der Großteil der Ausbildung und Forschung des Zentrums durchgeführt wurde, hatte er ein lebhaftes mentales Bild von Rhyssa Owen an ihrem Schreibtisch vor seinem geistigen Auge: das Elektrodennetz, das auf ihrem schwarzen Haar lag – ein Spinnengewebe über der großen silbernen Locke, die sie seit ihrer frühen Teenagerzeit hatte. Diese Strähne wurde jedes Jahr breiter, und mit Ende Dreißig würde ihr ganzes Haar die Farbe keltischen Silbers haben.

Rhyssa wird immer ein junges Gesicht haben, dachte Sascha, ganz wie ihr Vater und ihr berühmter Großvater, Daffyd op Owen: jung, lebhaft, mit leuchtenden dunkelblauen Augen, aus denen Intelligenz, Humor und unerschöpfliche Energie strahlten. Rhyssa war fast so groß wie die Männer in ihrer Familie und einen Tick zu dünn; sie verhüllte ihren schmalen Körper in eleganten, wenn auch häufig bizarren Kleidern: lange, fließende Gewänder, mit denen sie in einer Gesellschaft, die Kleidung auf das Allernotwendigste reduziert hatte, herausstach.

Sie war nicht im klassischen Sinne schön – ihre Gesichtszüge waren wohl fein, aber zu unregelmäßig und asymmetrisch. Ihr rechtes Auge stand zum Wangenknochen hin schief, was ihr einen spitzbübischen Ausdruck verlieh, den niemand, der sie kannte, mißverstand. Ihre Nase hatte einen kleinen Höcker, so daß sie im Profil etwas hochmütig aussah, und ihr Mund war zu voll über einem stark ausgeprägten, kantigen Kinn. Dennoch vergaß man solche Details bei einer Begegnung mit ihr binnen Sekunden. Sie hatte die charismatische Persönlichkeit und die starken psionischen Talente ihrer Eltern – und ihres Großvaters, der darum gekämpft hatte, die Stellung der Talente in der Gesellschaft zu sichern – voll und ganz geerbt.

Sascha Roznine, selbst ein Talent in dritter Generation und drei Monate jünger als Rhyssa, zog seine derzeitige Rolle als Schulungsleiter und Talentsucher ihrer Rolle im Zentrum vor. Die unseligen Machtkämpfe, die Rhyssa auszufechten hatte, waren nichts für ihn. Er bewunderte Rhyssa dafür, wie sie damit fertig wurde, denn er hatte sein ganzes Leben lang darum gekämpft, sein aufbrausendes Temperament in den Griff zu bekommen. Die nervenaufreibenden Sitzungen mit den Regierungsbeamten von Jerhattan und all die haarspalterischen Details, mit denen sie sich befassen mußte, hätten ihn binnen fünf Minuten in Rage versetzt. Andererseits hatte Sascha eine Engelsgeduld mit erblühten Talenten. Er umschmeichelte, hätschelte und zügelte sie, nahm ihnen behutsam ihre Zweifel und baute ihr Vertrauen auf. Als Rhyssa einmal gemeint hatte, erblühte Talente seien so anstrengend wie Führungskräfte, hatte Sascha entgegnet, daß Talente zumindest aus ihren Fehlern lernten.

Es gab so viele Stärken und Facetten von Talenten. Zu den Präkogs zählten jene, die Ereignisse vorhersehen konnten, in der Regel solche, die einen starken Einfluß auf eine große Anzahl von Menschen haben würden. Weiterhin gab es Präkogs, deren Vorahnungen auf Menschen beschränkt waren, die sie kannten oder überwachen sollten. Und die Präkognitionen von einigen waren auf Feuer, Wasser, Männer, Frauen oder Kinder beschränkt. Die Palette von Spezialisierungen war

so vielfältig wie die Ausprägung der Wahrnehmungsfähigkeiten, die die Präkogs hatten.

Die Gabe der Telepathie war am häufigsten anzutreffen, obschon einige Telepathen Gedanken nur empfangen und andere sie nur senden konnten. Telempathen
verspürten Emotionen und reagierten auf jene, die sehr
intensiv waren. Ein ausgebildeter Telempath konnte
negative Auren entweder dämpfen oder positive verstärken – ein Talent, das nützlich war, um Spannungen
in einer Menschenmenge zu lösen, oder zu verhindern,
daß eine Menschenansammlung sich durch aufwal-
lende Gefühle in eine tobende Meute verwandelte.

Finder waren Talente, die Dinge nur mit Hilfe eines
Bildes des gewünschten Gegenstands oder im Falle
von vermißten Menschen oder Tieren mit Hilfe eines
Kleidungsstücks oder eines anderen persönlichen Gegenstands aufspüren konnten.

Telekineten konnten größte Gegenstände oder win-
zigste Teilchen bewegen, die mit bloßem Auge und
selbst unter dem Mikroskop nicht mehr zu erkennen
waren. Bisher war indes, soweit bekannt, nur ein einzi-
ger Mensch fähig gewesen, Gene zu manipulieren:
Ruth Horvath. Telekineten waren in so vielen Lebens-
bereichen von unschätzbarem Wert, daß Menschen, die
dieses Talent besaßen, angeregt wurden, so viele Kinder wie möglich zu bekommen.

Die am seltensten anzutreffenden Talente waren
uneingeschränkte Duplextelepathen – wie Rhyssa, die
weltweit Informationen senden und empfangen konnte,
solange sie der Person, zu der sie Kontakt aufnehmen
wollte, schon einmal begegnet war. Sie konnte in jeden
Geist eindringen, der nicht mit einer der dünnen Me-
tallkappen, die die Angsthasen trugen, oder durch
einen natürlichen Schutzschild, mit dem manche normale Menschen geboren wurden, abgeschirmt war.

Sascha, der auch ein starker Duplextelepath war,

konnte seine Gabe nicht über die phänomenale Reichweite nutzen, die Rhyssa zur Verfügung stand, aber er beneidete sie nicht darum. Sobald ihr Großvater ihre Stärke entdeckt hatte, hatte Rhyssa ihre Berufung in der Leitung eines Zentrums und allen damit verbundenen Verantwortlichkeiten gesehen – Verantwortlichkeiten, die Sascha nie übernehmen wollen würde. Was ihn betraf, so gönnte er Rhyssa ihr Talent.

Er hörte Madlyn Luvaro schon, bevor er im Untergeschoß auf der Matte landete, die den Boden des Schachts abpolsterte. Sie versuchte, leise zu sein, aber sie hatte damit so wenig Erfolg, daß es so klang, als vollführte sie einen Steptanz auf einer widerhallenden Oberfläche.

Solange du nicht lernst, deine Aura zu dämpfen, wird es nicht funktionieren, sagte er zu ihr. *Der Energiefluß stimmt nicht! Um ›leise‹ zu sein, mußt du die positive Energie schwächer dosieren.*

Verdammt, ich dachte, das hätte ich getan! Ihre mentale Antwort klang zerknirscht und entmutigt.

Sascha schwang sich aus dem Schacht, und da war sie, flach an die Wand gepreßt.

»Ich konnte ›hören‹, daß du kommst«, sagte sie.

Sascha: *Das ist ein enormer Fortschritt!* Madlyn war eine starke Senderin, aber konnte im allgemeinen nur Leute »hören«, die ganz in ihrer Nähe waren.

Er fuhr ihr im Vorbeigehen durch ihre wilde schwarze Haarmähne, und sie folgte ihm auf den Fersen, die großen, ausdrucksvollen Augen schuldbewußt auf ihn geheftet. Madlyn war eine kurvenreiche Achtzehnjährige mit einer Sinnlichkeit, die ihrem Aussehen alle Ehre machte. Sie und ihr Talent waren mit vierzehn voll aufgeblüht, und seitdem hatte Sascha sich abgemüht, ihr die notwendige Disziplin beizubringen, die jedes Talent brauchte, um seine Gabe gezielt einzusetzen. Und Disziplin benötigte sie gewiß, um ihren durchdringenden mentalen Schrei nutzbringend einsetzen zu können.

Sirikit hat Rhyssas Gänseei-Diagramme schon überprüft. Sascha hatte nicht versucht, seine unmittelbare Besorgnis zu verbergen. Bei so vielen Telepathen, die die alarmierende Situation mitbekommen hatten, war es unmöglich gewesen, die Untersuchung geheimzuhalten.

Ist tatsächlich jemand in Rhyssas Geist eingedrungen? Madlyn projizierte ein Bild von sich selbst, wie sie einen großen, formlosen Eindringling schüttelte und ihn zu einem kleinen Ball zusammenknüllte, den sie dann die Toilette hinunterspülte.

Sascha schnaubte. Madlyn war durchaus fähig, auf alles loszugehen, das Rhyssa bedrohte. Wer im Zentrum war das nicht?

Als sie zu Sirikit traten, war sie schon damit beschäftigt, Rhyssas Gänseei-EEGs vom vorherigen Monat durchzusehen. Mehrere Diagramme waren an der Amplitude angehalten, die ein Erwachen durch einen Eindringling anzeigte. Das Gänseei, das ursprünglich entwickelt worden war, um zu ermitteln, weshalb die Astronauten jene merkwürdigen Lichtblitze sahen, war besonders empfindlich, was die Registrierung von Deltawellen betraf. Diese Wellen, so hatte man festgestellt, strömten bei paranormalen oder extrasensorischen Wahrnehmungen durchs Gehirn. Die Talente, die darauf trainiert waren, die geringfügigen geistigen Veränderungen wahrzunehmen, die vor der paranormalen Aktivität eintraten, setzten sich ein Elektrodennetz auf den Kopf, das die Gehirnaktivität messen konnte. Viele Talente, vor allem die Präkognitiven und die Hellseher, trugen es Tag und Nacht. Es war leicht – ein starkes, feinmaschiges Netz, passend zur Haarfarbe des Trägers. Das Netz übertrug die Meßdaten an die Hauptdatenbanken des Zentrums, so daß die sogenannten »Vorfälle«, bei denen paranormale Aktivität zu verzeichnen war, offiziell aufgezeichnet, untersucht und ausgegeben werden konnten. So konnten sie allen Skeptikern stichhaltige Beweise dafür liefern, daß es tatsächlich übersinnliche Wahrnehmungen gab.

»Sieh dir Rhyssas Meßdaten an, Sascha. Es steht außer Frage, daß die Vorfälle zugenommen haben«, sagte Sirikit, als Sascha zu einer Reihe von Druckern mit Endlospapier hinüberging, die sie für solche Vergleiche verwendeten. »Der erste Vorfall vor drei Wochen, der zweite vier Tage später und diese Woche jeweils einmal pro Nacht – so etwa um vier.«

Sascha: *Komische Zeit für einen Voyeur!*

Sirikit: *Wenn drei Viertel der Bevölkerung im Bett liegt und schläft.*

Madlyn: *Einer, der nicht schlafen kann?*

Sascha lächelte, denn ihr mentaler Ton hatte nicht nur eine angemessene Lautstärke, sondern sie hatte den schnellen Gedankenaustausch auch mitbekommen.

Sascha: *Jugendliche muß man normalerweise aus dem Bett werfen, damit sie nicht bis in die Puppen schlafen. Rhyssa glaubt, es ist ein erwachtes Talent.*

Madlyn: *Du erzählst mir doch andauernd, daß aufgeblühte Talente alle Regeln über den Haufen werfen.*

»Gibt's irgendwelche Statistiken über Schlafgestörte?« fragte Sirikit.

»Ich schau mal rein«, sagte Madlyn. Ihre Mähne zurückwerfend, setzte sie sich an den Computer und gab Daten ein, die aufgrund der speziellen Privilegien der Zentren den Zugriff auf alle Computer-Datenbanken auf der Welt ermöglichten. Ihre Anmeldung als normaler Benutzer wurde bestätigt, obschon für Dateien, die der Geheimhaltung unterlagen, Paßwörter erforderlich waren. Madlyn mochte eine mit allen Wassern gewaschene Sexbombe sein, aber ihr Geist, der immer alles hinterfragte, war so transparent und unschuldig wie der eines Kindes. »Nun, so werden wir nicht viel herausbekommen. Jeder kann Phasen haben, in denen er unter Schlaflosigkeit leidet. Angst ist die häufigste Ursache. Es gibt einige Menschen, besonders ältere, die mit vier Stunden Schlaf in der Nacht auskommen!« Sie erzeugte ein mentales Bild von einer Gestalt, die sich mit vor Angst verzerrtem Gesicht in einem zerwühlten Bett von einer Seite auf die andere wälzte. »Ich bin ein Wrack, wenn ich meine acht Stunden Schlaf nicht bekomme!«

Sirikit lehnte sich zurück. Die Drucker hatten alle an der Zacke angehalten, die das Eindringen eines Fremden anzeigte.

Sirikit: *Zwischen halb vier und vier, vor Einsetzen der Dämmerung, zu früh für die meisten Schichtarbeiter, sogar für Fernfahrer und Luftfrachtpiloten.*

Sascha beugte sich über ihre Schulter und starrte auf die Diagramme, so als könnte er ihnen damit des Rätsels Lösung entlocken.

Sascha: *Präpariere ihr Netz.*

Madlyn rang nach Luft und starrte ihn an. Sirikit blinzelte. Dann stand sie seufzend auf und ging zur Hauptkonsole, um das notwendige Programm zu aktivieren.

»Irgendein frühmorgendlicher Spaßvogel muß im Zentrum herumflattern. Installiere eine Wanze in ihrem Netz, und wir können den Burschen in flagranti ertappen.« In Saschas Stimme schwang Empörung mit.

Madlyn warf ihm einen besorgten Blick zu. Sie spürte die Welle negativer Energie, die von ihm ausging.

KAPITEL 3

Barschenka, Duoml und Seine Hoheit Manager Prinz
Phanibal Shimaz kamen pünktlich auf die Minute zu
ihrer Besprechung mit Rhyssa Owen, der Direktorin
des Parapsychologischen Zentrums. Sie fand in der
Hochburg der Oberbürgermeisterin von Jerhattan statt,
einem kolossalen Wolkenkratzer mitten im Central
Park, dem letzten Relikt des Manhattans aus dem
neunzehnten und zwanzigsten Jahrhundert. Der Hochhausturm, der sich über die größten der kommerziellen
Gebäude erhob, war von Satellitenschüsseln übersät,
was aus der Ferne den Eindruck erweckte, als sei ein
grotesker Strauß steifer Tulpen in einen riesigen Glas-
block gerammt. Luftwagen unterschiedlicher Größe
ragten auf der Landeebene heraus wie ein Kranz aus
eckigen, vielfarbigen Blättern.

Ludmilla Barschenka, die Bauleiterin der Raumstation, trat zuerst ein. Ihr seltsamer federnder Schritt verriet, daß sie ihre Antigravstiefel trug. Ihre seltenen Besuche auf der Erde, auf denen sie wieder mit der
Schwerkraft Bekanntschaft machte, waren schwierig
für sie – aber sie waren tendenziell noch schwieriger
für jene, die es mit ihr aufnehmen mußten. Ihr Aussehen machte ihrer ruppigen Persönlichkeit alle Ehre: Sie
war stämmig und grobknochig, wenn auch nicht dick,
und hatte ein flaches, breites Gesicht mit unspekta-
kulären Gesichtszügen. Blaßblaue Augen und kurzge-
schorenes Haar rundeten das Bild einer harten Person
noch ab – kalt, inflexibel und hartnäckig. Um dem
Ganzen noch die Krone aufzusetzen, trug Ludmilla
immer eine dünne Metallkappe, die zur Abschirmung

diente, was für Rhyssa in ihrer Eigenschaft als Direktorin des Zentrums an der nordamerikanischen Ostküste fast eine Beleidigung war. Rhyssa war sich nicht sicher, ob Barschenka die Abschirmkappe nur aus Sicherheitsgründen trug oder weil sie pathologische Angst vor den Talenten hatte, deren Dienste sie verzweifelt brauchte, auch wenn sie ihre Fähigkeiten geringschätzte. Sascha war davon überzeugt, daß Barschenka irgendein Talent besaß, auch wenn es sich nicht nachweisen ließ, und daß sie sich dagegen wehrte, diese Möglichkeit ins Auge zu fassen.

Trotz ihres totalen Mangels an sozialen Umgangsformen war die Entschlossenheit der Ersten Ingenieurin unmißverständlich. Die Raumstation Padrugoi sollte Ende des Jahres fertiggestellt werden, ohne daß das Budget überschritten wurde.

Da interstellare Reisen nun möglich waren und es in zwei nahegelegenen Systemen bewohnbare Planeten gab, war der Druck, das Kolonisierungsprogramm zu implementieren, unvorstellbar. Doch zuerst mußte die Padrugoi-Station, das lang ersehnte Sprungbrett zu den Sternen, fertiggestellt werden. Das Projekt hatte weltweit Vorrang und wurde von allen politischen und wirtschaftlichen Fraktionen auf der Erde mit Begeisterung unterstützt.

Angesichts dessen, daß die Verantwortlichen das Budget bei der ersten Teststation um Milliarden überzogen hatten und die Station fünf Jahre später fertig geworden war als vorgesehen, waren Barschenkas Leistungen beachtlich. Doch Rhyssa kannte die Wahrheit: Die Erste Ingenieurin hinkte, trotz all ihrer Bemühungen ihrem Zeitplan hinterher. Man munkelte, daß die Frau in der Nacht nicht mehr als vier Stunden schlief und täglich ein enormes Arbeitspensum bewältigte – doch sie erwartete von allen anderen, die an dem Projekt beteiligt waren, die gleiche aufopfernde Haltung.

Leider hatte sie weder das Charisma noch die Führungsqualitäten, um für Loyalität sowohl ihr als auch dem Projekt gegenüber zu sorgen. Anfangs hatten viele Talente freiwillig ihre Hilfe angeboten, aber dann hatte sich einer nach dem anderen geweigert, seinen Vertrag zu verlängern. Die vielen Lockversuche, die sie bewegen sollten, zur Padrugoi-Station zurückzukehren, um ihre einzigartigen Fähigkeiten dort einzusetzen, waren gescheitert.

Der Personalchef Per Duoml, der hinter Ludmilla hereinkam, bewegte sich mit der Schwerfälligkeit von jemandem, der an geringere Schwerkraft gewohnt war, aber er kam ohne Antigravstiefel zurecht. Er war Finne, so fähig und zielstrebig wie Barschenka, aber etwas umgänglicher. Und obwohl er auch meist eine Metallkappe trug, arbeiteten die Talente gerne mit Duoml zusammen: Er war fair und kompetent und hatte es geschafft, ein paar Talente zu überreden, für spezielle, kurzfristige Aufträge zur Raumstation zurückzukehren. Dennoch hatten die meisten es abgelehnt, ihren Arbeitsvertrag zu verlängern, und standen somit nicht mehr als Arbeitskräfte zur Verfügung. Und obwohl sich Rhyssa pflichtgemäß an die Direktoren von allen Zentren auf der Welt gewandt hatte, konnte sie Duoml nichts anbieten.

Der Programm-Manager Prinz Phanibal Shimaz hoppelte hinter Per Duoml herein. Rhyssa hielt seine Gegenwart weder für notwendig, noch war sie ihr willkommen. In seiner impertinenten Arroganz und Unempfindlichkeit gegen ihre beständige und in letzter Zeit offen zur Schau getragene Abneigung gegen seine Gesellschaft ergriff er jede Gelegenheit beim Schopf, um ihr auf die Pelle zu rücken. Rhyssa fragte sich oft, warum er sich die Mühe gemacht hatte, einen undurchdringlichen geistigen Schutzschild zu entwickeln, wenn sein Gesicht verriet, was die meisten Männer aus

Höflichkeit verbargen. Der Prinz war ein Computergenie – einige sagten, daß er schon in der Wiege in Binärcodes gedacht und mit Chips gespielt hatte –, und kaum dem Teenageralter entwachsen, hatte er die Josephson-Technik, wie er sagte, »idiotensicher« zur Anwendung gebracht, um den Luftverkehr der unzähligen Schweber und Drohnen, die in den Linear-Hauptdepots ein- und ausschwärmten, mit hundertprozentiger Sicherheit zu regeln. Zur Zeit war er damit beschäftigt, eine ähnliche Verkehrsüberwachungsanlage für den Weltraumverkehr zu entwickeln.

Rhyssa hielt ihr Mienenspiel und ihren Geist im Zaum und lächelte mit einer Wärme, die sie nicht empfand, als die drei Besucher sich setzten.

Ludmilla hielt sich nicht mit Höflichkeitsfloskeln auf. »Mir fehlt das geeignete Personal«, begann sie mit ihrer tiefen Stimme und gutturalen Aussprache, in der nur eine Spur ihrer Muttersprache anklang. Ihre blaßblauen Augen blickten Rhyssa anklagend an.

»Wie ich Ihnen schon mehrmals gesagt habe, kann und will ich die Talentierten nicht in den Weltraum beordern.«

Ludmilla schlug mit der Faust auf den Tisch und schrie schmerzerfüllt auf, was verriet, daß sie in ihrer Frustration die veränderte Schwerkraft vergessen hatte. Sie hob die malträtierte Hand zu einer Geste an, die auf der Raumstation Eindruck schinden mochte, aber auf der Erde vollkommen fehl am Platze war.

»Sie *müssen* darauf bestehen ...«

»Ich kann darauf bestehen, aber sie können sich weigern«, erwiderte Rhyssa gleichmütig.

»Können Sie mir mal erklären, wie ich ohne das Personal, das ich für die nötigen Arbeiten brauche, den Zeitplan einhalten soll? Tag um Tag geraten wir ein paar Minuten in Rückstand – Minuten, die Ihre unkooperativen Talente in Sekunden aufholen könnten.

Ich werde nicht zulassen, daß wir den Zeitplan überziehen. Wir werden unseren Fertigstellungstermin einhalten. Wir brauchen das geeignete Personal. Sie haben mir geschrieben, daß Sie es haben, und ich halte den Beweis dafür in den Händen.« Ludmilla nahm triumphierend eine Notizdisc aus ihrem Overall und wedelte Rhyssa damit vor der Nase herum.

»In dieser Antwort habe ich Ihnen mitgeteilt, daß ich Ihre Anforderung sicherlich an alle Zentren weiterleiten werde. Ich habe Ihnen ganz gewiß kein Versprechen gegeben, daß wir Ihnen das benötigte Personal beschaffen können.«

Barschenkas blaßblaue Augen verengten sich zu Schlitzen, was ihrem Blick etwas Reptilienhaftes verlieh. »Sie rekrutieren doch andauernd Talente. Es ist kein Geheimnis, daß Sie immer wieder neue Talente entdecken ...«

»Das bedeutet nicht«, warf Rhyssa ein, »daß die Talente, die wir rekrutieren, die speziellen telekinetischen Fähigkeiten haben, die Sie benötigen. Und gewiß kann ich es Talenten, die noch nicht ausgebildet sind, nicht zumuten, sich den Gefahren des Weltraums auszusetzen.«

»Warum nicht?« Ludmilla wehrte diese Bemerkung mit einer wegwerfenden Handbewegung ab und steckte die Notizdisc wieder ein. »Wir bilden sie bei der Arbeit aus – nützlich zu sein, vorsichtig zu sein, Spezialisten zu sein. Sie werden den Weltraum lieben. Sie werden eine Menge verdienen und reich werden.«

»Die Talentierten arbeiten nicht auf profitorientierter Basis, Chefin«, bemerkte Per Duoml mit seiner flachen, beinahe tonlosen Stimme, seinen geduldigen Blick unverwandt auf Rhyssas Gesicht gerichtet.

»Unsinn! Jeder will reich werden.« Ludmilla zeigte noch mehr Verachtung für Altruisten als gewöhnlich. »Zu Anfang haben viele Talente für uns gearbeitet.«

»Wir wollten das Weltprojekt unterstützen«, sagte Rhyssa. »Aber Sie haben ihre Bedingungen nicht akzeptiert, als ihre Verträge zur Erneuerung anstanden.«

»Dämliche Klauseln, untragbar für uns. Schichten von weniger als sechs Stunden, wenn wir auf der Plattform rund um die Uhr arbeiten. Spezielle Abschirmung gegen Lärm. Es gibt keinen Lärm im Weltraum.« Ihre Augen funkelten Rhyssa verächtlich an.

»Es ist ein Lärm, den Sie nicht hören können, Madame Ingenieurin, aber für die Sensitiven ist er äußerst unangenehm.«

»Papperlapapp! Sensitiv, daß ich nicht lache! Barschenka wehrte diese Bemerkung wieder mit einer Handbewegung ab. »Verwöhnt, verhätschelt, umsorgt.«

»Nein, Madame Barschenka, nicht verhätschelt oder verwöhnt, aber umsorgt, ja«, konterte Rhyssa. »Die Talentierten sind hochspezialisierte Fachkräfte, die einige kleinere Zugeständnisse brauchen, damit sie in der feindlichen Umgebung des Weltraums ihre besten Leistungen vollbringen können.«

Barschenka schnatterte weiter wie ein Maschinengewehr, als hätte sie nicht zugehört. »Es ist unglaublich, daß eine solche Minderheit einen so großen Einfluß auf das Wirtschaftsleben unserer Welt ausüben kann. Am Flughafen, am Raumhafen, in der Industrie, wo ich, wenn ich Material bestelle, genau die Talente sehe, die ich brauche, um das wichtigste Projekt der Welt abzuschließen – ein Projekt, das universell begrüßt wird, was bedeutet, daß die Menschheit die Grenzen dieses Sonnensystems sprengen und nach den Sternen greifen kann. Doch Sie und die anderen Direktoren der Zentren gestatten mir nicht, die Spezialisten einzustellen, die ich brauche.«

»Es ist nicht die Genehmigung der Direktoren, die erforderlich ist, sondern das Einverständnis der Talente, die Sie einstellen wollen«, erinnerte Rhyssa die Ingenieurin. »Die Direktoren der Zentren handeln die einzelnen Verträge mit den notwendigen Sicherheitsvorkehrungen aus.«

»Ich kann die Verträge kaufen.« Das war nicht nur eine Herausforderung, sondern eine Drohung.

»Solche Verträge sind unverkäuflich, Ingenieurin Barschenka, und wenn Sie die notwendigen Sicherheitsvorschriften akzeptieren würden, wären Sie erfolgreicher, was die Rekrutierung von Talenten anbelangt!« erwiderte Rhyssa resolut. Sie verlor langsam die Geduld mit der dogmatischen Penetranz der Frau. Sie konnte Per Duomls bekümmerten Gesichtsausdruck ignorieren und sogar Prinz Phanibals wollüstigen Blick, seine befeuchteten Lippen und seine bebenden Nasenlöcher, die verrieten, das sein Atem schnell ging. Aber alle drei zusammengenommen waren ein Angriff auf ihr Nervenkostüm. Sie ließ weiterhin ein Lächeln ihre Lippen umspielen und steigerte bewußt den Energiefluß in ihrem limbischen System.

»Sie können darauf bestehen«, wiederholte Ludmilla. »In all Ihren Verträgen steht: ›In Notfällen kann der Vertrag nach Gutdünken des Zentrums für null und nichtig erklärt werden.‹«

Rhyssa unterdrückte ihre aufkommende Wut darüber, daß Barschenka Zugang zu einem Vertrag für parapsychologische Talente gehabt hatte, und mußte sich ins Gedächtnis rufen, daß solche Verträge öffentlich zugänglich waren. »Meine Kollegen von den anderen Zentren sind nicht der Ansicht, daß es sich in Ihrem Fall um einen echten Notfall handelt, Ingenieurin Barschenka.«

Barschenkas Augen blitzten vor Zorn. »Ich sage, dies ist ein Notfall! Ich sage, ich muß mehr Arbeitskräfte haben, um dieses Projekt, das weltweit Priorität hat, abschließen zu können.«

»Sie haben unbeschränkten Zugriff auf die verfügbaren Arbeiter.«

»Pah! Sie sind nutzlos – sterile, ungebildete, unbelehrbare Hiwis! Ich kann eine Weltraumplattform nicht nur mit Hiwis bauen!« Ich kriege die Telekineten, die ich brauche. Darauf können Sie Gift nehmen, Frau Direktor!« Damit wirbelte sie herum und stürmte, gefährlich wankend, hinaus. Prinz Phanibal folgte ihr auf dem Fuße.

Per Duoml trat einen Schritt vor und verbeugte sich leicht. »Schon ein halbes Dutzend Telekineten würde die Situation enorm verbessern.«

»Wie ich Ihnen schon mehrmals erklärt habe, Per Duoml, sichern Sie den Talenten abgeschirmte Wohnquartiere und eine Schicht von maximal sechs Stunden zu, und sie werden zugänglich sein. Wenn Ihr Budget ausreicht, um die Fahrten, die Sie zur Rekrutierung von Talenten unternommen haben, zu bezahlen, dann reicht es bestimmt auch aus, um ihre grundlegenden Anforderungen auf Padrugoi zu befriedigen!«

»Ingenieurin Barschenka darf das Budget nicht überziehen. Wir haben kein Geld für Änderungen an den vorhandenen Personalunterkünften.«

»Dann hat sich Ingenieurin Barschenka selbst in eine Sackgasse hineinmanövriert.« Rhyssa wünschte sich sehnlichst, daß Per Duoml seinen mentalen Schutzschild lange genug senken würde, damit sie ihm die Informationen, die ihm ihre Worte nicht zu vermitteln vermochten, direkt ins Gehirn projizieren konnte. »Sie brauchen Telekineten, um riesige Objekte zu bewegen, die auf Padrugoi zusammengebaut werden müssen. Außerdem brauchen Sie Telekineten, die Chips mit der komplexesten, hochempfindlichsten Elektronik im Vakuum des Weltraums handhaben können. Für beide Aufgaben müssen die Talente dieselbe telekinetische Energie aufwenden, und das erschöpft ihre Kraftreser-

38

ven. Sie brauchen Ruhe, um wieder zu Kräften zu kommen – sie reagieren empfindlich auf die metallischen Vibrationen von Padrugoi selbst, auf die unmenschlich engen Quartiere, auf die fehlende Privatsphäre und schlechte Verpflegung, die nicht ausreicht, um ihre körperlichen und geistigen Kraftquellen wieder aufzufüllen.«

Per Duoml nickte ungerührt und zuckte, nicht willens, sich dazu zu äußern, die Achseln, ehe auch er ihr den Rücken kehrte und den Raum verließ.

Nach dem unerfreulichen Gespräch beschlich Rhyssa eine böse Vorahnung. Sie sandte eine Anfrage an Sirikit, die im Kontrollraum des Zentrums Dienst hatte. *Hast du gerade irgendwelche Präkogs hereinbekommen?*

Sirikit: *Negativ. Erwartest du eine?*

Rhyssa projizierte ein Bild von Ludmilla Barschenkas grimmiger Visage. *Möglich!*

KAPITEL 4

Der Junge blinzelte dreimal, und das Programm auf dem Bildschirm an der Decke wechselte wieder. Er seufzte. Noch ein Oldie, den er so oft gesehen hatte, daß er die guten Szenen auswendig kannte. Er blinzelte das Umschaltsignal wieder, und ihm wurde klar, daß er durch genügend Programme gezappt war, um sicher zu sein, daß es nichts in der Glotze gab, was ihn interessierte – nicht einmal ein Bildungsprogramm, das er nicht kannte. Die ersten paar Wochen, die er auf der Station verbracht hatte, waren super gewesen – die ganzen langen Nächte TRI-D sehen. Das war eine gute Ablenkung gewesen – von anderen Dingen –, nachdem seine Kopfschmerzen nachgelassen hatten. Manchmal vermißte er diese Kopfschmerzen fast, weil er durch sie wenigstens etwas in seinem Körper gefühlt hatte.

Er seufzte. Er konnte noch etwas anderes tun, rief er sich ins Gedächtnis – positiv denken, wie Sue, seine Therapeutin, ihm es immer einbleute. Er verstand nicht viel von dem, was sie ihm sagte, daß er sich zum Beispiel vorstellen sollte, wie er ging und rannte, daß er sich fest darauf konzentrieren sollte, wie er es früher getan hatte – bevor er an den Ruinen vorbeigerannt war und diese Ziegelsteinmauer ihn unter sich begraben hatte.

Warum? Die quälende Frage schnürte ihm die Kehle zu. Er hatte geglaubt, daß er aufgehört hätte, darüber nachzudenken. »Warum« zu fragen war definitiv negativ und deprimierte ihn immer schrecklich. Warum war diese Mauer gerade in dem Moment eingestürzt, als er, Peter Reidinger, an ihr vorbeigerannt war? Hatte er einen Stein losgetreten, was ausgereicht hatte, um die Mauer zum Einstürzen zu bringen? Hatte einer der Jungen, die hinter ihm her gewesen waren, einen Stein auf die Mauer geworfen? Warum, da sie fünfzig oder hundert Jahre von ganz allein gehalten hatte, warum hatte sie sich diesen Augenblick ausgesucht, um zusammenzukrachen? Drei Sekunden später wäre er in Sicherheit gewesen – in Sicherheit vor der Mauer und vor den Jungen, die ihn verfolgten. Warum war er überhaupt in das verbotene Gebiet gerannt? Am Ende der Allee hatte er mehrere Möglichkeiten gehabt: über die Mauer, aber sie war ihm sehr hoch erschienen, und er hatte nichts gesehen, was er als Kletterhilfe hätte benutzen können; nach rechts, aber er wäre dadurch wieder in das Gebiet der Alley Cats und möglicherweise in einen Hinterhalt geraten; oder nach links quer durch die Ruinen, was es ihnen erschwerte, ihn zu verfolgen. Warum?

Negativ! Negativ! Peter spannte alle seine Gesichtsmuskeln an und entspannte sie dann, Gruppe für Gruppe, wieder. Danach setzte er ein Lächeln auf: Langsam und bewußt hob er die Mundwinkel und dehnte die Lippen, bis die Wangen sich anhoben, das Kinn sich senkte und die Lippen sich öffneten. So erzeugte er Nervenimpulse in seinem Gesicht, die das limbische System beeinflußten. Wie Susan es ihm beigebracht hatte, rief er sich sein schönstes Erlebnis ins Gedächtnis: seinen elften Geburtstag, als sein Vater rechtzeitig zur Party von der Raumstation nach Hause gekommen war.

Peter schob diese Erinnerung bewußt vor das »Warum« und ging die Einzelheiten dieses schönen Erlebnisses durch, bis er die gesamten Ereignisse, von dem Augenblick, in dem das Klingeln an der Tür ankündigte, daß sein Vater angekommen war, bis zu dem Zeitpunkt, zu dem Dad ihn ins Bett gebracht hatte, wiedererleben konnte. Er war so weit gekommen, daß er sogar die Hand seines Vaters auf seiner Stirn spüren konnte.

Gut, daß Dad ihn dort berührt hatte – an einer der wenigen Stellen, an denen er noch etwas fühlen konnte. Peter seufzte wieder und vergegenwärtigte sich die Berührung noch einmal. Dann schloß er die Augen und »hörte«, wie sein Vater das Zimmer verließ, »hörte«, wie die gedämpften Geräusche der Gespräche und des Lachens seiner Eltern an sein Ohr drangen. Er stieß einen weiteren tiefen Seufzer aus.

Er hatte Glück. Er konnte jetzt selbständig atmen. Sue war so stolz auf ihn gewesen, als dieser autonome Reflex wiedergekehrt war. Er füllte die Lunge, wohl wissend, daß sein Brustkorb sich anhob und das Zwerchfell sich anspannte. Er konnte die Luft in seiner Luftröhre spüren. Er hielt die Luft an, bis ihm schwarz vor Augen wurde, und atmete dann wieder aus.

Sofort hörte er die Schritte der diensthabenden Schwester. Miz Allen mochte es nicht, wenn sie gestört wurde, erst recht nicht, weil sie auf Station 12 einen kritischen Fall hatten. Er zählte zehn Schritte, und dann starrte sie auf ihn herunter und schaute ihm in die Augen. Dann spähte sie auf die Anzeige an der Wand, auf der die Meßwerte zu sehen waren, die die verschiedenen Monitore aufgezeichnet hatten.

»Warum war da eine Unregelmäßigkeit in deiner Atmung, Peter?«

»Ach, ich habe nur meine Atemübungen gemacht.«

»Das hast du nicht.« Miz Allen starrte ihn einen Augenblick lang stirnrunzelnd an, und dann entspannte sich ihr langes, spitzes Gesicht. Sie legte ihm eine Hand auf die Stirn und zwickte ihn dann in die Wange. »Du hast herumgealbert. Albere nicht mit deiner Atmung herum, Peter. Dein Gehirn braucht Sauerstoff. Und es braucht auch Schlaf. Es ist viertel vor vier. Du solltest schlafen. Du weißt, wie du dich entspannen kannst. Mach deine Übungen zur progressiven Muskelentspannung. Sei ein guter Junge.«

Sie hörten das plötzliche Wimmern des Mädchens mit den Verbrennungen auf der anderen Seite der runden Station.

Miz Allen eilte, ihn ein letztes Mal tadelnd anlächelnd, davon, und Peter zählte ihre Schritte – einundzwanzig, und sie war bei dem kritischen Fall. Dann zählte er bis dreißig, und das Wimmern hörte auf. Er wußte, daß Verbrennungen schmerzten. Er gäbe etwas darum, wenn er etwas fühlen könnte, selbst wenn es Schmerzen wären.

Er machte sich sofort an die wenigen Übungen zur progressiven Muskelentspannung, die er ausführen konnte: Übungen zur Entspannung von allen Muskeln in Gesicht, Kopf und Nacken. Er konnte den Kopf nicht bewegen, aber er hatte Sinneswahrnehmungen im Nacken. Er versetzte sich in einen Zustand der totalen Entspannung und konzentrierte sich auf seinen Zufluchtsort. Er spürte das Gras unter seinen Füßen, hörte das Rascheln der Blätter im Wind, atmete die Düfte des Gartens ein, blickte in den Himmel über sich und spürte die Sonne warm im Rücken. Er begann wieder zu schweben. Er sah auf seinen Körper hinunter, der auf dem Luftkissen lag, erstaunt und erbost über den Wust von Schläuchen und Drähten, an die er angeschlossen war und die er nie spürte.

Der Garten seiner Träume war meilenweit von Jerhattan entfernt. Er hatte zu der Ferienfarm gehört, zu der seine Eltern ihn mitgenommen hatten, als er acht war. Für jemanden, der in Linear Jerhattan aufwuchs, wo man dem Lärm und Mief der Menschen und Wartungsmaschinerie nicht entrinnen konnte, war die Farm ein zauberhafter Ort. Peter wußte, daß es überall im Jerhattan-Komplex kleine Grünflächen gab. Er hatte sogar mehrere abgeklappert und versucht, seine Urlaubsgefühle wieder zum Leben zu erwecken, aber keine der Wiesen hatte die gleiche Reaktion bei ihm hervorgerufen – sie waren zu klein und nicht weit genug von der ewigen Geräuschkulisse der City entfernt.

Er hatte indes einen Ort gefunden, den er aufsuchen konnte, wenn er den richtigen Zustand der Entspannung erreicht hatte. Es gab Gras und Bäume dort, die im schummrigen Licht vor der Morgendämmerung kaum zu erkennen waren. Und er wurde merkwürdig von anderen unerklärlichen Eigenheiten, tröstlichen Gedankenfäden, angezogen, die ihn zum Verweilen einluden. Eine Gedankenwelt hatte es *ihm besonders angetan, und er näherte sich ihr, so weit er konnte, betört von einem Gefühl von ruhiger Vertrautheit.*

Auf einmal blendeten ihn starke Flutlichter, die die Szene in gleißendes Licht tauchten. Einen Moment lang war er vor Schreck wie erstarrt. Er konnte seinen Schrei nicht unterdrücken und beruhigte sich erst, als er Miz Allens Schritte hörte. Er öffnete die Augen nicht, bis er ihre Hand auf seiner Stirn spürte und wußte, daß er wieder in Bett 7 auf Station 12 lag.

»Was ist los, Peter?« Miz Allen merkte es immer, wenn ein Patient etwas vortäuschte, und sie tolerierte keinen blinden Alarm. Sie hob den Blick zur Anzeige an der Wand. »Hast du schlecht geträumt?«

»Ja, ich hab schlecht geträumt.« Er konnte nicht verhindern, daß seine Stimme zitterte, und ihr Gesichtsausdruck wurde sanfter.

»Ja, dein Adrenalinspiegel ist hochgeschnellt. Ich denke, du mußt etwas Schlaf bekommen.«

Peter nickte, erleichtert über ihre Entscheidung, ihm ein Schlafmittel zu geben. »Ich habe morgen Reha-Training ...« begann er, aber dann wurde es Nacht um ihn.

Ihr habt ihn in die Flucht gejagt! beklagte sich Rhyssa bei Ragnar, außer sich vor Wut, weil jemand ihr Netz so programmiert hatte, daß die Sicherheitskräfte des Zentrums alarmiert wurden, wenn ungewöhnliche Zacken in ihrem Diagramm auftauchten. Die Flutlichter waren aufgeflammt. Augenblicke später hatte sie das Ausschwärmen der Schweber gehört, die in alle Richtungen davonschossen. *Sascha!* trompetete sie. Er war der einzige, der das Recht hatte, sie überwachen zu lassen!

Sascha: *Wir werden den Burschen fangen!*

Aber nicht so! Rhyssa zwang sich, ihre rasende Wut zu zügeln. Sascha hatte seine Machtbefugnisse – sogar die Grenzen der Freundschaft – überschritten.

Sascha: *Hab ich nicht!*

Sie sog tief die Luft ein, bewußt, daß sie immer noch vor Wut zitterte. Sie preßte die Einatmungsluft so lange bis in die Zehen, bis ihre Bauchmuskeln fest angespannt waren. *Er hat mich NICHT bedroht!*

Es ist jemand eingedrungen! Sein Gedankengang brach kurz ab, als er auf einen äußeren Reiz reagierte. *Das ist verdammt merkwürdig,* sagte er einen Augenblick später. *Es ist niemand in das Zentrum eingedrungen. Jedenfalls nicht physisch. Auf keinem Bildschirm ist etwas Ungewöhnliches zu erkennen. Und nichts – hast du gehört – nichts in unserem Luftraum.*

Ein erblühtes Talent! Rhyssa ließ in diesem Gedanken ihre Befriedigung mitschwingen. *Das heißt, wenn ihr ihn nicht so verschreckt habt, daß sein Talent wieder blockiert ist!* Sie sendete ein Bild von sich selbst, wie sie sich auf den Bauch drehte, sich in die pastellfarbene Daunendecke einmummelte und sich ein passendes Kopfkissen über den Kopf zog – und genau das tat sie auch.

»Ein erblühtes Talent von wo?« war die Frage, die im Kontrollraum herumging.

»Wer ist um vier Uhr morgens wach?« fragte Sascha.

»Ich kann eine Wahrscheinlichkeitskurve erstellen«, schlug Madlyn vor, »und alle offensichtlichen Schichtarbeiter eliminieren.«

»Warum willst du sie eliminieren?« fragte Budworth.

»Wenn sie arbeiten, können sie nicht aus ihrem Körper heraus«, gab sie zurück.

»Wer sagt denn, daß es sich um eine außerkörperliche Erfahrung handelt?« fragte Sascha, der sich erstaunt zu Madlyn umdrehte.

»Was sollte es denn sonst sein?«

Sascha grinste. »Da hast du wohl den Nagel auf den Kopf getroffen, Madlyn, und es ist so offensichtlich, daß ich mich frage, warum wir nicht schon früher darauf gekommen sind. Okay, wer würde seine Seele herumspazieren lassen?« Das war die Kernfrage, auf die er auch schon eine Antwort wußte.

»Jemand, der den Körper nicht mag, in dem er steckt«, erwiderte sie.

»Aber seinen Körper verlassen zu können, *ist* ein Talent«, sagte Budworth, »und alle Talente, die diese Gabe besitzen, sind registriert, so daß sie bessere Dinge zu tun haben, als nachts herumzugeistern.«

»*Wenn* sie registriert sind«, betonte Sascha.

»Ich verstehe. Also sollten wir nach neuen Talenten suchen.«

»Richtig. In den Krankenhäusern.«

Madlyn stöhnte. »Wißt ihr, wie viele Krankenhäuser es in Jerhattan gibt?«

»Nicht genau«, sagte Sascha grinsend und wies mit dem Zeigefinger auf sie. »Betrachte es als eine Studie, die du im Rahmen deiner Ausbildung durchführst. Frag nach Gelähmten – Teenagern, Kindern, Schlafgestörten …«

»Warum soll es ausgerechnet ein Teenie sein?« konterte Madlyn.

»Sie wurden noch nicht auf Talent hin getestet. Na gut«, fügte Sascha einlenkend hinzu, »checke alle, die plötzlich in ihrer Bewegungsfreiheit eingeschränkt sind. Nehmen wir noch die Gefängnisse dazu.« Er grinste über Madlyns Stöhnen. »Eines der berühmtesten Talente war ein Typ, der einem sadistischen Gefängniswärter entflohen ist.«

Madlyn riß die Augen auf. »Kann das Zentrum erreichen, daß Häftlinge aus der Haft entlassen werden?«

Budworth lachte glucksend. »Kennst du die Geschichte des Zentrums nicht? Dieser Ort wurde anfangs von Menschen bevölkert, die sonst im Gefängnis oder in der Klapsmühle gelandet wären« – er warf Sascha einen verschmitzten Blick zu –, »und von allen möglichen anderen asozialen und/oder exzentrischen Persönlichkeiten.«

»Wenn mein Bruder hier wäre ...« Sascha wackelte Budworth mit dem tadelnd erhobenen Zeigefinger vor der Nase herum.

»Hach!« Budworth schnaubte. »Ich habe keine Angst vor deinem Bruder, auch wenn er der hochwohlgeborene Kommissar für Recht und Ordnung ist.«

»Das hätte ich aber an deiner Stelle«, entgegnete Sascha. »Dabei fällt mir ein, daß ich mich beeilen muß, um rechtzeitig zu dieser Besprechung zu kommen. Fangt mit der Überprüfung von Krankenhäusern und Gefängnissen an. Und du, Kumpel, kannst die psychiatrischen Institutionen übernehmen. Danke, daß du mich daran erinnert hast.«

»Ha!« meinte Madlyn zu Budworth als Sascha den Kontrollraum verließ.

»Wie kommt es, daß es so viele illegale Kinder in den Wohnkomplexen gibt?« fragte Teresa Aiello, die Oberbürgermeisterin von Jerhattan, den Obermedizinalrat Harv Duster. »Ihre Leute sollen die Frauen doch nach einer zweiten Schwangerschaft sterilisieren.«

Aus Harvs markantem Gesicht sprach Grimm. »Nur wenn sie zur Entbindung zu uns kommen. Sie wissen doch, daß einige ethnische Gruppen sich immer noch weigern, Empfängnisverhütung zu betreiben. Bis wir das Recht haben, in der Nahrung für die sozial Schwachen Sterilisierungsmittel zu verwenden, wird es nicht gemeldete Geburten geben – wie auch den Handel mit Kindern für sexuelle Perversionen oder zur Ausbeutung von billigen Arbeitskräften in illegalen Fabriken. Und die Kinder mit der richtigen Blutgruppe und gesunden Organen schnappen sich die ganz Reichen, um sie als Organspender zu benutzen.« Er wies auf die Faxbilder auf Teresa Aiellos Schreibtisch.

»Und skrupellose Menschen werden die Mohren, die ihre Schuldigkeit getan haben, weiterhin entsorgen«, fügte Boris Roznine, Kommissar der RuO, der Behörde für die Aufrechterhaltung und Durchsetzung von Recht und Ordnung, hinzu. »Selbst illegale Kinder haben Rechte.« Er warf einen verstohlenen Blick auf die Faxdokumente, die über die Arbeitsplatte verteilt waren.

Teresa blickte unwillkürlich zu Boden. Sie war eine hartgesottene Frau, aber sie hatte eine zehnjährige Tochter, und die Faxbilder von den auf dem Wasser treibenden, aufgedunsenen Körpern, die vor der Nordküste von Long Island aufgefunden worden waren, gingen allen an die Nieren. Sie wandte den Blick ab. Laut dem Leichenbeschauer war das älteste Kind zwölf und das jüngste fünf gewesen.

Boris Roznine hatte sie in dem Augenblick angerufen, als die entsetzliche Entdeckung gemacht wurde. Das Stimmungsbarometer stand in Jerhattan immer auf Sturm, wenn solche Nachrichten bekannt wurden, und Teresa hatte eine Krisenbesprechung mit ihren Kommissaren einberufen, um auf einen möglichen Eklat vorbereitet zu sein, wenn die Nachricht zu den Medien durchsickerte. Sie erwarteten Boris' Zwillingsbruder Sascha, der die Vorschläge des Parapsychologischen Zentrums unterbreiten sollte. Um höchstmögliche Sicherheit zu gewährleisten, hielten die vier Regierungsbeamten ihre Konferenz im abgeschirmten Turmbüro der Bürgermeisterin ab.

»Ah.« Boris berührte mit der rechten Hand seine Schläfe, um Teresa, die gerade etwas sagen wollte, anzuzeigen, daß er eine telepathische Botschaft erhielt. »Die ID von einem Kind wurde bestätigt. Es ist die Tochter der Waddells, die vor sechs Wochen gekidnappt wurde ...«

Teresa zuckte zusammen und gab ein Stöhnen von

sich. Die Waddells waren Bekannte von ihr, Hightech-Führungskräfte. Das kluge und außergewöhnlich hübsche Mädchen war eine Schulfreundin ihrer Tochter gewesen. Teresa hatte der Aufklärung der Entführung höchste Priorität eingeräumt und Rhyssa Owen offiziell den Auftrag erteilt, ihren besten Finder auf den Fall anzusetzen.

»Zwei weitere Kinder wurden vor zwei Monaten als vermißt gemeldet. Was die anderen angeht ...« Roznine zuckte die Achseln und warf einen Blick auf den Obermedizinalrat. »Das beste, was das Labor tun kann, ist, die Genotypen zu ermitteln, und die sind eine kunterbunte Mischung.«

Alle Bürger der Vereinigten Welt hatten das Recht – vorausgesetzt, sie waren nicht Träger von krankhaften rezessiven Genen, die laut Gesetz nicht weitervererbt werden durften –, einen Nachkommen zu zeugen. Ein Elternteil, ein Kind. Zwei Elternteile, zwei Kinder. Die Geburtenkontrolle mußte strikt durchgeführt werden, bis das Problem der Überbevölkerung der Erde durch den Exodus von Menschen auf die neuen bewohnbaren Welten, die bekannt, aber noch nicht erreichbar waren, gelöst werden konnte. Die gesetzlich vorgeschriebene Geburtenkontrolle war in ländlichen Gemeinden leichter durchzuführen als in den riesigen Städten wie Jerhattan mit einer Bevölkerung von mehr als dreißig Millionen Menschen.

Teresa wandte sich an den RuO-Kommissar. »Machen Sie denn keine Stichproben mehr, Boris?«

»Doch, natürlich, aber wir entdecken die frühen Schwangerschaften immer noch nicht, so sehr wir uns auch anstrengen. Wenn ich das Personal besäße, um Suchaktionen in mehreren Stockwerken gleichzeitig durchzuführen, würden wir mehr erwischen.« Boris klatschte in die Hände, so als ließe er eine Falle zuschnappen. Der Schatten eines Grinsens huschte über

49

sein Gesicht. »Wir waren sechs Wochen nach dem letzten großen Stromausfall ziemlich erfolgreich in den Wohnkomplexen, aber das war ein einmaliger Glückstreffer.« Dann spreizte er resigniert die Finger. »Sie kennen unsere Situation. Wir schaffen es zu verhindern, daß der berühmte Tropfen das Faß zum Überlaufen bringt – wenn wir alle zusammenarbeiten. Es ist ja nicht so, daß wir noch mehr Leichen bräuchten.«

»Die Leute, die sich nicht an die gesetzlichen Bestimmungen zur Geburtenkontrolle halten«, sagte Harv niedergeschlagen, »sind auch jene, die wir mit unseren Bildungs- und Hygieneprogrammen nicht erreichen – in welcher Sprache auch immer.«

Teresa zog eine Grimasse. »Es gibt also keinen Hinweis darauf, wo der Rest dieser armen Kinder herstammt?«

Roznine schüttelte den Kopf. »Sie könnten aus allen Gesellschaftsschichten stammen.«

»Nach dem letzten grauenvollen Gemetzel vor etwa drei Monaten konnten wir nur vier Kinder bekannten Volksgruppen zuordnen«, sagte Harv Dunster grimmig. »Sie kamen aus dem Nahen Osten – Libanesen und Araber. Zwei litten am Tay-Sachs-Syndrom, zehn waren dunkelhäutig und ein Kind war HIV-Träger – was durchaus der Grund dafür sein kann, daß sie alle ... entsorgt wurden.« Der Mediziner stieß einen tiefen Seufzer aus. »Ich vermute, daß das Labor auch bei den letzten Leichen Anzeichen für irgendwelche Krankheiten finden wird ...«

»Ersparen Sie mir weitere Details, Harv«, sagte Teresa bestimmt und rief auf ihrem Bildschirm die Karte von Jerhattan auf. »Das Gesundheitsamt hat im Rahmen einer Impfaktion gerade erst eine großangelegte Untersuchung in den Wohnkomplexen durchgeführt. Wir haben kein Geld für eine weitere. Wo genau wurden die Leichen gefunden, Boris?« Ihre Finger lauerten über der Tastatur, während sie auf Boris' Antwort wartete.

»Sie wurden draußen bei Glen Cove an die Küste gespült, nicht weit von den exklusiveren Bienenstock-Wohnvierteln am Sound entfernt.«

»Klasse!« Teresas Frustration äußerte sich in Sarkasmus. »Wurde kein Vorfall gemeldet?« fragte sie Boris, auch wenn das eigentlich schon im ersten Bericht gestanden haben müßte.

»Der Sturm, ja. Die treibenden Leichen, nein.«

»Sollte Ihr Bruder nicht inzwischen eingetroffen sein?« Teresa zog die Stirn kraus und warf einen Blick auf die Uhr, die in der Ecke des Desktops die Sekunden zählte. »Wir brauchen hierbei alle Hilfe, die wir kriegen können.«

Boris Roznine richtete seinen Blick kurz nach innen, als er sich in den Geist seines jüngeren Bruders einklinkte. »Der Stau löst sich auf. Aber er sagt« – seine Stimme wurde plötzlich tiefer, da das besondere Talent, das die Zwillingsbrüder gemein hatten, es ihnen ermöglichte, den einen durch den anderen sprechen zu lassen – »Hören Sie, ich möchte Zeit sparen – Ihre und meine. An diesen Morden ist mehr dran als der Verlust von dreißig Kindern. Vergessen Sie das mit den Erkrankungen – das ist hier irrelevant. Sie haben sie entsorgt, weil wir ihnen zu nahe auf den Fersen waren, aber nicht nahe genug, nicht schnell genug. Teresa, Carmen ist die ganze Zeit auf Such-und-Finde-Bereitschaft gewesen, seit Sie uns die Waddell-Akte übergeben haben. Sie hat ein oder zwei Angstmomente wahrgenommen, aber es gab nie genug Licht, um sie anzupeilen. Das einzige, auf das sie einen Blick erhaschen konnte, war Wasser.« Boris' breiter Mund verzog sich kurz, den Kummer seines Bruders reflektierend. »Die meisten dieser Kinder müssen illegal gewesen sein. Wir wissen alle, daß diese Gruppe von Päderasten am Werk ist – und beliefert wird –, trotz der internationalen Bemühungen, diesen Machenschaften ein Ende zu bereiten. Wir wissen, daß die Kinder als billige Arbeitskräfte gekauft und, wer weiß wohin, verschifft werden. Und wir wissen auch, daß einige an einem geheimen Ort als mögliche Organspender festgehalten werden.

»Wir sind nicht untätig gewesen«, fuhr Saschas Stimme fort. »Dies könnte in der Tat der Durchbruch sein, auf den wir gewartet haben. Wir sind ihnen zu nahe auf die Pelle gerückt. Es wäre schön, wenn wir wüßten...« – bei diesem Wort öffnete sich die Tür zu Teresa Aiellos Büro, und Sascha kam lächelnd herein. Während er seinem Bruder freundschaftlich in die Schulter knuffte, fuhr er fort, »wo genau wir ihnen zu nahe gekommen sind. Wir arbeiten daran, und mit Ihrer Hilfe, Harv und Teresa, glaube ich, daß wir eine Angel in der Hand haben, die wir auswerfen können, um diese Haie zu fangen.« Sein Lächeln galt all seinen Zuhörern, doch seinen Bruder sah er mit schiefgelegtem Kopf an und zwinkerte ihm zu.

Langsam breitete sich ein Lächeln auf Boris' Gesicht aus, als er Saschas Gedanken las. »Kids im ganzen Schulsystem markieren? Das könnte funktionieren! Wir könnten diesmal sogar die räudigen Kinderhändler erwischen.« Boris beugte sich über den Tisch. »Kennen Sie alle die Marker, die wir vor kurzem entwickelt haben? Diese Marker lassen sich auf einem Scanner verfolgen. Die ersten Marker hielten nicht lange, so daß uns die Personen, die wir damit markiert haben, mitunter entwischt sind. Deshalb haben wir eine zweite Version mit einer etwas geänderten Formel hergestellt, und jetzt kann der Marker mit der neuen Formel bis zu sechs Monate lang zu der markierten Person zurückverfolgt werden. Es gibt noch einige Probleme, die gelöst werden müssen, aber es ist der Mühe wert, alle gefährdeten Kinder zu markieren.«

»Sie meinen, auf dieser Seite des Flusses?« Teresa machte eine ausladende Armbewegung zum Panorama hin, das sie von ihrem Turmbüro aus überblicken konnten, den Anhäufungen von wabenförmigen, konischen und eintürmigen Wohngebäuden, die sich gegen den klaren Horizont abzeichneten. »Doch, statistisch gesehen, sind die illegalen Kinder in den Linear-Wohnkomplexen, am meisten gefährdet.«

»Wenn wir die Linear-Kids zu fassen kriegen könnten, um sie zu markieren«, sagte Boris und hob resigniert die Hände, die Handflächen himmelwärts, »wären wir ein gutes Stück weiter. Mittlerweile markieren wir so viele Kinder wie möglich auf beiden Seiten des Flusses und hoffen.«

»Hoffen?« fragte Sascha leise.

Rhyssa! Sie erkannte die mentale Berührung von John Greene, dem talentierten Leibwächter des Raumfahrtministers Vernon Altenbach.

Ja, was gibt's für Probleme? fragte sie.

Mädchen, du verdienst wirklich alle Kopfschmerzen, die administrative Aufgaben bereiten, wenn du schon so viel weißt, sobald du mich einfach nur deinen Namen aussprechen hörst.

Dazu brauche ich keine Präkog, J.G., weil du mich nie störst, es sei denn, es gibt politische Scherereien. Was ist es diesmal?

Ein Gesetzentwurf dafür, die Talentierten zwangsweise zu rekrutieren, für welche Aufgabe die Regierung sie auch braucht.

Nicht schon wieder, antwortete Rhyssa halb amüsiert, halb entnervt.

In jüngster Vergangenheit hatte die Regierung die Talente und ihre wertvollen Fähigkeiten zu schätzen begonnen. Doch zuvor hatten Regierungsgremien wiederholt den Versuch gemacht, die Entscheidungsfreiheit, die sie Daffyd op Owen, ihrem berühmten Großvater, zu verdanken hatten, einzuschränken. Er hatte damals mit Senator Joel Andres an seiner Seite, hart darum gekämpft, daß Talente, die ihre Fähigkeiten in den Dienst der Menschheit stellten, gesetzliche Immunität erhielten.

Immunität war besonders wichtig für Präkogs, weil sie, wenn sie vor Desastern gewarnt hatten, die durch diese Warnungen abgewendet wurden, teure und langwierige Prozesse an den Hals bekommen hatten. Seitdem hatte es immer wieder Versuche gegeben, von lächerlichen bis zu todernsten, den Einsatz aller Arten von Talenten für militärische, politische oder wirtschaftliche Zwecke gesetzlich zu regeln oder zu beschränken.

Doch die Talentierten hatten es ganz legal und ohne Einsatz ihrer besonderen Fähigkeiten immer geschafft, solche Versuche zu unterminieren. Viele Talente hatten bereitwillig ihre persönliche Freiheit aufgegeben, um ihre Gabe im öffentlichen Dienst anzuwenden, einige auf lebenslanger Basis, um die Entscheidungsfreiheit ihrer Kollegen zu erhalten. Rhyssas Eltern hatten so gehandelt, um es ihr zu ermöglichen, die Position zu erreichen, die sie jetzt innehatte.

Wieder, und das ist nicht komisch, Rhyssa, fuhr Johnny Greene fort, *ist die Raumplattform unsere Zwangsjacke. Die Plattform muß termingerecht fertig werden, ehe die Erde an der schieren Last der Überbevölkerung zu zerbrechen droht.*

Dann hat sich Ludmilla also eine Lobby zugelegt?

Sie hat sich ein paar einflußreiche Hintermänner an Land gezogen, und Vernon ist enormem Druck ausgesetzt. Ich habe die lauteste der Stimmen in Washington und Luxemburg. Deshalb habe ich dich in Vertretung der anderen Leibwächter kontaktiert. Wir wurden aus weit mehr Sitzungen ausgeschlossen, als es rechtens wäre – Sitzungen, an denen einige der antagonistischsten rechten Taubstummen teilnah-

*men, die je Front gegen die Talente gemacht haben. Und
wenn ich daran denke, daß ich Vernon geholfen habe, seinen
Schutzschild gegen unerwünschtes Eindringen in seinen
Geist aufzubauen, kommt mir die Galle hoch! Daß er den
Nerv hat, mich auszusperren!*

Gefährdeten Spitzenpolitikern Personenschutz zu
gewähren, war eine der heikleren Aufgaben, die Empathen übernahmen. Terrorismus war immer noch ein
Faktum des politischen Lebens, und obwohl man das
Problem mit den sozial Schwachen und Minderheiten
durch die Massenumsiedlungen und die Einrichtung
von Linear-Wohnkomplexen in der Nähe aller größeren Städte etwas in den Griff bekommen hatte und die
Anzahl der Attentate drastisch zurückgegangen war,
wurden Empathen immer noch als »Leib- und Geist-
wächter« der Politiker engagiert, die Zielscheiben für
die Fanatiker darstellen könnten, die immer noch gelegentlich auftauchten.

Rhyssa konnte aus Johnnys Stimme heraushören,
wie verletzt er war, daß Vernon Altenbach seine Gedanken vor seinem Aufpasser verheimlicht hatte, besonders, weil Johnny auch Vernons bester Freund und
Schwager war. In seiner offiziellen Funktion war
Johnny Unterstaatssekretär im Raumfahrtministerium.
Davor war er ein ausgebildeter EP-Pilot – Erde-Platt-
form-Pilot – gewesen und hatte zwanzig erfolgreiche
Starts hinter sich gebracht … bis der einundzwanzigste
ihn für immer und ewig auf die Erde verbannt hatte.
Sein Talent hatte seine Crew vor dem Tod gerettet, aber
ihn nicht davor, den linken Arm und das linke Bein zu
verlieren. Obwohl er Prothesen bekommen hatte, die
auf dem neuesten Stand der Technik waren, war es
ratsam erschienen, eine neue Karriere anzustreben. Bislang hatte Johnny den Raumfahrtminister Vernon Altenbach schon viermal vor Tötungs- und Entführungs-
versuchen bewahrt.

Johnny: *Ich hätte bei diesen letzten Debatten dabei sein sollen, aber man hat mich davon ausgeschlossen.*

Rhyssa: *Was bedeutet, daß sie über Talente debattiert haben. Barschenka und Duoml ziehen alle Register, um mehr Telekineten für die Plattform zu bekommen. Ich tue mein Bestes, um zu helfen …*

Johnny in einem brüsken Ton: *Hat schon mal jemand daran gedacht, Barschenka zu sagen, daß sie der Grund dafür ist, wenn die Talente da oben nicht arbeiten wollen?*

Rhyssa: *Lance Baden hat es getan. Er denkt, daß sie unter selektiver Amnesie leidet. Er kann sie nicht einmal feuern, nicht bei ihrer Leistungsbilanz!*

Vernon hat es versucht! Sie ist so verdammt gut in dem, was sie macht – es ist nur, wie sie es macht. Ich halte dich auf dem laufenden, aber wir hatten das Gefühl, wir sollten dich vorwarnen. In seiner Stimme schwang leise Kritik mit.

Kein Präkog hat etwas gesehen, Johnny.

Ich weiß, ich weiß. Das macht mir genauso viele Sorgen. Diese Sache könnte sehr, sehr brisant werden, und nicht einmal Mallie hat einen blassen Schimmer, was passieren könnte!

Rhyssa: *Dann können wir die Angelegenheit offenbar regeln, ehe sie in ein kritisches Stadium eintritt.* Sie versuchte, optimistisch zu klingen, obwohl ihr ein Schauer über den Rücken lief. Jemand sollte etwas geahnt haben! Mallie Vaden war eine der sensitivsten Präkogs, die je aus dem Zentrum hervorgegangen waren, und die Tatsache, daß sie keine problematische Situation vorausgesehen hatte, überraschte sie.

Ich halte dich auf dem laufenden, versicherte Johnny ihr. *Ich werde sogar versuchen herauszufinden, was die Geister denken. Du weißt ja, daß sie sich ins Fäustchen lachen würden, wenn wir eins auf unsere talentierten Nasen kriegen.*

Ich denke, ich werde einen Frontalangriff starten, sagte

Rhyssa. *Vielleicht bringe ich ein paar Gehirnzellen in Bewegung.*

Wann sehen wir uns dann? fragte Johnny in freudigerem Ton.

Wenn möglich, noch heute. Lies mir mal Vernons Terminplan vor. Als Johnny tat, wie ihm geheißen, unterbrach Rhyssa ihn bei der Verabredung zum Mittagessen. *Ich mag das Essen in diesem Restaurant. Ich komme einfach vorbei.*

Rhyssa war immer leicht schockiert, wenn sie Johnny in Fleisch und Blut gegenübertrat, denn die Sanftheit seiner mentalen Stimme stimmte nicht mit seiner kräftigen körperlichen Erscheinung überein. Er war mittelgroß und hielt sich fit. Nie käme man auf die Idee, daß er ernsthafte Verletzungen erlitten hatte, wenn man ihn gehen oder Eßbesteck handhaben sah. Eine latente telekinetische Begabung hatte sich beim Umgang mit seinen Prothesen als vorteilhaft erwiesen. Er erhob sich, als er Rhyssa erspähte, die auf den Tisch zukam, an dem der Raumfahrtminister Vernon Altenbach, die Erste Ingenieurin Ludmilla Barschenka und der Padrugoi-Personalchef Per Duoml saßen. Johnny hieß sie mit einem breiten Lächeln willkommen, und sie umarmte ihn und gab ihm einen Begrüßungskuß auf die Wange.

Hättest du es gewagt, so umwerfend auszusehen, wenn der liebestolle Phanibal auch hier wäre? Aus Johnnys grün gesprenkelten, bernsteinfarbenen Augen blitzte der Schalk.

Rhyssa: *Warum geht dieser Widerling nicht auf seine pazifische Insel zurück, auf der er in die Welt gesetzt wurde, und kümmert sich um die Plantagen seiner Familie?*

Johnny: *Alles, was du brauchst, ist ein starker, schöner Mann, der ihn in die Flucht jagt. Gerade jetzt hast du diese Leute hier durch dein Aussehen in Verlegenheit gebracht, und doch haben sie kein falsches Wort von sich gegeben,* fügte er hinzu, all das in den Sekundenbruchteilen, die ihre Begrüßung dauerte.

Rhyssa schenkte Altenbach ein strahlendes Lächeln und nickte Barschenka, der eine strenge Falte auf der Stirn stand, und dann Per Duoml mit seinem unergründlichen Gesichtsausdruck höflich zu. »Gut, daß ich Sie hier antreffe. Als ich hörte, daß Sie nach Washington kommen, Madame Barschenka, ist mir klar geworden, daß ich mich einmal sehen lassen mußte, ehe die Dinge außer Kontrolle geraten.«

»Nun, Rhyssa«, sagte Altenbach und bedeutete einem Ober, einen Stuhl zu bringen und ein weiteres Gedeck für seinen unerwarteten Gast aufzulegen. »Sie können den althergebrachten Ablauf des Lobbying nicht durcheinanderbringen. Sie halten sich nicht an die Spielregeln.«

»Sie halten sich auch nicht an die Spielregeln, wenn Sie Dinge hinter meinem Rücken verhandeln«, sagte Rhyssa lächelnd, um ihrer Kritik die Schärfe zu nehmen. Sie wandte sich an Barschenka. »Sie müssen Ihren Terminplan einhalten. Sie werden indes nicht erfreut sein zu hören, daß man Talente nicht verplanen oder zwangsrekrutieren kann. Wir können uns die Telekineten, die Sie so verzweifelt brauchen, nicht aus den Fingern saugen, um Ihnen zu helfen, Ihren Terminplan einzuhalten. So viele Telekineten gibt es gar nicht. Talent ist eine zufällige und höchst individuelle Gabe, die wir nicht als gegeben annehmen können. Niemand kann über ein Talent bestimmen und erwarten, daß die Person ihre besonderen Fähigkeiten einsetzt. Zwang blockiert Talent ebenso, wie Seekrankheit den Appetit hemmt. Das ist so sicher wie das Amen in der Kirche. Kein Gesetz auf der Welt ermöglicht es, den Geist in Ketten zu legen.«

»Es gibt Gesetze, die wir anwenden können, um die Talente für das Projekt, das die ganze Welt fertiggestellt sehen will, zu rekrutieren.« Barschenkas harte Worte spiegelten ihre zornige Unerbittlichkeit wider. »Die Plattform *wird* rechtzeitig fertig werden, und die Telekineten *werden* ihre Arbeit machen.«

Rhyssa bemerkte, daß auch Per Duoml, der feierlich nickte, um Barschenkas Aussage zu unterstreichen, äußerst erregt war.

»Wir haben Trümpfe in der Hand«, fügte Barschenka hinzu. Ihre kalten Augen musterten Rhyssa von oben bis unten, von ihrem elegant frisiertem Haar, über ihr dezentes Make-up bis hin zu ihrer Designerkleidung.

»Legale?« fragte Rhyssa mit einem matten Lächeln.

Der Raumfahrtminister räusperte sich und reichte Rhyssa eine Speisekarte. »Ich bin immer noch der Ansicht, daß diese … ah … Unstimmigkeit zur Zufriedenheit aller Beteiligten geklärt werden kann.«

Barschenka stieß ein ungläubiges Schnauben aus und studierte weiter die Speisekarte. Schon nach Sekunden warf sie sie angewidert auf den Tisch. »Ich hätte lieber nahrhaftes Essen als dieses …«

Johnny winkte dem Maître, der dafür berühmt war, daß er auch in den prekärsten Situationen, die in Washington entstehen konnten, Haltung bewahrte. »D'Amato, bringen Sie bitte die *andere* Speisekarte für Madame Barschenka.«

D'Amato schnippte einmal mit den Fingern, und ein Kellner erschien mit einem dünnen Ordner, den er Barschenka mit einer eleganten Verbeugung präsentierte. Sie bedachte ihn und Johnny mit einem zynischen Blick, doch als sie eine Speisekarte mit den Nahrungsmitteln überflog, die auf der Plattform verfügbar waren, wich ihr spöttischer Gesichtsausdruck einem Ausdruck angenehmer Überraschung.

»Nummer fünf, zwölf und zwanzig und dazu Tee«, sagte sie mit einer Stimme, die immer noch vor unterdrückter Wut zitterte.

Sei auf der Hut! warnte Johnny Rhyssa. *Hast du diesen Gedankenblitz mitgekriegt? Sie ist felsenfest davon überzeugt, daß sie uns da hat, wo sie uns haben wollte.*

Gleichzeitig übermittelten drei weitere Aufpasser, die ebenfalls mit ihren Schützlingen im Restaurant weilten, Rhyssa ähnliche Warnungen. Sie war besonders froh, die geistige Berührung von Gordon Havers zu spüren, dem jüngsten Richter am Obersten Gerichtshof, der je ernannt worden war. Seine Expertise könnte sich als äußerst hilfreich erweisen.

Toll! Und was willst du damit andeuten? sagte Rhyssa im Geiste, während sie Obst, Suppe und Salat bestellte. *Gordie, haben Sie Zeit, um auf die Schnelle nach veralteten Statuten zu suchen, die einen Fall wie diesen unterstützen könnten?*

Ich selbst und meine Angestellten haben uns die ganze Zeit abgemüht, welche zu finden, Rhyssa, antwortete Gordon Havers. *Es gibt nichts in unserer Verfassung, was Barschenka eine Hintertür offen ließe, aber da die Russen den Vertrag für Padrugoi ergattert haben, gibt es möglicherweise etwas in der ihren! Ihre Jurisprudenz ist so verzwickt wie ihre Grammatik!*

»Sie könnten natürlich irgendein vergessenes, aber immer noch rechtswirksames Statut heranziehen«, bemerkte Rhyssa beiläufig, ihr Augenmerk auf Reaktionen gerichtet, »um Talente zu rekrutieren …« Sowohl Barschenka als auch Duoml blickten erstaunt drein.

Bingo! schrie Gordie. *Ich werde mich auf die russischen Raumfahrtgesetze konzentrieren.*

»Allerdings«, fuhr Rhyssa besänftigend fort«, hat es sich immer als unklug erwiesen, Talente dazu zu zwingen, in einem Bereich zu arbeiten, der für sie persönlich oder beruflich nicht akzeptabel ist, noch dazu unter menschenunwürdigen Bedingungen.«

»Wir sind zu wohlwollend mit Ihren eigenwilligen Tricks und Tücken umgegangen«, sagte Barschenka, sich im Zorn über den Tisch beugend. »Tun Sie dies, tun Sie das nicht!« Ihre Stimme nahm den Ton eines quengelnden Kindes an. »Wir haben viele Konzessionen gemacht, um die Launen und Pimpeleien Ihrer Talente zu berücksichtigen, und trotzdem melden sie sich nicht in ausreichender Zahl freiwillig für das wichtigste Projekt, das es je in der Geschichte der Menschheit gegeben hat. Ihre Haltung ist inakzeptabel.«

»Ich schütze meine Kollegen, ich bremse sie nicht. Ich muß noch einmal betonen«, nahm Rhyssa den Faden wieder auf, »daß es sich immer als unklug erwiesen hat, Talente dazu zu zwingen, Aufgaben auszuführen, die für sie nicht akzeptabel sind, und das unter unmenschlichen Lebensbedingungen.«

»Das wird sich ändern! Wird geändert werden! Die Plattform wird termingerecht fertig werden!« Barschenkas Stimme war mit jedem Satz lauter geworden, bis alle Gespräche im weitläufigen Restaurant verstummten. Sie stemmte sich aus ihrem Stuhl hoch und schwankte leicht, während sie ihren stämmigen Körper mit Bewegungen, die mehr für die halbe Schwerkraft geeignet waren, schwerfällig in eine aufrechte Haltung brachte. Sie kickte den Stuhl zur Seite. »Ich dulde keinen Ungehorsam!« Damit polterte sie vom Tisch weg.

»Ich habe mein Bestes für Sie getan«, sagte Vernon Altenbach zu Rhyssa. Aus seinem Gesichtsausdruck und seiner Haltung sprach Resignation, als er aufstand und ein lauernder Ober seinen Stuhl wegzog.

»Sie verstehen unsere Lage nicht, Frau Direktor Owen«, fügte Per Duoml hinzu, aber er machte keine Anstalten, den Tisch zu verlassen. »Wir sind gezwungen, zu unangenehmen Alternativen zu greifen, um zu vermeiden, daß weitaus ernstere Desaster über die Welt hereinbrechen!«

»Ich werde versuchen, sie zu beruhigen und sie zur Vernunft zu bringen«, sagte Vernon und bedeutete

Johnny dazubleiben. »D'Amato, senden Sie mein und ihr Essen in das Privatzimmer. Ich werde da sein.«

»Mal ganz ehrlich, Per Duoml«, sagte Rhyssa, sich über den Tisch zu dem Mann hinüberbeugend, »glauben Sie wirklich, daß wir unsere Pflicht der Welt gegenüber *vernachlässigen*?«

Er zuckte die Achseln. Was in seinem durch die Metallkappe abgeschirmten Kopf vorgeht, dachte Rhyssa, ist so unergründlich wie seine Weigerung, Verständnis für das Wesen der Talente aufzubringen. »Laut der herrschenden Meinung gefährdet dieser – Boykott – das ganze Plattformprojekt.«

»Es ist Ludmilla Barschenka, die es gefährdet«, erwiderte Rhyssa hitziger als beabsichtigt. Sie lächelte schnell in der Hoffnung, den Schaden, den sie mit ihrer Unbeherrschtheit angerichtet hatte, wiedergutzumachen. Per Duoml mochte nicht talentiert sein, aber er war keinesfalls dumm.

»Ah! Meine geschätzte Kollegin hatte recht«, sagte er.

»Ich stehe ihr *nicht* im Weg. Ich sorge mich nur um meine Fachkräfte, während sie sich um ihr Projekt sorgt.«

Ha, sie ist der Grund dafür, daß Talente nicht für sie arbeiten wollen, versicherte Johnny ihr schnell. *Und wir wissen es alle!*

Gordie: *Ja, aber wir werden sie nicht los! Dies wird ein interessanter Machtkampf werden, rein vom rechtlichen Standpunkt aus gesehen.*

»Ich bewundere Barschenkas unbestrittene Fähigkeiten als Raumfahrtingenieurin. Es wäre mir jedoch lieber, wenn sie mir die gleiche Hochachtung erweisen würde«, sagte Rhyssa freundlich. »Die Suppe ist ausgezeichnet, Per Duoml. Lassen wir es uns schmecken.«

Bingo! sagte Gordie Havers am nächsten Tag zu Rhyssa. Seine Stimme war bar aller Freude.

Sie meinen, Barschenka kann Talente zwangsrekrutieren?
Rhyssa spürte, wie eine kalte Hand nach ihrem Herzen
griff.

*Sie haben's erfaßt. Ich habe das Statut studiert – es ist
russisch aus der Zeit vor* Glasnost *und hätte schon vor langer Zeit für ungültig erklärt werden müssen, so archaisch ist
es. In den guten alten Zeiten des Bolschewismus war es illegal – haben Sie gehört,* illegal *– arbeitslos zu sein. Der Staat
war der einzige Arbeitgeber – nicht die letzte Instanz – sondern der einzige Arbeitgeber. Ergo arbeiteten alle. Folglich
kann der einzige Arbeitgeber in einem System, das Arbeits-
losigkeit für illegal erklärt, mit seiner Arbeiterschaft sicher
tun, was immer er für notwendig erachtet. Dieses Statut gibt
Barschenka das Recht, unter Padrugois internationaler Verfassung alle Techniker, Fachleute oder Arbeiter zu rekrutieren, die für das Raumfahrtprojekt benötigt werden – das
Raumfahrtprojekt nach der ursprünglichen Gesetzgebung,
und das ist die russische. Das Statut ist ja immer noch
rechtswirksam, und durch Rechtsverbiegung kann sie es auf
die Talente anwenden. Wir können natürlich kämpfen!*

Und? fragte sie.

*Mit einem spitzfindigen Anwalt wie Lester Favelly könn-
ten wir den Fall gewinnen. Doch der Prozeß würde sich jahrelang hinziehen, und Barschenka könnte ihn dazu benutzen,
um ihre Behauptung zu beweisen – daß die Talente wichtige
Projekte blockieren.* Er legte eine bedeutungsschwangere
Pause ein. *Könnten wir ihr nicht gerade soviel Seil überlassen, daß es reicht, sich daran aufzuhängen?*

*Die Talente werden unglücklich sein, und sie werden keine
gute Leistung zeigen.* Das war es, was Rhyssas feinen Integritätssinn erschütterte. Die Talente taten ihr Bestes,
ganz gleich, unter welchen Bedingungen sie arbeiten
mußten. Die leiseste Andeutung, daß sie schluderten,
sprach gegen das oberste Prinzip der parapsychologischen Talente. Im Weltraum ging ihnen jedoch die
Erschöpfung, die unmenschliche Arbeitszeiten und

psychischer »Lärm« verursachten, unweigerlich an die Substanz.

Genau, sagte Gordie. *Fragen Sie die anderen Direktoren. Sie müssen so tun, als würden Sie das Unvermeidliche akzeptieren.*

Die Art von Presseecho, das die Talente dadurch bekommen könnten, würde die Arbeit des letzten Jahrhunderts zunichte machen, sagte Rhyssa entmutigt.

Ich weiß. Aber um Ihnen diese ausgesprochen bittere Pille zu versüßen, Rhyssa, Mallie Vaden kann nicht sehen, daß etwas schief läuft.

Auf welcher Seite steht sie? Rhyssa vermochte die Bitterkeit in ihrer Stimme nicht zu unterdrücken.

Auf der unseren, wie Sie ganz genau wissen, parierte Gordon Havers. *Ergo, es muß funktionieren, wenn wir nachgeben. Doch ich habe ein paar Untersuchungen veranlaßt, die uns eine Handhabe gegen Barschenka verschaffen könnten. Mittlerweile sollten Sie sich mit den anderen Direktoren beraten, Rhyssa. Wenn wir schnell handeln, könnten wir uns die öffentliche Unterstützung sichern.*

KAPITEL 5

Einige der vierzehn anderen Direktoren waren nicht gerade erfreut, daß sie mitten in der Nacht zu einer dringenden Konferenz aus dem Bett geholt wurden, und es gab einiges Gebrummel. Theoretisch waren alle Zentren zwar gleichgestellt, aber kein Direktor entschied über Fragen, die alle Talente betrafen, ohne sich zuvor mit den anderen Direktoren zu beraten. Rhyssa, die für die Verhandlungen über die Talente zuständig war, weil Padrugois Verwaltungssitz in Jerhattan lag, hielt eine Besprechung für notwendig. Sobald sie alle Direktoren beisammen hatte, erklärte sie die Situation.

Und was denkt sich diese Russin, von welchen gleichermaßen kritischen Positionen wir diese unentbehrlichen Telekineten abziehen sollen? fragte Lance Baden, der australische Direktor. Rhyssa fand es immer merkwürdig, daß er keinen australischen Akzent hatte, wenn er telepathisch sprach. *Wir haben alle, die wir ködern oder erpressen konnten, hochgeschickt. Schierer Kampfgeist hält einige von ihnen da oben, aber mein Personal ist auf Grünschnäbel und Federbläser reduziert.*

Ich habe Ludmilla Ivanova schon tausendmal erklärt, klagte Vsevolod Gebrowski aus dem Leningrader Büro, *daß es nur noch wenige Telekineten gibt, die nicht schon doppelte oder dreifache Arbeit leisten, um wichtige Dienstleistungen in Rußland bereitzustellen. Glauben Sie mir, ich habe versucht, es ihr begreiflich zu machen ...*

Wir glauben Ihnen aufs Wort, Geb, beeilten sich alle, ihm zu versichern.

Was ist ihre Forderung, Rhyssa? fragte Miklos Horvath, der Direktor von der Westküste.

Sie fordert hundertvierundvierzig Telekineten! knurrte Rhyssa und pufferte die entrüsteten Schreie ab. Die Anzahl der registrierten Talente in jedem Zentrum war allen Direktoren bekannt, da wichtige Talente bei Bedarf häufig zu anderen Zentren gesandt wurden.

Wir sind doch kein Supermarkt für Telekineten, sagte der brasilianische Direktor wütend. *Und ich habe sechs Monate da oben verbracht – im gottverdammtesten Getto, das ich je gesehen habe. Ständiger Lärm! Scheußlicher Fraß – nahrhafte Nahrung könnte zumindest nach etwas schmecken. Wie kann sie von uns erwarten, daß wir funktionieren ...*

Wenn wir die Vollmachtklausel anwenden, können wir die erforderliche Anzahl von Telekineten aus Industrie und Handel abziehen, begann Max Perigeaux, der Direktor des großen europäischen Zentrums, auf seine bedächtige, nachdenkliche Weise.

Wenn wir die Flüche ignorieren ...

So wie die Dinge stehen, laufen wir zumindest nicht Gefahr, Konventionalstrafen zahlen zu müssen ...

Das wird die Talente die nach Padrugoi abkommandiert werden, wirklich trösten ...

Nun, Industrie und Handel wollen diese Station – sie müssen wie wir in den sauren Apfel beißen ...

Max sponn seinen Faden lautstark weiter und übertönte die anderen: *... Wenn wir die Azubis einsetzen, wo sie überwacht werden können, könnten wir es gerade so schaffen. Doch wie können wir von unseren Leuten erwarten, daß sie die Bedingungen auf der Plattform ertragen und trotzdem eine vernünftige Leistung erbringen? Wenn wir weniger tun als unser Bestes, schadet das unserem Ruf, aber wie kann jemand in dieser Umgebung sein Bestes tun? Und dann der Lärm!* Der große, gutaussehende Mann projizierte ein Bild von sich, wie er vor Horror erschauerte.

Aber es muß etwas *getan werden, um den abkommandierten Talenten ein wenig Erleichterung zu verschaffen!*

Barschenka glaubt, daß wir ihr mit unseren Forderungen nach abgeschirmten Quartieren und kürzeren Arbeitszeiten nur Steine in den Weg legen wollen! sagte Rhyssa. *Barschenka hat mich belehrt, es gebe im Vakuum des Weltraums keinen Lärm, und weil es auch keine Schwerkraft gebe, sei die körperliche Belastung geringer, und deshalb bräuchte man keine Arbeitszeitverkürzung, sondern könne* länger *arbeiten.*

Die Frau hat keine Spur von Verständnis oder Einfühlungsvermögen, sagte der nordafrikanische Direktor.

Hat irgend jemand einmal versucht, ihr etwas davon einzutrichtern? fragte Hongkong-Jimmy.

Sie haben noch nie das Vergnügen gehabt, Barschenka persönlich kennenzulernen, nicht wahr? Ihr Schutzschild ist dichter als ein Keuschheitsgürtel! bemerkte Baden säuerlich.

Was ist ein Keuschheitsgürtel? fragte Hongkong-Jimmy in aller Unschuld.

Bilder von neun hilfreichen Telepathen brachten Licht ins Dunkel. Rhyssa war ihm dankbar dafür, daß er die mittlerweile ziemlich gespannte Stimmung der Konferenzteilnehmer durch diese Zwischenfrage etwas gelockert hatte.

Wir sind gezwungen, klein beizugeben, nicht wahr? jammerte Perigeaux verzweifelt. *Und ohne Zeitaufschub, der es uns ermöglichen würde, die bestmöglichen Bedingungen für die Talente, die sich opfern müssen, auszuhandeln. Vielleicht ein Rotationssystem ...*

Bei der Anzahl von Talenten, die sie fordert, ist keine Rotation möglich!

Ich kann versuchen, auf kurzfristigen arbeitsfreien Zeiten zu bestehen, sagte Rhyssa.

Wir sollten auch etwas über die Arbeitsbedingungen da oben an die Öffentlichkeit dringen lassen, schlug Miklos Horvath vor.

Das ist von zweifelhaftem Wert, wenn sie so viele Hiwis

rekrutieren muß. Sie wissen doch, daß sie in den Obdach-
losenasylen suchen muß, um Leute unter Dienstgrad 8 zu
rekrutieren.

Aber die Öffentlichkeit muß wissen, daß die Einwände der
Talente gegen die Arbeit im Weltraum berechtigt sind.

Der berechtigste Einwand ist Barschenka selbst ...

Gibt es denn niemanden, der sie beeinflussen kann?

Man hat es versucht ...

Wer ist der Beste, den wir an der Hand haben?

Was ist mit ihrem Partner, Per Duoml? Gibt es irgendwelche Schwachstellen bei ihm? Es ist ja nicht so, daß wir
nicht bei dem Projekt helfen wollen, aber sie selbst ist ihr
ärgster Feind.

Hat sie nur Telekineten angefordert?

Niemand hat ihr gesagt, daß einige Telekineten auch Telepathen sind!

Daß ihr das keiner auf die Nase bindet! sagte Lance
Baden mit ungewöhnlicher Vehemenz.

Nie im Leben!

Sie meinen, sie weiß es nicht?

Ludmilla Ivanova weiß, was sie wissen will, sagte Vsevolod bekümmert. Sie hört nur Erklärungen, die sie hören
will.

Binnen zwölf Minuten, in denen sie Schnellschüsse
ihrer Gedanken austauschten, entschieden die Talente
über ein schonungsloses, aber durchführbares Vorgehen. Max, Baden und Jimmy würden die geeigneten
Telekineten auswählen. Einige konnten aufgrund von
Krankheit, Schwangerschaft oder ungeeigneten Fähigkeiten ausgeschlossen werden – obwohl zwei von Ba-
dens »Federbläsern« durchaus in der Lage waren, Fein-
einstellungen vorzunehmen. Rhyssa, Miklos und Dolo-
res vom brasilianischen Zentrum würden versuchen,
abgeschirmte Quartiere und Arbeitsschichten von maximal sechs Stunden – vier Stunden für die weniger
erfahrenen Telekineten – auszuhandeln. Barschenka

mochte einen Vierundzwanzigstundentag durchziehen, aber acht Stunden Telekinese waren viel zu kräftezehrend, auch im Weltraum und bei halber Schwerkraft.

Was wir außerdem organisieren müssen, sagte Kayankira vom Zentrum in Delhi, nachdem die Hauptprobleme geklärt waren, *ist ein Rettungssystem für Notfälle.* Durch ihren Geist zogen Bilder der Flutkatastrophe vom Vorjahr in den nordöstlichen Gebieten Indiens, die nur hatte abgewendet werden können, weil es möglich gewesen war, schnell unzählige Telekineten zu mobilisieren, sobald die Präkog hereingekommen war.

Kayan, Sie haben weit mehr Erfahrung mit solchen Dingen als alle anderen, sagte Baden mit unerwarteter Unterwürfigkeit. *Beraten Sie uns, und wir werden uns nach ihnen richten.*

Das tun Sie doch immer! Wir müssen alle Telekineten aus nicht essentiellen industriellen Firmen abziehen und die Belegschaft der Hafenaufsichtsbehörde auf ein gefährliches Minimum reduzieren. Doch wir werden nur ganz wenige von denen zur Verfügung haben, die wir am meisten brauchen.

Das kommt auf das Wetter an! witzelte Hongkong-Jimmy. *Wann werden wir endlich einen Wetterfrosch finden, der Wetterkatastrophen abwenden kann?*

Wenn wir diesen Sturm hier durchschiffen, sagte Miklos, *können wir uns alle für diesen Job bewerben!*

Die Gedankenverbindung wurde unterbrochen, und wenngleich ihnen schwierige Aufgaben bevorstanden, so gingen die Direktoren der Zentren doch gestärkt auseinander. Als Rhyssa Gordie Havers von den Ergebnissen informierte, gratulierte er ihr mental laut zu ihrer Solidarität.

Es wird ein paar kreuzunglückliche Telekineten geben! sagte sie zu ihm. *Sie werden aus allen Zentren abgezogen, und ich stähle mich schon gegen die Attacken der protestierenden Firmen.*

Vor den Telekineten gab es Maschinen und davor Männer,

*die ihre Muskeln gebrauchten. Lassen wir sie auf traditio-
nelle Methoden zurückgreifen. Sie werden uns danach mehr
denn je schätzen.* Gordie visualisierte einen archaischen
Flaschenzug zum Transport von Material, das gewöhnlich von einem Telekineten befördert wurde. *Wer kümmert sich um die Publicity?*

*Wir müssen hierbei sehr vorsichtig zu Werke gehen – ich
will nicht, daß Barschenka behauptet, wir würden uns in
ihre Rekrutierungsbemühungen einmischen.*

*Der Mann, der mir vorschwebt, ist kein registriertes Talent,
aber er ist ein brillanter Publizist, Rhyssa. Lassen Sie mich
Dave Lehardt engagieren, die Fahne für uns zu schwenken.*

Dave Lehardt?

*Er hat unseren hochgeschätzten Präsidenten ins Weiße
Haus gebracht.*

Und er ist nicht *talentiert? Das ist unfair. Seine Kam-
pagne war absolut genial!*

*Wir müssen den Taubstummen schon einiges zugestehen,
wissen Sie. Soll ich ihn wegen dieser heiklen Angelegenheit
ansprechen?*

Bitte tun Sie das. Ich werde ihm helfen, wo ich kann.

*Wußten Sie übrigens, daß das meiste, was Sie tun, in
Schottland, wo es noch Gesetze gegen Hexerei gibt, vollkommen illegal ist?*

Ersparen Sie mir die Einzelheiten!

*Das habe ich getan, und Sie sehen ja, was dabei herausge-
kommen ist. Ich hatte mich über die Britischen Inseln und
Skandinavien zu den Russen vorgearbeitet. Tut mir leid!
Man weiß nie, wo man anfangen soll, um jahrhundertealte
Bigotterie zu annullieren!*

Nachdem Gordie die mentale Verbindung zu ihr unterbrochen hatte, sprach Rhyssa mit Sascha.

Hat man dich wieder kontaktiert? fragte er.

Im Kopf, aber nicht über meinen Piepser. Sie übermittelte ihm alles, was in der letzten halben Stunde geschehen war.

Er stieß einen anerkennenden Pfiff aus. *Wir werden von Industrie und Handel ordentlich bombardiert werden!*

Sie können nicht alles haben. Sie sind die Gruppe, die Barschenka so sehr Feuer unter dem Hintern gemacht hat. Jetzt ist daraus ein Bumerang geworden. Sie werden ihre Maschinen abstauben und ihre Muskeln stählen müssen. Wir haben es ihnen viel zu leicht gemacht.

Was, wenn ihnen die altmodischen Methoden gefallen *und sie unsere Leute hinterher nicht mehr einstellen wollen?*

Rhyssa schnaubte verächtlich. *Denk doch nur mal daran, wieviel Kosten die Telekineten der Industrie jährlich für Geräte und Wartung einsparen – dieses Argument haben wir zuallererst verwendet, um ihnen die Telekineten schmackhaft zu machen!*

Ja, aber wie erklären wir es unseren Telekineten?

Rhyssa projizierte ein Bild von sich auf den Knien, wie sie sich die Haare ausriß, schemenhafte Gestalten anbettelte und ihnen Juwelen und Goldbarren anbot. *Engagements sind Zwangsrekrutierungen schon immer vorzuziehen gewesen. Und auf diese Weise können wir auf Schutzwänden und schonenden Schichten* bestehen. *Das können wir nicht, wenn sie dieses antiquierte Gesetz anwendet. Wir stecken in einer Zwangsjacke, und alle Talente werden das einsehen!*

Kann uns Vsevolod diesbezüglich nicht helfen? fragte Sascha.

Er war schockiert, schuldbewußt und so, aber daß eine Landsmännin von ihm uns das antut, setzte ihn schlichtweg schachmatt.

Wie sieht's aus damit, das Gesetz aus den Büchern verschwinden zu lassen?

Gordie arbeitet daran! Rhyssa machte sich nicht die Mühe, ihren Ärger zu verbergen.

Dave Lehardt stürmte binnen einer Stunde, nachdem die Talente das Unvermeidliche widerstrebend akzeptiert hatten, in Rhyssas Turmbüro.

»Mein Gott, haben Sie Flügel?« kommentierte Rhyssa, als der energiegeladene Lehardt ihr die Hand schüttelte. Er war volle zwei Meter groß, athletisch gebaut und strahlte eine Kompetenz und Genialität aus, wie es nur eine selbstbewußte, in sich ruhende Persönlichkeit konnte. Er sah ziemlich gut aus, mit mittelbraunem Haar, blauen Augen und regelmäßigen, wenn auch nicht außergewöhnlichen Gesichtszügen, und kleidete sich mit konservativer Eleganz.

»Keine Flügel! Rotoren! Die sind zuverlässiger«, gab er mit einem charmanten Grinsen zurück. Er durchblätterte die Papiere in seiner Aktentasche. »Gordie hat gesagt, es sei dringend, und ich sehe mir die Nachrichten an.« Er hielt inne, als er ihren perplexen Gesichtsausdruck sah. »Was ist los? Habe ich einen Ausschlag im Gesicht?«

»Nein, aber Sie haben keinen Hauch Talent, und Sie sollten welches haben.«

»Warum?« Dave Lehardt zuckte die Achseln. »Ich habe es nie gebraucht. Ich kenne mich mit der menschlichen Psychologie hervorragend aus und kann Körpersprache gut interpretieren.«

Er hatte noch dazu einen undurchdringlichen natürlichen Schutzschild. Trotz all ihrer Fähigkeiten konnte sie nichts in seinem Geist lesen.

»Nun«, sagte er, holte sich einen Stuhl heran und breitete Werbematerial und Grafiken aus, »wir werden uns hineinstürzen, ehe Barschenka überhaupt eine Chance hat, sich in ihrem Triumph zu sonnen. So verklickern wir der Öffentlichkeit, daß die Talente bereitwillig alles verfügbare Personal mobilisieren, um sicherzustellen, daß die Padrugoi-Plattform termingerecht fertiggestellt wird – mit Phrasen, die implizieren, daß sie es ohne die Hilfe der Talente nicht schafft.

»Das stimmt ja auch«, sagte Rhyssa grimmig.

»Schon, aber es gibt unzählige Möglichkeiten, dieselbe Botschaft zu vermitteln«, sagte Dave Lehardt mit einem wahrhaft listigen Lächeln. »Ich habe wegen eines anderen Kunden schon mit der eisernen Lady die Bekanntschaft gemacht, und, Sie können mir glauben, daß ich auf Ihrer Seite stehe!«

Rhyssa lächelte in sich hinein. Dave Lehardt hatte in der Tat so etwas wie ein Talent – ein Selbstvertrauen, das er ausstrahlte und ihn wie eine Aura umgab. Sie hatte noch nie so jemanden wie ihn kennengelernt: jemanden, dessen Mentalität für sie ein Buch mit sieben Siegeln war. Sie konnte keinen Blick in seine Gedanken werfen, nicht einmal einen noch so flüchtigen. Es war eine neue Erfahrung, und sie ertappte sich dabei, wie sie sein ausdrucksvolles Gesicht intensiv beobachtete und wahrnahm, wie er seine Worte mit den Händen und gelegentlichen Schulterbewegungen unterstrich. Auch er sah sie die ganze Zeit an und schaute ihr in die Augen, wie es nur wenige Nichttalentierte tun würden. Er hatte eindeutig nicht die geringste Ehrfurcht davor, in Gesellschaft eines der telepathischen Spitzentalente zu sein.

Sich ihrer Reaktionen unbewußt, fuhr er fort: »Ich habe schon lange auf eine Gelegenheit gewartet, unserer lieben 'Milla einen Denkzettel zu verpassen.« Eine schnell unterdrückte Gefühlsregung huschte über sein Gesicht, aber Rhyssa konnte sie nicht einordnen. »Sie will maximale Hilfe von Talenten, sogar auf Kosten von seit langem bestehenden Verbindungen zum öffentlichen Sektor, was beträchtliche persönliche Opfer erfordert – aber 'Milla bezahlt nicht die üblichen Löhne, weil sie einen Prioritätsvertrag und weltweite Unterstützung hat.«

»Sie will einfach nicht glauben, daß es uns nicht ums Geld geht …«

»Wissen Sie, welchen Bonus sie bekommt, wenn sie

es schafft, daß die Station zum vorgesehenen Termin voll betriebsbereit ist?«

Rhyssa grinste. »Das ist eines der am besten gehüteten Geheimnisse der Talente. Wir wissen auch, wie hoch die Konventionalstrafe ist, wenn sie es nicht schafft.«

»Sie sind gut informiert!« Er sah sie hoffnungsvoll an und seufzte dann, als sie nur lächelte. »Nein, ich habe nicht geglaubt, daß Sie es mir verraten würden.« Er zog ein Grafikblatt aus dem Papierstapel und breitete es aus. »Um auf Ihre beiden Forderungen einzugehen: Sechsstundenschichten und Schutzwände – Alliterationen. Ich werde in der Lage sein, das als Slogan zu verwenden, wissen Sie … Haben Sie das Problem *demonstriert*?

»Was meinen Sie mit ›demonstriert‹?«

»Zeit- und Bewegungsstudien, Energieverbrauch – diese Art von erfaßbaren Daten. Vergessen Sie nicht, ich habe Ihre Telekineten in Aktion gesehen, aber ich bezweifle, daß Ludmilla, geschweige denn Per Duoml, sich die Mühe gemacht haben, ihnen bei der Arbeit zuzusehen. Sie waren viel zu sehr damit beschäftigt, auf der Schwerelosigkeit und der Stille im Weltraum herumzureiten, um sich Gedanken darüber zu machen, wie anstrengend Telekinese ist. Ich dachte, Sie haben vielleicht noch nicht an diesen Aufhänger gedacht. Deshalb habe ich mich mit einem Talent unterhalten, das auf der Plattform gewesen ist, und der Bursche hat mir einen Einblick in den eigentlichen Arbeitsablauf vermittelt. Das Material war oft nicht gut genug organisiert, um zu gewährleisten, daß er alles für die Arbeiter zum Verschrauben und Schweißen zurechtlegen konnte.

»Und dann der Lärm. Samjan hat mir einige ›Geräusche‹ demonstriert …« – er zog eine wehleidige Grimasse und verdrehte die Augen –, »… und ich denke, wenn wir eine Simulation von dem aufnehmen, was ein Sensitiver in nicht abgeschirmten Quartieren hört, und sie abspielen …«

»Bei Ludmilla können Sie sich das sparen. Sie besteht darauf, daß es im Weltraum keine Geräusche gibt.«

»Sie ist noch schwerhöriger als ich.«

»Aber ich verstehe, was Sie meinen. Ich hatte nicht an einen Trick wie diesen gedacht.«

»Das ist kein Trick, meine Liebe, nur Präsentation – und auf diesem Gebiet bin ich der Experte.« Sein Grinsen war eine Mischung aus Frechheit und Schalk.

Zum ersten Mal in ihrem talentierten Leben war Rhyssa von einem Taubstummen fasziniert, und ihre Faszination war zur Hälfte dadurch begründet, daß sie nicht vorhersagen konnte, was er als nächstes tun oder sagen würde. Sie genoß es, seine Gewitztheit in den Gesprächen, die sie führten, mit der ihren zu messen, was sie bei der lästigen Aufgabe, der sie sich widmen mußten, unerwartet beflügelte.

Dave Lehardt hielt gemeinsam mit ihr eine Besprechung mit einer Barschenka ab, die vor unverhohlener Selbstzufriedenheit troff. Rhyssa mußte sich schwer zusammenreißen, um höflich zu bleiben. Dave Lehardt sprach so schnell, daß die Ingenieurin aufmerksam zuhören mußte, um seine Argumente mitzubekommen. Per Duoml war wie immer bei ihr, aber Rhyssa blieb eine weitere Konfrontation mit Prinz Phanibal erspart.

»Das ist doch alles Gewäsch, leeres Gewäsch«, sagte Ludmilla Barschenka, nachdem Dave erklärt hatte, warum sie auf kurzen Schichten und Abschirmung bestanden. »Sogar Behinderte sind in der Lage, im Weltraum normale Schichten durchzuhalten: keine Schwerkraft, keine Geräusche!« Sie warf Rhyssa einen anklagenden Blick zu.

»Ah, aber es nicht die Schwerkraft, die ein Problem

75

darstellt, und auch nicht das Vakuum. Ludmilla Ivanova, ich habe eine Demonstration vorbereitet ...«

»Ich habe keine Zeit für Demonstrationen«, wehrte die Erste Ingenieurin ab. »Ich muß zur Plattform zurück. Es gibt bereits Verzögerungen, die wir wieder aufholen müssen.«

»Ich verstehe, Ingenieurin Barschenka«, besänftigte Dave sie mit genau der richtigen Mischung aus Respekt und Verständnis. »Vielleicht kann Per Duoml daran teilnehmen. Diese Demonstration wird die grundlegenden Probleme wahrscheinlich in die richtige Perspektive rücken und uns allen so helfen, die Hauptprobleme zum maximalen Nutzen für ihr Projekt zu lösen.«

Mit Duoml würden sie ein viel leichteres Spiel haben – er war nicht völlig verbohrt, auch wenn er sich dem Projekt ebenso sehr verschrieben hatte wie Barschenka. Wenn sie ihm *Beweise* für ihren Standpunkt liefern konnten, war das schon die halbe Miete.

»Ich glaube, sie ist enttäuscht, daß sie dieses verdammte Statut nicht aus dem Ärmel zaubern mußte«, sagte Rhyssa später zu Sascha.

»Findest du, daß wir zu schnell klein beigegeben haben?« fragte er. »Laut der Presse hat Barschenka es als die ›feige Kapitulation der Schwächlinge‹ bezeichnet.«

»Laß sie doch reden. Wenn wir nur Duoml auf unsere Seite ziehen können.« Rhyssa runzelte die Stirn. »Ich weiß nicht, was wir sonst hätten tun sollen. Dave Lehardt führt Meinungsumfragen durch. Eins ist klar: *Jeder* will, daß Padrugoi fertiggestellt wird, *jeder* will, daß jemand anders dort oben arbeitet, und *jeder* denkt, daß Menschen, die sich freiwillig für so etwas melden, einen Sprung in der Schüssel haben müssen.«

Am nächsten Tag nahmen Dave Lehardt und Rhyssa Owen den Personalchef Per Duoml zum berühmtesten

Sportzentrum in Jerhattan mit, das die ersten neun Stockwerke eines Wohnkomplexes in der Nähe vom Central Park umfaßte. In der größten Sporthalle befanden sich drei Gruppen von Geräten und Technikern zur Stressüberwachung, drei Paletten mit Stapeln von Paketen in Standardgrößen, ein Gabelstapler, unparteiische Beobachter und der Direktor des Sportzentrums, Menasherat ibn Malik, der viermal hintereinander mehrere Goldmedaillen bei den olympischen Spielen gewonnen hatte.

Per Duoml war gebührend beeindruckt von ibn Malik und Rhyssa ebenso, denn der Mann strahlte körperliche Vitalität und Kompetenz aus. Er hatte auch nicht mehr Talent als Dave Lehardt, der ihn anscheinend gut kannte. Dave stand nahebei, ein leichtes Lächeln auf den Lippen, während ibn Malik Per Duomls Komplimente entgegennahm und freundlich mit ihm plauderte.

»Nun, Herr Duoml«, sagte der Direktor des Sportzentrums und wies auf die drei Männer, die auf der Seite der Halle eintraten. Die nur in Boxershorts gekleideten Männer wurden über und über mit Elektroden vollgeklebt und mit den Geräten verkabelt. »Ich möchte Ihnen Pavel Korl vorstellen, Bronzemedaillengewinner im Schwergewichtsboxen, Chas Huntley, einen Gabelstaplerfahrer von internationalem Ruf, und Rick Hobson, unseren Telekineten.«

Rhyssa war fast so erstaunt wie Per Duoml, als ibn Malik die Männer vorstellte. Korl und Huntley waren starke Kerle, die Duoml überragten und Rick Hobson, der mittelgroß war und einen durchschnittlichen Körperbau hatte, wie einen unbedeutenden Zwerg aussehen ließen.

»Wenn Sie nun die Güte haben würden, die Pakete auf jeder Palette zu überprüfen, Herr Duoml, um sich davon zu überzeugen, daß sie gleich schwer sind ...«

Duoml gehorchte, und es war klar, daß er Mühe hatte, auch nur eines von ihnen hochzuheben.

»Dann können wir mit dem Test beginnen, nachdem wir noch einmal überprüft haben, ob unsere Versuchskaninchen auch richtig an die Geräte angeschlossen sind. Er ist ziemlich einfach. Unsere Testpersonen werden ihre Pakete mittels Gewichtheben, Gabelstapler und Geisteskraft transportieren. Der Energieverbrauch, die Stressfaktoren und der Kalorienverbrauch werden auf den Monitoren angezeigt. Nun«, sagte ibn Malik und ging auf den großen Wandbildschirm zur Übertragung von sportlichen Ereignissen zu, »werden drei Männer auf Padrugoi genau das gleiche in Hangar Q durchführen.« Er sprach in das Mikro an seinem Revers. »Seid ihr soweit da oben in Padrugoi?« Der große Bildschirm erwachte zum Leben und zeigte eine Szene, die der an ihrem Standort nicht unähnlich war, mit der Ausnahme, daß alle Männer Raumanzüge trugen. »Im Weltraum ist unser Träger Jesus Manrique, der Gabelstapler wird von Ginny Stanley bedient, und der Telekinet ist Kevin Clark. Seid ihr alle bereit? Auf die Plätze ...« Der Goldmedaillengewinner hob den Arm. »Fertig ... Los! Er senkte den Arm, und der Wettkampf in der Sporthalle und in Hangar Q begann. »Dieser Test dauert eine Stunde«, informierte er Per Duoml und bedeutete den Zuschauern, auf einer Seite der Halle Platz zu nehmen.

Nach den ersten paar Minuten hörte Per Duoml auf zu beobachten, wie der Muskelprotz Korl die Pakete stemmte oder wie Huntley auf dem Gabelstapler hin- und herfuhr. Er hatte nur Augen für Rick, der sich an einen Tisch gesetzt hatte und ohne sichtbare Anstrengung einen stetigen Strom von Paketen aufrechterhielt, oder den Telekineten auf der Plattform, der seine Arbeit tat, während er an einem Pfosten lehnte. Gelegentlich warf Duoml einen Blick auf die Monitore, die ihre Meßdaten auf den Druckern ausspuckten.

Beide Talente arbeiteten ihre Paletten in der Hälfte der Zeit ab wie die anderen Versuchspersonen. Die Geräte bewiesen, daß sie wiederum halb soviel Energie dazu verbraucht und dabei doppelt so viele Kalorien verbrannt hatten.

Als der Test abgeschlossen war, nahm Dave Lehardt die Endlospapier-Ausdrucke aus allen sechs Druckern, faltete sie sauber und überreichte den Papierstapel Per Duoml, der ihn wortlos entgegennahm. Den Testpersonen wurde gedankt, und sie verließen die Sporthalle. Rick Hobson zwinkerte Rhyssa verschmitzt zu, als er an ihr vorbeiging.

»Sie werden die Ergebnisse dieses Tests natürlich noch mit Ihren eigenen Experten analysieren wollen, Herr Duoml«, sagte Dave Lehardt, »aber ich bin sicher, Sie haben die Tatsache längst erkannt, daß die Schwerelosigkeit dem Telekineten auf Padrugoi keinen Vorteil verschafft. Was das Thema Lärm anbelangt ...«

Der Journalist nahm einen Mikrorecorder aus seiner Hosentasche und schaltete ihn ein.

Bei dem Gequietsche und Gekreische und metallischen Knirschen hielt sich Per Duoml die gemarterten Ohren zu und starrte Rhyssa schockiert an.

»*Das* ist es, was ein Sensitiver auf der Station ›hört‹«, sagte Dave mit erhobener Stimme und plazierte seine Worte geschickt zwischen die schlimmsten Geräusche. Es war eine faire Auswahl, die wiedergab, was im Bewußtsein von achtzig Mentalitäten ablief: Unmut, Klagen, Schreie, Schmerz, Wut und ein Sammelsurium von metallischen Geräuschen, die einige der Telekineten ertragen mußten. »Bei zehntausend Menschen, die inzwischen dort oben leben, hört der mentale Lärm nie auf. All dieser Gedankenmüll ist also eine ständige Belastung, die ihnen zusätzlich auf die Nerven geht und ihre Arbeitsleistung beeinträchtigt, wenn sie sich nicht in abgeschirmte Quartieren zurückziehen können.«

Da sie die Lautstärke selbst eingestellt hatte, wußte Rhyssa, daß es Duoml nicht viel nützte, sich die Ohren zuzuhalten, aber drehte den Regler nicht herunter, bis Dave seine kleine Rede beendet hatte.

»Ich stelle fest, daß Sie sich nicht im klaren waren, was wir mit Lärm gemeint haben«, sagte sie schließlich. »Doch die Kosten für die Abschirmung der Quartiere für die Telekineten sind geringer als die Kosten für Material, das aufgrund ihrer geistigen Erschöpfung verlorengeht oder beschädigt wird.

»Sie haben mir die Gründe für Ihre Forderungen verdeutlicht«, sagte Per Duoml mit grimmigem Gesichtsausdruck. »Ich werde sie Ludmilla Barschenka darlegen.«

»Legen Sie sie dar, und sorgen Sie für die Implementierung unserer Forderungen, Per Duoml. Dann werden Sie die Hilfe bekommen, die Sie brauchen. Ach, und noch ein weiterer kleinerer Punkt«, fügte sie lächelnd hinzu, um ihrer Bemerkung die Schärfe zu nehmen. »Barschenka muß den Telekineten alle Aufträge auf regulärem Wege erteilen. Wir werden es nicht mehr dulden, daß sie Talente zu unmöglichen Zeiten aus ihren Quartieren scheucht und auf ›Sondereinsätzen‹ besteht, weil sie ihrem Terminplan zwei Minuten hinterherhinkt! Habe ich mich diesbezüglich klar ausgedrückt?«

Er nickte beflissen.

Rhyssa hoffte, daß er Barschenka überzeugen konnte.

KAPITEL 6

»Nein, nicht!« schrie Peter Reidinger, als der Elektriker gerade den Stecker des TRI-D-Kabels auf der Station herausziehen wollte. Auf seinen Schrei hin erklang das Echo der anderen Kinder.

»Schaut, Kinder, der Stromverbrauch des Krankenhauses ist merkwürdigerweise in die Höhe geschnellt, und wir haben den Stromverlust letzten Endes auf diese Station zurückverfolgt. Ich muß den Fehler finden, sonst könnten eure Apparate ausfallen, wenn sie es nicht sollten«, erklärte der Elektriker etwas gereizt.

»Nein, warten Sie bitte«, sagte Peter. »In der Sendung geht's um die Raumplattform und die Talente.«

»Huch?« Der Elektriker schaute genauer auf den Bildschirm.

»Es dauert nur ein paar Minuten! Nur die Nachrichten!« bettelte Peter.

»Junge, ich schätze ...«

»Pssst«, unterbrach Peter ihn, angestrengt auf den Kommentator lauschend. Nicht, daß er den laufenden Kommentar wirklich brauchte, um das Anwesen von George Henner, einem der ersten Wohltäter der parapsychologischen Talente, zu erkennen. Als die Kamera über die Bäume und Wiesen glitt, war der Junge überrascht von der unheimlichen Vertrautheit des Orts. *Dies* war der Ort, den er gesucht hatte – ein Ort mit lauschigem Grün und riesigen alten Bäumen und weinumrankten Häusern. Der Ort, von dem er vertrieben worden war. Und jetzt wußte er, warum. *Sie* wollten nicht, daß jemand in ihr Grundstück eindrang. *Sie* brauchten ihre Privatsphäre, um all die wunderbaren Dinge zu tun, die sie vollbrachten. Wie zum Beispiel dabei zu helfen, auf der Padrugoi-Plattform die letzten drei Speichen des Rads fertigzustellen, damit die Menschheit endlich nach den Sternen greifen konnte.

»Es sind nicht nur die Talentierten, die Opfer bringen«, fuhr der Kommentator fort, der immer noch in dieser traumhaften Oase stand. »Denn Industrie und Handel haben ihre talentierten Angestellten freigestellt, damit sie bei den letzten Arbeiten auf dem Sprungbrett zum Weltraum mithelfen können. Die leitende Plattform-Ingenieurin Ludmilla Barschenka kündigt an, daß das ehrgeizigste Projekt der Welt termingerecht abgeschlossen wird. Und nun zu den anderen Nachrichten im Distrikt Jerhattan ...«

»Okay, Mister«, sagte Peter und entspannte sich in seinem Stützapparat. »Das war es, was wir sehen wollten.«

»Du träumst doch wohl nicht etwa von einer Karriere im Weltraum?« fragte der Elektriker halb scherzhaft. Er war immer etwas nervös, wenn er mit Kindern zu tun hatte, die so schwere Verletzungen hatten.

Peter legte den Kopf schief und sah ihn keck an. »Warum nicht? Ohne Schwerkraft würde ich nicht in diesem Stützapparat eingesperrt sein, und ein Zehen- oder Fingerschnackeln ...« – er wackelte mit den beiden Extremitäten, die nach monatelanger Therapie alle Gliedmaßen waren, die er bewegen *konnte* –, »und ich könnte herumschweben.«

»Ja, ich schätze, das könntest du. Nun, Schwester, kann ich mit diesem Stützapparat anfangen?« fragte der Elektriker, auf den Multifunktionsapparat weisend, der Peter soviel Unabhängigkeit verschaffte, wie es in seinem Zustand eben möglich war.

»Ja, es ist sowieso Zeit für Peters Übungen«, sagte Sue Romero. »Komm, Peter.«

»Ach, muß das denn sein? Könnte ich nicht zugucken, was er macht?«

»Nein, der Augenblick für positives Denken ist gekommen. Laß mich dieses Lächeln für dein limbisches System auf deinem Gesicht sehen.«

Peter haßte den Stützapparat und die morgendliche Folter, wie er die Therapie im stillen nannte. Er fühlte sich schwerfällig in dem Apparat. Sein Körper war darin lebloser denn je. »Aber sehen Sie doch mal, ich kann meinen großen Zeh und meinen kleinen Finger bewegen. Bitte …«

»He, was, zum Teufel …« rief der Elektriker aus. Das Diagnosegerät, das er gerade angeschlossen hatte, hatte unerwartet einen kurzen Stromausfall registriert.

Während Peter sich gehorsam auf seine Übungen mit dem Stützapparat konzentrierte, überprüfte der Elektriker die Verkabelung des Bettes, aber bis auf diesen einen kurzen Stromausfall konnte er keinen Kurzschluß und keine Fehlfunktion in den Schaltkreisen finden. Als ein erschöpfter Peter wieder in seinem Bett lag, hatte der Elektriker alle elektronischen Geräte auf der Station gründlich überprüft. Verblüfft darüber, daß den Stromleitungen auf der Station immer wieder Saft fehlte, hinterließ der Mann einen kleinen Monitor an dem einzigen Gerät, bei dem er eine Abnormalität registriert hatte, so klein sie auch gewesen war, und ging.

Peter erkannte an Sues Gesichtsausdruck, daß sie von ihm enttäuscht war. Er versuchte wirklich, seinen Körper dazu zu zwingen, sich daran zu erinnern, wie er sich bewegen mußte. Der Stützapparat sandte elektrische Impulse in seine atrophierten Muskeln. Die kleinen Stromstöße waren dazu gedacht, die Nerven- und Muskelaktivität zu stimulieren. Er haßte diesen Übergriff auf seinen Körper sogar noch mehr, als er es haßte, gelähmt zu sein.

»Peter, wenn du nur aufhören würdest, dich gegen

die Technik zu wehren«, sagte Sue vorwurfsvoll. »Wenn du die Hilfe, die der Apparat dir sein kann, nur annehmen könntest. Du weißt, daß du sogar zur Plattform geschickt werden könntest. Deine Schulleistungen waren hervorragend – es würde kein Problem mit deinem Schulwissen geben ...« Sie brach ab und kämpfte gegen ihre eigene Mutlosigkeit an. Mitunter fühlte sie sich mit den sehr schwer verletzten Kindern so, als würde sie gegen eine Wand anrennen – im allgemeinen, wie in Peters Fall, war diese Wand das Kind selbst.

Der Junge lag erschöpft da, die Augen geschlossen, Arme und Beine ausgestreckt, so wie sie ihn aus dem Stützapparat gerollt hatte. Sue Romero konnte es sich nicht leisten, Mitleid für ihn zu empfinden – das war unprofessionell und half weder ihm noch ihr bei seiner Rehabilitation – aber sie tat es. Als sie sich abwandte, dachte sie, er würde schlafen. Sie wäre erstaunt gewesen, wenn sie gewußt hätte, daß er wieder zu dieser Vision vom Zentrum mit den Bäumen und Wiesen und ... Rhyssa Owen zurückgekehrt war.

In dieser Nacht konnte Rhyssa nicht schlafen. Dieser Fernsehbericht ging ihr immer wieder durch den Kopf. Sie hatte sich bei den Dreharbeiten gut gefühlt. Dave Lehardt hatte seinen Job gut gemacht. Sie würden natürlich warten müssen, bis sich zeigte, wie die Bevölkerung darauf reagierte, aber Rhyssa hatte das Gefühl, daß Barschenka im Moment als schlechte Verliererin dastand, trotz ihres scheinbaren Triumphs über die feige Kapitulation der verpimpelten Talente. Rhyssa ärgerte sich, daß sie die konsolidierte Stärke der Talente irgendwie geschwächt hatte, und fragte sich, wie sie das, was in den Köpfen der meisten Talente immer noch eine untragbare Situation war, wieder geradebiegen konnte.

Da fühlte sie die zarte Berührung – eifersüchtig, sehnsüchtig, grüblerisch und so unsagbar traurig, daß sie einen Kloß im Hals hatte.

Warte, kleiner Freund, flüsterte sie so sanft sie konnte.

Wie bitte? Mit der Stimme kamen gemischte Eindrücke: Verwunderung, ein Gefühl von Entschuldigung-Verneinung-Abwehr und ein strenger Geruch. Und dann entfernte sie sich – furchtsam und widerstrebend.

Rhyssa versuchte, der Stimme zu folgen, mit einer federleichten Berührung nach ihr zu greifen, aber ihr Rückzug war zu schnell gewesen, als sei ein flüchtiger Schatten über den Mond vor ihrem Fenster gehuscht. Sie notierte sich schnell die Zeit: 3:43 Uhr. Dann lag sie da und schmeckte diese Berührung, untersuchte sie, analysierte ihre Wahrnehmungen.

Diese Flinkheit ließ auf einen jungen Geist schließen – keine abgeklärten Gedanken oder Erfahrungen, die spontane Handlungen bremsten. Ein Junge, der ihr einen Streich spielte … Ein Junge? Ein Junge, der seinen Körper verließ? Ein Junge in einem Krankenhaus – ja, das würde den strengen Geruch erklären –, der in seiner Bewegungsfähigkeit eingeschränkt war, so daß nur seine Seele wandern konnte?

Das Puzzle fügte sich so nahtlos zusammen, daß Rhyssa aufstand und zur Konsole ging.

»Bud, ich möchte, daß du Kontakt zu allen Talenten in den Krankenhäusern aufnimmst«, sagte sie, unfähig, die freudige Erregung in ihrer Stimme zu verbergen.

»Hat dich der Spanner wieder besucht?«

»Ja. Ein Junge, sehr wahrscheinlich verkrüppelt oder gelähmt. Ich möchte herausfinden, wer heute morgen um 3:43 auf den Stationen wach war.«

»Das letzte, was du heute nacht brauchst, ist ein pickeliger Pimpf, der dich aufweckt.«

»Ganz im Gegenteil, Bud, ich glaube, es ist genau

das, was ich brauche. Ein Teenager, der die Gabe hat, seinen Körper zu verlassen? Er muß ein phantastisches Potential haben.«

»Wofür?« wollte Budworth wissen.

»*Das*«, sagte Rhyssa hoffnungsvoll, »ist es, was wir herausfinden müssen.«

Als sie sich wieder ins Bett legte, gingen ihr eine Menge Gedanken im Kopf herum, ehe sie Ruhe fand und schlafen konnte. Wie lange war es her, seit sie ein so starkes neues Talent entdeckt hatten? Und welcher Art war das Talent? Selbst bei starken telepathischen Projektionen blieb nicht einmal ein schemenhaftes Bild zurück. Eine neue Art von Telekinese? Sehr wenige Telekineten konnten sich selbst transportieren! Unbelebte Objekte, ja, aber belebte, nein. Die meisten außerkörperlichen Erfahrungen entstanden durch Träumen und waren nutzlos im kommerziellen Sinne – und die Theoretiker stritten sich immer noch darüber, ob das Phänomen der außerkörperlichen Erfahrung eine telekinetische Manifestation oder eine starke telepathische Projektion war.

Ruf dir nur mal ins Gedächtnis, sagte sie sich selbst, daß es die kommerzielle Anwendung von Talenten war, die uns in den letzten vier Jahren gesetzliche Immunität, gute Jobs und einen Sonderstatus beschert hat ... Wir sollten uns damit zufriedengeben. Vielleicht war es nicht wirklich »Lärm«, was die Telekineten im All gehört haben, sondern irgendeine andere Form von interstellarer Kommunikation, Sprachmüll aus vielen Sprachen, den sie wahrgenommen haben. Mach das Loch in deiner Mauer größer, Mädchen. Schau dich doch mal um. Schau dir Dave Lehardt an. Er muß Talent haben, auch wenn es in einem Gänseei-Diagramm nicht erkennbar ist.

Warum, Rhyssa Owen, fragte sie sich selbst, *muß* Dave Lehardt Talent haben?

Und das war die Preisfrage, über die sie sich den Kopf zerbrach, bis sie schließlich in einen unruhigen Schlaf fiel.

Ich habe ein paar interessante Einzelheiten über die Arbeit auf der Plattform herausgefunden«, berichtete Dave Lehardt Rhyssa zwei Tage später in ihrem Büro. »Sie kamen durch weitere Gespräche mit Samjan, meinem Mittelsmann von der Plattform, und einige wohlüberlegte Untersuchungen ans Licht. Er grinste sie humorlos an. »Die Unfälle.«

»Ja, die Gesamtzahl ist erschreckend.« Rhyssa schauderte. »Aber bei der Arbeit im Weltraum war es abzusehen, daß es einige Unfälle gibt.«

»Einige?« Dave hob die Augenbrauen. »Einige, ja, aber als Johnny Greene und ich die Angelegenheit in Altenbachs Büro überprüften, fanden wir verschiedene Zahlenangaben über die Anzahl der Unfälle.«

Rhyssa reckte sich. Als Dave unerwartet hereingeplatzt war, hatte sie gerade mit den Rotationen der Telekineten des Zentrums jongliert und sich darauf vorbereitet, für ihre verständlichen Klagen und Vorwürfe gewappnet zu sein. Ihr war jede Unterbrechung recht.

»Dann habe ich J.G. und Samjan gemeinsam auf den Fall angesetzt, und sie haben beide ein paar Nachforschungen angestellt«, fuhr er fort. »Mit Hilfe ihrer Zugriffsrechte sind sie an die Zahlen herangekommen, die unserer Meinung nach die echten sind.« Sein Gesichtsausdruck war finster, und sein Körper war so angespannt, daß ihr Böses schwante. »Wissen Sie, daß die Arbeitslosen einen Horror davor haben, nach Padrugoi geschickt zu werden? Sie mögen nicht talentiert sein, aber sie spüren es instinktiv, wenn es ihnen an den Kragen geht. Und ihre Ängste sind berechtigt. Barschenka verliert ihre Hiwis mit beängstigender Geschwindigkeit. Die Zahl der Verluste übersteigt das angemessene

Maß bei weitem. Der Hauptgrund dafür liegt darin, daß Barschenka so blindwütig hinter ihrem hochheiligen Terminplan hinterherjagt, daß sie eine Schicht nicht unterbrechen läßt, um Arbeiter, die abgedriftet sind, zurückzuholen.«

Um sicherzugehen, daß sie die Bedeutung seiner Worte verstanden hatte, versuchte Rhyssa unbewußt, seine Gedanken zu lesen. Es war, als würde sie vor einer undurchdringlichen Wand stehen, und sie blinzelte. »Könnten Sie mir das noch genauer erklären, Dave«, bat sie, verwirrt über ihre Unfähigkeit, seine Gedanken zu lesen, wie sie es bei den meisten ihrer Freunde gewohnt war.

»Sie haben sicher die Werbung gesehen«, sagte er, »in der die Arbeiter aufgereiht sind und mit den Fingerspitzen oder einem Fuß gigantische Teile einer Speiche verschieben?«

»Ja ...«

»In der *echten* Arbeitssituation, nicht dieser Farce, die sie für den Werbespot gedreht haben, sieht's anders aus: Wenn ein Arbeiter zu fest schiebt und bei jeder Aktion, die im Weltraum eine Reaktion auslöst, trudelt der arme Wicht ab in die tiefsten Tiefen des Weltraums.«

»Ja ...«

»Nun, Barschenka unterbricht die Arbeit nicht, um die abgedrifteten Arbeiter zu retten. Oh nein, jeder, der so dumm ist, abzudriften, muß warten, bis die Schicht zu Ende ist und seine Kumpels die Erlaubnis bekommen, ihn zu retten. Das heißt, *wenn* ein Schiff verfügbar ist und *wenn* man weiß, wo der trudelnde Körper sich befindet.«

Entsetzt über die lebhafte Szene, die seine Worte vor ihren Augen entstehen ließen, starrte Rhyssa ihn an. »Ist das öffentlich bekannt?«

Er bedachte sie mit einem zynischen Blick. »Was

denken Sie, warum die Hiwis nie Heimaturlaub nehmen? Der Grund dafür ist nicht, daß sie so schlecht bezahlt werden und sie sich einen Heimaturlaub nicht leisten können, daß in den Shuttles kein Platz für die Arbeiter ist, oder daß sie keine Familie auf der Erde haben. Sie bekommen schlichtweg keinen Heimaturlaub, damit sie *niemandem* erzählen können, was da oben geschieht. Außerdem werden die Hiwis von den anderen ferngehalten, so daß nicht einmal die wachsamen unter den hochgestellteren Angestellten genau wissen, was abgeht. J.G. und Samjan konnten die in der Öffentlichkeit aufgetischten Märchen nur in gemeinsamer, mühevoller Kleinarbeit und mit langwierigen Programmanalysen entlarven.«

»Aber in all den Werbespots gibt es Sicherheitsleinen und ...« Ein Teil von Rhyssa frohlockte bei der Entdeckung, daß Barschenka sehr fragwürdige Taktiken anwandte, während ein anderer Teil von ihr angesichts der Ungeheuerlichkeit ihres Vergehens die Hände über dem Kopf zusammenschlug.

»Das ist *Werbung*, meine liebe Frau Direktor. In der Theorie mag die Rede von Sicherheitsleinen sein. In der Praxis hat sich Barschenka der Sicherheitsleinen jedoch entledigt – sie verhedderten sich immer wieder in den Geräten, so daß ihr hochheiliger Terminplan durcheinandergeriet. Somit sind Sicherheitsleinen ein Mythos im Weltraum.

»Und Barschenkas Sparmaßnahmen lassen tief blicken.« Dave Lehardt beugte sich mit seinem schmalen Körper über ihren Schreibtisch. »Wir haben zum Beispiel durch eine Analyse von Aufzeichnungen entdeckt, daß ein Hiwi nur genügend Luft in seinem Tank hat, um seine Schicht zu beenden, und vielleicht für ein oder zwei weitere Atemzüge. Ach, es gibt unzählige Sicherheitsmaßnahmen für die Ingenieure und Abteilungsleiter und ausgebildeten Techniker – aber nicht für das Fußvolk. Sie kümmert sich einen Dreck darum, was mit den Hiwis passiert. Da, wo sie herkommen, gibt es genug Nachschub.«

Rhyssa war außer sich. »Sie haben gerade meine schlimmsten Befürchtungen über diese Frau bestätigt. Gesetz hin oder her, ich werde von meinen Telekineten nicht fordern, sich solchen Risiken auszusetzen!«

Dave stieß ein Schnauben aus. »Sie sind viel zu wertvoll, als daß Barschenka ihr Leben aufs Spiel setzen würde. Es würde zuviel Stunk geben, wenn ein abdriftendes Talent nicht sofort zurückgeholt würde. Was Überstunden angeht, da sieht die Sache allerdings anders aus. Samjan hat bestätigt, daß Achtstundenschichten auf der Plattform auch zu den Ammenmärchen gehören.

»Neben diesen zweifelhaften Maßnahmen, die dazu dienen, Geld und Zeit einzusparen, habe ich weitere kleine Anomalien entdeckt: Die Anzüge der Arbeiter sind mit Intercoms ausgestattet, die eine begrenzte Reichweite haben. Man kann sie nicht hören, wenn sie um Hilfe schreien! Es könnte ihre Kollegen stören.«

Rhyssa starrte ihn entgeistert an.

»Es gibt auch viele Fälle von Agoraphobie bei den Hiwis und echten Weltraumkoller. Doch kranke Hiwis werden nie hinuntergebracht. Sie verschwinden einfach! Unfälle! Nie Selbstmord! Immer Unfälle. Schließlich«, sagte er und imitierte einen russischen Akzent, »weiß jeder, wie gefährlich es ist, Sicherheitsvorschriften und -maßnahmen zu mißachten. Und dann scheint es ein sauberes kleines System zu geben, nach dem unerwartete Unfälle immer während der Routineübungen passieren, die so auffallend regelmäßig auf Padrugoi durchgeführt werden.« Dave hielt wieder inne. »Wenn man sich die Krankengeschichten anschaut, wird deutlich, daß die unglücklichen Opfer dieser ›Unfälle‹ bei den Übungen immer entweder die Verletzten oder die Durchgeknallten sind.«

»O mein Gott, Dave!« Rhyssa sprang wie von der Tarantel gestochen auf und tigerte durch das Turmzimmer. »Warum hat keiner der Präkogs das gesehen?«

»Nach Ihrer kurzen Zusammenfassung über die Fähigkeiten von Talenten springen Präkogs gewöhnlich auf eine große Anzahl von Menschen an, Rhyssa. Es sind nie genug ...«

»Zahlen sind keine Entschuldigung!« Rhyssa war überrascht über ihre heftige Reaktion auf die Verzweiflung, die in seiner Stimme anklang. Sie fragte sich, ob sich in seinem Geist auch gesichtslose Körper tummelten, die durch den Weltraum kugelten und kollerten und weiter und weiter von den Lichterketten einer Oase, auf der es Luft und Wärme gab, in die bodenlose Finsternis wegtrieben. Ein heftiges Zittern überlief sie.

Eine warme Hand berührte ihre Schulter. »Nehmen Sie's sich nicht so zu Herzen! Auch für Talente gibt es Grenzen. Ihr seid nicht Gott oder Götter, die jeden Spatzen kennen, der vom Himmel fällt.«

Sie blinzelte und sah zu ihm auf. Obgleich sein Geist so verschlossen für sie war wie immer, war die Sympathie und das Verständnis in seinen warmherzigen blauen Augen offensichtlich. Sie würde ihm nicht verraten, daß Talente körperliche Berührungen in aller Regel nicht mochten – sie hatte erstaunlicherweise bemerkt, daß es ihr gefiel, wenn er sie berührte.

»Mit diesen Informationen bewaffnet, können wir Barschenka jedoch die Pistole auf die Brust setzen.« Seine Stimme war sanft und spöttisch. »Wenn Sie verstehen, was ich meine. Aber vielleicht seid ihr Talente ja auch zu simonisch, um euch zu direkter Erpressung herabzulassen.«

»Nicht, wenn das Leben und die Sicherheit meiner Talente auf dem Spiel stehen«, betonte Rhyssa nachdrücklich. »Ganz zu schweigen von diesen armen Teufeln, die nicht einmal eine entfernte Chance hatten zu überleben. Ich werde auf kurzen Schichten und Abschirmung bestehen, und wir werden fordern, daß alle, die auf der Plattform arbeiten, Sicherheitsleinen bekommen, und daß Rettungsschiffe eingesetzt werden. Oder haben Schiffe auch eine beschränkte Strom- und Sauerstoffversorgung, um Kosten einzusparen?«

Er verschränkte die Arme vor der Brust und grinste sie an. »Ihre Talente wären sowieso nicht in Gefahr, es sei denn, ich habe etwas falsch verstanden, was ihre Fähigkeiten anbelangt. Barschenka hat keine Chance, bei *ihnen* die gleichen Tricks anzuwenden wie bei den armen Hiwis. Und wenn Ihre Leute auch so reagieren wie Sie, glaube ich nicht, daß sie tatenlos zusehen, wie sie in ihre Trickkiste greift, sobald sie wissen, nach was sie Ausschau halten müssen. Einige der Telekineten sind auch Telepathen, nicht wahr?«

»So einige.« Rhyssa kicherte sarkastisch. »Eine Tatsache, die wir Barschenka, deren Verständnis von Talent äußerst beschränkt ist, nicht auf die Nase gebunden haben.«

Dave brach in lautes Gelächter aus. »Nicht die ganze Wahrheit, nicht einmal die halbe Wahrheit, was? Gutes Mädchen, Rhyssa!« Er faßte sie spielerisch unters Kinn. »Ist die Entfernung ein Problem? Oder das Vakuum im Weltraum?«

Als Rhyssa den Kopf schüttelte, fuhr er fort. »Nun, ihr könntet euch sicher bei den Hiwis beliebt machen, weil *ihr*...« – er wackelte triumphierend mit dem Finger – »*ihre* Versicherung sein könntet. Ein Talent könnte einen abdriftenden Arbeiter zurückholen, nicht wahr? Ohne während seiner Schicht die Erlaubnis dazu einholen oder auf ein Schiff warten zu müssen?« Er schenkte ihr ein breites Lächeln. »Das wird auf vielen Ebenen helfen. Es ist auch eine verdammt gute PR. Die

92

beste, weil es beweist, daß die Talente den gewöhnlichen Hiwis helfen, wo Barschenka es einfach nicht getan hat!«

Rhyssa kehrte Dave auf einmal den Rücken, weil sie nicht wollte, daß er ihren Gesichtsausdruck sah. *Sascha?* rief sie. *Ich habe gerade den perfekten Job für Madlyn gefunden! Ich erzähle es dir später!*

Ich kann deine hinterhältigen Gedanken lesen, sagte Sascha, *und sie ist nicht einmal auf der Liste für die Plattform.*

Jetzt ist sie's, gab Rhyssa zurück. *Wie oft hast du gesagt, daß man Madlyn noch auf der Raumplattform hören könnte. Das werden wir jetzt auf die Probe stellen!* Sie zügelte ihr Mienenspiel und sah zu Dave Lehardt auf, der sie aufmerksam beäugte.

»Mit wem haben Sie gerade gesprochen? Und nehmen Sie mich nicht auf den Arm. Ich gewöhne mich langsam an Ihre Gepflogenheiten, Mädchen!« In seiner Stimme schwang ein merkwürdiges Gefühl mit, und das Funkeln in seinen Augen intensivierte sich.

Rhyssas Grinsen war halb verlegen, weil er sie ertappt hatte, und halb entzückt über ihren Einfall. »Wir haben eine Telepathin mit einer außergewöhnlich lauten Stimme. Wir werden sie in einer administrativen Funktion nach oben senden. Setz sie an einen Radarschirm, und sie findet und beruhigt jeden Driftenden, damit der nächste Telekinet ihn sicher wieder zurückbefördern kann.«

»Lady, Sie wissen ja gar nicht, was das für die Stimmung dort oben Wunder bewirken könnte.« Daves Grinsen war so ansteckend, daß Rhyssa zurückgrinsen mußte. »Barschenka ist sich nicht nur im unklaren darüber, daß sie selbst ihr ärgster Feind ist, sondern sie wird auch nicht bemerken, daß sie gerade eine Brigade von Undercover-Agenten angeheuert hat, weil sie über Talent im allgemeinen so wenig weiß.«

»*Das* wird ihr die Suppe versalzen!« sagte Rhyssa und grinste noch breiter. »Was ist mit Duoml oder Prinz Phanibal?«

Dave Lehardt überlegte kurz. »Prinz Phanibal könnte es bemerken, aber er ist in letzter Zeit nicht mehr so oft auf der Plattform – eine Krise in Malaysia beansprucht einen Großteil seiner Zeit. Außerdem halte ich ihn gerade für aufmüpfig genug, daß er ihr etwas so Wesentliches diesmal nicht erzählt, und zwar aus reinem Spaß an der Freude, sie sich winden zu sehen. Nun, was hat es mit dieser Notfallklausel auf sich, die Lance Baden zu den Verträgen hinzufügen will?

»Im Falle eines größeren Notfalls müssen wir in der Lage sein, die Talente zur Erde zurückzubringen. Erinnern Sie sich an die Flutkatastrophe in Indien beim letzten Monsun und dieses große Erdbeben in Aserbaidschan? Wir wußten von beiden Katastrophen zehn Tage im voraus und waren so in der Lage, Hilfe zu mobilisieren und ernsthafte Folgen in Grenzen zu halten. Bei hundertvierundvierzig Telekineten, die wir Barschenka gesandt haben, ist unser Rettungssystem zusammengebrochen. Wir wollen eine Vierundzwanzigstundenklausel – damit wir unsere wichtigsten Telekineten rechtzeitig zur Erde zurückbringen können, um die Situation hier in den Griff zu bekommen.«

»Können Sie sie nicht zur Erde teleportieren?«

Rhyssa lachte. »Nein, das ist leider Gottes nicht möglich. Unsere Talente sind begrenzt und haben eine begrenzte Reichweite. Sie reichen nicht annähernd an solche Phantasieanwendungen wie sofortige Transfers heran. Dazu ist mehr Antriebskraft notwendig, als ein menschliches Gehirn generieren kann.«

»Ich dachte, der Moralcodex über rechtmäßige Biotechnik gestattet ...«

»Bis hierher und nicht weiter, Dave.« Rhyssa hob abwehrend die Hand. »Lesen Sie das Gesetz: Reparatur von Gendefekten, ja – Genmanipulationen, nein. Und ich bezweifle, daß es schon einen Gentechniker gibt, der es riskiert, sich mit Manipulationen am Gehirn zum Affen zu machen – nicht einmal, wenn es sich um das Gehirn eines Affen handelt.«

»Vorausgesetzt, man findet einen. Obwohl, meinen Sie nicht, die Wahrscheinlichkeit ist größer, daß jemand illegale Experimente durchgeführt hat, so wie es auf der Erde heute zugeht?«

»Werden Sie nicht zynisch, Dave.«

»Mitunter ist es eine Herausforderung, wenn jemand nein sagt«, entgegnete er achselzuckend. »Ich würde die Möglichkeit nicht ausschließen.«

»Mittlerweile«, sagte Rhyssa, das Gespräch bewußt wieder in relevante Bahnen lenkend, »würde ich sehr gerne einen vollständigen Bericht über das haben, was J.G. und Samjan über die Probleme mit dem Personal auf der Plattform herausgefunden haben.«

Dave grinste und nahm drei Notizdiscs aus seiner Brusttasche. »Das dachte ich mir. So haben Sie mehr in der Hand für ihre Verhandlungen über Schutzwände, schonende Schichten ...«

»Sicherheitsleinen und Schiffe«, schloß Rhyssa. Sie nahm die Notizdiscs, berührte aber seine Finger etwas länger, als es dafür notwendig gewesen wäre. »Ich danke Ihnen, Sir.« Was, um alles in der Welt, war in der Gegenwart von Dave Lehardt los mit ihr? Sie benahm sich wie ein bis über beide Ohren verknalltes Schulmädchen – wie Madlyn in Saschas Nähe.

Als Per Duoml, Prinz Phanibal Shimaz und zwei weitere Staatsdiener niedrigeren Rangs, einer von ihnen der Quartiersverwalter, eintrafen, um die Einzelheiten zu klären, führte Dave Lehardt eine weitere Präsentation vor, die das Gespräch in eine andere Richtung lenkte. Rhyssa, die mit Max Perigeaux, Gordie Havers und Lance Baden zusammensaß, fand die Besprechung äußerst befriedigend.

Dave Lehardt präsentierte die genaue Todesstatistik – Zahlen, bei denen Duoml und dem Prinzen alle Farbe aus dem Gesicht wich – und sprach kundig über einige der »kleineren« Probleme, die die Talente bereit waren zu lösen, wie zum Beispiel Arbeiter zurückzuholen, die unter einer »Sauerstoffunterversorgung« litten, und telepathischen Kontakt mit denen aufrechtzuerhalten, die nur über »Kurzstrecken-Comlinks« verfügten. Weiterhin würden sie die Systeme überwachen. Unter den Talenten würden auch zwei mit breitgefächerten diagnostischen Fähigkeiten sein. Dave wies darauf hin, daß die Einsparungen bei Brennstoff und Arbeitsstunden die Kosten für die Abschirmung der Quartiere für die Talente mehr als ausgleichen würden.

Auch über die Notfallklausel gab es keine Diskussionen. Lance Baden verkündete, daß er der Mittelsmann für die Talente sein würde, und damit hatte es sich.

Wie war das noch gleich mit der feigen Kapitulation? kommentierte Lance.

Rhyssa war so erschöpft von der nervlichen Belastung in der letzten Zeit, daß sie sich gar nicht mehr darüber freuen konnte, aus den Padrugoi-Beauftragten jedes einzelne Zugeständnis herausgepreßt zu haben. Sie sehnte sich jetzt nur noch nach einem ruhigen Abendessen und seelischem Frieden. Per Duoml hatte einen natürlichen Schutzschild, aber die anderen Abgesandten nicht, und als ihre anfängliche Euphorie über die gelungene Zwangsrekrutierung von Talenten angesichts harter Fakten, Zahlen und Kompromissen verflogen war, hatten sie ihre Wut, Betroffenheit und Verlegenheit kaum verbergen können.

Sascha: *Ich habe alle aus dem Erdgeschoß verbannt. Entspann dich!*

Rhyssa: *Oh, du bist ein Schatz!*

Sascha: *Als ob mir das was nützen würde!* Doch sie wußte, daß er es nicht ernst meinte.

Rhyssa betrat das Henner-Haus, dankbar für die vollkommene Stille in den elegant eingerichteten Räumen. Sehr wenig war seit den Lebzeiten von George Henner, dem ersten Wohltäter der parapsychologischen Talente, verändert worden: Alles hatte man in seinem Gedenken liebevoll erhalten. Die unterirdischen Büros, die Nebengebäude und ihr Hochhausturm waren modern und mit der neuesten Technik ausgestattet, aber die Gästezimmer in diesem Haus waren Relikte aus romantischeren Zeiten. Die Küche, in der moderne Geräte hinter altmodischen Schränken verborgen waren, strahlte eine Aura von Bequemlichkeit aus – sie war weiträumig mit einem archaischen, aber funktionierenden Herd, einem riesigen Eßtisch und bequemen Stühlen. Die Eßecke ging zum Garten auf der Rückseite des Haupthauses hinaus, in dem Blumen und Büsche in voller Pracht blühten.

Ein umsichtiger Telekinet hatte den Kessel auf den Herd gestellt. Sie machte sich eine Tasse Tee, fand Sandwiches im Kühlschrank, zog die Schuhe aus und ließ sich in einen der Ohrensessel fallen.

Es war erstaunlich erholsam, in den Garten hinauszublicken und zuzuschauen, wie die Blumen in der leichten Brise schwankten. Sie ließ ihre Gedanken schweifen und genoß die Stille, auch wenn tief in ihr etwas nagte.

»Ich bin kein Präkog«, sagte sie sich und nippte an ihrem Tee. »Was ich fühle, ist nur eine Reaktion auf die letzten hektischen Tage. Eine ganz natürliche Depression.«

Dann fühlte sie die Berührung wieder, die abermals

von Sehnsucht und tiefer Traurigkeit gefärbt war und ihr zu Herzen ging. Ihr eigener Kummer wurde dadurch bedeutungslos.

Sie getraute sich nicht, sich bemerkbar zu machen, aus Angst, den Jungen zu verschrecken. Es war in der Tat ein Junge, ein verzweifelter noch dazu. Hatte ihre vorübergehende Unpäßlichkeit mitten am Tag eine Reaktion von ihm ausgelöst? Oder brauchte er Trost? Was konnte einen jungen Menschen so bekümmern? Man konnte Leid aus der Ferne ertragen – Tragödien, die Menschen erlebten, die man nie getroffen hatte – aber hautnah zu *spüren*, wie jemand litt, war eine intensive Erfahrung.

Sie ergründete vorsichtig die Gedanken des Jungen, in der Hoffnung, einen Hinweis auf seinen Aufenthaltsort zu bekommen. Er haßte etwas, und die Sehnsucht nach Bäumen und Wiesen und Blumen und irgendeinem *Ort*, der nicht das Krankenhaus war, war dem nebelhaften Kontakt vorausgegangen. Und ihr Geist, der in seiner Erschöpfung weniger kontrolliert war als gewöhnlich, hatte seinen Geist angezogen. Was haßte er? Sie stellte ihm diese Frage.

Den Stützapparat.

Rhyssa hatte keine Antwort erwartet. Sie versuchte, die Verbindung zu ihm ganz behutsam aufrechtzuerhalten, obwohl es ihr in diesem Moment merkwürdigerweise so vorkam, als sei er ihr sehr nahe. *Ist er nicht dazu gedacht zu helfen?* fragte sie vorsichtig.

Er tut es nicht. Er fügt mir Schmerzen zu. Es ist künstlich, es ist schrecklich. Es ist ein Käfig. Das Bett ist schon schlimm genug. Ich will nicht. Ich – will – nicht!

Ein Schrei aus den Tiefen eines verlorenen und untröstlichen Geistes erreichte sie – dann brach die Verbindung ab.

Heute nachmittag ist der Stromverbrauch wieder plötzlich angestiegen – gewöhnlich passiert es in der

Nacht«, sagte der Elektriker des Krankenhauses, als er dem Ingenieur, den die besorgte Krankenhausverwaltung schließlich als Berater hinzugezogen hatte, den Ausdruck hinhielt.

Der Ingenieur starrte auf die Amplitude, eine plötzliche deutliche Abweichung, die zweiundsiebzig Sekunden dauerte. Er fragte nach den anderen Anomalien und bekam weitere Beispiele gezeigt. »Um 3:43, 3:03, 3:52 oder 3:13 Uhr sollte das Stromnetz nicht zusätzlich belastet werden. Haben Sie alle Geräte überprüft?«

»Ich habe in mehreren Stockwerken Stromzähler angebracht. Auf Station 12, der Kinderorthopädie, gab es einen kurzen Stromausfall, als ich das Meßgerät installierte. Deshalb habe ich auf dieser Station alles auseinandergenommen, und alle Geräte waren in Ordnung. So etwas Verrücktes hab ich noch nicht erlebt. Und Sie wissen ja, wie die Admin ist, wenn es Stromausfälle und Anomalien gibt, bei all den lebensrettenden Systemen, die am Stromnetz hängen. Komisch, daß auf den Intensivstationen alles in Ordnung ist.«

»Okay, geben Sie mir die Pläne für alle Geräte in der Kinderorthopädie, und lassen Sie uns abchecken, was dort verwendet wird.« Der Ingenieur seufzte tief – er wußte, daß es wieder einer dieser Tage werden würde.

Eine Bewegung in der Nähe der Betten auf der kreisrunden Station alarmierte Peter Reidinger, und er blinzelte, um den Bildschirm auszuschalten. Eine sehr alte Dame stand in der Tür, Miz Allen mit ihrem »Benimm dich, sonst setzt es was«-Blick an ihrer Seite. Sie ließ den Blick schweifen, um zu überprüfen, ob für den Empfang der Besucherin alles in Ordnung war.

Sofort fühlte sich Peter magisch von der Lady angezogen. Sie war anders. Das wurde ihm noch deutlicher, als Miz Allen sie den Kids auf der Station vorstellte.

Cecily lächelte sogar und gab der Lady Antwort. Cecily war ein Wirbelspalt-Fall, der im Mutterleib hätte korrigiert werden »sollen«, aber das war nicht geschehen. Osteomyelitis hatte dazu geführt, daß ihr ein Bein amputiert werden mußte, und sie erholte sich nur sehr langsam von dieser Operation. Sie öffnete sich selten anderen Menschen gegenüber – erst recht nicht Fremden gegenüber –, und deshalb war ihre Reaktion auf die alte Lady ein kleines Wunder. Peter brannte vor Neugierde, als die Lady zu ihm kam.

»Das ist Peter Reidinger, Ms. Horvath.« Die Art, wie Miz Allen ihre rechte Augenbraue hochzog, sagte Peter, daß er sich besser benehmen sollte.

Ms. Horvath lächelte nur mit funkelnden Augen auf ihn hinunter, und sie waren ganz und gar nicht alt oder hart. Er fragte sich, warum sie es zuließ, so alt auszusehen.

Ich habe meinem Ehemann versprochen, daß ich in Würde alt werden würde, antwortete sie unvermittelt. *Auf diese Weise verunsichere ich die Leute nicht so sehr, auch wenn ich mich nicht meinem Alter entsprechend verhalte.*

Peter starrte sie mit kugelrunden Augen an. Sie hatte ihre Lippen nicht bewegt – und doch hatte er ihre Stimme deutlich in seinem Geist gehört.

»Peter …« forderte Miz Allen ihn auf.

»Hallo!« gelang es Peter herauszupressen. Miz Allen räusperte sich warnend.

»Danke, Mrs. Allen, ich werde einfach ein bißchen mit Peter plaudern«, sagte Dorotea Horvath, zog einen Stuhl an Peters Bett und schickte Miz Allen auf eine Weise weg, die Peter erstaunte. *Miz Allen glaubt nicht wirklich an Telepathie und Talente. Und wir haben in der letzten Zeit einfach keine Gelegenheit gehabt, auf die Kinderstationen zu gehen. Deshalb haben wir dich übersehen.*

»Mich übersehen?«

Dorotea lächelte wieder – ein Lächeln, das magisch

war, weil es Peter mit Wärme und Fürsorge einlullte. Der dicke Kloß aus Selbstmitleid und Widerwillen, der sich bei dem Gedanken an eine weitere Trainingssitzung mit dem Stützapparat in ihm zusammengeballt hatte und ihm die Kehle zuschnürte, löste sich auf.

»Das heißt, bis du Rhyssa besucht hast.«

»Rhyssa?«

In seinem Geist meldete sich eine weitere Stimme. *Ich bin Rhyssa. Ich habe Dorotea zu dir geschickt, weil du vor mir wegrennst. Dorotea sagt, daß du gerade nicht von ihr wegrennen kannst, Peter Reidinger. Bitte komm zu uns und lebe bei uns. Ich weiß, daß du dich danach sehnst, hier zu sein.*

»Nimmst du das Angebot jetzt, da du eine offizielle Einladung bekommen hast, an?« fragte Dorotea, strahlte über das ganze Gesicht über seine erstaunte Reaktion.

»Aber ich kann nicht. Ich bin ein Krüppel. Ich kann nirgendwo hingehen ...«

Papperlapapp! schalt Dorotea ihn lächelnd. *Ein Junge, der um drei Uhr morgens seinen Körper zu Streifzügen durch Jerhattan verlassen kann, ist kein Krüppel.*

»Aber ich kann den Stützapparat nicht verwenden!« Peter war entsetzt, sich selbst jammern zu hören und zu spüren, wie ihm Tränen übers Gesicht rannen. Er hatte monatelang nicht geweint.

Weinen ist ein natürliches Ventil für seelischen Druck, sagte Dorotea, während sie ihm wie selbstverständlich die Tränen trocknete. *All dieses männliche Sich-Zusammenreißen hat auch dein Talent blockiert. Ich glaube, daß der Stützapparat auch eine Behinderung war. Ich denke, er hat deine natürlichen Fähigkeiten blockiert. Wir werden es herausfinden.* Das *weiß ich ganz sicher.*

Und auf einmal hatte Peter überhaupt keine Zweifel mehr.

»Zuerst müssen wir natürlich die Erlaubnis deiner

Eltern einholen.« Dorotea war immer praktisch veranlagt. »Glaubst du, daß sie etwas dagegen haben werden?«

»Die und was dagegen haben?« schrie Peter fast. Er wußte, daß die Kosten für seinen Krankenhausaufenthalt sogar mit der riesigen Abfindung, die die Stadt gezwungen gewesen war zu zahlen, weil er auf städtischem Gebiet verletzt worden war, eine enorme finanzielle Belastung für seine Eltern war. Seine Mutter kam ihn regelmäßig besuchen, aber die Besuche seines Vaters wurden immer seltener und kürzer. Seine Mutter hatte immer eine plausible Erklärung dafür, warum sein Vater nicht kommen konnte, aber Peter ließ sich nicht davon täuschen.

Plötzlich riß Dorotea überrascht die Augen auf. »Ich glaube jetzt doch nicht, daß du viel Training brauchst«, sagte sie, auf ihn zeigend.

»Was?« Und in diesem Moment erkannte Peter, daß er über seinem Bett schwebte – und daß darunter gerade ein Alarm losgegangen war.

Rhyssa! Doroteas mentaler Ruf war eine sehr willkommene Abwechslung für Rhyssa.

Die Direktorin des Ostamerikanischen Zentrums war aus mehreren Gründen nicht in der Lage gewesen, diesen ersten Kontakt herzustellen, und der wichtigste davon war das Padrugoi-Projekt, das höchste Priorität hatte. Der andere Grund lag darin, daß Dorotea immer noch die geschickteste Talentsucherin mit der höchsten Trefferquote auf der ganzen Welt war und eine besondere Gabe hatte, Ängste und Zweifel zu beseitigen.

Rhyssa, Peter Reidinger strotzt vor Talent. Ich verstehe nicht, warum der Stationsarzt nicht schon vor langer Zeit darauf gekommen ist, trotz der Tatsache, daß Peter seine natürlichen Gefühle unterdrückt hat, um ein braver Junge zu sein. Im Krankenhaus mußte er die ganze atmosphäri-

102

schen Störungen in seiner Umgebung ausblenden, sonst
wäre der Schmerz von allen anderen über ihn hereingebro-
chen. Er ist indes kein Wald-und-Wiesen-Telekinet oder -Te-
lepath. Ich habe in der Tat noch nie jemanden wie ihn erlebt.
Eines ist sicher, er braucht genauso wenig einen Stützapparat wie du ein Videophon.

Kannst du für seine Entlassung sorgen? fragte Rhyssa.

*Auf meine beste großmütterliche Art! Ich glaube nicht,
daß die Familie Schwierigkeiten machen wird – die Ausgaben für die medizinische Behandlung haben sie sehr belastet.
Der Vater hat offenbar Schwierigkeiten, seinen »verkrüppel-
ten« Sohn zu besuchen. Sie sollten jetzt wieder neuen Mut
fassen, wo Peter sich selbst finanzieren kann.*

Wieviel Pflege braucht er?

Dorotea stieß ein mentales Schnauben aus. *Mit etwas
Hilfe von seinen Freunden braucht er keine mehr, sobald
er das Eingangstor des Zentrums hinter sich gelassen hat.
Auweia! Wir wurden gerade von einem wütenden Elektriker
und einem verblüfften technischen Berater zur Rede gestellt,
und – o mein Gott.*

Dorotea brach den Kontakt ab, was Rhyssa erstaunte – Dorotea hatte normalerweise keine Schwierigkeiten, mehrere Gespräche gleichzeitig zu führen. Rhyssa
wartete darauf, daß die alte Frau sich wieder meldete
und ihr erklärte, warum sie sich so jäh verabschiedet
hatte. Nach drei Minuten ohne ein weiteres Wort von
ihr wandte sich Rhyssa widerstrebend wieder ihrer
derzeitigen Aufgabe zu.

Sie sorgte sich über Dorotea und den Jungen, so daß
es ihr schwerfiel, sich auf die Neuzuteilung der telekinetischen Talente zu konzentrieren, aber die Angelegenheit mußte so bald wie möglich geklärt werden.
Das Ostamerikanische Zentrum würde nur noch zehn
Telekineten zur Verfügung haben, um die Arbeit von
dreißig zu erledigen. Daneben gab es fünf Azubis, die
bei Aufgaben einspringen konnten, die weniger Ge-

nauigkeit erforderten. Airshuttle-Kunden, Passagiere oder kommerzielle Kunden würden einfach länger auf ihr Gepäck warten müssen; alle Baufirmen würden Telekineten verlieren, bis auf zwei, deren Bauprojekte kurz vor dem Abschluß standen. Hier war Telekinese die einzige sichere Methode, um schwere Geräte in den obersten Stockwerken zu installieren.

Sie und Miklos Horvath, Doroteas Enkel an der Westküste, mußten auch Teams zum »Holen und Tragen« organisieren – Telepathen und Telekineten, die über eine große Entfernung zusammenarbeiten konnten. Solche Fähigkeiten waren indes strapaziös und würden für Notfälle vorbehalten bleiben müssen.

Dave Lehardt war mit einem weiteren guten Vorschlag auf den Plan gekommen, der die Beziehungen zu Barschenka und Duoml vielleicht nicht verbessern mochte, aber eine effektivere Nutzung der Vierstundenschichten aller Telekineten ermöglichte.

»Ich habe mir ein paar Bewegungsstudien angesehen«, hatte er ihr erzählt, »und einige Videos von einem normalen Arbeitstag. Samjan hat erwähnt, daß er auf Padrugoi einen großen Teil jeder Schicht untätig herumgesessen hat – er mußte warten, bis das Material aus dem Lager oder den Containern kam, oder bis die Ingenieure kleinere Diskrepanzen geklärt hatten. Also brachte ich Samjan und den Raumlabor-Designer Bela Rondomanski mit Lance Baden zusammen, der Ingenieur ist. Bela sagte, ein Großteil der Verzögerungen im Raumlabor würden durch eine chronische Desorganisation der Lagervorräte verursacht. Laut Lance konnten die Probleme nicht völlig gelöst werden, als er zwei Stunden auf Padrugoi verbrachte, aber eine von Barschenkas Stärken ist ihr Organisationstalent. Noch einen Schritt weiter, und ein Telekinet kann in einer Vierstundenschicht alle Materialien in einem Speichensektor aufreihen, so daß die Hiwis in den nächsten zwanzig Stunden ihrer Schicht den Teilen nur einen kleinen Stups geben müssen, und alles ist am Platz.

»Natürlich bedeutet das, daß die Lager und das Material, das schon auf Padrugoi ist, gründlich reorganisiert werden müssen. Womöglich muß auch das Liefersystem optimiert werden, was den säumigen Lieferanten Feuer unter dem Hintern macht. Doch indem wir hierfür Zeit investieren, können wir die Arbeitsstunden oben verringern.

»Duoml ist auf die Station zurückgekehrt«, sagte Rhyssa.

»Wir werden uns Hangar Q einfach noch einmal für eine weitere kleine Demonstration ausborgen. Ich werde die Einzelheiten ausarbeiten. He, Sie sehen heute verdammt gut aus. Haben Sie eine neue Frisur? Ihre Stinktier-Strähne kommt dadurch mehr zu Geltung.« Auf ihrem Bildschirm erstrahlte wieder einmal sein berühmtes, vertrauenerweckendes Grinsen.

Es ist in der Tat eine Stinktier-Strähne, dachte sie und strich sie sich aus dem Gesicht. Zumindest hatte er sie bemerkt. Mit einem Seufzen wandte sie sich wieder ihren Analysen zu, bis ihr aufging, daß sie kein Sterbenswörtchen mehr von Dorotea gehört hatte.

Dann meldete sich Dorotea so abrupt, wie sie den Kontakt abgebrochen hatte, zurück.

Nun, ich habe ja gesagt, daß ich mich so bald wie möglich wieder melden würde. Ich kann noch nicht mit Sicherheit sagen, was er tut, Rhyssa, aber anscheinend zapft er elektrische Leitungen an. Er hat die Stromkreise des Krankenhauses derart mit Beschlag belegt, daß er den Elektriker und einen hochbezahlten Unternehmensberater zum Wahnsinn getrieben hat. Das erklärt auch, warum er mit dem Stützapparat nicht klargekommen ist. Die Impulse, die direkt in seine Synapsen gesendet wurden, haben mit seinen natürli-

chen Fähigkeiten interferiert, so daß der arme Bursche versucht hat, mit einer Überladung fertig zu werden. Sue Romero ist am Boden zerstört bei dem Gedanken daran, was sie Peter alles angetan hat. Und Peter ist außer sich, weil er es nicht in Worte kleiden konnte, warum der Stützapparat ganz falsch für ihn war ... Und die Oberschwester, Miz Allen, ist eine dieser Buchstabengetreuen und hat das Problem verschlimmert. Oh, seine Familie ist entzückt, besonders über die Mitteilung, daß Peter nicht »behindert« sein wird« – aber in ihren Köpfen ist »verkrüppelt, nutzlos, finanzielle Belastung« zu lesen. Wir werden ihn unter den Standardvertrag nehmen, bis er achtzehn und voll ausgebildet ist. Wir haben hier einen Telekineten, den Barschenka nicht mit ihren Raumhandschuhen zu fassen bekommen wird!

Wann kannst du ihn hierherbringen?

Wir sind schon auf dem Weg! antwortete Dorotea triumphierend. Richte Roddys Zimmer in meinem Haus her. Sie sandte Rhyssa ein paar mentale Schnappschüsse von Spaceforce-Postern an allen Wänden, Modellen von Spaceshuttles, Großraumgleitern, Düsenjägern, Raumlabors und Generationenschiffen, die von der Decke hingen, und von einem Hochbett mit einem Arbeitsbereich darunter. *Nichts könnte weiter von der antiseptischen Umgebung entfernt sein, in der er monatelang gelebt hat.*

Die physische Begegnung zwischen Rhyssa Owen und Peter Reidinger war nicht gerade ein Antiklimax. Dorotea hatte sie gewarnt, daß Peters Mutter und seine ältere Schwester ihn, aufgeregt, wenn auch etwas mißtrauisch seinem neuen Leben gegenüber, in dem Heli-Jet begleiteten.

Ilsa Reidinger war eine ansprechende Frau, die sich fürchterlich um ihren Petey sorgte und gewiß sehr stolz auf ihn war. Sie strampelte sich in einem miesen Job ab, damit ihre Familie die Arztrechnungen bezahlen konnte. Peters sechzehnjährige Schwester Katya war, was Dorotea »berechnend« nannte. Sie versuchte herauszufinden, wie das Glück ihres Bruders auf sie abfärben könnte, und war sauer, daß Peter Talent hatte und sie nicht. Dorotea erklärte, daß Katya auf Peter eifersüchtig war, weil sie wegen seines Krankenhausaufenthaltes viele Dinge nicht bekommen hatte, die sie als älteres Kind meinte beanspruchen zu können. *Eine völlig verständliche Reaktion*, sagte Dorotea zu Rhyssa, als die Frauen Peters Trage mit Schwung in Doroteas Haus und in Roddys Zimmer rollten.

Beide Telepathinnen spürten, wie sich Peters Stimmung hob, als er die nichtmedizinische Einrichtung sah.

»Aber wie wollen Sie all das bewerkstelligen, was die ganze Zeit *für* ihn getan werden muß?«, fragte Ilsa Reidinger voller Überraschung.

»Ach, Peter wird nur zu Anfang etwas Hilfe brauchen, Mrs. Reidinger«, sagte Dorotea. Ihr mentales *Allez Hop* war das Signal für Rick Hobson, Peter in das Hochbett zu »befördern«. »Und jetzt wollen wir ihn in Ruhe lassen, damit er sich mit seinem neuen Zuhause anfreunden kann. Und«, fügte Dorotea hinzu, während sie alle hinausscheuchte, »der Heli-Jet steht bereit, um Sie und Ihre Tochter nach Hause zu bringen. Hier ist die Vid-Nummer. Wie Sie gesehen haben, hat Peter ein Set in seinem Zimmer. Sie können ihn jederzeit anrufen. Jetzt, da er bei uns ist, haben Sie die Möglichkeit zu sehen, was er so alles anstellt. In Ordnung?«

Doroteas positive Art machte Widerstand unmöglich, und bald hob der Heli-Jet vom Boden des Zentrums ab und verschwand dröhnend in den Wolken.

Rick, schließ mir ein Kabel an den 4,5-kpm-Generator im Gartenhaus an und bring ihn in Peters Zimmer, bat Dorotea.

107

Was soll das? fragte Rhyssa.

Ich habe es dir doch gesagt, gab Dorotea zurück, und weil sie jetzt allein waren, fügte sie laut hinzu: »Er zapft offenbar das Stromnetz an und verwendet den Strom als Antriebskraft. Eine Art von Gestalt. Ich möchte, daß sich einige unserer Ingenieur-Talente mit mir in Verbindung setzen, wenn Peter sich genug ausgeruht hat, daß wir einige Tests machen können. Aber nur du und ich sollten in der ersten Zeit mit ihm arbeiten, Rhyssa. Er hat so eine schreckliche Zeit durchgemacht.«

Dorotea traten Tränen in die Augen, und automatisch nahm Rhyssa die ältere Frau in die Arme, um ihr ihre Liebe, Zuneigung und Bewunderung zu zeigen.

»Es tut mir leid, meine Liebe«, sagte Dorotea schniefend und entzog sich ihrer Umarmung. »Du hast im Moment eine Menge um die Ohren und kannst es gar nicht gebrauchen, wenn ich dich in einem See von Tränen ertränke, aber ...« Sie überflutete Rhyssas Geist mit der Mischung aus Schmerz-Verzweiflung-Wut-Schuld, Selbstanklage und selbstzerstörerischen Seelenqualen, die Peter durchlitten hatte.

Rhyssa führte Dorotea zur Couch und setzte sich neben sie. So viele Jahre hatte sie schon mit den bizarren mentalen Zuständen erblühter Talente zu tun gehabt, aber immer noch erschütterte es sie, was für Seelenqualen sie durchmachten.

»Ich glaube, eine Tasse Tee wäre jetzt genau das Richtige«, sagte Dorotea, und Rhyssa mußte über Doroteas praktische Veranlagung, die immer wieder Oberhand gewann, schmunzeln. *Peter. Eine Tasse Tee? Zitrone, Milch, Zucker?*

Ja, bitte, mit Milch und Zucker, antwortete Peter zu Rhyssas Überraschung.

Siehst du? Er brauchte nur etwas Hilfe, um seine Gedan-

ken zu projizieren, anstatt sie zu unterdrücken. Dorotea lächelte sie mit großer Genugtuung an.

Sie nippten alle an ihrem Tee, als Rick Hobson, mit einem Elektrikergürtel und einem Hochleistungskabel bewaffnet, hereinstürmte.

»Ich weiß nicht, was für einen Anschluß du brauchst, Dorotea,«, sagte er, ihr zuzwinkernd und Rhyssa zunickend. Dann winkte er Peter zu, der die ganze Szene von seinem Hochbett aus beobachtete.

»Nun, Peter, was meinst du, was du brauchst?« fragte Dorotea. »Früher hat er die elektronischen Geräte an seinem Bett angezapft«, erklärte sie Rick.

Beide Frauen nahmen Peters Zögern und Besorgnis war.

»Ach, nichts für ungut. Es ist leicht, die Einzelheiten später zu klären«, sagte Rick, der Rhyssas warnenden Blick aufgefangen hatte, leichthin. »Der Generator steht jedenfalls draußen und ist angeschlossen. Wann immer du ihn brauchst, er ist da.« Er winkte allen fröhlich zu und verschwand.

»Es ist alles ein bißchen viel, nicht wahr, Peter?« fragte Rhyssa behutsam.

»Ich weiß nicht, was ich getan habe, das Sie glauben macht, daß ich zu irgend etwas zu gebrauchen bin«, flüsterte Peter mit schwachem Stimmchen. Aus seinem Gesicht war alle Farbe gewichen.

»Dorotea glaubt, daß du verfügbare elektrische Energie als Antriebskraft für die nächtlichen Besuche bei mir verwendet hast«, erklärte Rhyssa ihm. Sie schenkte ihm ein komplizenhaftes Lächeln, um ihn aufzumuntern. »Ich fühle mich geehrt, daß es mein Geist war, in den du dich eingeklinkt hast, um an den Ort zu kommen, an dem du sein wolltest.«

»Sie sind das?« Peter hörte auf, an dem Strohhalm in seiner Teetasse zu saugen, und hob den Kopf, um zu Rhyssa hinunterzuschauen.

»Es dringen nicht viele Männer in mein Schlafzimmer ein, das versichere ich dir.«

Dorotea unterstützte sie unterschwellig und stärkte Peter in dem Gefühl, daß sein Eindringen clever und originell gewesen war. Beide Frauen erzeugten unterschwellige Gedanken, um ihm eine bessere Meinung von sich zu vermitteln und gegen die geringe Selbstachtung anzugehen, die derzeit jeglichen Fortschritt behinderte.

»Ich wollte Sie nicht belästigen.«

»Du wirst bald verstehen, daß Telepathen es nicht als störend empfinden, wenn jemand mitten in der Nacht bei ihnen an die Tür klopft.«

»Aber all diese Lichter ...«

Rhyssa ließ ihre Gedanken den Ärger widerspiegeln, den sie wegen dieser unautorisierten Überwachung empfunden hatte. »Du hast nicht gehört, wie ich sie zur Schnecke gemacht habe, nachdem sie dich vergrault hatten.«

»Ooooh, ich kann dir sagen, Rhyssa war vielleicht wütend«, fügte Dorotea hinzu.

»Du hast etwas getan, woran schon viele, die es versucht haben kläglich gescheitert sind«, fuhr Rhyssa fort.

»Wirklich?«

»Was du erlebt hast, ist das, was wir eine außerkörperliche Erfahrung nennen«, fuhr Rhyssa fort. »Nur sehr wenige Menschen erreichen je diesen Grad von mentaler Kontrolle.«

»Tatsächlich?« Peter riß ehrfürchtig die Augen auf. »Aber es ist nicht schwer.«

Dorotea und Rhyssa warfen sich amüsierte Blicke zu.

»Nichts ist schwer, wenn man genau weiß, wie man es tun muß, Peter«, sagte Rhyssa. »Und du hast die Kunst offenbar gemeistert. Dorotea und ich hoffen beide, daß du uns etwas beibringen kannst. Ich habe nicht viel telekinetisches Talent ...«

Sascha: *Und bist du gerade jetzt nicht froh darüber?* Er übermittelte Rhyssa ein Bild von ihr im Raumanzug, wie sie von einer peitschenschwenkenden Barschenka quer über Padrugoi gejagt wurde.

Rhyssa: *Wehe du wagst es, dich einzumischen, Saschabär! Dies ist schon so heikel genug, ohne daß du in meinem Geist herumturnst. O mein Gott!* Plötzlich ging Rhyssa ein Licht auf, was das Potential des Jungen anbelangte: Man mußte Peter Reidinger nur eine ausreichende Stromquelle zur Verfügung stellen, und sein telekinetisches Talent war so groß, wie es sich auch der optimistischste Theoretiker in seinen kühnsten Träumen nicht vorzustellen vermocht hätte. Sein Talent hatte so wenig mit Löffelverbiegen zu tun wie moderne Präkognition mit priesterlichen Prophezeiungen anhand von Ochsendärmen!

Es erfolgte eine sofortige Reaktion von Sascha, Dorotea, Sirikit, Rick und Madlyn. *Dämpfe es, Rhyssa. Hab ein Herz!*

Dorotea: *Nun, jetzt seid ihr alle im Bilde. Dann laßt uns mit dem Jungen allein. Die Sache mit diesem geflügelten Pferdchen darf nicht in die Hose gehen.*

Rhyssa mußte tief Luft holen und hoffte, daß Peter Reidinger ihre plötzliche Erkenntnis, die sie vor den anderen starken Telepathen im Zentrum nicht hatte verbergen können, mit seinem sich immer noch entwickelnden Talent nicht auch mitbekommen hatte. Er reagierte auf jeden Fall nicht.

Dorotea: *Ich habe ihn blockiert, Rhyssa. Krieg dich wieder ein.*

»So, Peter«, gelang es Rhyssa fortzufahren, »wenn ich mir einen Reim darauf machen kann, was du mit den Generatoren anstellst, könnten wir äußerst wertvolles zusätzliches Rüstzeug in der Hand haben.«

Dorotea: *Ich hätte es auch nicht diskreter ausdrücken können.*

Rhyssa: *Danke.*

»Ich weiß nicht, was ich tue«, sagte Peter traurig.

»Es ist etwas, über das man nicht *nachdenkt*, Peter. Du *tust* es einfach – weil du es willst, weil es dir ein Bedürfnis ist. Und Dorotea und ich werden dir dabei helfen.« Rhyssa grinste ihn an. »Kommunikation ist der Bereich, in dem die Telepathie von großem Nutzen ist. Das gesprochene Wort ist mitunter nicht so klar, wie es sein sollte: Wir können Wörter falsch gebrauchen und ihnen eine mißverständliche Bedeutung zumessen. Wenn ein Wort für uns eine bestimmte Bedeutung hat, aber jemand anders es ganz anders interpretiert, kommt es zum Mißverständnis. Wenn man seine Gedanken per Telepathie austauscht, lassen sich solche verwirrenden Verständnisschwierigkeiten jedoch meist vermeiden. Oder habe ich dich jetzt noch mehr verwirrt?«

Peter lächelte. »So wie ich Miz Romero einfach nicht erklären konnte, *warum* ich den Stützapparat hasse.«

»Das ist ein sehr gutes Beispiel, Peter. Dir haben einfach die Worte gefehlt, die ausgedrückt hätten, was dich gestört hat.«

»Aber wie kann ich mich ohne Stützapparat bewegen?«

»Allein durch die Kraft deines Geistes. Und das genau hast du getan, als du deinen Körper verlassen hast. Wir werden dir nur beibringen, wie du deinen Körper mitnehmen kannst! *Und* wie du den Großteil deiner täglichen Verrichtungen selbst übernehmen kannst. Du wirst nicht mehr von Krankenschwestern oder Pflegern abhängig sein. In gewissem Sinne war es das, was Sue versucht hat, dir zu vermitteln – daß dein Geist deinen Körper motiviert, sich daran zu erinnern, wozu er einmal fähig war. Du bist nur einen Schritt darüber hinausgegangen. So konntest du natürlich nicht tun, was sie wollte. Du warst ihr einen Riesenschritt voraus.«

Er war immer noch skeptisch. »Bin ich ein Telekinet?«

»Weißt du, was das Wort bedeutet?«

»Klaro, aber ich habe nicht geglaubt, daß ich einer bin.«

Rhyssa erhob sich. »Nun, du bist einer. Also denk mal drüber nach.«

Dorotea nahm seine Tasse. »Ruh dich jetzt erst einmal aus, mein Junge. Dann werde ich dir das Haus zeigen, damit du weißt, wo du alles finden kannst, wenn du etwas möchtest.«

KAPITEL 7

Sascha kümmerte sich zwar gewöhnlich um die Ausbildung der Talente, aber da sich zwischen Peter und Rhyssa eine so große Nähe entwickelt hatte, hielten sie es für sinnvoll, daß sie seine Initiation übernahm.

»Ich werde dir helfen, wo ich kann«, versprach Dorotea, enttäuscht dreinblickend, weil sie diese Aufgabe selbst gerne übernommen hätte. »Aber ich bin vierundachtzig und nicht mehr so fit.« Dann breitete sich ein schelmisches Lächeln auf ihrem Gesicht aus. »Natürlich habe ich immer gerne für den großen Hunger gekocht. Und Peter wird in kurzer Zeit die meisten Dinge selbst erledigen können. Da bin ich ganz sicher. Ich erkenne ein starkes Talent, wenn ich seinem Geist begegne.«

Also veranstalteten Rhyssa, Dorotea und Sascha eine kleine Zeremonie, um Peter Reidingers Namen im Ostamerikanischen Zentrum zum Talentregister hinzuzufügen. Peter war sich immer noch nicht ganz sicher über sein gütiges Schicksal. Rick Hobson, der Empath wie auch Telekinet war, überwachte die telekinetischen Aspekte. Don Usenik, der vielseitig begabte Arzt des Zentrums, behielt die körperliche Verfassung des Jungen genau im Auge, und der Junge wohnte in Doroteas Haus.

»Ich bin immer noch fähig, die Mutterrolle zu übernehmen«, sagte die alte Frau bestimmt, »besonders, weil Rhyssa schon genug um die Ohren hat.«

Am Ende der ersten Woche war Peter in der Lage, selbst für seine Körperpflege zu sorgen, ein unvergleichlicher Erfolg für einen sensiblen Jungen. An dem

Morgen, als er es schaffte, sich ganz allein zu duschen, feierten seine Mentoren dies als den Erfolg, der es war. Das erste Mal, als er versucht hatte zu duschen, hatte er sich beinahe an dem kochendheißen Wasser verbrannt und den Regler dann zu weit in die andere Richtung gedreht und mußte von Dorotea aus dem eisigen Wasser gerettet werden.

Er brauchte auch Zeit und Geschick, um zu lernen, von seinem Hochbett herunterzukommen, ohne zu Boden zu knallen, oder nicht an Möbel zu stoßen, wenn er im Haus herumschwebte. Nach und nach gewann er eine ausgefeilte Kontrolle über die Gestalt und schaffte es, das Gehen zu imitieren. Nur wenn man ihn ganz genau beobachtete, fiel einem auf, daß seine Füße nie ganz den Boden berührten, und daß die Art, in der er beim Gehen die Knie beugte, nur annähernd einem normalen Bewegungsablauf glich. Er konnte nicht nach Gegenständen greifen, aber er hielt die Hände in angemessener Weise, so daß es den Anschein erweckte, als ob er sie tragen würde. Angesichts solcher Erfolge war er wie ausgewechselt, und die Veränderungen überraschten seine Mutter bei ihrem nächsten Besuch.

»Es hat noch nie ein Talent in unserer Familie gegeben, weder väterlicher- noch mütterlicherseits«, vertraute sie Dorotea an einem Punkt an. »Ich kann mir einfach nicht vorstellen, von wem er es hat.«

»Notwendigkeit, Mrs. Reidinger«, sagte Dorotea auf ihre großmütterlichste Art. »Der Unfall hat ihn dazu gezwungen, motorische Funktionen in einen anderen Teil seines Gehirns zu verlagern. Selbst die besten Talente nutzen nur etwa zwei Fünftel ihres Gehirnpotentials.«

Ilsa Reidinger verstand Doroteas Erklärung nicht wirklich, aber sie akzeptierte sie, weil Dorotea mit einer solchen Autorität sprach.

»Der menschliche Körper lernt zu kompensieren«,

Mrs. Reidinger«, fuhr Dorotea sanft fort. »Alles, was Peter brauchte, war eine Chance, auf eine andere Weise zu trainieren. Was er, muß ich sagen, außerordentlich gut gemacht hat. Wir sind sehr zufrieden mit seinen Fortschritten.« Sie strahlte ihren Gast stolz an.

»Ja, aber was wird er tun?« fragte Ilsa Reidinger klagend.

»Nun, Peter wird sich hier im Zentrum nützlich machen und anderen Kindern – und auch Erwachsenen – helfen, die lernen müssen, ernste Behinderungen auszugleichen.« Sie spürte die Bedenken der Frau, was diesen Punkt anbelangte, und fügte hinzu, »Oh, die Arbeit wird sehr gut bezahlt. Im Moment hat er natürlich ein Ausbildungsstipendium, aber seine Arbeit ist wirklich sehr lukrativ. Er hat alle Voraussetzungen für eine steile Karriere im Zentrum. Sie werden sehr stolz auf ihn sein.«

Dorotea beschloß, Ilsa Reidingers andere dominierende Gedanken zu ignorieren: Wenn Peter talentiert ist, dann muß es Katya auch sein. Das Mädchen war zur Zeit schwieriger denn je. Sie wollte wissen, warum Peter alles Glück der Welt hatte und sie in einer langweiligen Schule mit langweiligem Unterricht eingesperrt war, während für Peter alles so lief, wie er es wollte, nur, weil er Glück gehabt hatte.

»Kann er Gedanken lesen?« fragte Ilsa Reidinger laut. Die Vorstellung machte sie unbehaglich.

»Peters Reichweite ist sehr begrenzt«, log Dorotea, Bedauern andeutend. »Er kann die Gedanken von sehr starken Telepathen hören, aber seine Projektionen nur über kurze Strecken übermitteln. Sein Talent liegt in der Telekinese. Verstehen Sie dieses Wort?«

»Ja, es bedeutet, daß Leute Dinge hin- und herbewegen können, ohne sie anfassen zu müssen. Wie jene, die oben auf der Padrugoi-Station bei der Montage helfen, damit wir die Sterne erreichen können.« Die gewandte

Formulierung stammte aus Dave Lehardts cleverer Werbekampagne, die im TRI-D gezeigt wurde.

Dann fragte Ilsa zaghafter: »Kommt Petey vielleicht auch in den Weltraum?« Insgeheim beschloß Ilsa, in deren Geist man lesen konnte wie in einem Buch, daß sie es Katya nicht sagen würde, wie die Antwort auch ausfiel.

»Das ist sehr unwahrscheinlich. Die Plattform wird fertig sein, ehe Peter das notwendige Training abgeschlossen hat.« Dorotea lief allein beim Gedanken daran, daß Barschenka Peter Reidinger abkommandieren könnte, ein Schauer über den Rücken. Ilsa Reidinger war jedoch enttäuscht. Sie litt unter dem gängigen Muttersyndrom: *Ihr* Sohn sollte einzigartig sein – was er auch war –, berühmt – was das Zentrum ihm nicht wünschen würde –, und vielleicht reich – was Peter auch sein würde, weil er sich mit den Geldern des Zentrums alles kaufen konnte, was er wirklich begehrte. »Er hat ein wahrhaft einzigartiges Talent.« Das als kleines Bonbon für ihren Stolz.

»Ja, aber was genau *tut* Petey?«

»Nun, sie haben ihn selbständig gehen und uns Tee einschenken sehen. All das erzielt er durch sein telekinetisches Talent. Somit ist er, wie Sie sehen, nicht mehr abhängig von mechanischen Geräten oder Prothesen, um normale Aktivitäten auszuführen. Wenn er sich seiner Fähigkeiten sicherer ist, werden wir ihm kompliziertere Aufgaben geben.«

»Wird er in der Lage sein, einen Beruf auszuüben?«

Ilsa Reidinger hat nicht einmal die grundlegendsten Dinge verstanden, dachte Dorotea, noch hat sie die offensichtlichen Erfolge erkannt. Ihr war kaum die Tatsache ins Bewußtsein gedrungen, daß Peter keine finanzielle oder seelische Belastung mehr für seine Familie darstellen würde. Sie war einfach eine liebe Frau, die Peter während seiner Rehabilitationszeit sicherlich mit Hingabe zur Seite gestanden hatte, aber die schwere Zeit war auch an ihr nicht spurlos vorübergegangen. Dorotea gab sich alle Mühe, ihr enthusiastischer über Peters Potential zu berichten.

Ihr ging durch den Kopf, daß die Testverfahren, die Daffyd op Owen entwickelt hatte, aktualisiert und verfeinert werden müßten. Krankenhäuser waren gewöhnlich voll von Talenten aller Art. Warum hatte niemand Peter entdeckt? Sie sollte wirklich mit Rhyssa darüber sprechen – wenn die Schlammschlacht mit Barschenka ausgefochten war.

»Ich glaube nicht, daß es viel gibt, was Peter nicht tun kann, wenn er es sich in den Kopf setzt.«

»Als Telekinet, meinen Sie?«

»Als sehr spezieller Telekinet, da er eine schwere körperliche Behinderung überwinden mußte.«

Immer noch etwas verwirrt über das Theater, das um ihren Peter veranstaltet wurde, aber ungeheuer erleichtert über seine rosigen Zukunftsaussichten, verließ Ilsa Reidinger das Zentrum.

Dorotea kam nie der Gedanke, daß ihre Bemerkungen, die dazu gedacht waren, die natürlichen Bedenken einer Mutter aus dem Weg zu räumen, unerwartete Nachwirkungen haben könnten. Gewiß begannen sie und Rhyssa, das immense Potential des Jungen zu erfassen, aber sogar Kollegen gegenüber waren sie verschwiegen gewesen.

»Es ist ein Fall, bei dem wir langsam vorgehen müssen, Lance«, sagte Rhyssa zum australischen Direktor, der anscheinend mehr Zeit in Raumtransportern und im Jerhattan-Distrikt verbrachte als in Canberra, um sich auf seinen Aufenthalt auf Padrugoi vorzubereiten. Er hatte eine weitere lange Planungssitzung mit Dave Lehardt und Samjan hinter sich und war vorbeigekommen, um mit ihr zu sprechen.

»Ich habe ein paar echte Talente gesehen, als ich mit den Aborigines und den Maoris zu tun hatte, Rhyssa«, erwiderte Lance mit seiner typischen, schleppenden Aussprache, als er sich in ihrem Turmbüro auf einen Stuhl fallen ließ, »aber dieser Bursche ist einsame Spitze. Wenn er nur mit einem läppischen 4,5-kpm-Generator so viel erreicht hat, dann denk doch nur mal daran, was er mit *echter* Power vollbringen könnte.

»Das ist erst recht ein Grund dafür, langsam vorzugehen. Kontrolle ist der wichtigste Teil seines Trainings.« Sie projizierte ein Bild von Peter, wie er wie ein Wirbelwind kopfüber durch Jerhattan sauste und einen Schwanz aus Abfall, Menschen, kleinen Fahrzeugen und Kuriositäten hinter sich her zog.

Lance grinste. Seine Zähne leuchteten sehr weiß in seinem wie immer gebräunten Gesicht, und seine meergrünen Augen funkelten. »Wie wahr, wie wahr, meine Liebe. Ich verstehe, was du meinst. Doch mit einem Talent wie dem seinen und einem geeigneten Generator sind wir verdammt nah daran, Drohnen geradewegs bis zum nächsten Planeten schießen zu können.«

Behalte deine Gedanken für dich, Lance, zischte sie. *Wehe, du läßt auch nur ein Sterbenswörtchen durch deinen Schutzschild sickern.*

Lance richtete seinen sehnigen Oberkörper auf und sah sie vollkommen ernst an. *Es war nur ein Scherz.*

Rhyssa nickte langsam, und er stieß einen langen Pfiff aus.

Ja, aber stell dir nur einmal vor, wie dumm Barschenka aus der Wäsche gucken würde, wenn wir ihr berichten könnten, daß ihr hochheiliges Padrugoi-Projekt inzwischen überholt ist.

»Noch nicht ganz«, sagte Rhyssa mit einem rachsüchtigen Grinsen. Auch sie hatte ein paar sehr befriedigende Phantasievorstellungen zu diesem Thema gehabt. »Die Padrugoi-Station dient nicht nur als Sprungbrett zu den Sternen, sondern ist auch noch aus einer Vielzahl von anderen berechtigten Gründen erforderlich.

Wie viele wissen von Petey?

Über sein Potential? Die Talente hier im Zentrum wissen, daß etwas Besonderes an ihm ist. Ich war zu aufgeregt, als ich die Möglichkeiten erkannte, die in seiner Gestalt stecken, aber sie wissen nur, daß ich aufgeregt war, was den Jungen betraf. Nur drei von uns – ich selbst, Dorotea und Sascha – wissen, daß der Junge ein ungewöhnliches Talent sein könnte. Ich glaube nicht, daß Sascha die Gelegenheit gehabt hat, das Potential zu erkennen, das Dorotea und ich gerade erst begonnen haben zu erfassen. Rick Hobson denkt, daß der Junge außergewöhnlich schnell lernt, aber wir brauchten einen Telekineten für sein erstes Training. Wie du muß Rick nach Padrugoi, so daß er mit Peter soviel wie möglich an der Technik arbeitet, solange er noch da ist. Er und Peter ergänzen sich gut. Du bist meine Wahl für sein fortgeschrittenes Training. Also mach keine Dummheiten auf Padrugoi, ja?

Nie im Leben! Es ist unfair, daß ich sechs lange Monate auf einen Leckerbissen wie diesen warten muß! Lance erhob sich. »Welch ein Jammer, daß Dave Lehardt kein echtes Talent ist. Er ist so ein Genie im Umgang mit dem Finnen und diesem schleimigen kleinen Neester-Burschen.«

Rhyssa lief schon ein Schauer über den Rücken, wenn sie nur von Prinz Phanibal hörte.

»Du magst ihn auch nicht, nicht wahr?« fragte Lance. »Nein!«

Lance lachte. »Ich wußte ja schon immer, daß du eine Frau mit gutem Geschmack bist, Mädchen.«

Rhyssa machte sich Sorgen um Peter – er sah so zerbrechlich aus, nachdem er so lange in einem Krankenhausbett gelegen hatte. Auch Dorotea sorgte sich, aber sie verbargen ihre Sorgen vor Peter, dessen telempathische Fähigkeiten sich neben seinen telekinetischen Fähigkeiten stetig verbesserten. Er war nicht darauf beschränkt, nur Gefühle zu empfangen oder zu senden, sondern entwickelte eine echte Gabe der Telepathie – die Fähigkeit, sowohl abstrakte als auch sprachliche Botschaften zu übermitteln und zu empfangen. Rhyssa verheimlichte ihm auch, daß es Momente gab, in denen Peter so kraftvoll war, daß er den Generator bei telekinetischen Übungen nicht brauchte.

Dorotea liebte es, für seinen großen Appetit zu kochen, und sobald Peter Routineaufgaben erledigen konnte, verfeinerte sie seine telekinetischen Fähigkeiten mit Übungen zur Zubereitung von Mahlzeiten. Er konnte Äpfel und Kartoffeln schälen, Möhren putzen und Gemüse schneiden – alles telekinetisch. Er aß alles und jedes, und sein Körper begann kräftiger zu werden. Rick zeigte ihm Übungen zur Stärkung des Muskeltonus, und nach vielen Stunden, die er in Doroteas Garten verbrachte, nahm seine Haut eine gesunde, braune Hautfarbe an. Peter sah nicht mehr aus wie der gebrechliche Gelähmte mit atrophierten Muskeln. Dennoch war bei all seinen Aktivitäten größte Sorgfalt vonnöten, da er weiterhin kein Gefühl in seinen Gliedmaßen und vom Oberkörper abwärts hatte und es nicht bemerken würde, wenn er sich bei seinen Unternehmungen schnitt, verbrannte oder sonstwie verletzte.

Als Rick schließlich nach Padrugoi abreisen mußte, nahm Peter es schwer und war den darauffolgenden Tag ganz geknickt.

»Rick kommt wieder, Peter«, sagte Rhyssa, als sie zusammen Abendbrot aßen. »Er hat dir so etwa alles beigebracht, was er weiß. Jetzt mußt du Autodidakt sein, was schwer sein wird.«

»Wie bitte?« Peter war so schockiert, daß er für einen Augenblick seine guten Manieren vergaß. Seine Gabel schwebte über seinem Teller. Er und Dorotea hatten eine Abmachung – wenn er allein war, konnte er essen, wie er wollte, aber in Gesellschaft sollte er sich an die üblichen Umgangsformen halten.

»Ja, du bringst es dir selbst bei«, erwiderte Dorotea sanft.

»Rick hat dir die Grundlagen beigebracht«, fügte Rhyssa mit einem warmen Lächeln hinzu. »Du bist jetzt in der Lage, alle täglichen Verrichtungen selbst zu erledigen und in Haus und Garten auszuhelfen. Jetzt kommt der nächste Schritt – dich zu testen. Keine Angst. Rick hat eine lange Liste mit Aufgaben für dich erstellt, die du erledigt haben sollst, wenn sein Dienst auf Padrugoi vorbei ist.«

»Aber er hat mir nicht gesagt, wie ...« Peter war am Boden zerstört.

»Du weißt, wie«, sagte Rhyssa und tat überrascht über seine Reaktion. »Alle paranormalen Talente funktionieren instinktiv. Schärfe deinen Instinkt.« Sie lächelte ihn an und legte ihm besänftigend die Hand auf den Arm. »Dieser Instinkt hat dich zum Zentrum geführt, schon vergessen? Sorge dich nicht über das ›Wie‹! Verlaß dich auf deinen Instinkt. Trainiere dein Talent, indem du verschiedene Arten von unbelebten Gegenständen an immer weiter entfernt gelegene Zielorte sendest. Zuerst an Orte, die dir vertraut sind. Dann an Orte, die du aus TRI-D-Sendungen kennst, und möglicherweise an Orte, die du mit Hilfe von mathematischen Koordinaten ermittelst. Dieses Kartoffelpüree auf deiner Gabel, wo würdest du es zum Beispiel gerne hintransportieren?«

Das Kartoffelpüree verschwand von der Gabel.

Sascha: *Was geht da unten bei euch ab?*

Rhyssa: *Hat deine Frage mit einer Gabel voll Kartoffelpüree zu tun?*

Sascha, etwas angeekelt: *Genau!* Er übermittelte ein

122

Bild von einem gelblichen Häuflein auf seinem Schreibtisch.

»Und wo hast du das Zeug hintransportiert, Peter?« fragte Dorotea beiläufig.

»Auf Saschas Schreibtisch. Aber aufs Holz, nicht auf etwas Wichtiges«, versicherte Peter ihr.

»Ich verlange nicht von dir, daß du es ißt, aber bring es zurück!«

Das weitgereiste Kartoffelpüree tauchte am Rand von Peters Teller wieder auf.

Sascha, sarkastisch: *Danke schön!*

Gern geschehen! Peter kicherte wie jeder Teenie, dem ein guter Gag gelungen war.

Sascha zu Rhyssa und Dorotea: *Wir haben Madlyn gerade erst stubenrein gekriegt, und jetzt geht's mit Peter wieder von vorne los! Manchmal ... Also, wenn er jetzt schon so herumalbert, dann findet er sich bestimmt mit Ricks Abreise ab.*

Peter war denn auch am nächsten Tag aufs Lernen erpicht und verwendete die Gestalt mit dem Generator, um verschiedene Gegenstände im Zentrum herumzutransportieren. Dorotea ließ ihn anfangs kleine Gegenstände von einem Zimmer ins andere transportieren, wobei sie besonderen Wert darauf legte, daß er sie genau plazierte, und Orte wählte, die ihm vertraut waren. Am Ende des Morgens transportierte er schwere Pakete mit Computerpapier aus dem Lager in den Kontrollraum, um sie auf Quadraten, die auf dem Boden aufgezeichnet waren abzulegen, bis Budworth schließlich signalisierte, daß er seine Ziele perfekt traf.

»Gewicht scheint kein Thema zu sein«, sagte Sascha, als er Peters Leistungen beim Mittagessen mit Rhyssa durchging. »Mußte er sich viel auf die Gestalt stützen?«

»Nein. Wir haben ein Diagramm über seine Generatornutzung erstellt.«, erwiderte Rhyssa. »Er verwendet eher seine geistigen Kraftquellen.«

»Ah, aber das ändert nichts an der Tatsache, daß er den Generator benutzt«, sagte Sascha nachdenklich. »Daß er es kann und auch *tut*. Zum Teufel, Rhyssa, er ist außergewöhnlich! Sobald er Generatorstrom voll nutzen kann, gibt es nichts, was er nicht bewegen kann, nicht wahr? Seine Augen blitzten vor Erregung. »Wenn wir nur herausfinden könnten, wie er die Gestalt erzeugt.«

Rhyssa schüttelte matt lächelnd den Kopf.

»Könnte es Rick?« fragte er.

Rhyssa seufzte. »Rick hat nur das telekinetische Grundtraining mit ihm durchgeführt. Er hatte nicht mehr Zeit. Zum Teufel mit Barschenka. Ist es nicht ein Paradoxon, daß wir ein vielversprechendes erblühtes Talent haben, das von dem Training mit genau den Telekineten profitieren könnte, die sie uns abgeluchst hat? Warum hatte niemand eine Präkog dazu?«

Sascha lehnte sich in seinem Stuhl zurück und sah seine gute Freundin und Direktorin mit einem ungewöhnlich ernsthaften Gesichtsausdruck an.

»Rhyssa-Schatz, könntest du seinen Gedanken folgen?«

Sie mußte lachen. »Ich bin eine Expertin auf dem Gebiet der Telepathie, aber Peter hat echtes Neuland betreten, das noch niemand erforscht hat. Vielleicht könnte ihm ein starker Telekinet folgen. Ich werde Lance Baden als seinen Ausbilder in der Hohen Schule der Künste auf ihn ansetzen, sobald dieses verfluchte Padrugoi fertiggestellt ist.« Bilder, die ihre Frustration ausdrückten, trübten wie dunkle Wolken ihren Geist.

Sascha nickte mitfühlend. »Dann müssen wir einfach weiter Kinderkram mit ihm veranstalten, bis Lance wieder verfügbar ist. Und bau ihn körperlich auf. Sieht

124

Don Usenik irgendeine Chance, die geschädigten Nerven wieder zu stimulieren? Das wäre ...«

»Es gibt Ärger!« dröhnte Budworths Stimme durch den speziellen Alarmlautsprecher in Rhyssas Büro.

Was ist los? fragte sie sofort.

»Verdammt noch mal, ich will sofort mit der Direktorin Owen sprechen!« sagte eine Stimme, als Budworth den Anruf durchstellte.

»Sie sprechen mit ihr«, erwiderte Rhyssa kühl. »Bitte sagen Sie mir, wer Sie sind.«

»Verdammt, haben die es Ihnen nicht gesagt? Bob Gaskin, Leiter der Hafenbehörde von Jerhattan. Sie haben uns unseren Telekineten weggenommen, und jetzt hat ein Container drei Männer unter sich begraben, und wir haben keine Möglichkeit, ihn schnell genug hochzukriegen, um ihr Leben zu retten. Im Moment verhindert nur die Sicherheitsstange am Gabelstapler ...«

»Haben Sie das Gebiet auf Video?«

»Ja – den ganzen Hafen.«

»Legen Sie das Video sofort ein«, befahl sie. *Dorotea, bring Peter in mein Büro. Wir müssen versuchen zu helfen. Sie senden gerade das Bild von dem Gebiet.*

Dorotea. *Sollen wir es wagen?*

Rhyssa: *Wir werden es nie wissen, wenn wir es nicht tun. Es stehen Leben auf dem Spiel. Er hat das Potential, und er hat sich mit klobigen, schweren Gegenständen schon recht gut angestellt.*

Dorotea: *Der Hafen liegt fast am anderen Ende der Stadt. Aber ... in Ordnung, ich komme sofort mit Peter vorbei.*

Sascha und Rhyssa blickten unverwandt auf den Bildschirm. Der Container hing sozusagen noch »am seidenen Faden«, obwohl die abgerissenen Halteseile lose hin- und herschlackerten. Er war auf einen kleinen Gabelstapler geknallt, dessen stabiler Rahmen verhinderte, daß der Fahrer und zwei Männer, die in seiner

Nähe gearbeitet hatten, zermalmt wurden. Die Talente konnten den Arm eines Mannes sehen, der auf einer Seite heraushing, und die Füße eines anderen, die an einer Ecke hervorlugten – und überhaupt nichts vom Fahrer.

»Warum sind diese Halteseile gerissen, Mr. Gaskin?« fragte Rhyssa ruhig. »Sie haben doch sicher alle Ihre Geräte vor ihrer Verwendung überprüft?« Sie verlieh ihrer Stimme bewußt einen anklagenden Ton.

Die Bürotür öffnete sich, und herein kamen Dorotea und Peter. Peters Augen richteten sich sofort auf den Bildschirm.

»Wenn Ihr gottverdammtes Zentrum nicht unseren Telekineten abgezogen hätte«, explodierte Gaskin, »würde dies nicht – heiliger Strohsack! Wie haben Sie so schnell jemanden hierher bekommen?«

Rhyssa, Dorotea und Sascha hielten den Atem an, als sie zusahen, wie sich der lange, tonnenschwere Container langsam von dem demolierten Gabelstapler erhob. Zum Vorschein kamen der Fahrer, der über dem Lenkrad hing, ein weiterer Mann, der leblos auf dem Boden lag, und ein dritter, der sich aufrappelte und sich den verletzten Arm hielt. Sie nahmen auch ein Brummen wahr, das durch den Fußboden von Rhyssas Büro zu spüren war. Das Brummen ließ nach, als der Container behutsam auf der Ladefläche des wartenden Lastwagens abgesetzt wurde.

»Bravo, Peter, gut gemacht! Ausgezeichnet!« sagte Rhyssa – und dann sah sie ihn auf dem Boden liegen. »O Gott! Hast du dich überanstrengt, Schatz?«

Sascha hob den Jungen behutsam auf und setzte ihn in Rhyssas bequemen Sessel, der sich sofort an den schlaffen Körper des Jungen anpaßte.

»Was ist mit den Männern?« wollte Peter wissen. Sein blasses Gesicht war verzerrt vor Wut. *Sie hatten solche Schmerzen.*

»Um mal auf den Punkt zu kommen, junger Mann«, sagte Sascha stirnrunzelnd. »Was ist mit dir?« *Brech uns hier nicht zusammen!*

»Bei Gott, Madam, wie haben Sie das gemacht?« schrie Bob Gaskin. Der Leiter der Hafenbehörde wischte sich mit zitternden Händen das Gesicht ab.

»Talent hat Sie nicht völlig im Stich gelassen, Mr. Gaskin. Wir haben noch eine magere Rumpfmannschaft« – Saschas Bild von Peters zartem Körper, dessen zerbrechlich wirkende Knochen hervortraten, machte es Rhyssa sehr schwer, ernst zu bleiben –, »auf die wir für Notfälle dieser Art zurückgreifen können. Bitte lassen Sie Ihre Geräte überholen. Wir verfügen nicht über die Arbeitskräfte für vermeidbare Unfälle, wie Sie wissen.« Sie ignorierte Saschas schalkhaftes Grinsen, als sie beobachteten, wie eine Heli-Ambulanz von der Southside landete und Sanitäter zu den verletzten Männern eilten. »Guten Morgen, Mr. Gaskin.«

»Wir werden uns später beim Southside General Hospital erkundigen, wie es den Männern geht, Peter«, versicherte Rhyssa dem Jungen.

»Nachdem Don dich durchgecheckt hat, junger Mann«, fügte Dorotea hinzu. »Deine Sorge um die Männer ist gleichwohl lobenswert.«

Ich wußte, daß wir so handeln mußten, Rhyssa, sagte Sascha über eine private Verbindung zu Rhyssa, *aber hätten wir es auch tun* sollen?

Rhyssa zog eine Grimasse. *Es war eine Gewissensentscheidung, Sascha. Wir behalten offiziell die Version von der mageren Rumpfmannschaft bei. Übrigens, tu mir das so bald nicht wieder an, ja?*

Sascha verdrehte reumütig die Augen, aber er versprach ihr nichts. *Ich bin mir nicht sicher, wie lange wir diese Lüge noch aufrechterhalten können. Hättest du etwas dagegen, wenn ich versuchen würde, seinem Geist zu fol-*

gen, wenn er einen telekinetischen ›Lift‹ ausführt? Mir war nicht klar, wie schnell sich sein Talent zur vollen Blüte entfaltet.

Nein, ich habe nichts dagegen. Nach dieser Demonstration von Peters Fähigkeiten wollte ich dich sowieso fragen, ob du Zeit hast, mit ihm zu arbeiten. Ich brauche dein Know-how, denn du bist eher der Experte bei der Ausbildung. Wenn wir die Gestalt duplizieren könnten, dann könnten sogar unsere Federbläser Container bewegen.

»Okay, wer hat wem was angetan?« fragte Don Usenik, als er das Zimmer betrat. Er sah sich um und erspähte den zusammengesunkenen Peter in Rhyssas Sessel. »Was hast du gemacht? Berge versetzt?«

»Was wollen Sie zuerst hören, die gute oder die schlechte Nachricht?« fragte Dave Lehardt Rhyssa eine Woche später.

Sein Gesichtsausdruck verriet ihr nichts – seine Augen waren merkwürdig aufmerksam auf ihr Gesicht gerichtet. Er mochte kein Talent sein, aber er beherrschte es ungewöhnlich gut, kleinste Details ihrer Körpersprache wahrzunehmen. Sie war so froh, ihn zu sehen, daß es ihr im Grunde egal war, welche Nachrichten er ihr überbrachte, aber sie ging auf ihn ein.

»Die schlechte!«

»Barschenka ist sicher, daß Sie ihr etwas vorenthalten haben. Sie hat gehört, daß Sie ein Team von telekinetischen Talenten haben, das nicht in Ihrem offiziellen Register aufgeführt ist. Sie wird auf die Barrikaden gehen. Und ich muß Ihnen sagen, daß da einige äußerst sonderbare Gerüchte im Umlauf sind.«

Rhyssa lachte. »Wir haben ihr nichts vorenthalten – Talente können das nicht. Telempathen können eine Lüge immer erkennen. Sie hat russische Telempathen auf ihrer Gehaltsliste. Sagen Sie ihr, daß sie sie fragen soll. Wie lautet die gute Nachricht?«

Dave Lehardt zog eine Augenbraue hoch. »Die Öffentlichkeit ist den Talenten wieder wohlgesinnt. Als die Firmen, bei denen sie arbeiten, auf alte Methoden zurückgreifen mußten, ist die Popularität der Talente auf den tiefsten Stand seit fünfzig Jahren gesunken – sogar noch tiefer als nach dem Vulkanausbruch auf Hawaii – obwohl alle für Padrugoi sind und alle Talente ihren Beitrag leisten. Aber jetzt sind alle begeistert, daß Ihr nicht existierendes Team offenbar rettend eingegriffen hat. Man hat nur kein Talent am Unfallort entdecken können.«

»Wir haben für Notfälle eine Rumpfmannschaft gebildet, die aus der Ferne arbeiten kann«, sagte Rhyssa. Sie zügelte ihr Mienenspiel, damit ihr Gesichtsausdruck nichts verriet. Nicht, daß sie Dave Lehardt nicht vertraute, aber sie wollte Peter beschützen. »Das ist auch der einzige Grund dafür, daß wir es uns erlauben konnten, die Telekineten aus all unseren Zentren abzuziehen und nach Padrugoi zu schicken.

»Das Team arbeitet aus der Ferne?«

»Das habe ich doch gesagt.«

»Kein Talent, mit dem ich gesprochen habe, weiß etwas darüber.«

»Ich sagte doch, daß das Team aus der Ferne arbeitet«, wiederholte Rhyssa, bemüht, nicht belustigt zu klingen. »Wir wollen damit noch nicht an die Öffentlichkeit gehen. Ich bin sicher, daß Sie *das* verstehen können!«

»Dann sind Ludmilla also die Hände gebunden?«

»Sie hat fast alle Telekineten, die wir haben, nach Padrugoi abkommandiert. Sie hat jetzt genügend Arbeitskräfte und Talente, um ihre Arbeit rechtzeitig abzuschließen. Sie sollte nicht noch gieriger werden!«

»Sie will vor dem Termin fertig werden, und sie könnte es schaffen, so wie Ihre Talente arbeiten.«

»Gibt es einen Bonus bei vorzeitiger Fertigstellung?«

fragte Rhyssa verärgert. Ich könnte diese Frau auf den Mond schießen!

»Wußten Sie das nicht?« Dave Lehardt wirkte überrascht.

»Ich habe eine Menge über Konventionalstrafen und einen Bonus bei rechtzeitiger Fertigstellung gehört, aber merkwürdigerweise wurde nichts davon gesagt, ja, nicht einmal angedeutet, daß die *vorzeitige* Fertigstellung ihr Ziel ist.«

»Ich werde tun, was ich kann, um die Gerüchte zu zerstreuen – und, wenn ich Ihnen einen guten Rat geben darf, Sie sollten dieses neue Team, wenn möglich, unter Verschluß halten. Keine ritterlichen Rettungsaktionen mehr, ohne mich vorzuwarnen, versprochen?

Dies war ein sehr kluger Rat, den Rhyssa zu befolgen gedachte. Seit der Rettungsaktion hatte sie sich sehr zurückgehalten, Peters Fähigkeiten zu nutzen. Es war einfach zu kräftezehrend für ihn. Er machte täglich Muskelaufbautraining – das körperliche Training war schon fast eine Besessenheit für ihn geworden. Sie beschränkte den Einsatz seines Talents trotzdem immer noch auf lebensbedrohliche Situationen im Jerhattan-Distrikt, und davon gab es Gott sei Dank wenige. Mittlerweile verwendete er in seinen Trainingssitzungen Fotos von Orten, die per Fax hereinkamen, um Gegenstände zu anderen Zentren zu senden.

»Ich kann seinen Gedanken die ganze Zeit folgen«, erzählte Sascha Rhyssa nach einer Woche, in der er sich bei den Übungen in Peters Geist eingeklinkt hatte. »Ich kann sogar die Vibrationen des Generators in seinem Kleinhirn spüren, aber *wie* er die Gestalt umsetzt, ist mir immer noch ein Rätsel. Und, soweit ich es feststellen kann, stützt er sich immer weniger auf die Stromquelle. Zumindest bei leichten Sachen.«

»Wenn er so weitermacht, hat Lance vielleicht recht«,

bemerkte Rhyssa. »Gib ihm eine Stromquelle mit genügend Leistung, und er könnte Padrugoi womöglich überflüssig machen.«

Sascha blinzelte und projizierte dann eine Serie von Bildern, die Barschenkas verdatterten Gesichtsausdruck, die Entgeisterung in den mit Ei bespritzten Gesichtern der Hauptbefürworter der Raumstation und einen kleinen Jungen zeigten, der Raumschiffe fliegen ließ wie andere Kinder in seinem Alter Papierflugzeuge. Das letzte und größte Bild war von Sascha selbst, mit weit aufgerissenem Mund, die Kinnlade heruntergeklappt. »Könnte er es?«

Rhyssa lachte und verdrehte die Augen. »Ich würde nicht sagen, daß er es nicht könnte. Aber du weißt so gut wie ich, daß alle Talente Grenzen haben. Es ist jetzt nicht die Zeit, Peter unter Druck zu setzen. Er ist nun so ein glücklicher Junge.«

»Gott sei Dank ist er es!« Sein mentales Bild zeigte ihn selbst mit riesigen Wattebäuschen in den Ohren, wie er die liebestrunkene Madlyn Luvaro geduldig kontrollierte.

Rhyssa antwortete mit einem Bild von verirrten Kartoffelpüree-Häufchen, die sein Büro zierten. »Ein Telekinet hat weit mehr Möglichkeiten als ein Telepath!«

»Peter ist auch leichter bei Laune zu halten, als es bei Madlyn je möglich war«, sagte Sascha und streckte seine langen Beine aus. »Einen oder zwei Sondertransporte am Tag, und er fühlt sich was wert. Was mich daran erinnert, daß ich in letzter Zeit ein paar ziemlich spitze Bemerkungen von industriellen VIPs über dein aus der Ferne wirkendes Team gehört habe. Ich antworte darauf stets, daß es uns gelungen sei, die Auszubildenden mit einem erfahrenen Federgewicht zusammenzubringen, um die notwendige Leistung zu erzielen, aber daß das Team aufgrund des zarten Alters der Teammitglieder nur begrenzt einsetzbar sei.«

Rhyssa seufzte. »Gut gebrüllt, Löwe.«

Sascha hob eine Augenbraue. »Du liebäugelst mit Shakespeare? Ich dachte, deine Familie hat sich Pope verschworen.«

Rhyssa lachte. Sie hatte ein Bild von ihrem berühmten Großvater Daffyd op Owen vor Augen, so wie sie sich an ihn erinnerte: groß, silbernes Haar, schlank, mit dem Gesicht eines Poeten und dem Kinn eines italienischen Prinzen. »Manchmal paßt der Barde besser. Welche Industriellen haben gefragt?«

»Du hast den Nagel auf den Kopf getroffen, Mädchen! Jeder einzelne von ihnen muß etwas nach Padrugoi liefern! Und, wie du weißt, hat es Verzögerungen beim Transport des Materials zur Station gegeben, hauptsächlich aufgrund schlechten Wetters, bei all diesen wilden Stürmen, die über die Raketenstützpunkte fegen.«

Rhyssa runzelte die Stirn und drehte in einem Anfall von Nervosität einen Notizstift in der Hand herum. »Wenn es sich um lebensrettende Aktionen handelt, bin ich gerne bereit, Peter zu Hilfe zu holen, und ich denke, daß er mit der Technik, die er über größere Entfernungen angewendet hat, wahrscheinlich bei jedem Wetter eine Drohne nach Padrugoi starten könnte. Aber es kommt überhaupt nicht in Frage, daß Peter Barschenka hilft, sich ihren Bonus zu sichern, oder Konventionalstrafen zu vermeiden.«

Sascha grinste. »Ich werde ihm nichts über diese Gelegenheit für Spaß und Spiel sagen, du Spielverderberin.« Er feuerte ein Bild von ihm ab, wie er hastig eine dicke Mauer zum Schutz gegen die Pfeile errichtete, die sie auf ihn schoß. »Sie könnte ihn sowieso nicht anheuern. Er ist erst vierzehn. Zu jung, selbst unter geltendem russischem Recht!«

Rhyssa stieß einen tiefen Pfiff aus und grinste dann. »Ja, er ist noch minderjährig, nicht wahr? Und Dorotea hat mich daran erinnert, daß er ziemlich hart mit dir gearbeitet hat. Morgen hat er einen Tag frei. Und ich habe diese ganzen Akten …« Sie deutete resigniert auf die Stapel auf ihrem Schreibtisch. »Testberichte, die ich durchsehen muß.«

»Warum gehst du nicht mal einen Abend aus?« schlug Sascha schelmisch grinsend vor. »Mit Dave.«

Rhyssa fuhr wie von der Tarantel gestochen hoch und verschloß ihren Geist.

»Süße, ich brauche nicht zu spannen«, versicherte er ihr.

Rhyssa stöhnte. »Er ist kein Talent.«

»Es gibt kein Gesetz in der Verfassung, das besagt, daß du ein Talent heiraten mußt, weißt du.«

»Aber das ist die Methode, um …«

»Ja, und wo kommt Peter her? Ich denke manchmal, meine Liebe«, sagte er, sich über den Schreibtisch zu ihr beugend, »daß wir lieber die Augen aufmachen sollten, als in anderer Leute Köpfe herumzustochern. Ich dachte, ich sollte dir das mal sagen. Dave ist der beste Freund der Talente.«

»Das ist es ja, was mich so irritiert – daß ich in seinem Geist nichts lesen kann und ich so gar nicht weiß, woran ich bei ihm bin,«, erwiderte Rhyssa. Sie fühlte sich zum ersten Mal unbehaglich in der Gegenwart ihres alten Freundes.

»Laß mal, Lehardt ist clever genug, um für sich selbst Promotion zu machen.« Damit ließ Sascha sie allein.

Als Tirla die Hauptplaza von Linear G betrat, nahm sie eine Atmosphäre von Erregung wahr, die ihr sagte, daß etwas passieren würde, das Farbe in das graue Einerlei des Lebens in den Linear-Wohnsilos brachte. Wie immer schlenderten ein paar Arbeiter über die Plaza, um bei der Jobbörse nachzuschauen, ob es Jobangebote für die körperlich Gesunden gab, besorgt, genug Arbeit für den Tag zu ergattern, um nicht zum Arbeitsdienst eingeteilt zu werden. Kein Linear-Bewohner, der noch ein Fünkchen Selbstachtung besaß, wollte Zwangsarbeit verrichten oder, schlimmer noch, zu den Schiffswerften rund um das große Rad abkommandiert werden. Wenige Arbeitsdienstleistende bekamen je eine Rückfahrkarte. Und jetzt waren nicht einmal die Talente davor gefeit. Deshalb bestanden die meisten kleinen Grüppchen aufgeregter Leute aus Frauen.

Tirla schlich sich an eine Gruppe von Frauen spanischer Abstammung heran, um zu lauschen.

»Er hat einem die Hände aufgelegt ...«

»Die Kirche ist immer *lo mismo* ... Das Singen ist schlecht.«

»Mein Juan ... wenn er an die jungfräuliche Unschuld erinnert wird, schlägt er mich für ein oder zwei Tage nicht ...«

»Ein echter Gottesmann gibt uns Seelennahrung ...«

Tirla schnaubte verächtlich. Seelennahrung war nicht auf ihrer Hitliste, wenn sie einen leeren Magen hatte.

»Ich habe gehört«, sagte Consuela Laguna feierlich, »daß er heilt, wenn er den Lahmen die Hände auflegt.« Gegen die Behinderung ihres Sohnes gab es nichts, was ihm helfen oder ihn heilen konnte, aber sie gab die Hoffnung nicht auf, daß ihr Manuelito irgendwie, irgendwann durch eine neue Wunderbehandlung geheilt werden würde. Sie bat Tirla immer, die medizinischen Berichte für sie zu übersetzen.

Also, dachte Tirla, war für Linear G unvermutet ein Religiöses Ereignis anberaumt worden. Das war merkwürdig. Die Aktion des Gesundheitsamts war erst vor vier Wochen gewesen. Es stimmte, daß es schon lange kein RE mehr gegeben hatte, aber sie traute dem Frieden trotzdem nicht. *Zwei* Sonderveranstaltungen binnen vier Wochen?

Sie ging zur nächsten Gruppe weiter, alles Neester aus dem Levant, und sie schnatterten darüber, wie sie ihre Männer dazu überreden konnten, zu dieser Veranstaltung zu gehen, anstatt sich in Mahmouds Apartment zu treffen, um sich seine neue Bauchtänzerin anzuschauen. Dann schlich sie zu einer asiatischen Gruppe, die aufgeregt über Heilungen brabbelten und ob das RE schlecht fürs Geschäft sein würde. Asiaten verkauften uralte Heilmittel gegen die vielen kleineren Wehwehchen, unter denen die Bewohner der Mietskasernen litten.

»Er ist gekommen, so wie er es versprochen hat ...« hörte sie, als sie zu Mama Bobtschik schlüpfte. Die alte Frau hatte ihre schwarzen Augen weit aufgerissen. Ihre Wangen glühten vor Aufregung. »Du kommst doch auch, *dushka*?« sagte sie und faßte Tirla am Arm. »Du mußt uns seine Worte genau wiedergeben. Das letzte Mal konnte ich nicht verstehen, was er gesagt hat, und ich muß meine schwarze Seele reinwaschen.«

»*Nakonetz*«, stimmte Tirla leichthin zu. Die meisten Religiösen Interpretationsgruppen gaben die geschmücktesten Phrasen von sich, ohne damit etwas auszusagen. Sie machte sich einen Spaß daraus, die leeren Phrasen und blumigen Ausdrücke vorwegzunehmen. »Dann ist die Sonderveranstaltung also schließlich doch bewilligt worden?« fragte sie, bemüht, ihren Ruf zu bewahren, daß sie alles wußte, was in den Linear-Wohnsilos vor sich ging.

»*Da, eto tak*!« versicherte ihr Mama Bobtschik glücklich. »Mein Mann hat gestern die Nachricht erhalten, daß er sich bereit halten soll.« Argol Bobtschik war einer der Hausmeister des Linear-Wohnkomplexes. »Es geht das Gerücht um, daß dieser Glaubensmann allwissend ist«, plapperte Mama weiter, »und eine exzellente Background-Gruppe. Er ist in Linear P gut angekommen. So früh, wie es ist, haben heute morgen schon viele Händler Standplätze gebucht. Es wird ein herausragendes Ereignis werden. Wir haben hier in G schon monatelang keine religiöse Veranstaltung mehr gehabt. Wir brauchen alle Führung. Auf vielen Seelen lastet schwer die Schuld, und sie müssen geläutert werden.«

Tirla nickte feierlich. Mama Bobtschik war sicher so alt, daß sie die Sünden, die auf ihrer Seele lasteten, nicht mehr zählen konnte. Zu dumm, daß kein RuO-Mann da sein würde.

Aber wie hatte Tirla so ein spannendes Gerücht entgehen können? Vielleicht hatte man erst spät am letzten Abend darüber entschieden. Jedenfalls würde die Gegenwart von Händlern es ihr erleichtern, die gebundenen Kredite für Yassim zu waschen. Es schauderte sie bei dem Gedanken an diesen Mann. Sie mochte es nicht, sein Geld zu lange in den Händen zu halten. Nicht, daß er irgendeinen Grund hatte, ihr zu mißtrauen – sie wollte nur sichergehen, daß er es nie tat. Besonders, wenn er argwöhnte, daß sie das Verkaufsalter fast erreicht hatte. Sie war klein und dünn genug, um als die Neunjährige durchzugehen, für die sie sich ausgab. Eines Tages würde sich jemand ihr Alter jedoch an den zehn Fingern abzählen können. Ab und zu dachte sie daran, was sie dann tun würde – und versuchte jederzeit genug Floater dabei zu haben, damit sie in einen anderen Linear-Wohnkomplex fliehen konnte, wenn sie dazu gezwungen war. Sie hatte es sogar geschafft, eine höchst illegale Kopie der Güterzug-Fahrpläne in die Hände zu bekommen, und die nächstgelegenen Eingänge zu den U-Bahn-Schächten gefunden, so daß sie Fluchtwege auskundschaften konnte.

Sie befreite sich resolut aus Mama Bobtschiks fetten Fingern und ging zu den Pakis weiter, die erwägten, einige Verwandte aus Linear E mitzubringen, und sich darüber stritten, ob es ratsam wäre. Einige beharrten darauf, daß sie kein Risiko eingehen würden, da es erlaubt war, Leute von auswärts mitzubringen. Dann kam Mirda Khan – eine Frau, der Tirla es stets recht zu machen versuchte – hinzu und tat das schnell als dumme Großzügigkeit ab.

»Der Segen eines solchen Lamas würde dürftig sein«, murmelte Mirda in einem eindringlichen und bärbeißigen Ton, der nur für diejenigen, die um sie herumstanden, verständlich war, »weil er seine heilige Kraft nicht für das Triviale vergeuden kann. Das, was er so gnädig ist zu geben, muß für uns sein, hier in Linear G. Für uns«, sagte sie wieder und preßte ihren breiten, flachen Daumen auf ihr dünnes Brustbein, »die echten Gläubigen, seine getreuen Diener in Linear G.«

»Hochwürden Ponsit Prosit ist in Linear P gewesen«, flüsterte eine der anderen Frauen ehrfürchtig. »Pandit hat von den Wundern gehört, die er vollbracht hat.«

Tirla war skeptisch, was Wunder anging, da es bei näherer Betrachtung immer andere Erklärungen für Heilungen, Rettungen und Offenbarungen gab. Doch es war lustig, sie zu erleben.

»Dann behalten wir es für uns!« erwiderte Mirda heftig, jede Widerrede abwehrend. Plötzlich wirbelte sie herum, weil sie irgendwie spürte, daß sie beobachtet wurde – aber Tirla war schneller und versteckte sich hinter einer Säule. Sie hatte sowieso schon genug gehört und verkrümelte sich.

Dann war dieser Religiöse Interpretierer, dieser RI, also berühmt? Wie Tirla genau wußte, gelang es nur einem wirklich cleveren Redner, die Vielzahl von komplexen Doktrinen in einem Linear-Wohnsilo nicht zu verletzen. Es könnte durchaus etwas bringen, sich diesen Ponsit Prosit anzuhören – und ihn genau zu beobachten. In ihrer prekären Lage war Tirla immer offen für Hinweise.

Wenn das Ganze legal war. Sie ging die Verdachtsgründe durch, als sie durch den Seitengang schlich, ehe sie wieder auf der Hauptplaza auftauchte, weit genug von den Pakis weg, durch andere Gruppen geschützt. Dann blickte sie zum Publitext-Bildschirm in ihrer Nähe hoch. Sie sah sich die gewöhnlichen Meldungen und Ankündigungen an, die über den Bildschirm rollten. Um 22:00 Uhr war eine Veranstaltung mit Sondergenehmigung angekündigt, bei der Handel und Alkohol erlaubt waren.

Die vollständigen Einzelheiten wurden lebhaft angepriesen, mit Fanfaren von Blasinstrumenten und Bildern des ehrwürdigen Vaters Ponsit Prosit, der beseligend auf ein großes Publikum herunterlächelte. Ein Chor wurde versprochen, und ein kurzer Tusch mit einem fünfstimmigen Satz und einer hohem Sopranmelodie wurde als Anregung, zur Show zu kommen, geblasen. Dieser Hochwürden und seine Heilige Religiöse Interpretationsgruppe waren angeblich erst vor kurzem aus dem Fernen Osten zurückgekehrt, wo Ponsit Prosit sich »ausgedehnten und Erleuchtung bringenden Fastenmeditationen« unterzogen hatte.

Die Bewohner von Linear G konnten sich wahrlich glücklich schätzen, daß er in der Lage war, die Veranstaltung heute abend in seiner ausgebuchten Tournee unterzubringen. Dann hatte er also schon eine Weile keine Vorstellung mehr gehabt, dachte Tirla zynisch. Nun, Religiöse Interpretationen waren in den Linear-Komplexen sehr populär, mitunter besser als Kämpfe und oft unterhaltsamer. Tirla mochte Shows – und Sondergenehmigungen.

Es hatte erst vor kurzem eine Untersuchung des Gesundheitsamts gegeben, so daß eine zweite verdeckte Untersuchung ihrer Erfahrung nach unwahrscheinlich war. Und ein Religiöses Ereignis konnte zwar als Deckmantel für kriminellere Operationen als Geldwäsche in der Öffentlichkeit dienen, aber vielleicht waren keine Undercover-Agenten der RuO da. Menschenmengenkontrolleure würden natürlich da sein – das war eine Standardmaßnahme –, aber Tirla kannte die meisten von ihnen, obwohl sie in unterschiedlichen Verkleidungen auftraten.

Wichtig war, daß sie Yassims gebundene Kredite an den Mann bringen mußte. Sie hätte sich nie dazu breitschlagen lassen sollen, aber Bulbar war hartnäckig gewesen, und der »Sprecher« – ein Profikiller, mit dem man sich besser nicht anlegte – hatte ihr gesagt, daß sie die Gelegenheit als Entschädigung für schon geleistete Dienste bekam. Nachdem sie sich von Mama Bobtschik hatte engagieren lassen, die nicht nur eine weitere Person war, mit der man es sich nicht verderben sollte, sondern jemand, der Tirla immer verteidigen würde, weil sie sie zur Welt gebracht hatte, war Tirla aus zwei Gründen gezwungen, an der Veranstaltung teilzunehmen.

Mit mehreren Plänen für Zufälle bewaffnet, begann Tirla mit ihren gewöhnlichen morgendlichen Erledigungen – sich die Mahlzeiten für den Tag besorgen, ein Bad nehmen und eine saubere Kleiderration ergattern. Sie wurde jedoch von verschiedenen Kundinnen aufgehalten, die ihre Begleitung bei diesem Religiösen Ereignis wünschten, weil der angekündigte Lama-Schamane den Ruf hatte, in Ekstase zu reden, und Tirla die einzige Person war, die ihnen mit Sicherheit alles wiedergeben konnte, was er sagte. Es gab jedoch Grenzen dafür, für wie viele Leute Tirla arbeiten konnte. Umgeben von sehr beharrlichen, lautstarken und körperlich präsenten möglichen Kundinnen, von denen sie keine verlieren wollte, versuchte sie, sie zu organisieren.

»Bilala, du und Pilau müßt zusammen kommen. Anna, du tust dich mit Marika zusammen. Zaveta, Elpidia kommt auch. Chi-su, du kommst mit Lao

Wang. Cyoto, Ari-san ist deine Partnerin.« Und so gruppierte sie sie. Für zehn Paare zu dolmetschen war ebenso unmöglich wie unvermeidlich. Ehe sie sich in weitere Schwierigkeiten hineinmanövrierte, verschwand Tirla von der Bildfläche. Sie mußte immer noch die gebundenen Kredite aus ihren Verstecken holen und an günstigen Stellen verstauen, damit sie gut an sie herankam.

»Wir haben einen Vorfall«, sagte Sirikit. Ihre leise, klare Stimme trug leicht zu Budworth, dem diensthabenden Ingenieur im Kontrollraum des parapsychologischen Zentrums, hinüber.

»Wer?« Budworth wirbelte mit seinem Rollstuhl über den gekachelten Boden zu ihrer Workstation. Ihn so schnell im Kontrollraum herummanövrieren zu sehen, machte die Leute vergessen, daß seine Wirbelsäule bei einem Unfall gebrochen war und er nur den Kopf und zwei Finger minimal bewegen konnte.

»Auer.« In Sirikits Stimme schwang Erstaunen mit.

»Tatsächlich!«

»Und Bertha!«

»Das ist eine ungewöhnliche Kombination.«

»Nicht wenn Ponsit Prosit, der alte Gauner, damit zu tun hat. Ich habe die öffentliche Ankündigung für Linear G gesehen.«

»Es ist nur zu wahr, daß sie ihn liebend gerne zu Mus verarbeiten würde«, sagte Budworth, ironisch grinsend. Bertha Zoccola war im allgemeinen eine entspannte und tolerante Person, aber man brauchte diesen RI insbesondere nur zu erwähnen, um sie in Rage zu versetzen. Budworth wappnete sich gegen ihren Zorn bei ihrem Bericht von ihrer Präkog über den Mann.

Immer wenn präkognitive Talente auf einen Vorfall reagierten, nahmen sie Kontakt zum Zentrum auf, um dem diensthabenden Ingenieur im Kontrollraum eine verbale Beschreibung dessen zu geben, was sie vorausgesehen hatten. Budworth fuhr seinen Stuhl zum Fingerboard neben Sirikit und kratzte sich am Rand seiner Kopfschiene am Kinn. Er spürte, wie die gespannte Erregung, die er in solchen Momenten immer empfand, in ihm hochkroch.

»Los, ihr Netzköpfe, berichtet!« rief er.

Sirikit wandte ihren Blick von ihrem Bildschirm ab und grinste ihn an. Dann erklang ein Piepton, der sie beide verblüffte, obschon sie auf eine Verbindung gewartet hatten.

»Auer hier«, verkündete die emotionslose Stimme, und das Gesicht des Präkogs erschien auf einem der Antwortbildschirme. »Die Kacke ist am Dampfen. Massenpanik, Schreie, Aufruhr, zertrampelte Kids, das Übliche. Warum schnappt ihr euch Ponsit nicht und verfrachtet ihn auf die Schiffswerften im All. Ich bin's leid, diesen Schleimbeutel zu beschützen.«

»Hast du Flimflam selbst gesehen, Auer?« fragte Sirikit ermutigend. Auf Budworths Nicken hin stellte sie die Routinefragen. Sie war eine der Besten bei der Befragung nach Vorfällen, und Auer reagierte immer gut auf sie. Budworth machte sich daran, eine Anfrage nach geplanten öffentlichen Veranstaltungen einzugeben. Sie würden Linear G mehr Menschenmengenkontrolleure zuweisen müssen.

Auer zuckte mit einer Gleichgültigkeit die Achseln, die, wie beide Beobachter wußten, nicht echt war. »Er veranstaltet ein großes Brimborium. Farbige Lichter und glitzernde Hände. Dann rennt er weg. Wie üblich. Bleibt nie, um das Publikum zu beruhigen, das er aufmischt.«

»Wo?« spornte Sirikit ihn an.

»Die typische Veranstaltungshalle in den Wohnkomplexen. Gewöhnlich verschwindet Ponsit durch die

Hintertür. Nichts Ungewöhnliches ... obwohl ...« Auer hielt inne und blickte stirnrunzelnd auf etwas hinunter. »Obwohl – das ist merkwürdig!«

»Was ist merkwürdig, Auer?«

»Alles wegen eines spindeldürren Mädchens?« Als er wieder aufblickte, hatte sein Blick etwas Gequältes. »Ja?«

»Ich fühle ... und sie ist in akuter Gefahr. Es ist nicht heute abend zu Ende. Sie hat Talent!« sagte er überrascht. Dann fuhr sich Auer mit einer Hand über die Augen. »Jetzt ist es weg. Es ist weg.« Der Bildschirm verdunkelte sich.

Ein anderer Bildschirm erwachte zum Leben.

»Ihr solltet diesem Mann *gar* keine *Genehmigung* erteilen!« Bertha Zoccola schnaubte vor Wut. »Ihr habt ihn immer wieder beim Schwarzhandel erwischt! Diese Leute haben einfach nicht den Kredit für mystische Heilmittel und Wunderheilungen. Er gibt das abscheulichste pantheistische Gewäsch von sich. *Und* in der schlimmsten Sprache!«

»Was hast du gesehen, Bertha?« fragte Budworth die dicke kleine Frau, die immer noch an einem Stapel abgenutzter Tarotkarten hing, die ihre Urgroßmutter einmal mit ausreichender Genauigkeit gelegt hatte, um ein beträchtliches Kreditsümmchen zusammenzubekommen.

»Ich hab euch immer wieder gesagt, daß dieser Mann nichts als Ärger macht.« Ihr Doppelkinn zitterte, und sie blickte besorgt drein. »Es ist mir piepegal, ob der inländische Zufriedenheitsindex ansteigt, nachdem er die Linear-Bewohner abgezockt hat. Warum sollten wir Talente einen Quacksalber, Schwindler, Pharisäer, Heuchler und Betrüger beschützen! Einen Schmierenkomödianten!«

»Wir beschützen ihn nicht! Nun, was hast du gesehen, Bertha?«

»Nach der Hälfte seines unverständlichen Gelabers – man kann nie verstehen, *was* er mit seinem Kauderwelsch sagt – bewegt sich etwas links von der Plattform …« Sie schüttelte die linke Hand, und ihre vielen Armreifen klapperten geräuschvoll. »Oder war es rechts?« Sie hob die andere Hand und streckte die über und über beringten Finger aus. »Da ist ein Aufruhr. Er hat etwas mit einer großen Gruppe von Frauen zu tun.« Sie schüttelte wieder die Hand, die Stirn in Falten gelegt. »Dann spielt alles verrückt! Ein Name! Sie rufen alle einen Namen! Und ich kann ihn nicht verstehen! Oh, da würde selbst ein Heiliger fluchen …! Das eine wesentliche Detail! Und ich *dachte*, ich hätte ihn so deutlich gehört …« Sie spitzte in der Hoffnung die Lippen, daß ihr der Name über die Lippen kommen würde, und schüttelte dann langsam den Kopf. »Nein, es ist weg. Es tut mir so leid.«

»Danke, Bertha-Schatz. Du hast einige Einzelheiten beigesteuert.«

»Wer noch?« fragte Bertha wie immer.

»Auer.«

»Der?« fragte Bertha ungläubig. »Mich laust der Affe. Halt mich auf dem laufenden, Kumpel.«

»Darauf kannst du Gift nehmen.« Budworth wählte Saschas Büro an, als das Bild verschwand. »Sascha, wir haben einen Vorfall.«

»Dem RE wurde nur ein Menschenmengenkontrolleur zugewiesen, Budworth«, flüsterte ihm Sirikit zu. »Der Wohnkomplex Linear G ist mit Blau – ruhig – markiert.«

»Nun, die Farbe wird sich ändern, wenn wir die Stimmung nicht neutralisieren können. Sascha, bei Ponsits Veranstaltung in G wird es heute abend Stunk geben.«

»Linear G?« Die großen blauen Augen in Saschas slawisch anmutenden Gesicht weiteten sich vor Überraschung. »*Dort* war nichts eingeplant«, murmelte er. »Wer hat es gesehen?«

»Bertha und Auer.«

»Was?« Sascha hob die Augenbrauen. »Das ist eine Premiere. Ich melde mich wieder, Kumpel. Ich werde unseren Einsatz mit meinem Bruderherz besprechen.« *Rhyssa, uns steht ein Krawall ins Haus.*

Das ist eher dein Ressort als meines, erwiderte Rhyssa. *Grüße Boris von mir.*

Als der Kontakt zu Sascha abbrach, brummte Budworth und kratzte sich geistesabwesend an der Wange. Er hoffte, daß sie TV-Augen installieren würden, damit sie von hier aus beobachten konnten, was vor sich ging. Wenn Saschas RuO-Bruder Boris mit von der Partie war, würde das der Fall sein. Auch wenn er es nur aus zweiter Hand miterleben konnte, Budworth schätzte es, bei diesen spektakulären Ereignissen dabei sein zu können. Man wußte nie, was bei einem Vorfall passieren würde. Er war im Hinterkopf – dem einzigen sicheren Ort, an dem niemand im Zentrum seine Gedanken lesen konnte – ehrlich genug, um zuzugeben, daß er auch vor seinem Unfall kein Held gewesen war. Dennoch empfand er die atemlose Erwartung und Erregung als angenehme Abwechslung für jemanden, der an den Rollstuhl gefesselt war.

Sirikit tippte wie eine Weltmeisterin, um den Vorfall zu dokumentieren. Obwohl die Talentierten eine immense Glaubwürdigkeit erlangt hatten und die peinlich genauen täglichen Aufzeichnungen im allgemeinen nur Forschungszwecken dienten, hielten sie sich buchstabengetreu an die Richtlinien, die Henry Darrow, der erste Direktor des Parapsychologischen Zentrums, formuliert hatte. Sie hatten bei weitem noch nicht das ganze Spektrum der Talente erfaßt, und gewisse Facetten von Talenten waren überhaupt noch nicht voll entwickelt, wie im Falle des Talents des jungen Peter Reidinger für eine elektrische Gestalt. Und wer wußte, welche Arten von ungewöhnlichen Gaben bei den erblühenden Talenten noch entdeckt werden würden? Budworth seufzte, als er sich wieder den Aufgaben zuwandte, die ihm einst unter seiner Würde gewesen waren.

KAPITEL 8

Tirla wagte es nicht, zu der Veranstaltung zu spät zu kommen, aber sie wollte auch nicht zu früh auf der Bildfläche erscheinen und Gefahr laufen, von noch mehr Leuten, die ihre besonderen Dienste wünschten, bedrängt zu werden. Ganz gleich, was sie ihr als Bakschisch anboten, sie konnte immer nur für eine begrenzte Anzahl von Leuten dolmetschen, besonders, weil sie die andere dringendere Angelegenheit zu regeln hatte. *Das* mußte sie erledigen. Sie beschloß, einen Zeitpunkt für ihr Auftauchen zu wählen, der ihr genug Zeit gab, sich schnell umzusehen und die besten Verkäufer sowie etwaige Undercover-Agenten von der RuO und vom Gesundheitsamt zu orten. Sie zerbrach sich noch immer den Kopf, warum das Religiöse Ereignis so plötzlich anberaumt worden war.

Es sei denn ... Tirla kam der Gedanke, daß sich vielleicht ein paar Beamte vom Finanzamt unter die Leute mischen würden, um die Händler zu überprüfen, und daß diese Veranstaltung eigentlich dazu da war, Geld zu waschen. Aber die Finanzbeamten waren einfach zu erkennen. Sie gaben sich immer solche Mühe, in der Menge unterzutauchen.

Tirla hatte sich mit den Frauen am südöstlichen Haupteingang verabredet und betrat das Atrium durch einen der nordwestlichen Seiteneingänge. Jemand anders hatte das Auge' am Eingang, das die IDs las und die Zuschauer zählte, schon deaktiviert, so daß ihr diese Arbeit erspart blieb. Die Kleinhändler hatten ihre Stände aufgestellt und ihre Waren ausgebreitet: hauptsächlich allerlei Tand und Synth-Kleidung – Waren, die

146

schnell verschoben werden konnten. Durch die größeren Eingänge wurden jedoch auch Luftkissenfahrzeuge bugsiert, was bewies, daß auch ernsthafter Handel betrieben werden würde. Ihr fiel ein Stein vom Herzen. Die großen Händler würden sich hüten, sich und ihre Waren in Gefahr zu bringen.

Sie merkte sich die Preise, als sie durch die anschwellende Menschenmenge glitt. Sie hoffte, daß es ein paar frische Produkte geben würde – nun, frisch in dem Sinne, daß sie vor kurzem aus den Untergrund-Lagerhäusern geklaut worden waren, die Jerhattans Märkte belieferten. Sie würde sich von ihren Tageseinnahmen eine schöne, knackige Paprika, eine Möhre oder einen Apfel gönnen – etwas, in das sie herzhaft hineinbeißen konnte, und das nicht so labberig war wie der Sozialhilfepamps oder das Multiproteinbrot. Sie wollte auch einen Streifen echten Kaugummis, um ihren Mund feucht zu halten, wenn sie dolmetschte. Für die Aktivitäten auf der Bühne, wo Helfer umhereilten, Vorhänge und Girlanden drapierten und Kisten stemmten, um die Beleuchtung und die Musikanlage zu installieren, hatte sie nur einen kurzen Blick übrig. Die Verpackung beeindruckte sie nie – nur die Qualität des Inhalts. An Felters Stand fand sie Kaugummi und brachte den Besitzer dazu, einen der kleineren gebundenen Kredite zu waschen.

Sie genoß gerade den Minzegeschmack ihres Kaugummis, als sie ein allzu bekanntes Profil in völlig unvertrauter rationierter Synth-Kleidung erspähte. Yassim war tatsächlich hier? Sie duckte sich hinter einen großen Mann in einer fleckigen Robe, die einmal der letzte Schrei gewesen war. Er warf beide Arme in die Luft und winkte jemandem auf der Bühne. Bei dem Geruch, den er ausströmte, verschluckte sie beinahe ihren Kaugummi, aber sein breites Kreuz verdeckte sie völlig.

Was machte Yassim hier? Tirla war verwirrt. Vertraute er ihr nicht? Als ihr Schutzschild einen Arm senkte und jemandem mit der hohlen Hand am Mund eine Anweisung zurief, riskierte Tirla einen zweiten Blick.

Ja, er war es. Er war unverkennbar. Er hatte etwas mit seinem Gesicht gemacht, seine Form verändert – wahrscheinlich Polster in den Wangen und in der Kuhle hinter der Unterlippe – aber diese lange, dünne Hakennase und die fliehende Stirn hatte er nicht wegretuschieren können. Er stolzierte wie immer herum, als gehöre der Ort ihm, ein weites Cape über den Schultern, das in seinem langen Leben noch nicht viel Waschmittel gesehen hatte. Seine Kopfbedeckung war auch ordentlich abgewetzt, zerrissen und fleckig. Es war ein lobenswerter Versuch, sich unter die Leute zu mischen, aber Tirla *wußte*, daß es sich bei dem Mann um Yassim handelte. Da war er, schlenderte herum, inspizierte Trödel, blieb stehen, um Händlern Fragen zu stellen, anscheinend von einer Gruppe von Freunden zur nächsten gehend – Freunde, die, wie sie schnell erkannte, zu seinem großen Gefolge von Dieben, Schlägern und Killern gehörten. So gut und diskret bewacht er war, warum war er da?

Ihr stinkendes Schutzschild bewegte sich, und sie bewegte sich mit ihm. Als der Mann stehenblieb, um Anweisungen zu brüllen, blieb sie auch stehen – und sah, wie Yassim mit drei Neester-Müttern sprach, die kleine Kinder bei sich hatten. Plötzlich wußte Tirla, was er hier tat. Und mit der gleichen Sicherheit wußte sie, daß sie ihm auf keinen Fall zu nahe kommen wollte, wenn er darauf aus war, Kinder zu kaufen. Sie notierte sich indes im Geiste, welche Diebe und Killer sie von seinen Gefolgsmännern kannte. Es mußte einen geben, bei dem sie sicher sein konnte, daß er seinem Boss die Floater gab, in die sie die gebundenen Kredite

148

umgetauscht hatte. Sie hatte keine Möglichkeit, sich diesem Job zu entziehen.

Unterschwellige Musik hatte eingesetzt, und die Beleuchtung des Atriums begann sich subtil zu verändern – ein Hinweis darauf, daß die Religiöse Interpretation gleich beginnen würde. Tirla duckte sich hinter den Stand eines Händlers und schlüpfte zum südöstlichen Eingang.

Eine aufgeregte Mirda Khan schien Augen im Hinterkopf zu haben, denn sie wirbelte herum. Ihr spitzes Gesicht, das sich Tirla entgegenstreckte, als sie sich näherte, erinnerte an das eines Raubvogels. Sie krallte ihre Finger brutal in Tirlas Schulter und zog das Mädchen zu sich.

»Wo warst du? Wo warst du?« Mirda schüttelte sie wütend. Tirla schlugen Mirdas Speichel und schlechter Atem entgegen, so daß sie sich so weit zurücklehnte, wie sie konnte. Die anderen Frauen, die sie engagiert hatten, die Worte des RI zu übersetzen, bildeten einen engen Kreis um sie. Doch da ihre Körper sie auch vor Yassim schützten, wehrte sie sich nicht dagegen.

»Ich hab die Waren abgecheckt«, sagte sie widerborstig.

Bilala und Pilau versuchten, Mirda wegzuschubsen und Tirla in ihren Teil des Kreises zu ziehen. Mirda preßte Tirla fest an ihren massigen Körper, während Mama Bobtschik irgendwie Tirlas freien Arm erwischte, so daß sie zwischen den beiden fetten Frauen eingekeilt war.

»*Er* ist hier«, sagte Tirla zu Mirda und wand sich, um sich etwas Luft zu verschaffen. Sie wiederholte den Satz in den verschiedenen Sprachen, bis es alle ihre Kundinnen wußten.

»*Er?*« Mirda streckte sich, um über die Köpfe ihrer kleinen Schar zu spähen. Sie stieß ein Schnauben aus. »Yassim wird in der Hölle schmoren, ehe ich ihm noch

149

ein Kind verkaufe.« Ihre Finger bohrten sich tiefer in Tirlas Schulter. »Du bleibst weg von ihm. Hast du mich verstanden?«

Tirla nickte eifrig. Wenn Mirda Yassim kannte, gab es dann eine Chance, daß sie die Frau dazu bringen konnte, ihm das gewaschene Geld zu geben? Sie würde sich jedoch nicht darauf verlassen können, daß auch alles bei ihm ankommen würde.

»Er bezahlt gut«, jammerte Elpidia. Sie hatte ein Mädchen, das alt genug war, um es an den Mann zu bringen. Sie hatte auch ein Drogenproblem, für das sie die jährlichen Früchte ihres Bauches hergab, sobald sie ein Alter erreichten, in dem sie gewinnbringend verkauft werden konnten. Sie haderte, ob sie zu ihrem Apartment zurückgehen sollte, um das Kind zu holen.

»Ich würde an so einen wie den kein Kind verkaufen!« fauchte Mirda in ihrer Sprache. Ihre schwarzen Augen blitzten voller Verachtung. »Gute Bezahlung hin oder her, es ist sogar besser, sie an die Station zu verkaufen.«

»Was hat sie gesagt?« wollte Elpidia von Tirla wissen.

Tirla zuckte die Achseln. »Ihr habt mich engagiert, damit ich die Worte des Redners übersetze und nicht, damit ich Streitigkeiten zwischen Kunden schlichte, und man sollte sich nicht mit ihr anlegen.«

Elpidia funkelte Mirda Khan böse an, die Tirla herumriß und ihr beinahe die linke Schulter auskugelte, weil Mama Bobtschik sie beharrlich am Arm hielt.

»Komm«, sagte Mirda. Ihr schmieriger Umhang wehte Tirla ins Gesicht, als sie die Gruppe als Anführerin durch die noch dünn gesäten Menschen führte. Sie blieb direkt unter der Bühne stehen, wo niemand sich vor sie stellen und ihnen die Sicht nehmen konnte. Sie wollte Tirla gerade nach vorne schieben, als das Mädchen sich freikämpfte.

»Ich muß ihn sehen können. Ich werde hier stehen, wo ich ihn sehen kann und wo ihr ihn alle hören könnt.« Sie wiederholte dies in den verschiedenen Sprachen, bis all ihre Kundinnen es verstanden hatten.

In dem Kreis fühlte sie sich vor Yassim in Sicherheit. Sie begann sich zu entspannen und sogar die Musik zu genießen, trotz des schrillen Klangs des Playbacks eines durcheinandergewürfelten multiethnischen Repertoires. Wo waren die berühmten Sänger, die live auftraten? Dies war öffentlich als eine besondere Veranstaltung angepriesen worden! Tirla bemerkte Aktivitäten auf der Bühne. Die Vorhänge bauschten sich hier und da durch Bewegungen dahinter. Sie konnte gerade mal einen Blick von den Kulissen auf der rechten Seite und umhereilenden Leuten erhaschen. Dann gab es also doch einen Chor. Sie mochte Live-Gesang viel lieber.

Aus den Augenwinkeln erhaschte sie einen Blick auf einen großen Mann rechts von ihr, der mit einer zu offensichtlichen Gleichgültigkeit umherschlenderte. Sie spürte, wie er ihre Begleiterinnen unter dem Schirm einer abgewetzten Kappe hervor eindringlich beobachtete, und sie preßte sich verstohlen an Mama Bobtschik. Dann fühlte sie noch etwas anderes. Sie verspürte eine sanfte Berührung in ihrem Geist, die die Gemüter der Frauen beruhigte und das laute, zänkische Geschnatter dämpfte. Sie war sich nicht sicher, was *das* nun wieder sollte.

Der Mann war nicht vom Finanzamt. Sie verfolgte ihn mit den Augen, bewußt, daß er irgendwie mit zwei Frauen in Kontakt war, die so taten, als würden sie ihn nicht bemerken, als sie miteinander plauderten und lachten, während sie sich den Weg durch die ersten Zuschauer bahnten, um einen guten Platz in der Nähe der Bühne zu finden. Sie musterte die beiden argwöhnisch. Ihre Gesichter waren nachlässig geschminkt. Eine von ihnen war offensichtlich schwanger, obwohl sie wie eine Prostituierte angezogen war. Ihre Gesichter waren ihr unbekannt, und Tirla begann sich zu fragen, ob die Veranstaltung wirklich von einer Behörde wie dem Finanzamt oder dem Gesundheitsamt organisiert worden war, als eine dritte Frau, die Tirla gut kannte, die beiden Frauen auffällig begrüßte und bei ihnen blieb, um mit ihnen zu schwätzen. Tirla las ihnen die Allgemeinplätze, die sie austauschten, von den Lippen ab und war beruhigt. Was sie wirklich nervös machte, war, daß Yassim hier war. Sie schuldete ihm gewiß nicht so viel, daß er hinter ihr her war. Sie war nicht einmal im Rückstand mit den gewaschenen Krediten. Was war mit seinem Kapital geschehen? Er war nicht oft so knapp bei Kasse, daß er eine öffentliche Veranstaltung initiierte. Sie tastete nach den kleinen Ausbuchtungen, die von den Kreditbündeln in der Geheimweste, die sie unter ihrem Anzug trug, herrührten, und versicherte sich, daß alles am Platz war.

Eine Fanfare erklang, um den Beginn der Veranstaltung anzukündigen, und das aufgeregte Geschnatter verebbte. Alle blickten gespannt auf die Bühne. Keine schlechte Fanfare, dachte Tirla, gerne bereit, sich von einer guten Show mitreißen zu lassen.

Dann traten die Chorsänger verlegen auf die Bühne und reihten sich mit etwas Geschubse und Gedränge auf. So nah, wie sie war, konnte Tirla sehen, daß ihre Kostüme weder sauber noch neu waren. Nicht allen gelang es, den richtigen Ton für die letzte Note der aufgenommenen Blasmusik zu finden. Tirla kannte das Lied, das sie sangen, eines von den ganz alten guten. Somit war die Tatsache, daß sie es schlecht sangen, unverzeihlich. Sie mußte es nur für Cyoto und Ari übersetzen – alle anderen murmelten in ihren eigenen Sprachen mit.

Schließlich kam der Conférencier heraus. Mit aufgesetztem Charme fing er an, das Publikum anzufeuern. Er ratterte die Kenntnisse und Verdienste des Hochwürden Ponsit Prost herunter. Da er nur den ganzen Schmus über mystische Lehren im Fernen Osten nachplapperte, übersetzte Tirla es nicht, bis Bilala ihr zuzischte, daß sie sich ihr Geld verdienen sollte.

Der Chor sang ein weiteres Lied, eines, das ohne Rücksicht auf Harmonie oder Rhythmus von einer Musikrichtung zur anderen wechselte. Perverserweise gelang es den Sängern, die Travestie kompetent umzusetzen. Tirla bemerkte, daß sechs mit irgend etwas zugedröhnt waren. Daß sie überhaupt singen konnten, könnte bei diesem RE in der Tat ein kleines Wunder sein.

Es gab Fanfaren vom Synthesizer und Trommelwirbel, die sogar Tirlas zynisches Blut in Bewegung brachten. Trommeln konnten so aufregend sein! Die Becken wurden mit Karacho zusammengeschlagen, die Lichtorgel explodierte in leuchtenden Farben, ein ohrenbetäubendes Crescendo von Synthesizerklängen ertönte, begleitet von Theaterrauch, und der Ehrwürdige Religiöse Interpret erschien. Seine Kleider glitzerten extravagant.

Ihre Kundinnen waren gebührend beeindruckt von seinem »magischen« Auftritt, aber Tirla hatte einen Blick von der quadratischen Öffnung im Boden erhascht, ehe er durch einen dichten Rauchschleier emporschoß und auf einer Säule landete, von der er auf die ehrfürchtigen Zuschauer hinunterschaute. Sie zog etwas Dramatischeres vor. Sie hatte diese Art von Auftritt schon so oft gesehen, daß er jegliche Wirkung bei ihr verloren hatte. Aber sie war eindeutig in der Minderheit. Sogar Mirda tat so, als habe sie Angst, und bedeckte ihr Gesicht mit einem Zipfel ihres Kopftuchs. Der Religiöse Interpret begann mit seinem Auftritt, das

Gesicht himmelwärts gerichtet, so daß Tirlas bestenfalls auf ein waberndes Kinn und dunkle Nasenlöcher blickte. Die Lichtshow blendete, während das Playback seinen Wortmüll begleitete – denn das waren seine Phrasen, Silben, die absolut nichts meinten, in die er zufällig Worte aus allen Sprachen, die er je gehört hatte, einstreute, um Verwirrung zu erzeugen.

»Was sagt er, der heilige Mann?« fragte Mirda.

»Erzähl mir, was sagt er?« Mama Bobtschik zog Tirla zu sich. Bilala und Pilau waren genauso beharrlich: Die eine gab Tirla einen Kinnhaken, während die andere einen beträchtlichen Anteil ihres Gewichts auf Tirlas bloße Zehen verlagerte.

»Nichts«, gab Tirla angewidert zurück. »Er sagt nichts!«

Sie wurde gezwickt, gestoßen und gezerrt.

»Er sagt etwas.« »Er spricht mystisch.« »Erzähl uns, was er sagt.« »Ah, ich verstehe dieses Wort selbst! Ich zahle dir keinen Pfennig, du Miststück.«

Tirla war fuchsteufelswild über diese Drohung. Wütend auf den RI. Sie würde es ja übersetzen, wenn er etwas sagte, das sich übersetzen ließ. Sie wurde gekniffen und getriezt und geschlagen. Aus reiner Selbstverteidigung erfaßte sie das Muster seines Geschnatters und ratterte, seinen Vortrag unwillkürlich imitierend, die sinnlosen Wortfetzen in gedämpftem Ton herunter. Sie übersetzte die gelegentlich einfließenden echten Wörter in so viele Sprachen, wie sie konnte, bevor sie mit dem Kauderwelsch fortfuhr.

Der Mann hörte auf zu reden und breitete die Arme aus, ein beseligendes Lächeln auf den Lippen. Sein Gesicht strahlte in dem Lichtkegel, in dem er stand. Er schien über der Bühne zu schweben. Dann erkannte Tirla, daß er in ihre Richtung starrte.

Mit einer Geste, die sie wie auch ihre Kundinnen erschreckte, beugte er sich mit blitzenden Augen und verzerrtem Gesicht vor, einen anklagenden Finger direkt auf sie gerichtet.

»Du Ungläubige, die einen geheiligten Augenblick mit Geschnatter entweiht. Höre, lerne, gehorche, läutere deine teuflische, leichtfertige Seele. Laß dich ins Licht der Welt führen. Finde Zugang zum Glauben an die Auferstehung. Sei eins mit der Menschheit und allen liebenden, fürsorglichen Kreaturen. Sei frei von Schuld. Sei gerettet! Sei!« Er erhob die anklagende Hand und spreizte die Finger, als ein Lichtstrahl seinen erhobenen Arm hinunterfuhr.

Tirla, die in der dramatischen Pause so schnell wie möglich übersetzte, war dankbar für einige zusammenhängende Phrasen. Ihre Kundinnen mochten ihr zuhören, aber ihre Augen waren wie gebannt auf ihn gerichtet. Jetzt hatte er die volle Aufmerksamkeit der Menge. Tirla war sich ziemlich sicher, daß niemand außerhalb des Kreises sie sehen konnte, aber sie wagte es nicht zu verstummen. Sie plapperte den Kauderwelsch weiter nach und machte sich Sorgen, daß solcher Unsinn nicht das Geld wert sein würde, das man ihr versprochen hatte. Sie würden sie vielleicht gar nicht bezahlen. Sie bedauerte es schon, daß ihr diese knackige grüne Paprika, die sie sich von ihrem Lohn hatte kaufen wollen, nicht den Gaumen kitzeln würde.

Der Lama-Schamane nahm eine weitere dramatische Pose ein, die Arme ausgestreckt, die Handflächen himmelwärts gewandt.

»Bringt mir eure Kranken, eure Leidenden, eure gequälten Seelen. Laßt mich sie heilen. Eine Berührung wird Balsam für die gemarterte Seele, den fiebernden Körper, die verdrehte Gliedmaße, das verdunkelte Augenlicht sein. Kommt! Habt keine Angst. Alle Dinge kommen zu jenen, die sie verdienen. Alle Kreaturen verdienen Liebe. Denn es ist Liebe, Liebe, Liebe, die heilt!«

Tirla ratterte alles locker herunter und versuchte

durch die sie abschirmenden Körper zu lugen, um mitzubekommen, wer sich für den Schwindel hergab. Barney mit seinen Chamäleon-Augen – ein Blinzeln, und seine Augen waren milchweiß und blind; ein weiteres, und er konnte »wieder klar sehen, hallelujah!« Vielleicht würde Mahmoud mit seinen verdrehten Gelenken eine Nummer abziehen – eine heilende Berührung des Lama-Schamanen, und sie würden sich wieder einrenken. Oder würde Maria mit ihrem nässenden Ausschlag kommen?

Der Lama-Schamane warf den Kopf zurück. Seine Hände leuchteten golden in dem auf ihn gerichteten Spot, von irgendeiner Farbe glitzernd, die er verwendet haben mußte. Ihre Kundinnen sogen bei dem Anblick ehrfürchtig die Luft ein. Ihre Gesichter waren verzückt, als er mystische Bewegungen mit seinen magischen Händen vollführte. Gleißende Lichtstrahlen strömten aus seinen Fingerspitzen und verloren sich in Funken, als sie aus dem Lichtkegel, in dem er stand, entwichen. Das war ein neuer Trick, dachte Tirla. Nicht schlecht. Pilau versuchte, einen Lichtstrahl zu erhaschen, aber er löste sich in Nichts auf. In ihren fettigen Fingern war keine Spur davon zu sehen.

Genau in diesem Augenblick schoß ein weiterer, stärkerer Lichtstrahl von der Bühne und fiel auf den Kopf eines ekstatischen Mannes. Er wirkte weniger ekstatisch, als der Lama-Schamane ihn mit einer weiteren großen Fanfare auf die Bühne holte.

»Du bist auserwählt worden, Bruder. Komm zu mir! Laß dich umarmen!« Eine Rampe wurde von der Bühne zum Auserwählten ausgefahren, der sich verlegen umblickte, als er von denen, die hinter ihm standen, auf die Rampe geschoben und von den seitlich davon stehenden Menschen weitergedrängt wurde. »Knie nieder, Bruder«, intonierte der Lama-Schamane, und schien von der Säule hinunterzuschweben.

Tirla spürte die schwache Vibration des Bühnenmechanismus, der für den Effekt sorgte, aber sie übersetzte weiter. Es war ein ziemlich guter Trick. Sie fragte sich, wo die Steuerung war. Der Bursche schien wirklich verblüfft zu sein, daß er auserwählt worden war. Er kniete sich gehorsam hin und glotzte wie ein hypnotisiertes Kaninchen.

»Rallamadamothuriasticalligomahnozimithioapodioiciamoturialistashadioalisymquepodial – Omathurtodispasionatusimperadomusigena lliszweigenpolastonuchevaliskyrielisonandia. Moss pirialistusquandoruulabetodomoarigatoimustendiatonallamegrachiatus …« intonierte der ehrwürdige Vater, die Hand über dem Kopf des Burschen.

Er spuckte noch mehr Wortungetüme aus, die Tirla nicht schnell genug vorwegnehmen konnte, um sie nachzuahmen. Sie schätzte und bewunderte die beachtliche Atemkontrolle des Hochwürden. Wow, er klang so, als könnte er für immer und ewig weiterplappern!

»Was sagt er?« Mirda kniff sie fest.

»Wie kann ich was hören, wenn du mich ständig volllaberst«, gab Tirla zurück und erfand geeignete Sätze, die sie dann übersetzte. »Hoppla!«

Merkwürdige Dinge geschahen über dem Kopf des Auserwählten. Wie *tat* der Lama-Schamane das mit Ärmeln, die an den Handgelenken so eng waren? fragte sich Tirla. Haare, Gesicht und Hals des auserwählten Burschen schimmerten golden. Der Gesichtsausdruck des Mannes war zuerst töricht und dann ekstatisch. Tirla fragte sich, was der Seelenfänger verwenden könnte. Sie begann das Spektakel zu genießen.

Der Lama-Schamane wandte sich langsam wieder dem Publikum zu. Auch sein Gesicht strahlte golden, so daß das Weiße seiner Augen hervortrat. »Die Gnade ist mit mir. Wen sonst wird sie berühren?«

Er hob die Arme wieder, die Handflächen himmelwärts, während er dem Publikum genug Zeit gab, die Wirkung zu beobachten, welche die »Gnade« auf den ersten »Auserwählten« gehabt hatte. Dann drehte er mit einer schnellen Handbewegung die Handflächen herum, und Strahlen schossen in alle Richtungen. Ehe Tirla sich ducken konnte, landete einer der Strahlen auf ihrem Kopf. Was immer es war, das sie getroffen hatte, es haftete trotz ihrer schnellen Bemühungen, es loszuwerden, in ihrem Haar. Irgendwie hing sie an einem Band fest, das ihr am Kopf klebte. Sie geriet in Panik. Sie wollte auf gar keinen Fall auf die Bühne geholt werden. Nicht, wenn Yassim in der Halle war. Nicht mit gebundenen Krediten bei sich, Krediten, die sie unter gar keinen Umständen das Recht hatte zu besitzen.

Der Chor begann zu singen, daß die Auserwählten nach vorne kommen sollten, um Gnade zu empfangen. Das Publikum fiel in den Refrain ein, und Tirla konnte den unheilvollen Beiklang von Neid von jenen heraushören, die sich einer solchen Ehre als würdiger erachteten.

»Sie ist auserwählt worden!« kreischten Bilala und Pilau. Sie verfielen in ein Freudengeheul, das Tirla in helle Panik versetzte, als sie versuchten, sie zu der Rampe in ihrer Nähe zu schieben.

»Nein, sie muß hierbleiben. Sie muß uns alles sagen!« Mama Bobtschik und Mirda Khan waren fest entschlossen, sich nicht übers Ohr hauen zu lassen. Sie zogen Tirla zurück.

»Mach mich los, Cyoto. Hilf mir, Lao Wang. Elpidia! Zaveta!« Tirla wehrte sich. Furcht schnürte ihr die Kehle zu. Alle anderen, die gerade auserwählt worden waren, befanden sich auf dem Weg zur Bühne. Das Band, das ihr am Kopf klebte, spannte sich und zog sie an den Haaren. Sie wand sich. Und dann war sie auf einmal frei. Sie erhaschte einen Blick auf eine Messerklinge, als sie zurückfiel und gegen die massige Mama Bobtschik prallte. Zaveta und Mirda verhakelten sich mit Bilala und Pilau, die kreischend versuchten, die Kontrolle über Tirla wiederzugewinnen.

Wie sie es schon vorher in solchen Situationen getan hatte, ließ sich Tirla zu Boden fallen und tauchte zu einer Seite weg. Sie stolperte über jemanden, der ihr mit voller Wucht auf den linken Fuß trat. Sie ignorierte den stechenden Schmerz und kroch weiter. Ihr Atem ging stoßweise. Sie rollte sich aus dem Kreis ihrer Kundinnen und rappelte sich auf, um sich einen Weg durch die Sänger zu bahnen. Jemand sah das herunterhängende goldene Band und grapschte danach, wobei er sie fast zu Boden riß. Um sich zu befreien, riß sie sich die verklebte Haarsträhne aus, so daß an dem Band, das der Mann in der Hand hielt, nur noch ein Büschel ihrer Haare baumelte.

»Schnappt sie euch!« erklang es mehrstimmig. Sie entwich mehreren Händen, die nach ihr griffen, frenetisch darum bemüht, zur Lobby und zum nächsten Notausgang zu kommen.

»Da, ich hab sie!« Kräftige Arme umschlossen sie. Sie hob die Arme und entschlüpfte nach unten; ein Tritt zielte auf ihren Bauch, aber obwohl sie umzingelt war, rollte sie sich zur Seite, zu gewöhnt an solche schmutzigen Tricks, um nicht aus einem Selbsterhaltungstrieb heraus instinktiv richtig zu reagieren. Sie erhaschte einen Blick auf einen von Yassims Killern, der das Gesicht zu einem dämlichen, siegesreichen Grinsen verzogen hatte, ehe sie an der gegenüberliegenden Wand landete und zwei Beinpaare sie plötzlich abschirmten.

Freundliche Hände halfen ihr auf die Beine, und besänftigende Gedanken vermittelten ihr Unterstützung, Verständnis und Mitgefühl. Als sie sich dieser Aura gewahr wurde, fühlten ihre gespreizten Finger den Türrahmen. Nachdem es ihr gelungen war, den Händen zu entschlüpfen, wischte sie aus der Tür und stürmte, obwohl man ihr hinterherrief, sie möge doch stehenbleiben, quer durch das Foyer. Ein unglaubliches mehrstimmiges Brüllen schwoll hinter ihr an, wütender, frustrierter Lärm, der ihr Beine machte. Als sie durch den Gang spurtete, hörte sie ein vertrautes Knattern in der Luft.

Die RuO! Hatten ihre Leute auf der Lauer gelegen? Oder hatte man sie gerufen? Doch es dauerte eine Weile, die Einheiten zusammenzuziehen. Sie fand das Rohr, auf das sie aus war, hob den Deckel ab, kroch hinein und schloß den Deckel wieder, was ihr in dem engen Raum einige Mühe bereitete. Sie hockte im Schmutz und Schlamm, das Gesicht vom Licht weggedreht, bemüht, wieder zu Atem zu kommen.

Sie hörte, wie Leute vorbeirannten, hörte ihre Ausrufe, als sie feststellten, daß es nicht weiterging, hörte, wie sie sich umdrehten und zurückkamen, und hörte, wie sie an ihrem Versteck vorbeigingen und ihre Schritte sich entfernten. Trotz des Krachs schlief Tirla vor Erschöpfung ein.

»Rhyssa!« Die alarmierte Stimme von Budworth, der im Kontrollraum Dienst hatte, wurde von einem Impuls in ihrem Kopfnetz begleitet, der sie sofort weckte.

»Ja?«

»Eine Präkog von einem größeren Desaster«, sagte Budworth.

Toll! dachte Rhyssa schläfrig. Zwei Präkogs von größeren Problemen in nicht ganz zwei Tagen und nicht die leiseste Andeutung über die brisanten Angelegenheiten, die alle Talente angingen.

»Sie betrifft ganz Asien«, fuhr Budworth fort. »Sieht so aus, als ob Kayankira eine weitere Monsun-Überschwemmung ins Haus stünde. Sie haben die Dämme, die bei der letzten gebrochen sind, noch nicht repariert.

Wie sollen wir ohne die ganzen starken Telekineten, die auf der Station sind, damit fertig werden?«

»Haben wir genug Zeit, um welche herunterzuholen?«

»Das ist der Grund für die Panik!« Es ist Zeit genug, aber auf der ganzen Welt spielt das Wetter verrückt. Selbst wenn ein Padrugoi-Shuttle starten kann, ist der nächste Ort, an dem es landen kann, Woomera. Die Telekineten müssen vor Ort sein, um etwas tun zu können.« Was Budworth nicht sagte – »wenn Barschenka ihnen die Genehmigung erteilte, die Station zu verlassen« –, blinkte wie ein Alarmsignal in Rhyssas Geist.

»Kannst du Sascha wecken, Kumpel?«

Hat er schon, versicherte Sascha ihr. *Ziehst du Peter in Erwägung?* Aus seinem mentalen Ton sprach, daß er einerseits darauf brannte, es zu versuchen, sich andererseits aber auch der vielen Risiken bewußt war, die damit verbunden waren.

Ich muß Peters einzigartige Fähigkeiten in einer so kritischen Situation wie der diesen in Erwägung ziehen, erwiderte sie.

Wie, ohne seine Sicherheit zu gefährden?

Sie brachen ihr Privatgespräch ab, als sie feststellten, das noch weitere Gedanken hereinkamen.

Kayankira: *Rhyssa, ich brauche alle Telekineten, die Sie noch haben. Gehe ich richtig in der Annahme, daß es keine Möglichkeit gibt, Telekineten von Padrugoi herunterzuholen?*

Rhyssa: *So ist es.*

Vsevolod Gebrowski: *Ich werde darauf bestehen! Ich werde damit vor den Weltrat ziehen. Die Politiker haben die Situation in Indien beklagt. Sollen sie ihren Worten Taten folgen lassen. Als sie die Bevölkerungsdichte in diesem Bereich von Bangladesch verringerten, haben sie auch die verfügbaren Arbeitskräfte verringert, und die notwendigen Ar-*

beiten sind nicht rechtzeitig abgeschlossen worden. Jetzt müssen wir dafür büßen.

Miklos Horvath: *Nicht, wenn wir die Telekineten von Padrugoi herunterholen. Und die Aufräumarbeiten werden dann durch Telekinese beschleunigt!*

Rhyssa: *Wenn wir das Wetter dazu zwingen können, uns eine Chance zu geben!*

Bessie Dundall in Canberra: *Alle Präkogs reden davon, daß es in Bangladesch die schlimmste Flutkatastrophe aller Zeiten geben wird. Die neuen Deiche sind noch nicht völlig wiederhergestellt, so daß die Fluten die Ernte dieses Jahres vernichten werden. Die Barrieren funktionieren aus irgendeinem Grund nicht – ich vermute, daß hierbei wieder einmal Korruption und Bestechung im Spiel sind. Wir müssen etwas unternehmen!*

Alparacin: *Rhyssa, was ist mit dieser Rumpfmannschaft von Ihnen, von der ich gehört habe?*

Rhyssa: *Die Talente in dieser Mannschaft sind noch nicht gut genug ausgebildet für ein Desaster dieser Größenordnung, mein lieber Freund. Es ist zu kräftezehrend für sie.*

Peter: *Nein, das ist es nicht.*

Still! befahlen Sascha, Rhyssa und Dorotea gleichzeitig.

Peter: *Keine Sorge. Ich hab nur mit euch gesprochen!*

Rhyssa hielt den Atem an. Doch kein Talent fragte nach der unbekannten Stimme. *Natürlich werden wir tun, was in unserer Macht steht*, teilte sie den anderen mit. *Können wir Kopien der Präkogs bekommen? Ich versichere Ihnen jedoch, daß selbst hochqualifizierte Telekineten Schwierigkeiten haben würden, mit Situationen dieser Art fertig zu werden, und alles, was ich habe, ist eine Handvoll vierzehnjähriger Azubis.*

Madlyn hier ...

Sascha: *Süße, deine Stimme erkennt jeder. Was hast du gehört?* Er sandte Rhyssa eine Vision von Madlyn Luvaro, die sich, die hohlen Hände als Megaphon am

162

Mund, aus einer Luftschleuse lehnte und auf eine zusammenzuckende Erde hinunterbrüllte.

Madlyn: *Lance hat sich mit Barschenka gefetzt, seit er die Präkog hatte. Sie weigert sich mit Händen und Füßen, ein Shuttle oder einen Piloten zu riskieren. Ihr müßt zugeben, daß das Wetter im Moment überall ziemlich verrückt spielt. Ich sehe es ganz deutlich vor mir: eine Menge Turbulenzen und nicht nur über Indien. Lance sagt, daß es einen sicheren Ort auf der Erde geben muß, wo sie landen können, und daß sie helfen müssen. Er wirft ihr Vertragsverletzung vor. Sie sagt, es sei zu gefährlich, so viele Talente zu riskieren – jetzt zieht sie die Ich-schütze-euch-vor-eurem-eigenen-Altruismus-Übermutter-Masche ab. Ha!*

Und es gibt keinen Piloten, mit dem wir gesprochen haben, der es riskieren will, in den Suppenkessel dort unten zu fallen, fuhr sie fort. Warte! Lance sagt – Madlyns mentaler Ton wechselte zu einem mechanischen Rezitierton – *jetzt ist der Zeitpunkt gekommen, es zu versuchen. Er sagt, ihr wißt, was das bedeutet. Er ist sich klar, daß es ein Risiko sein könnte, aber wenn es je auf die Probe gestellt werden sollte, dann ist jetzt der Zeitpunkt dafür. Habt ihr das alles mitbekommen?* Sie klang verwirrt.

Sascha: *Deine Nachricht war laut und deutlich zu verstehen, Madlyn, und wir werden darüber nachdenken.*

Lance sagt, daß die Präkog auf noch entsetzlichere Schäden hinweist als bei der letzten Monsun-Überschwemmung. Also müssen Telekineten Unterstützung gewähren. Er hat einen Piloten dazu überredet zu fliegen, aber der Bursche hat Angst davor, es wo auch immer mit einer Landung zu versuchen. Lance hat ihm versichert, daß alle Telekineten an Bord dafür sorgen können, daß die Landung klappt. Kriegt Lance jetzt einen Weltraumkoller? Okay, ich erzähle es ihnen. Er sagt, daß er und ein Kontingent der Schwertransport-Telekineten – genug, um die Überschwemmung zu kontrollieren – um 08:00 im Shuttle Erasmus *in Hangar G sein werden. Sie kommen im Weltraum allein klar, aber sie wer-*

den bei der Landung Hilfe brauchen. Das ergibt keinen Sinn für mich, aber das ist es, was ich euch sagen soll.

Sascha stürmte in Rhyssas Zimmer. Er hatte seine Hose angezogen, aber trug sein Hemd in der Hand. Er hat wirklich einen Luxuskörper, dachte Rhyssa insgeheim. Warum stimmt die Chemie zwischen uns nicht? Wir würden schöne Kinder zeugen. Er sah so großartig aus, wenn er wütend war.

»Lance hat einen Knall, wenn er denkt, daß Peter bei dem Wetter in Dakka eine kontrollierte Landung durchführen kann«, verkündete er. »Paletten in einem Lagerhaus abzusetzen ist ein völlig anderes Paar Schuhe als ein Shuttle voller lebender Menschen zu landen, bei denen wir es uns nicht leisten können, daß sie im tosenden Sturm auf einer Landebahn abschmieren.«

Rhyssa fütterte Saschas Geist mit einer wortgetreuen Wiederholung des Gesprächs, das sie mit Lance über Peters Potential und eine ähnliche Situation geführt hatte. »Er hat damals nur gescherzt«, sagte sie kläglich. »Dabei war es eine durchaus legitime Extrapolation.«

»Wir können es einfach nicht riskieren«, sagte Sascha und tigerte durch das Zimmer, während Rhyssa unter ihrer pastellfarbenen Daunendecke hervorkroch und sich anzog. »So perfekt die Lösung für den Mangel an Telekineten auch ist.«

Rhyssa traurig: *Saschabär, du hast noch nicht halbwegs ausgetüftelt, wie er es macht!*

Sie wurden beide von einem schüchternen Klopfen an der Tür überrascht.

»Ja?« Sie und Sascha tauschten Blicke.

»Ich bin's, Peter. Kann ich reinkommen?«

Sascha warf dramatisch die Arme in die Luft.

»Ja, ja«, sagte Rhyssa und feuerte eine eingehende Warnung an Sascha ab.

In seinem Kummer schwebte Peter eher, als daß er ging.

»Keiner hat sich darum geschert, seine Gedanken zu kanalisieren«, sagte er verschüchtert und defensiv zugleich. »Ich konnte nicht umhin mitzuhören.«

»Nein, natürlich konntest du das nicht, Peter«, sagte Rhyssa.

Ist Peter bei euch? Doroteas ängstlicher Ton überraschte sie.

Ich bin hier!

Junger Mann, wenn du dich noch einmal so mir nichts dir nichts aus dem Staub machst, dann versohle ich dir den Hintern!

Rhyssa und Sascha hatten diesen speziellen Unterton in der Stimme der Telepathin noch nie gehört.

Ich habe gerade versucht, ihm das Problem zu erklären, als er so schnell verschwand, daß ich dachte, er hätte sich tatsächlich teleportiert.

Ich kenne *das Problem, Dorotea,* sagte Peter in einem sehr geduldigen Ton. *Es geht darum, das Shuttle sicher in Dakka zu landen. Und mit genügend Strom ist es nicht schwerer als den Container zu befördern oder den Stahl, den ich nach San Francisco geschickt habe.*

»Die Turbulenzen bei einem Monsun sind völlig unberechenbar«, begann Sascha.

Peter blickte drein, als sei er mit seiner Geduld am Ende. »Es ist trotz der Turbulenzen das gleiche Prinzip. Und besser, weil die Triebwerke dieses Shuttles ausgeschaltet sein werden und nicht mit meiner Gestalt interferieren können.«

»Es klingt einfach, wenn man es auf diese Weise erklärt«, sagte Sascha trockener denn je. Dann warf er hilflos die Hände in die Luft und wandte sich zu Rhyssa um.

Sie pochte auf Peters Vernunft. »Die Entfernung, das große Gewicht des Shuttles und sogar die Turbulenzen sind Faktoren, mit denen du noch nicht zu tun hattest. Wir können und wollen es nicht riskieren, daß du dich übernimmst.«

Peter grinste. »Ihr würdet es nicht. Obwohl, ich bräuchte viel mehr als 4,5 kpm. Um sicherzugehen, bräuchte ich richtig viel Power – wie zum Beispiel die Turbos der Stadt. Sie konnten den Geist aufgeben, aber ich nicht.«

»Das *wissen* wir nicht, Peter«, sagte Rhyssa sanft und ließ zu, daß er ihre Angst spürte.

»Aber *ich* weiß es«, sagte Peter und wandelte zum Bett, wo er sich neben sie setzte, aufrecht genug, aber die Arme und Beine in unnatürlichen Positionen. Er ordnete seine Glieder, als er Rhyssas Blick auffing. »Instinktiv!«

Dann umarmte sie ihn. Ihr kamen Tränen des Stolzes bei seinem ausgeprägten Selbstvertrauen, das er in den letzten Wochen entwickelt hatte. Sie hielt seinen schlaffen schmalen Körper für eine ganze Weile. Als sie seine Verlegenheit spürte, ließ sie ihn los und fuhr ihm durchs Haar.

»Peter«, sagte Sascha, sich neben dem Jungen hinhockend. »Dies ist anders als die Übungen, die wir dich haben machen lassen. Und deine Gabe der Gestalt-Telekinese, ist einzigartig! Wir können es einfach nicht riskieren.«

»Dorotea hat gesagt, daß ich auf meinen Instinkt vertrauen soll«, sagte Peter so bestimmt, daß Sascha und Rhyssa ihn für eine ganze Weile anschauten. »Ich weiß auch, was der Präkog-Bericht bedeutet. Wenn nicht genug Telekineten da sind, werden viele Menschen ums Leben kommen, und viele werden alles verlieren, was sie in den letzten zwei Jahren unter großen Anstrengungen erbaut haben. Es wird große ökologische Schäden geben, und noch mehr Seuchen, Hungersnot. Ihr füttert mich doch die ganze Zeit mit all diesem

Zeug über die Verantwortung, die wir Talente gegenüber dem Rest der Welt haben, daß es unsere Aufgabe ist, Todesfälle und Schäden zu verhindern. Wenn ich bereit bin, ein kleines Risiko einzugehen, würde ich ein echtes Talent sein.

»Ich habe auch gehört, was Madlyn euch zugebrüllt hat.« Peter grinste schelmisch und hielt sich die Ohren zu, so als würden ihn laute Geräusche stören. »Mr. Baden hat mich gemeint, nicht wahr? Daß jetzt der Zeitpunkt gekommen ist, mein Talent wirklich auf die Probe zu stellen.«

Sascha setzte sich auf der anderen Seite von Peter aufs Bett und sah Rhyssa hilflos an.

»Wie ich es sehe«, fuhr Peter fort, der die Situation deutlich besser im Griff hatte als seine erwachsenen Mentoren, »haben wir Talente keine Wahl. Wir brauchen die Talente, die mit Mr. Baden in der *Erasmus* kommen wollen. Sascha, als ich gestern den Stahl transportiert habe, hast du gesagt, daß ich es geschafft habe, die Telekinese wirklich nutzbringend einzusetzen. Ich *weiß*, daß ich das Shuttle mit genügend Saft für die Gestalt landen kann.«

Sascha schüttelte langsam den Kopf. »Es gibt noch ein anderes größeres Problem, mein Sohn ...«

»Ich habe mir die Schaltpläne für die Stromerzeugung angesehen«, fuhr Peter ungerührt fort. »Vor allem die von den Turbos, weil sie zuverlässiger sind.«

»Das hast du?« Rhyssa überraschte es immer wieder, wo Peters eifriges Lernen hinführte.

»Nun, ich dachte, ich sollte mir ein paar grundlegende Konzepte aneignen, von denen wir ausgehen können ...« Er sah ihren Gesichtsausdruck, und ein Lächeln umspielte seine Lippen. »Ich habe mir viele Vid-Kurse auf College-Niveau angeguckt. Sie waren viel interessanter als der meiste Unterhaltungsschrott im Nachtprogramm. Gründlich nachdenken zu müssen, hat mich für eine Weile von mir selbst abgelenkt. Elektrotechnik war guter Denksport.«

Sascha und Rhyssa blieb die Spucke weg, und sie konnten nur noch stumm nicken.

»Besonders«, fügte Peter zwinkernd hinzu, »weil anscheinend niemand etwas mit meiner Gestalt anzufangen wußte. Und das ist das andere Problem, nicht wahr, Sascha? Die Gestalt-Telekinese geheimzuhalten?«

»Da hat er uns in flagranti ertappt, Rhyssa«, sagte Sascha mit zerknirschtem Gesichtsausdruck.

»Das ist es, worüber ihr euch *wirklich* Sorgen macht, aber hört mal, wenn der Pilot das Shuttle weit genug herunterbringt, weiß ich, daß ich es sicher durch die Turbulenzen lotsen und landen kann. Und der Pilot braucht auch gar nicht zu wissen, daß es nicht Mr. Baden und die anderen Telekineten waren, die das Shuttle auf Kurs gehalten haben.« Als er bemerkte, daß sie diesen Vorschlag ernsthaft erwägten, fügte er hinzu: »Es ist ja nicht so, daß ich das Shuttle ganz allein die ganze Strecke von Padrugoi herunterbefördere, wißt ihr.«

»Und du glaubst, daß das Stromnetz der Stadt dich mit der notwendigen Gestalt versorgen kann?« fragte Sascha in ironischem Ton.

»Die Turbinen des Kraftwerks an der East Side sollten ausreichen.« Peters Augen funkelten bei der Aussicht, daß er all diese Energie zur Verfügung haben würde.

Rhyssa und Sascha mußten über seine bodenlose Unverschämtheit lachen.

»Wißt ihr, ich glaube wirklich, daß es funktionieren wird«, sagte Dorotea, das Zimmer betretend. Sie war noch immer im Nachthemd, das in einem bezaubernden Fliederton gehalten war und sich schön von ihrem weißen Haar und ihrem Porzellanteint abhob. »Da Lauschen heute allgemein üblich ist, habe ich eure Gespräche mit großem Interesse verfolgt. Wir werden keine Zeit haben, dem Idioten von den VEW die Zustimmung zu so einer experimentellen und streng vertraulichen Sache abzuluchsen. Je weniger Menschen von dem wissen, was wir tun, desto besser.« Ihr Gesicht zeigte einen schalkhaften Ausdruck, der völlig untypisch für sie war. »Laßt uns einen G und H ausrufen!« Sie kicherte und sah äußerst zufrieden mit sich aus. »Alles, was wir dann tun müssen, ist Boris anzurufen – er muß das Elektrizitätswerk klar machen, und wir nutzen seine offizielle Stellung aus, um hineinzukommen.«

»Einen G und H ausrufen?« Rhyssa starrte die ältere Telepathin an, als hätte sie sie nie zuvor gesehen.

»Was ist ein G und H?« fragte Peter, als Sascha schallend lachte.

»Warum habe ich nicht daran gedacht?« rief Rhyssa verzweifelt. Dem verwirrten Peter erklärte sie: »Das ist unser Mayday-Code für George – George Henner, dem dieses Haus einmal gehörte – und Henry – Henry Darrow, der Talent als nachweisbare paranormale Gabe hoffähig machte. Wenn ein Talent einen G und H ausruft, bekommt es sofortige und fraglose Hilfe von allen anderen Talenten.«

Sascha rieb sich die Hände. »Weißt du, ich wollte schon immer eine Entschuldigung dafür haben, den Mayday-Code zu verwenden.« *Bruder*, rief er. *Wir haben einen G und H: Wir brauchen eine Eskorte zum Elektrizitätswerk an der East Side, und es muß geräumt werden! Das sollte mit nur einer minimalen Besetzung für die Nacht nicht schwierig sein.*

Boris: *Ein G und H? Faszinierend. Ich bin nach einem größeren Krawall dabei, die Scherben aufzulesen, und du suchst dir ausgerechnet diesen Zeitpunkt aus, um einen George und Henry auszurufen?*

Sascha: *Wir brauchen nur dich und einen RuO-Heli.*

Nur mich? erwiderte Boris sarkastisch.

Sascha (freundlich): *Du kannst dafür sorgen, daß die anderen kooperieren.*

Und ich kann auch von euch Kooperation erwarten? gab Boris ironisch zurück.

Sascha: *Es ist ein George-Henry-Mayday, Bruderherz. Du kannst nicht nein sagen.*

Boris: *Quid pro quo, Bruderherz. Ich wollte dich gerade herbitten.*

Sascha: *Wegen eines Krawalls?*

Boris: *Ich könnte deine Hilfe dabei wirklich gut gebrauchen, Bruder. Es haben sich einige Merkwürdigkeiten ergeben, die dein besonders ausgeprägtes telepathisches Talent erfordern.*

Sascha hob die Augenbrauen und blickte Rhyssa fragend an, die ihm widerstrebend zunickte.

»Hast du das mitverfolgt, Peter?« fragte Rhyssa, die bemerkte, daß im Gesicht des Jungen immer noch Überraschung geschrieben stand.

»Ja«, sagte er zögernd.

»Du brauchst mich nicht wirklich, Peter«, sagte Sascha beschwichtigend. »Du hast Rhyssa ...«

»Und Dorotea«, sagte die Lady bestimmt.

»Um deinen Geist zu puffern«, fuhr Sascha fort. *Und Don, denke ich,* fügte er an Rhyssa gewandt hinzu. *Warum muß Boris just in diesem Augenblick auf die Idee kommen, daß er mich braucht?*

Dorotea: *Boris hatte schon immer etwas von einem Elefanten im Porzellanladen. Das liegt daran, daß er vom Temperament her ein RuO-Mann ist und bleibt.*

Rhyssa drehte sich geschwind zu Peter um. »Los, du solltest dich besser anziehen. Hol dir deine Kleider her. Und was soll er für dich holen, Dorotea? Du kannst dich in meinem Bad umziehen.«

»Ich gehe runter zu Budworth, um die Daten, die wir brauchen, zu besorgen«, sagte Sascha. »Das Gewicht des Shuttles, eine Radarverbindung mit dem Shuttle, Repros von Dakka – bei gutem Wetter – Wetterberichte.« *Wenn ich mir die ganze Chose in allen Einzelheiten ausmale, drehe ich noch durch!* fügte er über eine hauchfeine Verbindung zu den beiden Frauen hinzu.

Rhyssa und Dorotea antworteten mit gleicher Inbrunst: *Da geht es nicht nur dir so!*

Wenn Peter glaubt, daß er es schaffen kann, dann glaube ich es lieber auch, fügte Rhyssa hinzu. *Schließlich kann der Glaube daran, daß etwas machbar ist, Berge versetzen.*

Dorotea: *Das ist es, was zum Ziel führt.*

Die notwendigen Gleichungen, die Peters erwiesene Verwendung der Gestalt sowie die Entfernung, das Gewicht und die optimale Geschwindigkeit des Shuttles, atmosphärische Bedingungen und Turbulenzen am Landeplatz berücksichtigten, waren fertig, als der RuO-Heli eintraf.

»Ich dachte, du machst eine höllische Zeit durch und schickst einen Stellvertreter«, sagte Sascha. Er war jedoch äußerst erleichtert, daß er die Unterstützung seines Bruders hatte.

»Das stimmt, aber ich bin der beste Mann für was immer hier abgeht.« Boris bleckte die Zähne. »Ich bin sicher, daß du bei dieser Chose dabei sein willst, Bruderherz. Wir haben bei den Entführungen eine heiße Spur.«

Sascha fluchte mit großer Erfindungsgabe.

Das ist so wichtig wie diese Angelegenheit, Sascha, gab Rhyssa zu. *Mit Dorotea und Don als Puffer wird Peter okay sein.*

Ich würde nicht bei einem Mayday dazwischenfunken, wenn ich es nicht müßte, erwiderte der RuO-Kommissar, während er hinunterlangte, um Dorotea in den Heli zu helfen.

Sascha, den Entführern muß das Handwerk gelegt werden, sagte Dorotea so kategorisch, daß ihr Ton alle Telepathen verblüffte. *Daran gibt's nichts zu rütteln!*

»Und das ist Peter Reidinger?« fragte Boris, als Peter die Treppe in seinem Wassertretgang erreichte. »Hi!«

Bei Peters verblüfftem Gesichtsausdruck wurde Rhyssa plötzlich klar, daß niemand daran gedacht hatte, dem Jungen zu sagen, daß der RuO-Kommissar Saschas Zwillingsbruder war.

»Nein, du siehst nicht doppelt. Ich bin fünf Minuten älter«, fuhr Boris freundlich fort. Er griff Peter resolut unter die Arme und hievte ihn an Bord. *Wir beide werden sie sicher dorthin bringen, bevor ich dich, Bruderherz für meine weniger ruchlosen Zwecke entführe. Ist der Junge etwa der G und H?*

Sascha wackelte seinem Bruder drohend mit dem Finger vor der Nase herum. *Jetzt werd nicht frech!* Er schwang sich an Bord, um die medizinischen Geräte zu verstauen. Don Usenik reichte sie ihm hinauf, ohne auf Boris' Gestichel einzugehen. Nachdem Don einstiegen war, schloß Sascha die Tür, und der große Heli-Bus hob ab und flog gen Südosten.

Boris hatte Peter auf einen Fensterplatz verfrachtet, und der Junge starrte völlig vereinnahmt über den schwarzen Canyon des Hudson River zu dem Lichtermeer, in dem alle Wolkenkratzer und Straßenschluchten von Jerhattan erstrahlten.

»Ziemlich atemberaubender Anblick, ganz gleich, wie oft man es schon gesehen hat«, sagte Rhyssa zu Peter, der nickte, ohne den Blick von dem Panorama abzuwenden. Als sie auf dem Dach des Elektrizitätswerks landeten, waren alle Talente sich subtil bewußt, daß das massive Gebäude leer war.

»Gut gemacht, Boris«, sagte Dorotea. »Hier entlang, Peter!«

»Ich hoffe, du weißt, was du tust«, bemerkte Boris trocken. »Mein Büro ist darüber informiert!«

»Danke, Boris«, sagte Rhyssa. »Kannst du uns abholen, wenn wir dich rufen?«

»Wenn ich auf Sascha nicht verzichten kann, werde ich jemanden schicken, dem ihr vertrauen könnt«, sagte der RuO-Kommissar, als er Don seine Monitore überreichte. Dann erhob sich der große Heli vom Helipad.

Rhyssa nahm Don einen Gerätekoffer aus der Hand, als er die Dachtür aufschob. Sobald Peter hineinglitt, begann er, Erregung auszustrahlen. Seine Augen funkelten vor Vorfreude, während er die Treppe hinunterwandelte. Sie betraten die Turbinenhalle oberhalb der riesigen leise brummenden Turbinen, die den Strombedarf der großen Metropole deckten. Sie gingen in den Kontrollraum, der über den Turbinen lag. Der Raum war mit Geräten ausgestattet, die den Stromfluß zu den einzelnen Transformatorenstationen registrierten. Peter benahm sich, als befände er sich in seinem eigenen Königreich. Er nahm wie selbstverständlich den bequemen Sessel des diensthabenden Ingenieurs ein und schwang ihn müßig von einer Seite zu anderen, bis die Erwachsenen die Monitore aufgestellt hatten und ihn daran anschlossen.

Über den Fenstern, die zur Turbinenhalle hinausgingen, waren genügend Vid-Bildschirme, auf denen angezeigt werden konnte, was Peter sehen mußte. Rhyssa kümmerte sich um die nötigen Programme. Auf einem Bildschirm rief sie ein Faxbild mit hoher Auflösung von der *Erasmus* auf, auf einem anderen ihre technischen Daten, auf dem nächsten Wettersimulationen, und schließlich stellte sie eine Verbindung zwischen dem Kommunikationssystem des Kraftwerks und dem NASA-Hauptquartier her, damit sie den Flug des Shuttles mitverfolgen konnten. Die *Erasmus* war bereits unterwegs. Sie war prompt um 08:00 Uhr Stationszeit, 01:30 Uhr Erdzeit, gestartet. Die Uhr des Elektrizitätswerks zeigte 05:50 Uhr an, als das spiralförmig niedergehende Shuttle auf dem Radar sichtbar wurde. Auf dem letzten Bildschirm war der Flughafen in Dakka zu sehen. Strömender Regen prasselte nieder, und wilde Sturmböen fegten Äste, Autoteile, Kartons und allen möglichen Müll über die Landebahn, auf der Peter die *Erasmus* sicher herunterbringen sollte.

Als Don Usenik die Überprüfung der Monitore, die Peter überwachten, abgeschlossen hatte, nahmen Rhyssa und Dorotea hinter ihm und Peter Platz. Beide klinkten sich vorsichtig in den Geist des Jungen ein. Er schien es nicht zu bemerken, so aufmerksam verfolgte er den Kurs der *Erasmus*. Als das Shuttle in die Atmosphäre eintrat, heulten die Generatoren auf.

Rhyssa schüttelte den Kopf. So wie den anderen gelang es ihr nicht, den Teil von Peters Geist zu erreichen, der mit der enormen Kraft der Turbinen unter ihnen eine Verbindung hergestellt hatte. Das Heulen schwoll zu einer fast unerträglichen Lautstärke an. Dorotea verzog das Gesicht und hielt sich ungeniert die Ohren zu. Rhyssa starrte ungläubig auf die verrückt spielenden Meßdaten auf der Kontrollkonsole. Don Usenik behielt die medizinischen Monitore im Auge. Peter blieb nach außen hin ruhig. Rhyssa bemerkte sein etwas herablassendes Lächeln und hoffte nur, daß er sich nicht überschätzte.

Zugleich bemerkten sie und Don den Schweiß auf der Stirn des Jungen, aber er lächelte weiter. Die Generatoren erreichten ihre Spitzenleistung und behielten sie bei. Und Peters Geist veränderte sich! Er wurde hart wie Stein. Peter hatte den mentalen Kontakt nicht blockiert, aber den Kontaktbereich plötzlich eingeschränkt, was auf äußerste Konzentration hinwies. Rhyssa schaute Dorotea in die Augen, aber die ältere Frau wies nur auf Don, der geduldig und ohne Bedenken die Monitore beobachtete. Der Sinkflug der *Erasmus* stabilisierte und verlangsamte sich sichtlich.

Er hat's geschafft! freuten sich Rhyssa, Dorotea und Don im stillen.

Rhyssa hoffte, daß jemand für die Nachwelt aufzeichnete, was zweifellos der dramatischste Moment für die Talente war, seit ein Gänseei Henry Darrows Deltawellencharakteristik aufgezeichnet hatte, als er einen präkognitiven Vorfall erlebte. Ihr Geist war immer noch in Kontakt mit jenem Teil von Peters Geist, der für sie und Dorotea zugänglich war, während sie die *Erasmus* landen sah. Sie kam am Passagierterminal sanft zum Halten, scheinbar unberührt von den peitschenden Sturmböen. Peter lachte leise vor sich hin, und plötzlich ebbten die Turbulenzen zwischen dem Shuttle und dem Terminal ab – ein unheimliches Sturmloch, in dem es vollkommen still war. Die Passagiere stiegen hastig aus und blieben verblüfft stehen, als sie der Windstille um sie herum gewahr wurden. Einer, dessen Gesicht auf dem kleinen Bildschirm nicht erkennbar war, schlug die Hände über dem Kopf zu einem Siegeszeichen zusammen, ehe er in die zweifelhafte Sicherheit des sturmgepeitschten Terminals eilte.

»Wo soll ich das Shuttle hinschicken, Rhyssa? Sobald ich es loslasse, wird es in diesen Turbulenzen wie ein Spielball kreuz und quer über den Platz geschleudert.«

So weit hatte ich nicht vorausgedacht, gab Rhyssa gegenüber Dorotea zu.

»Auf den Wetterkarten sieht es so aus, als ob Woomera der sicherste Ort wäre, Peter, aber …« Dorotea überflog schnell den weltweiten Wetterbericht.

Nur eine leichte Erhöhung der Generatorleistung wies auf die damit verbundene Anstrengung hin, als die Erasmus langsam wendete und wieder zur Hauptlandebahn rollte.

»Ich denke, wir sollten den Piloten lieber benachrichtigen, wo er hinfliegt«, sagte Rhyssa und sprach eilig mit Sirikit im Kontrollraum.

Wir hatten den ungewöhnlichsten Stromausfall hier, erzählte Sirikit ihr.

Gib an die Hauptluftverkehrskontrolle weiter, sie soll den Piloten der Erasmus *so schnell wie möglich informieren, daß er nach Woomera umgeleitet wird.*

Erasmus? *Umgeleitet?* Die Thailänderin war sonst die Ruhe selbst, aber jetzt blieb selbst ihr die Spucke weg. *Natürlich! Sofort!*

Am besten, bevor er sich vor Angst in die Hose macht, fügte Don so nebenbei hinzu, was Rhyssa und Dorotea zum Schmunzeln brachte.

Keiner der drei Erwachsenen spürte Stress im Geist des Jungen, der völlig von dem merkwürdigen Gestaltprozeß absorbiert war. Körperlich sah er zerbrechlicher denn je aus, und seine Schädelknochen schienen sich unter der dünnen Kopfhaut auszudehnen. Alle spürten die enorme Energie, die durch ihn hindurchfloß, konnten sich aber nicht erklären, wie er die Kontrolle ausübte.

Langsam, wider alle Gesetze der Aerodynamik und trotz der anhaltenden Turbulenzen rollte die *Erasmus* die Start- und Landebahn hinunter und legte einen perfekten Start hin.

»Ich glaub's nicht«, murmelte Rhyssa leise. »Wer hat ihm beigebracht, Flugzeuge zu fliegen?«

»Jeder Junge dieser Generation versteht was von Shuttles«, bemerkte Don, aber er blickte nicht weniger verblüfft drein als die anderen. Er beobachtete, wie die Erasmus langsam durch den strömenden Regen aufstieg und in den Wolken verschwand. Sie verfolgten den Flug des Shuttles auf dem Radarschirm, bis es die Schallgrenze erreichte.

Das Heulen der Generatoren nahm ab.

»So!« sagte Peter plötzlich mit einem Unterton von höchster Befriedigung in der Stimme. »Er startet die Motoren, und er sollte jetzt wissen, was er zu tun hat. Ich habe ihm gesagt, daß er in Woomera landen soll.

Das hat Spaß gemacht!« fügte er weniger lebhaft hinzu. Er war extrem blaß und schwitzte immer noch stark.« »Das hat sehr viel Spaß gemacht!« Seine Augen funkelten, und er grinste Don Usenik an, der ungläubig den Kopf schüttelte, als er auf den Bioscan-Bildschirm wies, der ein fast normales Muster zeigte.

»Spaß? Du nennst das Spaß, Peter?« rief Rhyssa beinahe wütend. Ihr wurde bewußt, daß sie in ihrer Sorge um Peter unter äußerster Anspannung gestanden hatte, auch wenn es Peter anders ergangen war.

»Mit elektrischer Energie wie dieser könnte ich das Shuttle viel leichter fliegen als der Pilot«, sagte Peter mit einer Stimme, die auf einmal vor Müdigkeit heiser war.

Dorotea ganz privat zu Rhyssa: *Wie willst du sie bändigen, wenn sie einmal vom Baum der Erkenntnis gegessen haben?* Sie verdrehte theatralisch die Augen.

»Ausgeprägte Erschöpfung, niedriges Energiepotential, aber selbst das ist im grünen Bereich für ein Talent«, verkündete Don verdutzt. »Das hast du großartig hingekriegt, Peter«, fügte er stolz hinzu.

Rhyssa räusperte sich und sagte niedergeschlagen: »Ich bezweifle, ob Ludmilla uns abnehmen wird, daß die Talente, die an Bord des Shuttles waren, es *auch* wieder in die Luft 'portiert haben.«

»Nun, ich konnte es nicht auf der Landebahn lassen, Rhyssa, oder?« fragte Peter gereizt und erschöpft. »Diese Shuttles kosten Milliarden.«

Plötzlich spürten alle Telepathen, daß andere Talente versuchten, mit ihnen Kontakt aufzunehmen.

Kayankira: *Oh, danke, danke. Wie habt ihr das geschafft?*

Rhyssa, Dorotea und Don tauschten Blicke.

Nein, Rhyssa, sagte Dorotea über eine hauchdünne Verbindung zu den beiden anderen, *wir haben das Ganze nicht sehr sorgfältig durchdacht.*

Rhyssa schluckte und antwortete mit einer Gleichmütigkeit in ihrem mentalen Ton, daß Dorotea applaudierte, *Lance ist in der Leitung. Es war alles seine Idee. Ein echter G und H, nicht wahr, Lance?*

Lance: *Ich werde es ihr sagen. Ich rufe lieber »Eureka« und beiße in den sauren Apfel.* Er projizierte ein großes Krokodil, die Fänge vor Erstaunen weit geöffnet, und darauf ein Känguruh, das von einer bunten Karte von Australien auf den Mond hopste. *Du wirst es erst wissen, wenn du es versuchst, nicht wahr, Kumpel?*

»Genug!« sagte Dorotea plötzlich. »Laßt uns Peter nach Hause und ins Bett bringen. Wehe, du versuchst auch nur einen Muskel zu bewegen, junger Mann.«

Für einen kurzen Augenblick sah Peter so aus, als würde er nicht gehorchen. Doch dann blickte er kläglich drein. »Ich glaube nicht, daß ich es im Augenblick könnte.«

»Es gibt nichts, was eine durchschlafene Nacht und ein üppiges Frühstück nicht wieder ins Lot bringen könnten«, tröstete ihn Dorotea, aber mit dem finsteren Blick, den sie Rhyssa zuwarf, deutete sie an, daß trotz Dons optimistischer Interpretation der Meßergebnisse viel mehr Erholungszeit notwendig sein könnte. »Wie kriegen wir ihn jetzt ins Zentrum zurück? Boris und Sascha stecken offenbar bis über beide Ohren in ihrer Krawallkontrolle.«

Das Fahrzeug des Zentrums ist schon unterwegs, sagte Sirikit. In ihrer Stimme schwang Belustigung mit. *Bleibt einfach, wo ihr seid!*

Selbst durch das schwere Dach des Elektrizitätswerks konnten sie das Dröhnen des herannahenden Helis hören. Dann öffnete sich die Dachtür und eine Gestalt kam herein.

»Alles in Ordnung da unten? Man hat mir gesagt, ich soll kommen und die Reste einsammeln!« brüllte Dave Lehardt, drei Treppenstufen auf einmal nehmend.

Rhyssa weinte fast vor Erleichterung. Was hatte

Boris, der Schlawiner, gesagt? »Jemand, dem man vertrauen kann!«

»Hi, Peter«, sagte Dave. »Was habt ihr angestellt, daß euer PR-Mann mitten in der Nacht aus dem Bett geholt wird?« Dann kniete er sich neben dem Jungen nieder. Sein Gesichtsausdruck war sehr sanft. »Du siehst geschafft aus. Erzähl's mir später, ja? Mit zarter Behutsamkeit hob er den erschöpften Jungen hoch und ging vorsichtig die Treppe hinauf. Rhyssa folgte ihm, dankbar für sein unerwartetes Erscheinen.

KAPITEL 9

Binnen Minuten nach dem Ereignis war ein Vorfallraum in dem großen Einkaufszentrum vor dem Atrium
eingerichtet. Menschenmengenkontrolleure und RuO-
Spezialisten hatten die erhitzten Gemüter der tobenden
Meute schnell beruhigt. Obwohl es einigen Veranstal-
tungsteilnehmern gelungen war, den RuO-Leuten zu
entwischen, wurden die IDs der restlichen Leute syste-
matisch überprüft.

Die Mitglieder der Gruppe, auf die sich der Vorfall
konzentriert hatte, um die zwanzig Frauen verschiede-
ner ethnischer Herkunft, waren trotz ihrer lauten Proteste und Unschuldsbeteuerungen sofort in einen der
Probenräume hinter dem Atrium gebracht worden, wo
sie von einem speziellen Talent-Team eingehend be-
fragt wurden.

Mittlerweile waren Boris und Sascha in dem großen Heli eingetroffen. Die Präkogs, die den Vorfall vorausgesehen hatten, Auer und Bertha Zoccola, schau-
ten sich im Vorfallraum die Videobänder vom Vorfall
an. Die TV-Augen, die von zwei fleißigen Elektrikern,
die mit dem RI-Bühnenteam gekommen waren, diskret in der hohen Decke der Halle installiert worden
waren, hatten die Ereignisse aufgezeichnet. Boris und
Sascha bezogen Beobachtungsposten. An den Wänden
des Vorfallraums saßen Analytiker aufgereiht, die in
den RuO-Mainframe eingeklinkt waren. An den verschiedenen Workstations gaben Menschenmengenkontrolleure Statusberichte ab, während RuO-Personal
emsig die Berichte durchging, die von den ratternden
Druckern ausgespuckt wurden, als die eingescannten

Daten der ID-Armbänder ausgewertet wurden. Der RuO-Kommissar wurde häufig auf seinem Beobachtungsposten gestört, damit er Haftbefehle unterzeichnete, aber der Hauptverursacher des Vorfalls war ihnen entwischt. Der ehrwürdige Vater Ponsit Prosit hatte sich wieder einmal rechtzeitig aus dem Staub gemacht.«

»Also hat sich meine Präkog auf die Frauen konzentriert«, sagte Bertha, bemüht, den Blickkontakt mit Auer zu vermeiden. Der mürrische Mann zupfte, auf das laufende Videoband konzentriert, gedankenverloren an seiner Unterlippe, ohne Notiz von ihr zu nehmen. »Während sich seine auf Flimflam richtete. Wann wirst du diesen Aasgeier einbuchten? Er ist obszön, ein schleimiger Schwätzer, der vor Emotionen trieft – das ist alles, was er ist! Ein Gefühlsgeier, der fett wird, wann immer er eine Menschenmenge aussaugen kann! Je größer die Menge, die er manipuliert, desto größer seine Macht.« Sie fuchtelte erregt mit den Armen herum.

»Wie ich es dir zuvor schon erklärt habe, Bertha, er dient unabsichtlich einem Zweck«, erklärte Boris geduldig. »Er peitscht sie auf, ja. Es kann ihm eine Ersatzbefriedigung geben, eine Menschenmenge in der Hand zu haben, aber sein theatralisches Getue hat eine läuternde Wirkung, was viel aufgestauten Müll beseitigt, und das wird durch passives Sehen der TRI-D-Kost nicht erzielt. Gelegentlich kommen seine Aussprüche recht nahe an Beleidigungen der religiösen Glaubenssätze heran, aber gewöhnlich ist er harmlos und sagt nichts.«

»›Sagt nichts‹ stimmt!« grummelte Bertha entrüstet.

»Er hatte Sponsoren für heute angemeldet, eine ostindische mystische Konzeptgruppe, die ordnungsgemäß registriert ist und als legal durchgeht. Wir hatten keinen Grund, ihnen oder ihm das Recht auf eine religiöse Veranstaltung zu verwehren«, fuhr Boris fort.

»Religiöse Veranstaltung? – daß ich nicht lache!« Bertha war empört. »Von Religion ist bei dem kein Hauch zu spüren. Und religiöse Veranstaltungen sollen aufbauen und nicht fertigmachen. Er ist ein Aufwiegler, ein Schaumschläger, ein blasphemischer Aasgeier. Er ist gefährlich.« Sie wackelte Boris mit einem Finger heftig vor der Nase herum. »Es gibt Gesetze gegen die Auslösung von Krawallen, und er hat heute abend einen verursacht.«

»Leider entbindet deine Präkog ihn von der Hauptschuld, Bertha.« Boris versuchte Frieden auszustrahlen. Ihre Stimme wurde bei jeder anprangernden Bemerkung lauter, und sie hatte noch nie als taktvoll gegolten.

»Von wem hat er die Marker, Kommissar?« verlangte sie zu wissen. »Sie können mir nicht weismachen, daß er sie nicht mit krimineller Absicht verwendet hat!«

Boris war mit seiner Geduld am Ende, und er sandte einen kurzen Hilferuf an Sascha, der draußen war, um den Telempathen zu helfen, alles unter Kontrolle zu halten. »Wegen dieser Anschuldigung haben wir gerade einen Such-und-Finde-Befehl gegeben.«

»Ich war es, der auf Flimflam gekommen ist, Bertha Zoccola«, sagte Auer, die kleine Frau wütend anfunkelnd. »Kümmere dich um deinen eigenen Scheiß.«

Sascha traf ein und setzte sie geschickt außer Gefecht, indem er ihr Sprachzentrum gerade lange genug lahmlegte, daß er sie zu einem Konferenztisch am anderen Ende des Raums führen konnte.

»Haben wir es mit einem weiteren wilden Talent zu tun, das dieses Markierungszeug für Flimflam fabriziert?« fragte Auer Boris mit leiser Stimme.

»Könnte sein, Auer«, erwiderte Boris unglücklich. »Das ist die einzige Möglichkeit für abgedrehte Fanatiker wie Ponsit Prosit, an Marker heranzukommen.«

Die haftende Substanz war eine Erfindung, die die RuO vor kurzem gemacht hatte. Sie wurde aus einer besonderen chemischen Verbindung hergestellt und ergab einen schnell trocknenden Marker mit mittlerer Reichweite. Die Substanz unterlag der höchsten Geheimhaltung, und ihre Formel und Herstellung waren so komplex, daß sie nicht so leicht duplizierbar sein sollten. »Irgendwo da draußen ist ein echter Schlaukopf. Die forensischen Chemiker sagen, daß das Zeug unserer Formel verdammt nahe kommt. Ihre Formel ist giftiger, was schlecht ist, und weniger haltbar, was ein Glück ist. Sie haben ein gutes Gespür für technische Dinge, Auer. Halten Sie für uns die Augen offen, ja? Berichten Sie über die leiseste Andeutung. Wir müssen diesen Fuzzi so bald wie möglich finden. Es ist mir egal, welche Art von Talent sich aus den Wohnsilo-Genen entwickelt, aber was immer es ist, es sollte bei *uns* registriert sein.«

»Ich kann mir nicht vorstellen, daß Flimflam flüssig genug ist, um diese Art von Genies anzuheuern. Ah, und ich sehe, daß Yassim sich einen neuen Lakaien zugelegt hat«, sagte Auer sarkastisch, auf das Video weisend.

Boris sah ihn beifällig an. »Sie haben diesen Schatten von Yassim gesehen?«

Auer schüttelte den Kopf und wies auf das Video, das auf dem Bildschirm immer wieder abgespielt wurde. »Ich halte mich auf dem laufenden, was die Besucherliste der RuO angeht. Jeder Dieb, Schläger und Killer, der mit Yassim zu tun hat, war heute abend hier. Er muß auch hiergewesen sein. Habt ihr viele geschnappt?«

»Wir haben so einige erwischt, aber es war niemand besonders Wichtiges dabei«, sagte Boris und zog eine Grimasse. »Kennen Sie diese neuen unzerstörbaren Türaugen, die wir installiert haben? Es könnten Yassims Leute gewesen sein oder vielleicht das neue Talent, das Flimflam mit den Markern versorgt hat, aber jedes einzelne Türauge war deaktiviert. Sehr clever – mit einem Stück Draht, einer Haarnadel, sogar mit einem zusammengedrehten Streifen Alufolie – nichts Irreparables, aber genug, um die Sicht zu verschleiern. Wir überprüfen die ID von allen, die keine Chance hatten, nach dem Vorfall von der Bildfläche zu verschwinden, aber wir tappen darüber im dunkeln, wer und wie viele zu der Party gekommen sind.«

Auer nickte wieder, auf seine eigene sauertöpfische Art Mitgefühl für die Frustration des Kommissars zeigend. »Ich werde das alles im Kopf behalten, Kommissar. Halten Sie die Ohren steif.«

Boris wandte sich der Leiterin des Teams zu, das die Zielgruppe befragte. *Norma, habt ihr schon was herausbekommen?*

Nein, Sir. Die Gemüter sind immer noch erhitzt. Wir registrieren Wut, Frustration, Neid, etwas Angst und Sorge darüber, festgehalten zu werden, hauptsächlich mütterliche Gefühle, aber, Sir, wir können wirklich nur die dominanten Emotionen wahrnehmen. Sie sind wütend darüber, ›hereingelegt‹ worden zu sein. Und nicht vom guten alten Ponsit Prosit. Dummerweise spricht keine der Frauen viel Basic. Könnten wir einen Dolmetscher bekommen? Jemand, der Neerest, Paki und asiatische Sprachen spricht? Ranjit vielleicht?

Ich schicke ihn sofort zu euch. Gibt's noch was?

Ja, Sir. Neun von den Frauen scheinen in irgendeine Fehde verwickelt zu sein. Wir mußten sie schon zweimal trennen, um sie davon abzuhalten, sich die Augen auszukratzen oder an den Haaren zu ziehen. Es hat etwas damit zu tun, daß jemand auserwählt wurde, und daß es nicht richtig war einzuschreiten. Es ergibt keinen Sinn.

»Auserwählt?« sagte Boris laut wie auch im Geiste.

Sir?

Danke, Sergeant, Sie haben mich gerade auf einen Gedanken gebracht! Boris ging zum Bildschirm, als eine weitere Wiederholung des Videos über den Vorfall begann. Er spulte es schnell vor und schaltete dann auf Zeitlupe um, die Augen wie gebannt auf den Bildschirm gerichtet.

Bist du auf etwas gestoßen? Sascha war zu ihm getreten.

Wenn meine Theorie richtig ist, hat dieser Flimflam Leute für jemanden eingefangen – wahrscheinlich für Yassim, da seine Männer in voller Zahl da waren. Ich will wissen, was der gemeinsame Nenner der Auserwählten war, erzählte Boris seinem Zwillingsbruder. *Die meisten von ihnen waren männlich, bis auf unsere Zielgruppe, die – ah, hier haben wir es!*

Die beiden Brüder sahen in der Zeitlupe deutlich den Strahl, der in die Mitte der Zielgruppe fiel.

Er hat keine Frau getroffen! Es sei denn, sie ist eine Liliputanerin, sagte Sascha, auf die dünnen, sich krallenden Hände weisend, die inmitten der Köpfe der Frauen zu erkennen waren. Boris vergrößerte den Bildausschnitt und stellte das Bild schärfer. *Ein Kind?*

In der festgehaltenen Gruppe ist kein Kind. Zwanzig Frauen. Ich kann so viele Köpfe zählen.

Sascha: *Zerren einige Frauen an dem Kind?*

Ja, und einige kämpfen dagegen an. Norma hat gesagt, daß die Frauen sich in den Haaren liegen. In einem überlagernden Gedankengang wiederholte Boris Normas genaue Worte.

Sascha: *Und sie fühlen sich betrogen. Schau! Ein Messer zerschneidet das Band. Und sofort ist der Teufel los.*

»Okay, welche Menschenmengenkontrolleure waren am nächsten dran?« fragte Boris.

Cass Cutler und Suzanne Nbembi wurden herzitiert. Sie trugen immer noch ihre Undercover-Monitur, wenngleich Cass das dicke Make-up abgewischt und den billigen Schmuck abgelegt hatte. Boris spulte das Band zur relevanten Szene zurück.

»Cass, Suzanne, ihr habt den Leuten heute einen guten Dämpfer verpaßt.«

»Es war verdammt knapp, Kommissar«, sagte Cass und verdrehte die Augen. »Es hätte ein böses Erwachen geben können ohne diese Präkog.«

»Hat eine von euch ein Mädchen in unserer Zielgruppe gesehen?«

»Nein«, gab Cass schnell zurück und zog dann die Stirn kraus. »Zumindest glaube ich nicht, daß das Mädchen bei den *Frauen* war. Wir haben es zuerst bemerkt, als es versuchte, Bulbar zu entwischen.«

»Wir hätten eingegriffen – kein Kind sollte in die Hände dieses Widerlings geraten –, aber das Mädchen hat sich selbst befreit«, fügte Suz hinzu. »Es wußte ganz genau, wie.«

»Das Kind hat sich auf seinem Weg zu einem Ausgang für einen Augenblick hinter uns geduckt. Genau dann brach der Vorfall los. Merkwürdig ...« Cass stockte stirnrunzelnd. »Ich habe *etwas* gefühlt, Kommissar, als ich das Mädchen berührte. Einen Schutzschild wie eine Mauer, und das ist seltsam genug für ein Linear-Kid. Es könnte sogar ein latentes Talent haben.«

»Wir haben immer noch nicht herausgefunden, was den Krawall verursacht hat. Könnte das Mädchen etwas damit zu tun haben, wenn es ein potentielles latentes Talent ist?« sinnierte Boris, auf den Bildschirm tippend.

Cass zuckte zurückhaltend die Achseln, aber sie und Suz sahen sich das Video genau an. Boris spulte vor und hielt das Band in dem Moment an, in dem die Hände erschienen. In der Zeitlupe sah es eher nach Ballett aus als nach Kampf, als die schmalen Finger sich in Panik bewegten. Dann ging die Szene weiter: Finger, die nach dem Band griffen, das Aufblitzen des Messers und die Rangelei der Frauen.

»Können Sie einen Ausschnitt von der Szene direkt vor dem Ausbruch des Streits erstellen?« fragte Cass.

Boris versuchte es mit allen möglichen Ansicht-Kombinationen, aber das TV-Auge war auf den Ort fixiert gewesen, an dem der Vorfall laut der Präkog stattfinden sollte, und obwohl das Bild scharf war, konnte man das, was Cass sehen wollte, aus dieser Perspektive nicht erkennen.

»Ranjit Youssef zur Stelle, Sir.« Der junge RuO-Beamte hielt eine respektvolle Entfernung zu dem Kommissar und den anderen Talenten ein, die gebannt auf den Bildschirm starrten.

»Was hat die Durchsuchung der zugewiesenen Quartiere ergeben, Lieutenant?« fragte Boris förmlich.

»Kommissar, wir haben achthundertdrei illegale Kinder unter zehn gezählt, einschließlich fünf Neugeborener. In der Tat sind alle aufgegriffenen Kinder unter zehn.«

Der RuO-Kommissar war zwar nicht wirklich überrascht, aber die ermittelte Gesamtzahl der illegalen Kinder war erheblich höher als die geschätzte. Er lehnte sich gegen die Schreibtischkante und kratzte sich nachdenklich am Kinn. *Achthundert?* wiederholte er.

Achthundertdrei, korrigierte Sascha. Sein mentaler Ton war ebenso grimmig wie der seines Zwillingsbruders.

Boris: *Und alle werden geopfert, um noch mehr unterernährte, entsorgbare Kids zu produzieren, die auf die eine oder andere Weise mißbraucht werden. Wie kann der Kinderhandel gestoppt werden, wenn die Menschen blind einem archaischen ethnischen Imperativ gehorchen?*

»Irgendwelche legalen ID-Armbänder?« fragte Boris Ranjit laut.

»Die Neunjährigen haben welche, Sir, aber bislang stimmt keine ID mit dem für die Nummer registrierten genetischen Fingerabdruck überein. Es gibt auch weit weniger ältere Kinder und Teenies, als eine Population in den Wohnkomplexen erzeugen sollte.«

»Wie üblich. Wie viele der illegalen Kinder unter zehn wurden in den Quartieren der Frauen gefunden, die zu unserer Zielgruppe gehören?«

»Zweiunddreißig. Einige waren zu klein, um wegzurennen. Die älteren wurden gewarnt – das ist immer so. Aber wir haben die Schotts schon dichtgemacht. Niemand ohne ID-Armband kommt aus diesem Linear-Komplex heraus«, sagte Ranjit, »auch nicht durch die Müllschlucker.«

»Ach ja, die Müllschächte«, fügte Boris mit einem weiteren resignierten Seufzer hinzu. »Und ich gehe davon aus, daß Sie auch an die Güterzüge gedacht haben? Gut.« Er gab eine Befehlsfolge ein, und auf dem Bildschirm erschien der 3D-Grundriß von Linear G. Er drehte sich langsam, damit jeder Winkel des riesigen Zikkurats sichtbar wurde. »Norma Banfield benötigt Ihre sprachlichen Fähigkeiten, Lieutenant. Sie ist im Probenraum auf der linken Seite der Bühne. Sie schlägt sich mit einem Haufen Frauen aus den verschiedensten Volksgruppen herum, die wenig Basic können, und es gibt zwei zerstrittene Parteien, die nichts lieber täten, als sich zumindest gegenseitig die Haare auszureißen.«

»Die Haare ausreißen?« Cass fuhr hoch. Eine flüchtige Erinnerung an den Krawall war ihr durch den Kopf geschossen.

»Ist dir was eingefallen, Cass?« fragte Boris.

»Ich werde der Sache nachgehen.« Sie ließ sich in ihren Stuhl sinken und versetzte sich in einen entspannten Zustand, soweit es das Treiben im Raum zuließ. Suz massiert ihr sanft die Nackenmuskeln, um ihr beim Erinnern zu helfen.

»Ich werde tun, was ich kann, um Lieutenant Banfield zu helfen.« Ranjit salutierte und ging.

Cass stand auf. »Ich habe da so eine Idee, daß ich in der Halle etwas finden könnte, das uns weiterhilft, Sir, es sei denn, irgendein übereifriger Trottel hat die Putzkolonne schon reingeschickt.«

»Na, dann mal los!« Boris machte eine ausladende Geste und wandte sich wieder dem Grundriß zu, um sich den Kopf darüber zu zerbrechen, wo Flüchtlinge sich in dem Wirrwarr von Korridoren, Kabuffs und Kanalisationssystemen verstecken könnten. *Sascha, laß deine Teams die Kanalisationsrohre absuchen. Verängstigte Kids können sich in die unmöglichsten Schlupflöcher hineinquetschen. Ich will nicht, daß ein einziges illegales Kind von Yassims schmierigen Handlangern geschnappt wird.*

Gebongt. Saschas Blick richtete sich kurz nach innen, als er Befehle erteilte.

»Ich hab's«, rief Cass triumphierend, als sie wieder zurückkam. Sie stieß einen schaurigen Jodler aus und hielt die Trophäe in die Höhe. »Ihr Skalp, bei allem, was mir heilig ist!«

Mit zwei spitzen Fingern nahm Boris die Haarsträhne. Das glanzlose durchtrennte Band, das an dem Marker befestigt gewesen war, hing direkt an dem blutigen Stück Kopfhaut. *Loufan! Finde über die Person, an deren Kopf diese Strähne gewachsen ist, so viel heraus wie möglich!*

Der Techniker eilte zum Kommissar, nahm die Locke mit unbewegter Miene entgegen und ging wieder in seine Kabine zurück.

Kommissar, schaltete sich Ranjit ein. Nach einer höflichen Pause, um sicherzugehen, daß er nicht störte, fuhr er fort. *Die Frauen verbergen etwas.*

Norma: *Sie decken jemanden. Ich bin der gleichen Meinung. Jemanden, der ihnen wichtig ist.*

Ranjit: *Ich denke, dieser Jemand ist der Grund für ihre Zwistigkeiten, Sir.*

Norma: *Das würde ich auch sagen. Können wir ihrem Gedächtnis ein wenig nachhelfen?*

Boris: *Mit allen fairen Mitteln, Lieutenant.* Er grinste in sich hinein, weil er Ranjits ausgeprägtes Ehrgefühl kannte, und spürte dann die mentale Berührung, die ihm sagte, daß Sascha den Gedankenaustausch mitbekommen hatte.

Mit den Untalentierten umzugehen, erforderte heldenhafte Bemühungen, dachte Boris. Andererseits – wollte er wirklich, daß alle Menschen paranormale Fähigkeiten hatten? Oder daß zumindest hier und da Ansätze davon zum Vorschein kamen, so daß es weniger Ärger geben würde? Doch das schürte Neid – Neid auf andere, die talentierter waren als man selbst, was Uneinigkeit und Vorurteile nur verstärkte. Nein, es war weitaus besser, daß eine kleine Minderheit von Talenten, die mit Leib und Seele bei der Sache – und diszipliniert – waren, Funktionen ausübten, die den Armen des Geistes nicht gegeben waren. Und daß alle besonderen und ungewöhnlichen Eigenschaften *registriert* wurden!

Sir? Loufan hielt inne. *Ich habe das Band von der Kopfhaut entfernt, weil es die Messungen störte und sicherlich irrelevant ist. Die Person ist eurasischer Abstammung, ein vorpubertäres Mädchen. Guter starker Genoprint, gute Immunfaktoren, gesund, ungewöhnlich gesund.* Der Techniker klang überrascht. Die Sozialhilfekost von Linear G war natürlich nährstoffreich genug, aber wenn das Mädchen illegal war, wie Boris vermutete, wie war es ihm gelungen, gesund zu bleiben? *Und es gibt keine Geburts-ID, die damit übereinstimmt.*

Boris: *Haben Sie wirklich erwartet, eine zu finden?*

Loufan: *Ja, Sir.*

Jetzt war es an Boris, überrascht zu sein.

Loufan: *Sie könnte von Zuhause weggelaufen oder gekidnappt worden sein.*

Boris: *Okay. Archivieren Sie die Daten, Loufan, und geben Sie die Haarsträhne Bertha. Fragen Sie sie – in Ihrer unbeschreiblich höflichen Art – ob dieses Artefakt bei ihr irgendeine Assoziation hervorruft.*

Augenblicke später kam Bertha hereingestürmt. »Oh, das arme Ding! Ihr das Haar samt Kopfhaut auszureißen! Wer hat das getan, Kommissar?«

»Möglicherweise Bulbar. Spüren Sie irgend etwas?«

Bertha preßte die Locke an ihren üppigen Busen, schloß die Augen und konzentrierte sich. »Nicht die Bohne, aber ich sehe die Locke jetzt vor mir.« Sie zog in einem plötzlichen Anfall von Ekel eine Grimasse und drückte sie ihm wieder in die Hand. »Gehen Sie mir aus den Augen damit!«

Sascha untersuchte die Locke. »Schwarz, ziemlich lang«, murmelte er. »Einige dieser Frauen schneiden sich nie die Haare. Gesund und viel sauberer, als man es erwarten würde. Es sollte nicht zu schwer sein, ein Küken zu finden, das eine kahle Stelle auf dem Kopf hat.«

»Ich fände es besser, wenn du den Fall Carmen überläßt«, sagte Boris zu ihm. *Ranjit glaubt, daß ein paar der älteren illegalen Kids den Suchteams entwischt sind,* fügte er hinzu. *Könnte sie zu ihnen gehören? Sie könnte uns zu den anderen führen.*

Carmen Stein legte die Locke quer über ihre Oberschenkel und strich sie glatt. Sie entwirrte die Haare mit ihren langen Fingernägeln. Mehrere Minuten lang befingerte sie die Haarsträhne, um sanft ein Gespür für den Aufenthaltsort ihrer Eigentümerin zu entwickeln. Carmen sah immer so gelassen und unerschütterlich aus, wenn sie ihr Talent als Finderin heraufbeschwor. Sascha wußte jedoch besser als die meisten anderen, wieviel Aktivität ihr Gehirn gerade in solchen Momenten entfaltete. Sie war einer der besten Finder, denen er je begegnet war, und weil ihr Talent intensiv und auslaugend war, beschützte er sie, soviel er konnte, und limitierte ihre Aufträge.

»Wie lange ist der Vorfall her?« fragte sie, ohne den Blick von der Haarsträhne abzuwenden.

»Ungefähr eine Stunde.«

»Ah, sie versteckt sich. Das erklärt die Dunkelheit. Ich kann nicht sehen, wo sie sich versteckt. Sie hat nur wenig Platz.«

»Ein Leitungsrohr?«

»Möglich.« Carmen klang zweifelhaft. »Ich glaube, sie schläft.«

»Die ist ja cool.«

»Nein«, sagte Carmen, ihn wörtlich nehmend. »Nicht cool, müde.«

Sie hielt ihm die Haarsträhne hin.

»Nein, behalte sie für die nächste Zeit, Carmen. Wir müssen wissen, ob sie den Ort wechselt.«

Carmen beugte sich ruhig vor, nahm eine Haarklammer aus einem in leuchtenden Farben emaillierten Topf auf dem Tisch und befestigte die Locke, deren Kopfhautende jetzt mit einem Schutzfilm überzogen war, auf der rechten Seite ihres Kopfes.

Sascha hatte Carmens Bemerkungen an Boris weitergegeben.

Hach, ein Leitungsrohr? Es gibt davon so wenige in einem Linear. Der mentale Ton des RuO-Kommissars war spöttisch. *Wir spülen Kids aus jedem vorhandenen Abflußrohr. Ich hasse es, Sascha, ich hasse es.* Sascha sandte schnell besänftigende Gedanken, um seinen erregten Bruder zu beruhigen, aber Boris fuhr fort. *Das Wunder des Lebens sollte ein Segen sein und kein Fluch. Wie können Menschen so unverantwortlich sein, unzählige ungewollte Kinder in die Welt zu setzen, um sie dann wegzuwerfen?*

Selbst illegale Kinder haben Rechte, antwortete Sascha, behutsam die eigenen Worte seines Bruders zitierend. Sorg dafür, daß sogar die geringsten von ihnen das bekommen, was ihnen zusteht.

Illegale Kids werden zur Raumstation geschickt. Boris klang entmutigt.

Sie werden nicht als Hiwis eingesetzt. Sie werden ausgebildet, um etwas sehr viel Konstruktiveres zu tun als es ihre Eltern je getan haben. Laß es gut sein, Bruder.

Ich wasch dir die Hand, nicht den Kopf, Bruderherz, sagte Boris trocken. *Jetzt werde ich auf der Bildfläche erscheinen, um aus dieser zeternden Zielgruppe etwas halbwegs Vernünftiges herauszukitzeln.*

Niemand kann das besser als du. Übrigens, hör dir doch mal die aktuellen Nachrichten an, wenn du einen Augenblick Zeit hast. Dann wirst du wissen, warum wir dir mit einem G und H den Arm verdreht haben.

Ich gratuliere dir zu dem Triumph, den ich in deinem Geist spüre, aber ich werde auf eine Wiederholung der Nachrichten warten müssen, sagte Boris, als er den Probenraum betrat. Er dachte, was für ein seltenes Gut die Zeit war.

Als er über die Schwelle trat, nahm er seine ehrfurchteinflößendste offizielle Haltung an. Mit seiner Größe, Schönheit und kraftvollen Statur, die selbst in der klobigen Einsatzuniform zur Geltung kam, gelang es ihm, die zeternden Frauen zum Schweigen zu bringen. Die Stille hielt allerdings nicht allzu lange an, obgleich die wieder auflodernden Streitgefechte erheblich gedämpfter waren.

Ich habe gerade etwas herausbekommen, Kommissar, berichtete Ranjit ihm. *Ein Gedankenblitz von der vierten Frau von links, der pummeligen jungen mit dem Kastenzeichen.* »Das ist alles Tirlas Schuld.« *Tirla ist, glaube ich, ein weiblicher Name.*

»Dolmetschen Sie für mich, Lieutenant«, sagte Boris,

193

gebieterisch vor den Frauen auf- und abschreitend, in überheblichem Ton. »Ich bin der RuO-Kommissar Boris Roznine. Wo ist das Mädchen, das heute abend bei Ihnen war?« Boris hatte keine Schwierigkeiten, die Reaktionen von Unmut, Neid, Wut, Kummer und Angst wahrzunehmen, während er Ranjit genug Zeit ließ, um seine Worte in den verschiedenen Sprachen zu wiederholen. Die Frauen hatten Zeit gehabt, sich darüber klar zu werden, daß sie in ernste Schwierigkeiten mit der Obrigkeit geraten waren. Mehrere machten sich große Sorgen über ihre Kinder, die in ihren Wohneinheiten zu lange allein waren. Andere waren mehr damit beschäftigt, sich zu grämen. Er entdeckte hie und da Variationen des Satzes, den Ranjit mitbekommen hatte, aber keine andere Frau bot einen Namen feil. »Es war alles *ihre* Schuld.« Sie gaben sich mit unpersönlichem Haß zufrieden.

»Ich gebe Ihnen mein Wort, daß für die Betreuung der Kinder in Ihren Wohnungen gesorgt ist, bis Sie wieder zu ihnen zurückkehren können«, sagte er, freundlich lächelnd.

Als die beiden verfeindeten Gruppen die Bedeutung seines Satzes verstanden hatten, begannen sie wieder zu zetern, sich gegenseitig auf die Brüste zu schlagen und an den Haaren zu zerren, und warfen sich weitere Beschimpfungen an den Kopf. Boris nahm deutlich Wut, Verlustängste, Resignation und in einem Fall Erleichterung wahr, aber er konnte keine sprachlichen Elemente in den verschiedenen emotionalen Reaktionen verstehen.

Ranjit: *Diese Bilala sagt, daß alles* ihre *Schuld ist, weil sie sich gewehrt hat, als sie von diesem Lama ausgewählt wurde.* Ranjit hielt die pummelige Xanthippe mit dem Kastenzeichen davon ab, auf die hochmütige ältere Frau mit der Hakennase auf der anderen Seite des Raums loszugehen. *Sie sagt, Mirda Khan habe all dies selber herbeige-*

194

führt. Mirda Khan antwortet, daß – ah, da ist der Name wieder – Tirla nicht für sie hätte dolmetschen können, wenn sie auf der Bühne gewesen wäre. Sie hätte wenig genug getan, um sich einen Bakschisch, ein Trinkgeld, zu verdienen.

Boris: *Lieutenant, fragen Sie sie, wer Tirlas Mutter ist.*

Die Frage brachte die Frauen zum Schweigen und ließ ihre mentalen Sorgen kurz abebben. Dann brachen alle wieder in Wehklagen über ihr persönliches Mißgeschick aus. Die Antwort kam ebenso schnell. Keine von ihnen war Tirlas Mutter, und ohne Ausnahme, genauso, wie es Boris gehofft hatte, entstand vor dem geistigen Auge von jeder einzelnen von ihnen kurz ein Bild von Tirla.

Ich hab's, sagten Ranjit und Norma gleichzeitig.

Ich auch. Mit einer Geste, die den anderen zu verstehen gab, daß die Frauen, je nachdem, ob etwas gegen sie vorlag oder nicht, in U-Haft gesteckt oder freigelassen werden konnten, eilte der RuO-Kommissar zum Vorfallraum zurück.

Loufan erwartete ihn dort vor dem Grafikpad, den Skizzierstift in der Hand. Für diese Art von Übertragung faßte Boris den Techniker an seiner dünnen Schulter und konzentrierte sich auf das lebhafte Bild des Mädchens namens Tirla. Loufan entwarf schnell eine Skizze und erfaßte mit ein paar geschickten Linien das intensive Gesicht – die meisten erinnerten sich an ihren panischen Gesichtsausdruck, nachdem sie auserwählt worden war – die weit auseinanderstehenden, leicht schrägen, riesigen dunklen Augen über ausgeprägten Wangenknochen, das volle, gewellte, dunkle Haar, das es umrahmte, die zarte gerade Nase, der kleine Mund mit wachsam geschürzten Lippen, die lange energische Kieferpartie, das lustige Grübchen im Kinn. Ein bezauberndes Gesicht trotz des Schreckens, der in ihm geschrieben stand, intelligent trotz der Angst. Tirla sah nicht älter aus als acht oder neun, aber ein Gedankenblitz – von der fetten alten Frau – wies darauf hin, daß sie älter war. Die Erinnerung der Frau reichte ein paar Jährchen länger zurück.

»Ist sie das?« fragte Loufan, als er die Skizze auf dem Bildschirm aufrief.

Der RuO-Kommissar ließ sich Zeit, das Bild auf dem Bildschirm mit dem in den Köpfen von zwanzig Frauen zu vergleichen. »Ja, das ist sie. Drucken Sie das Bild aus, und verteilen sie es an alle RuO-Beamten und Talente. Ich denke, wir sollten dieses Kind finden. Cass könnte mit seinem latenten Talent recht haben. Und wenn Flimflam hinter der Göre her war, dann kann mehr an ihr dran sein, als wir vermuten. Ich muß auch einen intelligenten Grund dafür nennen, warum ein RE verdammt nahe daran war, in einen ausgewachsenen Krawall auszuarten, und das Mädchen könnte in der Lage sein, uns diesbezüglich auf die Sprünge zu helfen«, schloß er. *Sascha, könnte sie ein Dolmetschertalent sein?*

Sascha dachte darüber nach. *Ich würde sagen, daß sie mehr als eine bloße Sprachbegabung hat – ziemlich wahrscheinlich Talent. Jeder, der zehn verschiedene Sprachen dolmetschen kann, wozu sie anscheinend in der Lage ist, könnte für einen von uns oder für uns beide wertvoll sein.* Er grinste seinen Bruder an. *Zuerst müssen wir sie finden. Dann können wir ihre Fähigkeiten evaluieren.*

Tirla!

Tirla erwachte jäh, von jemandem, der ihren Namen sanft und freundlich rief, aus ihrem tiefen Schlaf gerissen. Tirla rührte sich nicht, außer daß sie die Augen öffnete.

Eine clevere, kleine Maus, nicht wahr? Ruf sie noch einmal.

Das wird nicht funktionieren, Boris. Sie ist jetzt wach.

Es mußte zu einem Traum gehören. Sie träumte oft,

daß sie ihre Mutter ihren Namen rufen hörte. Es mußte ein Traum sein, weil niemand wissen konnte, wo sie war, auch wenn die RuO-Männer die größeren Leitungsrohre absuchten und in den kleineren Roboter einsetzten. Auf ihrem Nachhauseweg von dem Debakel, das die Veranstaltung gewesen war, war sie allen möglichen eifrigen Jägern entwischt. Sie hatte mit ansehen müssen, wie viele Kinder aus ihren Schlupflöchern herausgespült worden waren.

Ihr böse Vorahnung über die Veranstaltung hatte sie nicht getäuscht. Sie hatte als Vorwand dafür gedient, die Wohneinheiten durchzukämmen, illegale Kinder einzusammeln und alle IDs zu überprüfen. Sie hatte niemandem, absolut niemandem, je verraten, wo sie sich eingenistet hatte. Sie wagte es nicht einmal, daran zu denken, wo sie wohnte. Und selbst bei dieser intensiven Suche hatte niemand die Chance, sie zu finden.

Etwas beruhigt, kuschelte sich Tirla wieder in ihren warmen Schlafsack. Plötzlich hörte sie in der Nähe Geräusche und erstarrte. Sie hörte, wie die Türen zum abgesperrten Sektor sich öffneten. Diese Suchaktion war ungewöhnlich gründlich. Sogar sie war nicht in der Lage gewesen, in den Maschinentrakt einzudringen, und doch wurde er durchsucht.

Nicht einmal Yassims Männer konnten sie finden, und sie wußten alles über die Schlupflöcher und Schlupfwinkel, die alle illegalen Kids je ausfindig gemacht hatten. Sie konnte sich wirklich glücklich schätzen, daß Bulbar sie nicht geschnappt hatte. Er war verdammt gefährlich. Ihr pochte immer noch der Kopf an der Stelle, wo sie sich die Haarsträhne ausgerissen hatte. Sie hatte etwas Des-Salbe darauf getupft. Bulbar könnte jede Art von 'mun haben, die ansteckend sein könnte, der räudige alte Schleimbeutel.

Ihr Problem mit Yassim bestand leider weiterhin. Sie

hatte die gebundenen Kredite nicht gewaschen. Wie könnte er es auch von ihr erwarten, wenn er und alle Händler das Glück gehabt hatten, der Polizei zu entkommen? Nicht, daß er Entschuldigungen annahm. Es war eine unglückliche Fügung des Schicksals, daß der Lama-Schamane ausgerechnet sie erwischt hatte. Auf welche der Frauen war er wirklich aus gewesen? Und warum? Es ergab keinen Sinn für Tirla. Keine von ihnen war hübsch oder jung. Nicht einmal flachlegen konnte man eine – nicht mit *ihren* Ehemännern!

Die Geräusche von der Suchaktion verklangen, und Tirla griff treffsicher nach dem Wasserkrug und der Essensration, die sie für solche Notfälle bereithielt. Das Trockenfutter zu kauen verursachte schreckliche Geräusche in ihrem Kopf. Sie hatte von den weitreichenden ultraempfindlichen Geräten gehört, die, so hieß es, Atemgeräusche in einem Radius von fünf Klicks registrieren konnten, aber es sollten genug kleinere Geräusche von den Generatoren und Klimaanlagen ausgehen, um ihr Kauen zu übertönen, und sie war furchtbar hungrig. Schließlich, nachdem sie Hunger und Durst gestillt hatte, kroch Tirla tiefer in ihren Schlafsack und schlief wieder ein.

»Mach mal Pause, Carmen«, sagte Sascha zu der Finderin. »Sie wird sich vor Einbruch der Dunkelheit nicht heraustrauen, wenn überhaupt.«

Carmen rieb sich sanft die Schläfen und seufzte.

»Du hast recht. Ich werde mich ausruhen. Sie ist ungewöhnlich, nicht wahr, Sascha?

»Wir meinen, daß sie das ist, auch wenn wir nicht genau wissen, warum.«

Carmen sah ihn mit einiger Überraschung an. »Ihr Geist klingt herrlich klar. Wie eine Glocke – wenn sie schläft. Sie ist wachsam und vorsichtig, diese Göre. Ich kann sie berühren, aber ihre Gedanken nicht lesen.

Und solange sie sich im Dunkeln verkriecht, kann ich euch nicht einmal helfen, sie zu finden.

»Sie wird rechtzeitig herauskommen.«

Carmen warf ihm einen Blick zu, der andeutete, daß Sascha Roznine sich – dieses eine Mal – irren könnte. Er grinste und zwinkerte ihr zu, als er sich umdrehte und ihr Zimmer verließ.

Ehrlich, Sascha, wir haben alles durchgecheckt, was wir über die Leute, die Flimflam für Yassim herausgefischt hat, haben«, sagte Boris Roznine, einen Stapel Papier auf den Schreibtisch werfend, »und wir können keinen gemeinsamen Nenner finden. Die meisten sind gesunde Arbeiter, die genug Arbeit haben, um nicht zum Arbeitsdienst eingeteilt zu werden, und es sind nur kleinere Vergehen in ihren Akten vermerkt. Keiner von ihnen ist ein bekannter Spieler oder Taschendieb.

Sascha lächelte wissend und spürte, wie sein Bruder versuchte, in seinen Geist einzudringen, aber er ließ ihn nicht durch seinen Schutzschild hindurch. Er konnte Boris aussperren, während Boris' Geist für ihn völlig durchlässig war. »Du hast harte dreißig Stunden hinter dir. Deshalb werde ich es dir verraten. Sie waren alle Väter.«

»Was?« Boris schoß das Blut ins Gesicht.

»Flimflam hatte Zugriff auf gewöhnliche Info über die Bewohner von Linear G. Es war eigentlich so einfach, daß wir zuerst den Wald vor Bäumen nicht gesehen haben. Berta reagiert auf Frauen und Kinder und Auer auf die Schattenseiten des Lebens.«

Boris kratzte sich am Kopf. »Mitunter sind es die einfachen Dinge, die uns entgehen. Also hat Flimflam Väter von möglicherweise interessanten Kindern herausgeangelt, und das Mädchen war ein Bonus?«

»Ich nehme es an. Und wir tappen immer noch im dunkeln, was das Mädchen angeht«, fügte Sascha, die nächste Frage seines Bruders vorwegnehmend, hinzu. »Carmen hat sich auf die Suche gemacht, aber das Mädchen ist vorsichtig und ist nicht wieder herausgekommen, seit es untergetaucht ist.«

»Hat die Göre Angst?«

»Seltsamerweise nicht. Ich würde vermuten, daß sie schon öfter untertauchen mußte. Sie ist vorpubertär und illegal.«

»Das schärft die Sinne.«

»Wie kommst du mit Yassims Machenschaften weiter?«

»Wir gehen davon aus, daß er mindestens neunzehn Kinder, vielleicht auch noch ein paar mehr, verschleppt hat.« Boris zog eine Grimasse. »Wir haben in Linear G achthundertdrei illegale Kids eingesammelt. Wenn das, was Harv glaubt, möglich ist – daß jede einzelne der dazugehörigen Mütter jedes Jahr ein Kind zur Welt gebracht hat –, dann fehlen möglicherweise vierzig. Wir haben achtzehn von den vierzig Kindern in einem Lagerkeller gefunden, aber sie haben den Eingang verrammelt. Wir arbeiten daran.« Boris schüttelte den Kopf. »Sie werden in Heimen wirklich besser dran sein.«

»Und im Weltraum?« fragte Sascha trocken.

»Selbst im Weltraum haben sie bessere Chancen als in einem Linear-Wohnsilo, in dem sie, ehe sie es sich versehen, ausgeschlachtet und entsorgt werden.«

»Aber sie werden nicht in der Lage sein, sich fortzupflanzen.« Sascha hatte das Gesetz, daß die Sterilisation von illegalen Kindern forderte, nie befürwortet.

Boris hob resigniert die Hände. »Ich mache die Gesetze nicht, Sascha. Ich sorge nur dafür, daß sie eingehalten werden.« Dann beugte er sich vor und rief ein neues Programm auf seinem großen Bildschirm auf. Jetzt müssen wir Yassim in *seinem* Kaninchenbau finden und neunzehn Kids oder mehr vor ihm retten.

»Sie ist herausgekommen, Sascha«, sagte Carmen. Ihr Ton war halb triumphierend, halb ängstlich.

Sascha sah auf die Uhr. »Zu dieser Tageszeit?«

»Die Linear-Wohnkomplexe wimmeln jetzt von Leuten, die von der Arbeit kommen.«

»Bleib so nah an ihr dran, wie du kannst.«

»Es ist sehr schwer, Sascha. Es ist fast so, als ob sie die Dinge, die sie anschaut, *nicht sehen würde*. Ich kann keinen echten Fixpunkt orten, außer, daß überall um sie herum Menschen sind. Warte! Sie ist stehengeblieben. Nein, das bringt nichts. Alles, was ich sehe, ist eine Ansammlung von Menschen in Kleidern aus der Standard-Kleiderausgabe. Sie hält sich immer noch in einer Menschenmenge auf.«

»Ich bin in Kontakt mit unseren Teams in den Hauptstockwerken von Linear G. Gib uns nur Richtungsanweisungen, Carmen. Irgendeine Anweisung.« *Haltet euch bereit!* rief er Cass und Suz telepathisch zu.

Tirla war erleichtert, als sie als erstes Mirda Khan über den Weg lief. Mirda war voll von der ganzen Geschichte. Ihre schwarzen Augen blitzten vor Zorn und einer gewissen diebischen Schadenfreude, daß sie den Klauen des Gesundheitsamts unbeschadet entronnen war – es war schon lange her, daß ihr Bauch Früchte getragen hatte. Sie hatte gleichwohl soviel Herz, mit ihren Freundinnen über die Verluste sowohl ihrer vorhandenen Kinder als auch ihrer Hoffnung auf weitere zu trauern.

»Sie werden merken, wie schwer es für die ist, die keine Kinder zu verkaufen haben.«

»War Yassim deswegen da? Um Kinder zu kaufen?«

»Warum sonst?« Mirda zuckte vielsagend die Achseln. »Er hat kein Interesse an spirituellen Dingen.«

»Hat er alle gekriegt?« Tirla war entgeistert. Sie würde es indes einfacher haben, mit Yassim wegen der gebundenen Kredite zu verhandeln, die sie nicht hatte waschen können, wenn er wegen eines großen Coups bester Laune war.

»Nein, *sie* haben die meisten von ihnen geschnappt. Yassim kann nicht viele haben, aber er hat sie für lau gekriegt!« Mirda war entrüstet. »Ihre trauernden Mütter und Väter haben keinen Penny gesehen. Sie sind ihm in die Arme gerannt, um den RuO-Männern zu entkommen. Gerannt! Und keine Kredite wurden ausgetauscht, nicht ein Deal wurde abgeschlossen. Oh, er wird es nicht wagen, G wieder zu betreten.« Dann krallte Mirda ihre stählernen Finger in Tirlas Schulter. »*Was* hat der Lama-Schamane gesagt? Du hast es uns nicht erzählt. O weh, und um deiner Frechheit die Krone aufzusetzen, hast du nicht einmal die Demut gehabt, dieses Band, mit dem er dich auserwählt hat, anzunehmen. Du hast dir den ewigen Haß von Bilala und Pilau zugezogen, weil du seine Wahl nicht angenommen hast.

Tirla kämpfte sich frei. »Wahl? Ich bin nichts – warum sollte er mich wählen? Ich glaube, er hat nicht getroffen. Sag Bilala, daß ich glaube, er hat auf sie gezielt und daneben getroffen. Doch in bezug auf das, was er gesagt hat, habt ihr nichts verpaßt. Dieser Lama-Schamane hat nur sinnlose Silben ausgespuckt. Nicht ein richtiges Wort in irgendeiner Sprache. Sogar in seinem Kopf hat er keine echten Wörter verwendet. Er hat es nicht absichtlich getan. Er ist ein Scheinheiliger und kein Heiliger. Es war alles nur Show, damit das Gesundheitsamt Linear G durchkämmen konnte.«

»Wie ist das möglich?« Mirda war perplex. »Nein, es ist nicht möglich. Nicht bei den Händlern, die mit all ihren Waren da waren, und manches davon sollte die RuO nicht bei ihnen entdecken. Und gewiß nicht, wenn Yassim und alle Diebe, Schläger und Killer, die für ihn arbeiten, auch da waren. *Sie* hätten es gewußt. Vielleicht war das Band für Bilala gedacht, wie du gesagt hast. Sie hatte auch das Gefühl, daß es ihr gebührte, verstehst du, weil sie es verdient hat. Eine Frau die ihrem Ehemann jedes Jahr ein Kind geboren hat. O weh, und jetzt haben sie ihr das genommen und ihm seinen Stolz. Er wird es ihr bis ans Ende ihrer Tage nicht verzeihen.« Mirda schlug sich auf die Brust, und Tirla nutzte ihr Abgelenktsein, um sich zu verdünnisieren.

Dann hatte Yassim also Kinder aus G geschnappt und nicht für sie bezahlt. Und sie hatte gebundene Kredite, die sie nicht für ihn hatte waschen können und ihm besser zurückgeben sollte. Wenn er genug Kinder hatte, würde er sie, wenn sie Glück hatte, wieder laufen lassen.

Es war falsch von Bilala, sie zu hassen. Tirla wünschte sich, sie hätte Mirda gefragt, ob noch weitere ihrer Kunden es taten. Es war lebenswichtig für Tirla, mit allen in Linear G auf gutem Fuß zu stehen. Sie war ja auch illegal. Bilala oder Pilau könnten erbost genug sein, um sie zu verpetzen, sozusagen als Rache für den Verlust ihrer eigenen Kinder. Es sei denn …

Es sei denn, sie würde es schaffen, einen Preis für die Kinder auszuhandeln, die Yassim in die Arme gelaufen waren. Sie wußte, wo er solche »Waren« aufbewahrte. Es würde davon abhängen, welche Kinder er eingefangen hatte.

Sie schlüpfte in einen Seitengang, wo sie sich umsah, um sicherzugehen, daß sie nicht beobachtet wurde, und zog an dem Gitter vor einem Leitungsrohr. Es rührte sich nicht, und sie sah, daß die Schrauben ersetzt worden waren. Sie tastete die Innenseite des Gitters ab, um sicherzugehen, daß keine Drähte oder Augen vorhanden waren, aber dies war eine kleine Öffnung, eine, die nur ein sehr kleines oder dünnes Kind benutzt haben könnte, und war deshalb nicht präpariert worden. Sie holte das Vibra-Messer heraus, das sie für irgendeinen längst vergessenen Gefallen bekommen hatte, und schraubte zwei Schrauben ab. Dann kletterte sie in das dunkle Leitungsrohr.

Carmen war verzweifelt. *Gerade als ich sie gut angepeilt hatte – oder dachte, ich hätte es –, ist sie wieder in die Dunkelheit verschwunden. Nein, warte Sascha, jetzt ist Licht um sie herum. Sie ist in irgendeinem engen Tunnel.*

Sascha: *Sie verwendet die verdammten Leitungsrohre wie U-Bahn-Tunnel. Der Grundriß von G wird mir noch nächstes Jahr von meinem Bildschirm entgegenstarren, wenn wir so weitermachen.*

Carmen: *Denk doch mal daran, wie gut du das Innenleben eines Wohnkomplexes dann kennen wirst.*

Sascha: *Danke. Bleib unserem Maulwurf auf der Spur.*

Carmen: *Warte mal, Sascha. Ich glaube, sie verläßt Linear G.*

Sascha, verblüfft: *Wie kann sie?*

Carmen: *Sie ist in einem U-Bahn-Tunnel. Rotes Licht. Nur in den Tunneln für Güterzüge werden rote Lichter verwendet, nicht wahr?*

Sascha: *O mein Gott, in welche Richtung ist sie gegangen?*

Sascha, hier ist Cass. Mirda Khan wurde gerade gesehen, wie sie mit unserer Zielperson gesprochen hat. Khan beharrt darauf, daß das Mädchen ihr entwischt ist. Ich glaube das, wenn Fische fliegen.

Sascha: *Worüber haben sie gesprochen?*

Die Veranstaltung, Flimflam, Yassim. Khan ist in Panik geraten, und das, was sie sagt, ergibt nicht viel Sinn. Sie hat Angst – da ist plötzlich ein richtig dicker Batzen Schuld, Furchtsamkeit, vor allem Angst. Um sich und nur ein bißchen um Tirla.

Sascha: *Boris! Unsere Zielperson könnte sich in eines von*

Yassims Territorien im Gewerbegebiet wagen. Alarmiere deine Leute.

An seinem Schreibtisch im Büroturm des parapsychologischen Zentrums plagte Sascha Roznine ein ganz spezieller Frust. Abgehärtete Kriminelle waren einfacher zu fangen als eine präpubertäre Göre, die halb so alt aussah, wie sie wirklich war. Und was, um alles in der Welt, tat das Kind in Yassims Territorium? Sie hätte besser daran getan, in ihr streng geheimes Schlupfloch zurückzukriechen. Ihn peinigten Erinnerungen an die Bilder von Kindern, die bei lebendigem Leibe seziert worden waren.

KAPITEL 10

Barschenka schrie Zeter und Mordio, als sie informiert wurde, daß sie in der Woche, die es dauern würde, die Monsun-Überschwemmung einzudämmen, auf ihre stärksten Telekineten verzichten mußte. Sie bezichtigte die Talente zuerst der Meuterei, dann des großen Diebstahls, wurde aber von ihrer eigenen Padrugoi-Behörde zum Schweigen gebracht, die darauf hinwies, daß die Talente das Recht hätten, sich um größere Desaster zu kümmern, was die Flutkatastrophe in Bangladesch unbestreitbar war. Zudem war der Pilot ein Freiwilliger außer Dienst, und die *Erasmus*, die er nach Padrugoi zurückgeflogen hatte, sobald Woomera ihm eine Starterlaubnis erteilt hatte, war nicht beschädigt worden.

Massive Bemühungen, die Dämme zu verstärken, und sorgfältige Manipulationen an den Barrieren und Deichen verhinderten, daß der Ganges den südlichen Teil von Bangladesch in eine riesige, von Bogra bis zum Meer reichende Lagune verwandelte. Dennoch mußten ganze Städte evakuiert und Vorräte verlagert werden, was unter den katastrophalen Bedingungen sogar mit Telekinese schwer war. Chittagong und die südlich davon gelegenen Küstenstädte wurden zwar von den kanalisierten Fluten überschwemmt, aber nicht mit so verheerenden Folgen, wie es die Präkog vorausgesagt hatte. Die Talente hatten wieder einmal eine größere Naturkatastrophe verhindert.

Peter Reidinger schlief seinerseits bis in den späten Vormittag hinein, aber als Don Usenik ihn durchcheckte, schien ihm die enorme Gestalt-Kraftanstrengung nichts angehabt zu haben. Es gab indes keinen Zweifel, daß seine Leistung ihn verändert hatte: Er schwebte weder noch versuchte er zu gehen – er stolzierte, das Kinn hoch erhoben, ein leicht herablassendes Grinsen auf den Lippen.

»Wie hieß dieser Spruch doch gleich? ›Macht korrumpiert, und absolute Macht korrumpiert absolut‹?« fragte Sascha Rhyssa mürrisch in seiner Frustration über das entwischte Mädchen. »Er ist heute morgen unerträglich selbstgefällig.«

Dorotea stieß ein Schnauben aus. »Du solltest nicht überreagieren, Sascha! Er hat ein Recht darauf, stolz zu sein. Stolz über eine solche Leistung ist vollkommen normal, besonders bei einem vierzehnjährigen Jungen, dessen Bewegungsspielraum vor kurzem noch darauf beschränkt war, mit dem Mund einen Schalter umzulegen oder einem TRI-D zuzuzwinkern, um das Programm zu wechseln. Ziemlich berauschend, ein Land zu retten. Ich habe ihn beim Brunch recht ausgiebig gescannt, während er noch verschlafen war, und da ist nichts in seinem Geist, das nach Korruption riecht.« Sie grinste. »Ihm steht der Sinn nach einem größeren Generator, mehr Tollkühnheit und einer Menge Befriedigung.«

»Nimm's nicht so schwer, Saschabär«, sagte Rhyssa, aufmunternd lächelnd. »Oder erinnerst du dich nicht an einige der Tricks, die du und Boris in diesem Alter drauf hattet?«

»Ein Telepath kann nicht in die gleiche Art von Schwierigkeiten geraten wie ein Telekinet«, erwiderte Sascha, in finstere Gedanken an ein Mädchen versunken, das in rot beleuchteten Güterzugtunneln herumturnte. Was für ein Talent hatte sie?

»Peter hat einen ausgeprägten Integritätssinn, Sascha«, sagte Rhyssa. »Er ist empfindsam und sensibel. Wir müssen uns überlegen, *wie* wir ihn nach dem kleinen Wunder, das er vollbracht hat, wieder in die grausame Realität zurückbringen können.«

»In aller Regel hilft Ablenkung«, bemerkte Dorotea mit einem Funkeln in den Augen. »Ich habe diesen Trick oft bei meinen Schützlingen angewandt.« Sie zog die Nase kraus und seufzte. »Allzu oft.«

»Um ihn von seinem *Erasmus*-Stunt abzulenken, muß es aber etwas ziemlich Gutes sein«, sagte Sascha in einer für ihn uncharakteristischen gedrückten Stimmung.

Rhyssas wurde von dem Gespräch abgelenkt, weil sich Johnny Greene meldete. *Rhyssa, ihr habt einen G und H ausgerufen. Hatte das etwas mit der spektakulären Lande- und Startaktion in Dakka zu tun?*

Eines der Telefone auf Rhyssas Schreibtisch klingelte, und Sascha, der am nächsten daran war, hob ab.

»Ja, Dave? Nein, Rhyssa führt gerade ein telepathisches Gespräch. Kann ich Ihnen helfen?« Er hörte einen Augenblick lang zu und legte den Hörer dann auf. Sein Gesichtsausdruck war finsterer denn je.

Johnny, sagte Rhyssa, *es ist sehr kompliziert.*

Sascha: *Du hast noch nicht die Hälfte gehört, meine Liebe. Auch Dave hat schlechte Nachrichten für uns. Ludmilla behauptet, daß wir Schuld auf unsere unsterblichen Seelen geladen und absichtlich unser Register gefälscht haben.*

Johnny: *Vernon wird von allen Seiten unter Flakfeuer genommen – von der NASA, den Raumfahrtbehörden, der Padrugoi-Behörde …*

Rhyssa (zornig): *Erinnere Vernon daran, was die Telekineten in Indien getan haben. Sascha, sag Dave, er soll in seiner öffentlichen Stellungnahme sagen, daß die Talente, obwohl alles dagegen sprach, ihrer Verpflichtung zur Hilfe bei Notfällen nachgekommen sind. Und ich will Johnny und Dave so schnell wie möglich hier oben haben. Vor allem dich, Johnny.* Zu Dorotea sagte sie: »Ich glaube, Peters unmit-

telbare Illusionen von Grandeur werden einen gewalti-
gen Dämpfer erhalten.«

Boris schaltete sich in die telepathische Konferenz
ein. *Der Energie-Kommissar verlangt auch eine Erklärung
dafür, warum ein G und H gestern abend zu einem Stromausfall geführt und alle seine Stromreserven erschöpft hat,*
beklagte er sich. *Der Oberkommissar will viele Antworten
von uns. Sascha, hast du was von Tirla gehört?*

Sascha (erregt): *Nein!*

Vsevolod Gebrowski, dringlich: *Rhyssa, Barschenka ist
entschlossen, Kleinholz aus Ihnen zu machen! Und es gibt
nichts, was ich tun kann, um sie aufzuhalten. Ich habe ihr
von dem G und H erzählt. Ihre Telempathen haben ihr erklärt, daß dies ein Notfallcode für Talente ist, der keiner Erklärung bedarf. Das akzeptiert sie nicht.*

Rhyssa: *Sagen Sie Ludmilla von mir, daß sie viele Geheimnisse hat, die sie für sich behält, wie Bonusse bei vorzeitiger Fertigstellung und Strafen bei Verzögerungen. Ich
frage sie nicht, dann soll sie mich auch nicht fragen.*

Vsevolod: *Sie tut es aber. Ich warne Sie.*

Dorotea (hilfreich): *Amalda Vaden sieht diesbezüglich
nichts.*

Rhyssa: *Warum hast die sie in diese Sache hineinge-
zogen?*

Dorotea: *Ich denke, wir brauchen soviel Bestätigung, wie
wir kriegen können.*

Sascha: *Dave Lehardt, Gordie Havers und zwei hochran-
gige NASA-Generäle sitzen in demselben Heli wie Johnny.*

Rhyssa erinnerte sich, wie befriedigt Peter ausgesehen hatte, nachdem er die *Erasmus*-Krise so elegant bewältigt hatte. Sie stöhnte. »Er ist erst vierzehn.«

Carmen: *Sascha, ich habe sie angepeilt.*

Sascha stürmte wie ein Wirbelwind hinaus. *Viel
Glück!*

Rhyssa: *Das wünsche ich dir auch!*

»Peter ist weitaus reifer als die meisten Vierzehnjährigen, mit denen ich zu tun hatte«, sinnierte Dorotea. »Einschließlich dir«, fügte sie hinzu und bedachte Rhyssa mit einem tadelnden Blick. »Und er hat alle richtigen Instinkte für sein Talent.«

Tirla hielt sich *nicht* gerne in den Güterzugtunneln auf. Das rote Licht war unangenehm. Die einzige Möglichkeit, um zu dem geheimen Versteck zu gelangen, das Yassim zur Lagerung seiner »Ware« verwendete, war indes, einen Güterzug zu benutzen, der die automatisierten Industriekomplexe am ganzen Flußufer belieferte – einen Zug, der in das Gewerbegebiet J fuhr. Dann würde sie zu dem richtigen Anschlußgleis laufen müssen. Auf der rechten Seite des Tunnels gab es in bestimmten Abständen Notnischen, in die sich flüchten konnte, um nicht von vorbeifahrenden Zügen zermalmt zu werden. Unbelebte, hirnlose Dinge wie Güterzüge ängstigten sie nicht. Lebende, hirnlose Dinge wie einige von Yassims Killern und Schlägern taten es dagegen.

Sie wartete fast eine Stunde lang hundert Meter von dem gähnenden rot-schwarzen Maul des G-Tunnels entfernt, ehe ein J-Zug kam. Er mußte seine Geschwindigkeit drosseln, wenn er die Weiche zum anderen Gleis erreichte. Somit war es kein Problem für eine agile Person wie sie, auf den ersten Wagen aufzuspringen, nach einem guten Halt zu suchen und sich für den Trip niederzulassen. Flach auf dem Bauch war sie auf dem Dach klein genug, daß mehrere Zentimeter Platz zwischen ihr und der gewölbten Decke des Tunnels waren. Sie verstärkte ihren Griff, als der Zug Geschwindigkeit aufnahm und unter ihr vibrierte. Ein übelriechender Wind – eine ekelerregende Kombination aus überheiztem Metall, Schmierfett und dem beißenden Gestank von Elektrizität – schlug ihr entgegen, und sie wandte ihr Gesicht ab.

Als der J-Zug seine Fahrt schließlich mit quietschenden Bremsen verlangsamte und nach links zu seiner Endstation, dem Frachtlager, abbog, machte sie sich bereit, um abzuspringen. Sie mußte neben den automatischen Code-Lesegeräten, die die Kisten öffneten und die Waren aussortierten, die von der Ladung ausgeliefert werden mußten, landen. Doch sie hatte das schon vorher ohne Probleme bewältigt, und es gelang ihr wieder. Sie ließ sich geschmeidig fallen und rannte den schmalen Steg an den verschiedenen Rutschen und sich bewegenden Rampen vorbei, über die die Güter entladen wurden.

Als sie in dem engen Tunnel zur ersten Kurve kam und die letzte der roten Lampen hinter sich hatte, benutzte sie ihre Taschenlampe, froh darum, daß sie erst letzte Woche eine neue Batterie dafür ergattert hatte. Dem schwachen Lichtstrahl folgend, der ihren Weg beleuchtete, trottete sie gebückt dahin, bis ihr die Muskeln in Beinen und Armen schmerzten. Sie hockte sich hin und ruhte sich einen Moment lang aus, ehe sie weiterschlich.

Motiviert durch ihren starken Selbsterhaltungstrieb hatte Tirla einmal die Vorsichtsmaßnahme ergriffen, Yassims Kerker zu untersuchen – einen hinter einer falschen Wand aus Fässern verborgenen Raum auf der Rückseite einer automatisierten Fabrik, wo der Lärm der schlecht eingestellten Maschinen alle Schreie übertönte. Er versorgte die eingesperrten Kinder allerdings relativ gut, da die potentiellen Käufer sie sich über ein Überwachungssystem ansehen konnten. Den archaischen Scanner zu deaktivieren, würde für Tirla kein Problem sein, und sie kannte seinen genauen Platz in der Decke des Raums.

Die Kids waren fast zwei Tage da drinnen gewesen. Sie würden sicher ausgeruht sein und sich möglicherweise in ihrer neuen Umgebung, die schließlich eine erhebliche Verbesserung gegenüber den winzigen Wohneinheiten darstellte, ziemlich gut fühlen. Unter Umständen würden sie nicht gehen wollen. Sie wünschte sich, sie wüßte, welche Kinder sich Yassim geschnappt hatte – dann könnte sie austüfteln, wie sie sie dazu bewegen konnte, Yassims Gastfreundschaft lang genug zu entsagen, um ihn zu zwingen, ihren Eltern eine angemessene Abfindung zu zahlen.

Sie löste die Drähte an dem uralten Scanner, damit auf dem Bildschirm nur noch Schnee zu sehen sein würde. Dann hob sie das Gitter von der Deckenluke ab, kletterte hindurch und hing von der Decke über dem aufgeregten Geschnatter junger Stimmen.

»He, ihr da, kriegt euch wieder ein!« befahl sie in Basic. Sie wiederholte die Botschaft für jene, die langsam im Übersetzen waren oder beruhigt werden mußten. »Yushie, zieh eine Matratze hierher, damit ich sanft landen kann. Es ist ziemlich hoch.«

Während Yushi und sein jüngerer Bruder gehorchten, nahm sie eine schnelle Schätzung vor. Yassim mußte ziemlich zufrieden mit seinem Fang gewesen sein: vierundzwanzig Kids Güteklasse eins. Die Überreste von einer kürzlichen Mahlzeit sagten ihr, daß sie ein Problem weniger hatte – es war nicht wahrscheinlich, daß die Wachen bald wieder auftauchen würden –, aber das bedeutete auch, daß die Kids einen Grund weniger hatten, solch ein gemütliches Plätzchen zu verlassen. Warum auch – nur jeweils zwei Kids teilten sich ein Etagenbett, sie hatten alle neue Klamotten an, und die Mädchen waren so aufgetakelt wie ihre Mütter.

»Hat Yassim schon welche von euch weggeholt?« fragte Tirla. Sie verlieh ihrer Stimme zitternde Dringlichkeit und riß mit echter Angst die Augen auf. »Ich bin so schnell hergekommen, wie ich konnte!« fügte sie hinzu, damit implizierend, daß sie vielleicht nicht schnell genug gewesen war.

»Ähm?« Yushi war gut darin, Befehle auszuführen, aber nicht im Denken.

»Sie haben meine Schwester mitgenommen!« Plötzlich verzog sich das angemalte Gesicht der kleinen Mirmalar zu einer weinerlichen Fratze. »Sie haben sie vor einer Stunde mitgenommen. Und sie hatte die schönsten Sachen an – orangefarben und braun mit Gold und neue Ohrringe ...«

»Oh, es tut mir so leid, Mirmalar. Ich habe mein Möglichstes getan, um rechtzeitig hier zu sein.« Als Tirla die weinende Siebenjährige in den Arm nahm, um sie zu trösten, konnte sie sehen, wie sich bei den anderen Panik breitmachte. Sie wurde wütender denn je auf Yassim. Es war eine Sache, Zehnjährige zu nehmen, aber nicht sieben und acht Jahre alte *Kleinkinder!* Welche perversen Schweine belieferte er?

»Was willste denn?« fragte Tombi, Bilalas ältester Sohn. Sein Gebaren war leicht aggressiv. Er knabberte an einem Schokoladenriegel. Nach den Schokoladenspuren in seinem Gesicht zu urteilen, war es nicht der erste.

»Wir müssen hier raus«, sagte Tirla, ließ Mirmalar los und tätschelte sie beschwichtigend. »Hier stinkt's aaaabartig.«

»Ach, du spinnst ja«, gab Tommy zurück, obwohl er den Kopf sofort zu der rudimentären Sanitäreinheit in der Ecke drehte.

»Sie haben Raina schon mitgenommen, und ihr seid auch alle irgendwann dran. Die Kacke ist am Dampfen. Ich bringe euch hier raus. Jetzt. Bevor noch mehr böse Männer kommen. Ihr Mädels wißt, was ich meine«, fügte sie hinzu und wackelte nachdrücklich mit dem Finger. Tombi und Dik kicherten. »Euch Jungs blüht das gleiche, und ihr wißt, daß ihr noch zu klein für so was seid.«

Tombi hörte auf, an seinem Schokoladenriegel zu knabbern, und schaute argwöhnisch zur Tür.

»Klar füttern sie euch gut durch, bis euch der Süßkram zu den Ohren rauskommt und ihr Bauchschmerzen kriegt«, sagte sie, ohne auf die Überreste der kürzlichen Mahlzeit einzugehen. »Dieser Ort ist dazu da, euch bei Laune zu halten, daß ihr nicht nach Mami und Papi schreit. Ihr werdet bald Rotz und Wasser heulen, und keiner wird euch je hören. Sie werden euch so oder so an die Wäsche gehen, und das ist das Beste, was dabei herauskommen kann. Ihr wißt, was eure Mütter euch gesagt haben. Ihr wißt, worauf ihr achten müßt.« Es gelang ihr, ihnen Angst zu machen – die jüngeren begannen zu weinen. Sie wollte nicht, daß sie so verängstigt waren, daß sie sich nicht mehr rühren konnten. »Yushi, Dik, Tombi, helft mir, die Betten zu verschieben. Wir bauen einen Tritt. Da oben ist Platz zum Stehen.«

»Ich geh nich«, sagte Tombi, sie widerborstig anstarrend. Er war schwerer und größer als Tirla, aber sie trat ihn so fest, daß er sich krümmte.

»Du gehst, weil deine Mutter mich geschickt hat, dich zu holen.« Tirla wußte, wieviel Angst Tombi vor Bilala hatte. »Also kommst du mit. Los, beweg dich! Und Weinen nützt dir auch nichts. Also hör auf damit. Du brauchst deine Puste zum Klettern und Laufen.«

Just in diesem Augenblick wurde ihr bewußt, welch ein ungeheuerliches Unterfangen es war, vierundzwanzig verängstigte und vielleicht unwillige Kids nach Hause zu bringen. Tirla gestattete es sich nur einen Moment lang, darüber nachzudenken. Sie mußte es tun – irgendwie – weil sie Linear G sonst verlassen müßte, und das wollte sie nicht. Linear G war ihr Zuhause. Sie hatte sich einen Namen dort gemacht, sie hatte ein Geschäft – sie war sicher dort. Nun, sicher genug, wenn sie für eine Weile untertauchte.

Sie schubste und bugsierte alle Kids in den Lüftungsschacht, trat das verräterische Bett um und legte das Gitter wieder auf. Jemand könnte denken, daß die Kids klein genug waren, um durch das Gitter abzuhauen, aber wo würden vierundzwanzig von ihnen *hingehen*?

Sie führte die Kids und gruppierte sie so, daß die größeren die kleinsten an der Hand hielten. Sie ließ Tombi als Aufpasser am Ende der Gruppe gehen, um ihm etwas Verantwortung zu geben, und Yushi in der Mitte. Er würde Befehle stets befolgen.

Die Entladeplattform mit ihrem unheimlichen roten Licht spendete ihr keinen Trost – sie wußte, daß einige Kids nicht in der Lage sein würden, auf die Wagen zu springen. Sie konnten natürlich den ganzen Weg zu G zurück auf den Schienen zurücklegen, aber es war ein langer, langer Fußmarsch, und jedesmal, wenn ein Zug heranbrauste, würden sie in Gefahr sein.

Nun, vielleicht konnten sie alle eine Station zu I zurückgehen und so tun, als hätten sie sich in diesem industriellen Komplex verlaufen. Es war sicherer als in J zu bleiben. Oder war es das nicht? Vielleicht würde sie einfach nur die älteren mitnehmen, die eher in Gefahr sein würden? Nein, sie waren alle in Gefahr, denn wer immer dablieb, aus dem könnten sie herauspressen, wer die anderen gerettet hatte. Vielleicht könnte sie die jüngeren an einem sicheren Ort verstecken und Hilfe holen … Mirmalars Vater betete seine Töchter an und würde alles tun, um die verbleibende Tochter zu retten. Und Yushis Vater war einer der stärksten Männer in G.

Die Vibrationen, die ihr verrieten, daß ein Zug nahte, alarmierten sie. Wieviel Zeit hatten sie, bis sie wußten, ob er nach J fuhr?

»Versteckt euch in den Tunneln! Schnell! Stellt euch auf die Simse. Sie nahm Mirmalar selbst an die Hand, weil das kleine Mädchen den Mund verzog und kurz davor war, wieder in Tränen auszubrechen.

»Ach, in den Güterzügen ist nie einer«, sagte Tombi.

»Yeah, und wie, glaubst du, kommen Yassims Leute hin und zurück? Die Kipper-Waggons sind groß genug für ein Dutzend Leute.«

Das brachte Tombi zum Schweigen und seinen Ruf bei den anderen Jungen ins Wanken. Tirla schob ihn zu einem Tunnel und zog Mirmalar hinter sich her.

Das Kreischen mißhandelten Metalls kündigte an, daß ein weiterer Güterzug aus dem Norden auf das J-Gleis rangiert wurde. Sie hatte nicht damit gerechnet, daß so bald einer kommen würde. Sie würde die Kids nie auf diesen kriegen, selbst wenn er tatsächlich in die richtige Richtung fuhr – es sei denn, es gab einen Kipper-Waggon.

Aber etwas war hier merkwürdig: Tirla sank das Herz, als sie bemerkte, daß auf der Plattform keine Fracht darauf wartete, auf den herannahenden Zug geladen zu werden. Wenn ein Güterzug hierherfuhr, *was* war dann der Grund dafür? Konnte Yassim einen Mann im Versandbüro sitzen haben? Konnte er wissen, daß sie seinen Käfig geleert hatte?

Der Zug bestand aus fünf Waggons. Zwei sahen wie leere Kipper-Waggons aus. Ohne Zeit damit zu verlieren, ein solch großes Glück zu hinterfragen, zog Tirla Mirmalar hinaus auf die Plattform.

»Schnell. Er wird nicht lange halten. Wir müssen alle rein.«

Sie waren deshalb alle auf der Plattform als der Zug hielt. Somit entkam keines der Kinder dem Schlafgas, das plötzlich entwich und alle einnebelte. Sie fielen wie verwelkte Blumen auf die kunststoffbeschichtete Ladefläche.

»Sie ist schon eine Marke«, sagte Sascha, als er und Carmen das Objekt ihrer intensiven Suche vorsichtig auf eine Matte legten und zudeckten. »Jesus, an ihr ist aber auch nichts dran.«

Carmen lächelte sanft und drehte den Kopf des schlafenden Kindes zu einer Seite, um nachzuschauen, wo die Haarsträhne herausgerissen worden war. Sie wollte die Stelle mit der anderen Hand berühren, hielt dann aber inne. »Sie ist nichts als Haut und Knochen, Sascha. Wir werden sie optimieren müssen.«

Sascha zog die Stirn kraus und sah sich um, wie die anderen Teammitglieder mit den anderen Kindern zurechtkamen. »Das müssen wir vielleicht gar nicht, Carmen. Boris und ich haben so ein Gefühl, was dieses Kind angeht.«

»Ich auch.« Carmen bedachte ihn mit einem höchst mysteriösen Lächeln.

Boris: *Habt ihr sie?*

Ja, Bruderherz, sie und die anderen. Sie hat die ganzen anderen Kids befreit. Sie muß genau gewußt haben, wohin sie mußte. »Ich frage mich, woher«, sagte Sascha laut.

Was, zum Teufel, ist in sie gefahren? fluchte Boris frustriert. Er und Sascha waren Carmens Richtungsanweisungen gefolgt, und während Tirla die Kids befreite, war diskret ein Team organisiert worden. Sie wußten, daß Yassim den Gewerbekomplex J für seine Machenschaften benutzte.

Sollten wir nicht herausfinden, wo sie gefangengehalten wurden? fragte Sascha.

Was sollte uns das jetzt noch bringen? Es ist nicht wahrscheinlich, daß er ein Versteck, das entdeckt wurde, wieder verwendet.

Er könnte es, wenn er denkt, daß die Kids auf eigene Faust entkommen sind. Kannst du dich darum kümmern? In Boris' Ton klang Hoffnung an.

Ich kann es versuchen.

Wenn es dir gelingt, hätten wir eine Handhabe mehr gegen Yassim, um ihn zu verknacken. Warum hat sie es getan?

»Laß uns Tirla aufwecken«, sagte Sascha zu Carmen

217

und griff nach der Sauerstoffmaske. »Wenn sie uns das Versteck zeigen kann, können wir dieser Operation etwas Gutes abgewinnen.«

»Das haben wir schon. Wir haben mehr gefunden, als wir gehofft haben, nicht wahr?«

»Ja und nein. Glaube mir, Carmen, es steht viel mehr auf dem Spiel als dieses wertvolle kleine Mädchen.«

Als Tirla die Augen aufschlug, war sie sofort auf der Hut, vorsichtig und gefaßt. Ihre dunklen Augen schossen hin und her, während sie die bewußtlosen Körper und den Arzt, der Schrammen und blaue Flecken mit Sprühpflaster behandelte, registrierte. Carmen bot ihr einen Stärkungstrank an und nahm demonstrativ einen tiefen Schluck davon, ehe sie Tirla den Becher gab.

Sascha, der behutsam versuchte, in den Geist des Mädchens einzudringen, konnte zuerst nur ihren unbezähmbaren Durst verspüren. Mit großer Selbstbeherrschung nahm sie zuerst einen ganz kleinen Schluck und ließ ihn im Mund herumrollen, ehe sie zügiger trank. Ihre funkelnden dunklen Augen blitzten ihn herausfordernd an. Er setzte sich in einer entspannten Haltung neben sie, die Hände um die angezogenen Knie, den Rücken an die Wand angelehnt.

»Tirla«, begann er. Er bemerkte ihre Überraschung. »Oh, du bist in G bekannt wie ein bunter Hund. Und für deine heldenhafte Befreiungsaktion werden dir nicht nur die trauernden Familien der Kinder dankbar sein.«

»Wie konnten Sie mich und die anderen hier finden?« Sie warf ihm und Carmen einen fragenden Blick zu und sah dann die Haarlocke, die Carmen noch immer als Talisman trug. Unwillkürlich tastete sie nach der kahlen Stelle auf ihrem Kopf. Ihre Schultern sanken nach vorne auf ihre schmale Brust, aber sie schirmte jegliche emotionale Reaktion in ihrem Geist sorgfältig ab. »Ich hab von Leuten wie Ihnen gehört. Sie haben mich gefunden, weil Sie die Haarsträhne von mir haben.«

»Es ist keine Hexerei, Tirla«, sagte Carmen sanft. Sie gab dem Mädchen die Strähne zurück. »Ich habe ein Talent, das es mir ermöglicht, vermißte Menschen und Gegenstände zu finden.«

»Ich wurde nicht vermißt.«

»Nein«, gab Sascha, anerkennend grinsend, im Plauderton zurück, »aber du hast gefunden, was in Linear G vermißt wurde.«

»Er hatte nicht für sie bezahlt.«

Carmen schnappte nach Luft. »Du meinst, wenn er für sie bezahlt hat, kann er sie wieder haben?«

»Klaro. Die Eltern leben von der Sozialhilfe. Sie brauchen das Geld für Extras, die man nur mit Floatern kaufen kann.«

Sascha war sich wohl bewußt, daß die offensichtliche Abgebrühtheit des Mädchens Carmen, die das Kind in einem ganz anderen Licht gesehen hatte, bekümmerte. »Du hast dadurch auch wieder bessere Karten bei deinen Kundinnen, die ziemlich wütend darüber waren, daß du bei der Veranstaltung so plötzlich verschwunden bist«, sagte er freundlich.

Tirla nickte einmal, während sie ihm die ganze Zeit unverwandt in die Augen schaute.

»Sie sind alle illegal, nicht wahr?«

Tirla hob ihre schmalen Schultern zu einem gleichgültigen Achselzucken. »Na logo, also kann es Ihnen doch egal sein, was mit ihnen passiert.«

»O nein«, sagte Carmen gequält. »Sie sind am Leben. Sie haben Rechte!«

Tirla warf ihr einen Blick zu, ehe sie fortfuhr, Sascha prüfend anzusehen. »Illegale Kinder haben keine Rechte.«

»Nur ihre Geburt war illegal, Tirla«, sagte Sascha. »Sie sind am Leben. Sie *haben* das Recht auf ein Dach über dem Kopf, auf Essen, auf Kleidung, auf eine Ausbildung und auf eine nützliche Beschäftigung. Sie haben nur nicht das Recht, sich fortzupflanzen.« Sascha wollte ihr die juristische Anomalie mit einfachen Worten erklären, als er erkannte, daß sie ihn bestens verstanden hatte. Sie war weitaus reifer als andere Kinder ihres Alters und hatte sich mit den Realitäten eines Lebens in den Wohnsilos gut arrangiert. Sie war keine Romantikerin wie Carmen. »Aber sie haben es nicht verdient, für die Art von Beschäftigung eingesetzt zu werden, die Yassim für sie im Sinn hatte.« Sascha erhaschte diese unmittelbare, flüchtige Spur von Angst, worauf die jungen Augen hart wurden und Haß aus ihnen funkelte. »Du magst Yassim also auch nicht.«

Wieder ein gleichgültiges Achselzucken.

»Würdest du uns vielleicht helfen, ihn unschädlich zu machen?«

Sie war zuvor schon vorsichtig gewesen, aber jetzt schien sie sich förmlich in sich selbst zu verkriechen. »Sie sind nicht von der RuO. Warum wollen Sie Yassim auffliegen lassen?«

»Nein, ich bin selbst nicht von der RuO, aber wir haben einen Kontaktmann dort. Und der ist sehr daran interessiert, Yassim dingfest zu machen.«

Tirla stieß ein leises Schnauben aus. »Jemand wie Yassim kauft sich jedesmal frei, wenn die RuO ihn am Schlafittchen hat. Er hat mächtige Freunde. Die RuO kann ihm nie was beweisen.«

»Wünschst du dir, daß die RuO es könnte?«

Sie zögerte kurz und warf ihm dann einen ehrlichen Blick zu. »Es wird immer Männer wie Yassim geben, und ich könnte sehr gut ohne *ihn* leben, danke.«

Sascha hätte einiges darum gegeben, wenn er ihre Gedanken hätte lesen können, als sie diese Antwort gab. Tirla war weitaus tiefgründiger, als sie vermutet hatten. Sie saß da im Schneidersitz vor ihm, vollkommen gefaßt, wachsam – und verhandelte mit ihm, so als könnte sie jederzeit aufstehen und von der Bildfläche verschwinden.

»Ich will Yassim auch in der Versenkung verschwinden lassen, Tirla. Wirst du mir dabei helfen?«

Ein listiges Lächeln glitt über ihr Gesicht. »Was springt dabei für mich heraus?«

Carmen sog überrascht die Luft ein. Sascha übermittelte der Finderin besänftigende Gedanken und bat sie dringend, ihn die Situation auf seine Weise handhaben zu lassen. Er schnippte mit den Fingern und fächerte brandneue Floater-Noten aus.

»Wie haben Sie das gemacht?« Sie riß vor Überraschung und Entrüstung die Augen auf.

Sascha wendete seine telekinetische Gabe nicht oft an, aber dieser Trick war immer wirkungsvoll. »Du hilfst mir jetzt – und wir müssen schnell handeln, bevor Yassim entdeckt, daß seine Vögelchen ausgeflogen sind – und die hier gehören dir.«

Sie beäugte die Noten und kratzte sich beiläufig am Oberbauch. Sascha verkniff sich ein Grinsen, wohl wissend, daß sie überprüfte, ob ihre gebundenen Kredite noch da waren. Sie erwägte sein Angebot mit der Ernsthaftigkeit eines Informatikers.

»Dann gibt's da noch das kleine Problem mit deiner Legalität, Tirla«, fügte er sanft hinzu.

Boris knuffte ihn telepathisch. *Los, Bruder, wir haben keine Zeit für ein freundliches Plauderstündchen.*

Im Gegenteil, wir haben alle Zeit der Welt, Bruder. Dies ist eine starke Persönlichkeit und eine tiefgründige. Ich dränge sie nicht.

Dann komm endlich zu Potte.

Tirla strahlte ihn mit großen, unschuldigen Kulleraugen an. »Ich bin das einzige Kind meiner Mutter.«

»Aber nicht ihr legal registriertes Kind.«

»Woher wollen Sie das wissen?«

Sascha berührte ihr Haar. »Das hat es uns verraten. Aber wir können dieses kleine Problem schnell aus der Welt schaffen.«

Sie sah ihn mit zu Schlitzen verengten Augen an. »Dieses kleines Problem?« Sie schürzte zynisch die Lippen. »Sie müssen ja bei der RuO echt Vitamin B haben.« Sie überlegte und beobachtete schräg von der Seite Carmens Gesichtsausdruck. »Und die Floater kann ich auch behalten?« Ihr Ton war aufrichtig.

Sascha unterdrückte ein Grinsen. Legalität war die wertvollste Entlohnung, die er ihr anbieten konnte, und trotzdem juckten ihr noch die Finger, wenn es darum ging, ihn um das Geld zu erleichtern. Nicht, daß er ihr eine große Summe angeboten hatte, aber das Geld würde mehrere Monate lang für Extras reichen.

»Wenn du einschlägst, dann sollten wir den Deal jetzt besiegeln!« sagte er. Sie spuckte in ihre rechte Handfläche und hielt sie ihm hin. Ohne zu zögern, akzeptierte er den Deal mit diesem archaischen Ritual. Ihr Händedruck war ungewöhnlich fest für die Zartheit ihrer Knochen. Beim Körperkontakt mit der selbstbewußten und lebenssprühenden Persönlichkeit durchfuhr Sascha ein seltsamer Gedanke – eine Präkognition, die zu schnell wieder verflogen war, als daß er sie festhalten konnte.

Boris bekam eine Nuance davon mit. *Was hat sie mit dir gemacht, Sascha?*

Ich bin nicht sicher, Bruder, aber wir sollten diese Angelegenheit hier sehr, sehr vorsichtig handhaben. Ich möchte ein spezielle ID für Tirla, wenn wir zurückkommen. Hast du mich verstanden?

Ganz zu Ihren Diensten, mein Herr! Boris mochte spöttisch klingen, aber Sascha war froh, daß er mitspielte. *Halte dich an den Deal, aber ich will diesen Wildfang unter Kontrolle haben.*

Nachdem der Handel besiegelt war, erhob sich Tirla

mit geschmeidiger Anmut und bog den Kopf zurück, um anerkennend zu Sascha aufzublicken. »Wie machen wir Yassim nun unschädlich?«

»Kannst du mich an den Ort führen, an dem er die Kinder festgehalten hat?« Als sie nickte, fuhr er fort. »Wir wollen alles so arrangieren, daß die Kinder auf eigene Faust geflohen wären.«

Tirla schnaubte verächtlich. »Ich mußte ihnen Angst einjagen, um sie überhaupt zur Flucht zu bewegen. Ich mußte ihnen solche schlimmen Dinge sagen. Obwohl, es war alles nur zu wahr.«

»Woher sollte Yassim wissen, daß sie alle gefügig waren? Es muß nur so aussehen, als ob sie ausgebrochen wären. Daß einer der Bewacher sie nicht richtig eingeschlossen hat.«

Sie erwägte das. »Ja, das könnte passiert sein. Sie hatten gerade erst Essen gebracht.« Sie warf ihm einen gewitzten, anerkennenden Blick zu. »Sie werden kriechen müssen.« Das schien sie zu amüsieren.

»Diesen Tunnel hinauf?«

Sie nickte und schaute ihn dann über die Schulter an. Das erste Mal verriet ihr Blick etwas Beklommenheit. »Was geschieht mit den Kindern?«

»Sie können weiterschlafen, bis wir zurückkommen«, erwiderte er. »Wir müssen jetzt los.«

Sie führte ihn in den Tunnel, und er mußte in der Tat kriechen. Er fragte sich, wie sie bei ihrem ersten Ausflug zurechtgekommen war, bis er den kleinen Lichtkreis sah, der ihre Schritte lenkte. Sie war so höflich, nicht schneller zu gehen, als er ihr folgen konnte, und er hatte Zeit nachzudenken: Sie mochte keinen Hauch telempathischer Fähigkeiten haben, oder vielleicht war sie zu vorsichtig, um den Schutzschild, der sie in ihrem jungen Leben so lange beschützt hatte, herunterzulassen, aber es stand außer Frage, daß sie beträchtliches Talent besaß.

Sie blieb am Ende des Tunnels stehen und wandte

sich zu ihm um. »Sie passen nicht durch die Deckenluke, durch die ich in den Raum geklettert bin, aber wenn Sie wissen, wie sich diese Schutztür öffnen läßt, ist das ein einfacherer Weg zu dem Raum, in dem er die Kids gefangen gehalten hat.«

Sascha nahm den Decoder vom Gürtel und entschlüsselte den Code zum Öffnen der Tür. Sich Tirlas stoßweise gehenden Atems bewußt, öffnete er die Tür vorsichtig und lauschte – auf einer anderen Ebene als Tirla, die an der unteren Hälfte der Türöffnung kniete. Der Geräuschpegel und die Komplexität des Lärms waren für eine automatisierte Industrieanlage angemessen. Er spürte nichts Menschliches, aber es war Tirla, die zuerst durch die Tür schlüpfte. Er öffnete sie weit genug, damit er hindurchpaßte, und schloß sie vorsichtig hinter ihnen.

Obwohl die Industrieanlage nur hier und da von den grünen Betriebsleuchten der Maschinen beleuchtet wurde, bewegte sich Tirla sicher. Sascha wäre direkt an der falschen Wand vorbeigegangen, aber sie ging zielsicher zu der verborgenen Tür und wies mit ihrer Taschenlampe auf den Verriegelungsmechanismus. Sie warf ihm einen fragenden Blick zu.

»Elektronisch, hoffe ich?« murmelte er, und sie nickte.

Er decodierte den Öffnungsmechanismus, und die Tür schwang auf, um den Blick in den verlassenen Raum, auf die derangierten Betten und den Tisch mit den leeren Essensschachteln freizugeben. Sie zog die Tür hinter ihnen zu und warf ihm einen mißbilligenden Blick zu, weil er so unbedacht eingedrungen war.

»Wie hast du sie herausgeholt?« fragte er.

Sie deutete auf das dunkle Quadrat der Deckenluke.

»Gute Arbeit.« Er schob das Etagenbett wieder an seinen Platz und klebte ein winziges Gerät auf die Wand dahinter. Dann blickte er sich um. Der Raum war von Gerüchen erfüllt, die nicht alle identifizierbar waren. »Ich glaube, es ist besser, wenn du die Regie für diese Fluchtshow übernimmst. Laß es so aussehen, als hätte es ein Kind getan.«

Tirla schürzte spöttisch die Lippen. »Keines von ihnen hätte es getan!«

»Eins zu null für dich, aber damit wir Yassim eine Falle stellen können, sollte es so *erscheinen*.«

Mit halb geschlossenen Augen erwägte Tirla das Problem. Sascha wartete geduldig. Er wünschte sich, er könnte in ihren Geist eindringen und ihren Gedankengang verfolgen.

»Okay«, sagte sie schließlich und führte ihn durch den Raum in eine Ecke, wo zurückgelassene Kleidungsstücke lagen. Sie machte sich daran, Fetzen von mehreren Kleidern zu reißen. Ihre Hände fanden clever die Bruchstelle in einer Naht oder einem Saum, an der der Stoff einreißen würde. »Es wird einen Kampf geben …« Sie zog die Matratzenschoner von zwei unteren Betten und die schmutzigen Decken von zwei oberen. Sie ging in die Ecke zurück und sammelte mit Hilfe eines Hemds einige der Schachteln und Essensreste ein, ehe sie den Schminktisch umstieß. »Jetzt öffnen wir die Tür gerade weit genug, daß Kids hindurchpassen, und hinterlassen Spuren. Kommen Sie raus, ich werde die Tür einfach etwas weiter schließen. Jetzt lassen Sie auf halbem Weg bis zu dieser Wand Zeug fallen. Dann gehen Sie im Kreis. Ich gehe hier lang. Wir treffen uns an der Schutztür wieder.«

Er tat, wie ihm geheißen, und begegnete ihr in der Industrieanlage wieder, in der es in der Dunkelheit knisterte und klapperte.

»Soll ich die schließen?« Sascha hielt die Tür offen.

»Ja.«

»Aber wie kann Yassim dann wissen, wie sie rausgekommen sind?«

»Sie sind nicht da, oder? Und die Käfigtür ist offen.« Sascha sah, wie sie die Achseln zuckte, und fühlte ihr boshaftes Lächeln eher, als daß er es sah. »Warum sollten wir es ihm einfach machen?«

Als sie die Ladeplattform endlich wieder erreichten, protestierten Saschas Muskeln gegen ihre Mißhandlung. Das Team hatte die Kinder in die Waggons gelegt, und die Plattform war voller Fracht, die transportiert werden sollte.

»Das hast du gut hingekriegt, Sascha«, sagte der Teamleiter zu ihm. »In zwei Minuten kommt hier ein Güterzug durch. Wir dürfen den Zugverkehr nicht behindern.«

Tirla zog Sascha energisch am Ärmel. »Meine Floater.«

Er gab sie ihr mit einer Hand und mit der anderen griff er sie am Handgelenk. »Keine Tricks jetzt. Wir können noch weitere Deals miteinander machen. Wir reden darüber, wenn wir wieder in G sind.«

Sascha wußte nicht, ob es ihre Überraschung war, die es ihm ermöglichte, sie festzuhalten, oder ob sie bereitwillig mit ihm kooperierte. Doch sie stieg vor ihm in den Waggon, während er versuchte, ihr mit seinem Griff nicht die zarten Knochen zu brechen.

Fahren Sie los! sagte er zum Fahrer und spürte, wie er bei der Anfahrt des Sonderzugs gegen die gepolsterte Wand des Waggons gepreßt wurde.

»Bringen Sie uns alle nach G?« Ihr Ton war beiläufig.

»Das ist es doch, was du wolltest, oder? Die Kids nach G zurückbringen?«

»Ich habe meinen Part unseres Deals erfüllt.« Ihre Stimme hatte einen Unterton von Protest.

»Ich werde meinen auch erfüllen. Wenn wir wieder in G sind. Und dann sehen wir weiter.«

Sie schwieg lange Zeit, um das zu überdenken.

KAPITEL 11

Peter versuchte dem Wetterbericht des TRI-D-Meteorologen zu folgen. Das Wetter spielte offenbar weltweit verrückt, und Bangladesch wurde am schlimmsten davon gebeutelt. Es fiel ihm schwer, sich zu konzentrieren, wenn er spürte, daß ein »Problem« in der Luft lag. Er *wußte*, daß er nichts falsch gemacht hatte. In der Tat wußte er, daß er etwas höchst Außergewöhnliches vollbracht hatte, auf das er wirklich stolz war. Doch es war schwer, sich keine Sorgen zu machen. Er konnte die diffuse Ängstlichkeit spüren, die Rhyssa, Dorotea und Sascha ausstrahlten. Er hätte Dorotea nicht um einen größeren Generator bitten sollen. In dem Augenblick, in dem er die Worte ausgesprochen hatte, wußte er, daß er einen falschen Zeitpunkt dazu gewählt hatte. Aber er hatte *bewiesen*, was er mit genügend Energie zur Verstärkung der Gestalt tun konnte, und 4,5 kpm kamen ihm jetzt wie läppischer Kinderkram vor.

Kinderkram! Peter grinste in sich hinein und gab dem 4,5er einen kleinen Schubs. Er heulte gehorsam auf. Wie ein Hund. Und wer sagte denn, daß er noch in den Kinderschuhen steckte? Auch wenn er erst vierzehn war, hatte er schon genügend Talentdisziplin erworben und genügend Beispiele dafür gesehen, welche Art von Menschen Talente waren, um zu erkennen, daß er den Gipfel längst erreicht hatte. Man erklomm keine Berge, wenn man nicht laufen konnte. Rhyssa, Sascha und Dorotea hatten ihn während des gesamten *Erasmus*-Vorfalls unterstützt, bereit, ihm zu helfen, bereit, zu verhindern, daß er sich bis zur totalen Erschöpfung verausgabte. Und das hatte er sich nicht. Aber vielleicht war es ja auch nicht dazu gekommen, *weil* sie dagewesen waren, um ihn zu beschützen? Denk mal *darüber* nach, Petey-Junge, und schrumpfe deine angeschwollene Birne wieder auf Normalgröße. Es gibt noch eine Menge Dinge, die du noch nicht tun *kannst*.

Er goß sich noch ein Glas Orangensaft ein und brachte es ins Wohnzimmer, als der Nachrichtensprecher ankündigte, daß die Shuttles mit den Lieferungen für Padrugoi wieder einmal wegen schlechter Wetterbedingungen nicht starten konnten. Auf dem Bildschirm erschienen vier Raumschiffe, die senkrecht in ihren Abschußrampen standen und auf günstige Startbedingungen warteten, um Material nach Padrugoi zu bringen, das dringend benötigt wurde, damit das wichtigste Weltprojekt rechtzeitig abgeschlossen werden konnte.

Die Talente helfen bei diesem Projekt mit, dachte Peter mit einem kleinen Anflug von kollektivem Stolz. Er überlegte gerade, wie groß der Generator sein müßte, den er bräuchte, um ein Shuttle sicher durch das schlechte Wetter zu bugsieren, als der Nachrichtensprecher zu einem Bericht über die Flutkatastrophe in Bangladesch überleitete. Es gab keine Szenen, die die Talente bei ihrer Arbeit zeigten. Statt dessen sah er herumeilende Teams von Ärzten und Rettungsdienstmitarbeitern. Es wurde auch nicht erwähnt, wie genau die *Erasmus* so sicher in Dakka gelandet war. Er hatte nicht wirklich erwartet, öffentlich erwähnt zu werden. Doch man könnte meinen, daß ein Kommentar darüber angebracht gewesen wäre, daß Talente unter den katastrophalen Monsunbedingungen ihr Leben riskierten. Zugegeben, die Ergebnisse ihrer Arbeit wurden gezeigt, aber irgendwie schien das nicht genug zu sein.

Rhyssa und Dorotea ließen immer wieder durchblicken, wie wichtig es war, den Leuten die Leistungen der Talente nicht unter die Nase zu reiben. Die Menschen konnten es nicht ertragen, wenn es andere gab, die »besser« als sie waren. Die Talentierten mußten immer diskret sein. Die Art, wie seine Mutter ihn anschaute, war der beste Beweis dafür! Peter zog eine Grimasse. Seine eigene Mutter hatte jetzt Angst vor ihm. Als er vollkommen hilflos gewesen war, war sie so gut zu ihm gewesen, hatte ihn besucht, in den Arm genommen, geküßt und ihm immer etwas mitgebracht: einen Fax-Clip über seine heißgeliebte Baseballmannschaft, ein paar ihrer selbstgebackenen Kekse, einen Blumenstrauß. Wenn sie ihn jetzt besuchte, umarmte sie ihn nicht. Sie saß stocksteif auf dem Stuhl und versuchte, ihn nicht anzusehen, während er ihr so gerne zeigen wollte, was sein Talent ihm ermöglichte.

Wenn Mum da war, verdoppelte er seine Bemühungen, scheinbar normal zu laufen und Dinge richtig zu tragen, damit sie keinen Schreck bekam. Wie oft hatte sie gesagt, daß sie jede Nacht darum betete, ihren Petey auf den Beinen und herumlaufen zu sehen? Und jetzt *sah* sie ihn nie an. Sie erwähnte seine Baseballmannschaft nie mehr. Nicht, daß er je wieder Sandplatz-Baseball spielen würde ... Dann grinste Peter und dachte daran, für wie viele Homeruns er sorgen könnte und wie schnell er über die Male rennen könnte. Vielleicht könnte er der Werfer werden, der er immer hatte sein wollen ... Sein Fastball würde *sensationell* sein! Selbst wenn er nur den 4,5er verwendete!

Aber über dieser Art von *gewöhnlichen* Dingen fühlte er sich jetzt erhaben. Wenn man Shuttles durch die Gegend bewegen konnte wie Spielfiguren, befriedigten einen *gewöhnliche* Leistungen nicht mehr.

Er nahm einen Schluck von seinem Orangensaft. Allerdings fühlte er sich nicht über *allen* gewöhnlichen Dinge erhaben. Einige sehr gewöhnliche und äußerst häusliche Tätigkeiten – wie zum Beispiel sich einen Orangensaft zu holen, wenn er Durst hatte – waren auf eine besondere Weise sehr viel wichtiger als das, was er mit der *Erasmus* getan hatte.

Er schickte das leere Glas in die Küche zurück, spülte es aus und stellte es umgekehrt auf das Abtropfgitter.

Er mußte die Dinge aus der richtigen Perspektive betrachten. Es war wichtiger, die Freiheit zu haben, kleine Dinge tun zu können, und die *Möglichkeit*, größere Dinge zu bewerkstelligen. Doch, Jesus, es war ein wundervolles Gefühl gewesen, all diese Energie zur Verfügung zu haben und etwas damit zu tun, das niemand sonst hätte tun können – als gerade Not am Mann war.

Das TRI-D zeigte Fluten, die gehorsam von einer kleinen Stadt und den sie umgebenden Feldern wegflossen. Die Sandsäcke und Barrieren entlang des reißenden Stroms erweckten den Eindruck, als hielten sie stand, aber Peter konnte die feinen Anzeichen für telekinetische Kräfte erkennen. Er fragte sich, welches Talent am Werk war. Rick Hobson? Baden? Jetzt wäre er in der Lage gewesen einzugreifen, wenn er Zugriff auf einen Generator gehabt hätte. Er setzte sich, um aus der Sendung soviel wie möglich über die Kontrolle von Überschwemmungen zu lernen. Das nächste Mal würde er zur Stelle sein, um zu helfen. Der 4,5er war schließlich tragbar.

Er wurde von Rhyssas mentalem Ruf aus den Gedanken gerissen. *Peter, würdest du bitte zu mir ins Büro kommen?*

Klar! Er zapfte den Generator kurz an und flog hinaus zu Rhyssas Bürogebäude und durch die Vordertür. Er drosselte seine Geschwindigkeit kurz, um die Treppe zu meistern, und brachte die Füße auf den Boden, als er den mit Teppichboden ausgelegten Gang erreichte, der zu Rhyssas Büro führte. *Kein Thema!*

Angeber, sagte Rhyssa, die ihn an der Tür zu ihrem Büro erwartete, doch sie lächelte dabei. »Wir haben heute keine Berge für dich, die du versetzen kannst, aber es liegt Ärger in der Luft, mein Junge, es liegt Ärger in der Luft.«

Peter stolperte bei seiner Vorwärtsbewegung und korrigierte sich.

Ärger? Warum? Ich habe nichts falsch *gemacht!*

Ihre mentale Berührung beruhigte ihn wie immer. Dorotea war großartig: Sie behandelte ihn ungezwungen, so wie sie jedes ihrer Enkelkinder behandeln würde, und diese lässige Haltung erleichterte ihm viele Dinge. Doch Rhyssa war anders: Ihr Geist hatte so viel Tiefe – nicht, daß er die oberste Regel, die mentale Privatsphäre zu respektieren, mißachtete, aber er konnte nicht umhin, die Tiefe und Reinheit, die da war, zu spüren. Sie war auch die schönste Frau, die Peter je gesehen hatte, sei es im TRI-D oder anderswo. Und sie war so *gut!* Alles an ihr war strahlend und imposant. Sie vermittelte ihm ein Gefühl von Ganzheit und Stärke.

»Wir haben etwas einen Tick zu richtig gemacht«, sagte Rhyssa. »Und wir waren nicht ganz so diskret, wie wir hätten sein sollen.«

Für einen Augenblick verängstigt, tastete er sich vor, um herauszufinden, was genau sie falsch gemacht hatten.

Peter!

»Tut mir leid.«

Rhyssa, heftiger als Peter sie je gehört hatte: *Zum Teufel mit dieser Barschenka!*

»*Sollte* ich das hören?« Peter war verwirrt.

»Ja, soll Barschenka doch zur Hölle fahren!« sagte Rhyssa laut. Sie bedeutete ihm einzutreten, und schloß die Tür hinter ihnen.

Er erstarrte, als er die angespannte Atmosphäre spürte. Dorotea, die selten verstört war, bürstete imaginäre Fäden von ihrem Hausanzug. Die Dinge mußten wirklich schlecht stehen. Er wich schnell zur Seite aus, weil Rhyssa sonst in ihn hineingerannt wäre.

Dorotea: *Gut gemacht, Peter!*

»Dies ist eine Krisensitzung, Peter«, sagte Rhyssa und bedeutete ihm, sich zu setzen, während sie wieder auf ihrem Stuhl am Panoramafenster des Büroturms Platz nahm.

Peter wandelte zu dem bequemen Sessel, dankbar dafür, daß er sich automatisch an seine Sitzhaltung anpaßte.

»Vergiß niemals, wie stolz wir alle auf dich sind«, sagte Rhyssa und machte eine Geste, mit der sie das gesamte Zentrum mit einbezog. »Du hast mit deinem Talent echtes Neuland betreten.« Sie bedachte ihn mit einem verschmitzten Lächeln. »Und du hast die Direktorin dieses Zentrums daran erinnert, daß sie nicht zu selbstgefällig werden sollte.«

Ohne die Etikette zu verletzen, konnte Peter hören, was sie nicht laut sagte: Die Talente waren sehr glücklich über das neue Talent, die Nichttalentierten waren es nicht.

Dorotea: *Die Nichttalentierten reagieren immer negativ auf ein neues Talent, das wir nicht sorgfältig eingeführt haben. In diesem Fall auf dich!*

Rhyssa: *Wir machen etwas nicht richtig, Peter, ohne etwas falsch zu machen.* Peter spürte, daß da noch ein Hintergedanke war, aber erinnerte sich an seine guten Manieren und hielt sich zurück.

Dorotea: *Und wir müssen austüfteln, wie wir unsere Testmethoden verbessern können!* Sie räusperte sich geschäftsmäßig und zwinkerte Peter zu.

Er dachte insgeheim, daß definitiv etwas Schlechtes passieren würde, aber er war sich Rhyssas und Doroteas Liebe und Anerkennung sicher, und das war alles, was wirklich für ihn zählte.

»Wenn es gerade jetzt dein größter Wunsch ist«,

sagte Rhyssa und lächelte ihn mit diesem speziellen Augenzwinkern an, das sie für Peter reservierte, »den größten Generator auf der Erde zur Verfügung zu haben« – Peter errötete und schaute verlegen auf seine knochigen Knie hinunter – »dann ist es der größte Wunsch der Hälfte der industriellen Unternehmen auf der Erde *und* im Weltraum, dir ihren und ihren allein zu geben.«

Weltraum? Er konnte in den Weltraum? Er blickte überrascht auf und starrte sie an. Sie meinte bestimmt nicht *ihn*.

»Woher wissen sie von mir?« Er fühlte sich auf einmal ganz wehrlos. Sein Vater sprach immer über die Manager, die ungerührt zusahen, wenn ihre Angestellten sich zu Tode schufteten. Sie betrachteten einen Angestellten nicht als menschliches Wesen, sondern es ging ihnen nur darum, wie produktiv er war – ein kleines Rädchen in einem gigantischen Getriebe.

»Sie wissen nicht, daß *du* es bist«, sagte Dorotea.

»Das ist das Problem«, fuhr Rhyssa fort.

»Warum?« fragte Peter und dachte an *große* Generatoren.

»Um ehrlich zu sein«, sagte Dorotea, »du bist vierzehn, du hast gerade erst angefangen, dein Talent zu begreifen, und wenn wir dich vorzeitig großen Belastungen aussetzen, könntest du dich …«

»Zu sehr verausgaben«, beendete Peter den Satz, obwohl er insgeheim nicht dachte, daß er sich zu sehr verausgaben konnte – wenn er die richtige Energiequelle für alles, was er bewegen wollte, hatte. »Aber ich habe mich nicht zu sehr verausgabt …«

»Ohne deine Leistung im mindesten schmälern zu wollen, Peter, wir haben dich in jener Nacht streng überwacht«, fuhr Rhyssa fort. »Was *sie* für dich im Sinn haben, ist ein ganz anderes Paar Schuhe. In meiner Rolle als Direktorin des Zentrums muß ich dir sagen, daß es nie die Politik des Zentrums gewesen ist, Azubis auch nur Teilzeitarbeit zuzuweisen, bevor sie nicht mindestens achtzehn sind.«

»Sogar ich«, warf Dorotea ein und legte sich die Hand auf die Brust, »durfte nicht viel tun, bis ich achtzehn war!« Sie verzog das Gesicht. »Als Kind dachte ich, ich würde nur ein Spiel spielen, wenn ich ausprobierte, wer von den Leuten im Raum, die dachten, daß sie talentiert sein könnten, mich hören konnte.« Sie sandte Peter ein Bild von ihr, wie sie als blondgelockte Fünfjährige hübsch angezogen durch den überfüllten Rezeptionsbereich des Zentrums schritt.

»Aber ich habe *bewiesen*, was ich tun kann«, sagte Peter. »Und ich war der einzige, der die *Erasmus* landen konnte.«

»In dieser Situation geht es nicht um Richtig oder Falsch, Peter«, sagte Rhyssa, sich zu ihm beugend, mit einem traurigen Ausdruck in Augen und Gesicht. »Es geht nicht einmal um eine moralische Verpflichtung, Leid zu lindern und Desaster abzuwenden.« Dann öffnete sie ihren Geist für ihn, so daß er sich direkt in das derzeitige Problem hineinversetzen konnte.

Peter hatte natürlich gewußt, das die parapsychologischen Zentren die besten Telekineten nach Padrugoi hatten senden müssen, um dabei zu helfen, die Station rechtzeitig fertigzustellen. Er hatte indes die ganzen Affären, die unter der Oberfläche des sorgfältig bewahrten öffentlichen Images von Padrugoi abliefen, nicht mitbekommen, geschweige denn die Machenschaften von Ludmilla Barschenka, die die Kapitulation der Zentren erzwungen und sie durch einen Schachzug, mit dem sie im Grunde nur bezweckte, ihr Gesicht zu wahren, gnadenlos ihrer Telekineten beraubt hatte. Er schäumte vor Zorn, als er sah, daß diese Barschenka *seine* Rhyssa mit allen möglichen Attacken bedrohte, wo er es nun schwarz auf weiß hatte, daß Barschenka im Unrecht war. Und er war Teil des Problems. Nein, im Augenblick war er *allein* das Problem, weil Barschenka es auf ihn abgesehen hatte, um ihn ihrer Mannschaft von Talenten einzuverleiben.

»Und ich habe immer gedacht, daß es das Größte überhaupt wäre, auf der Station zu arbeiten«, sagte er langsam. »Es ist einfach nicht fair!«

»Nein, es ist nicht fair, Peter«, entgegnete Rhyssa, »aber die Talente wissen, daß die Fertigstellung der Station weit wichtiger ist als individuelle persönliche Belange. Die Station rechtzeitig fertigzustellen ist offensichtlich Ludmillas persönliches Ziel. Ich kann sie nicht dafür verurteilen, sondern nur für die Mittel, die sie anwendet, um ihr Ziel zu erreichen. Denn die Menschheit ist den Sternen durch ihre Leistung einen weiteren riesigen Schritt näher gekommen. Laß dich nicht zu sehr von Barschenkas Leichen im Keller beeindrucken. Es hat in der ganzen Geschichte der Menschheit keinen größeren Fortschritt gegeben, der nicht von einigen Problemen begleitet wurde.«

»Zum Beispiel, daß sie Leute ins All abdriften und sterben läßt, weil sie ihren Terminplan nicht einhalten könnte, wenn sie sie retten würde?« Peter war entsetzt.

»Darum haben wir uns gekümmert«, erinnerte Dorotea ihn.

»Mit Hilfe von Talenten, und jetzt denkt sie, sie kann mich anheuern?« Peter war so erregt, daß er über seinem Stuhl schwebte.

Dorotea, prosaisch: *Du driftest, mein Lieber.*

Peter setzte sich. *Nun, ich werde für eine Person wie sie nicht arbeiten. Und ihr werdet mich auch nicht darum bitten!*

»Das tun wir in der Tat nicht«, versicherte Rhyssa ihm. »Aber zuerst«, sagte sie mit einem Grinsen und Augenzwinkern, »müssen wir *ihnen* beweisen, daß du *du* bist! Wir haben uns alle Mühe gegeben, dich abzuschirmen, bis du mehr Kontrolle hast ...«

Wieviel Kontrolle brauche ich denn noch, wenn ich ein Shuttle auf der Erde herumbugsieren kann?

»Peter!« Trotz der Schärfe ihrer Stimme wußte Peter, daß Rhyssa über seine Empörung amüsiert, stolz auf seine Leistung und um seine Zukunft besorgt war, und zwar alles zugleich. Er zügelte seine Gedanken.

»Danke. Nun, wir wurden vorgewarnt, daß uns Besucher hohen Rangs und mit großem Prestige ihre Aufwartung machen werden. Wir wollten dich darüber informieren, daß du die Katze bist, die wir aus dem Sack lassen werden.«

»Ich würde eher sagen, er ist die Katze zwischen Kanarienvögeln«, sagte Dorotea mit einem sarkastischen Schnauben.

»Kanarienvögel? Kriegsfalken, Dorotea«, korrigierte Rhyssa sie und setzte sich an ihren Schreibtisch. Dann hörten sie alle das unverkennbare sichelnde Dröhnen eines großen Helikopters, der auf dem X vor dem Henner-Haus landete. »Peter, laß dich nicht von dem Affentheater beeinflussen. Es ist zu erwarten, daß es einige verletzte Gefühle und empörte Seelen geben wird. Schenke ihnen einfach keine Beachtung!«

Doch er konnte nicht umhin, die leisen Untertöne von Besorgnis zu hören, obwohl sie einen Dämpfer darauf gelegt hatten. Sie sorgten sich. Wegen ihm! *Um* ihn.

Ragnars Stimme erklang über das Intercom. Er war der diensthabende Ingenieur im Kontrollraum, und zwanzig Jahre im Zentrum hatten ihn gegen Rank und Prestige abgehärtet. »Rhyssa, hier ist ein Haufen Leute, die dich sehen wollen. Soll ich sie raufschicken?«

»Ja, ich erwarte sie, Ragnar.«

Sein »Hm« kam über den Lautsprecher, und Peter bemerkte Rhyssas leises Lächeln. Er bemerkte auch,

daß sie den Notizstift nervös in den Fingern herum-
drehte. Dorotea hielt den Rücken noch gerader und
schaffte es, nicht nur größer und imposanter, sondern
auch sehr, sehr königlich auszusehen.

Es klopfte höflich an der Tür, und Rhyssa drückte
auf den Summer. Der erste Mann, der ins Zimmer trat,
war, wie Peter erkannte, ein Telepath, und er übermittelte Rhyssa geheime Warnungen. Der zweite Mann,
der sehr groß und dünn war und gelehrt aussah,
starrte Peter direkt an und nickte. Er *wußte*, wer Peter
war, auch wenn Peter ihn nicht kannte, und er war
auch ein Telepath. Er stellte sich Peter höflich als Richter Gordon Havers vor.

Peter kannte den dritten Mann, Dave Lehardt, der
sich sofort neben Rhyssas Schreibtisch stellte und die
anderen anblickte, als sie nacheinander ins Zimmer
traten. Er machte seine Parteilichkeit sehr deutlich. Er
tauschte einen Blick mit Rhyssa und nickte kaum
merklich. Sie lächelte leise, und Peter spürte, daß sie
sehr froh war, Dave Lehardt so nahe bei sich zu haben.
Aber, wohl wissend, daß Dave kein Talent war, überraschte Peter der intime Kontakt. Er spürte einen Stich
von Eifersucht.

Die nächsten sechs Männer waren offensichtlich
wichtige Leute; vier waren in Uniform, und nur einer
von ihnen war talentiert. Letzterer wirkte sehr nervös
und sah abwechselnd Rhyssa und Dorotea an. Der
letzte Mann, der eintrat, gaffte Rhyssa auf eine Weise
an, die Peter sehr unbehaglich machte – er fragte sich
bei seinem Blick und seiner Art, ob er einer dieser Perversen war, vor denen ihn seine Mutter immer gewarnt
hatte.

Als Rhyssa alle aufforderte, Platz zu nehmen,
schnappte Peter Namen auf: Vernon Altenbach, der
Raumfahrtminister; der russische Offizier war General
Schewtschenko, der Padrugoi-Beauftragte, und trotz

237

der Metallkappe, die er trug, war seine überschäumende Aggression deutlich spürbar. Der Telempath war Andrei Gruschkow, und er tat Peter leid – er mußte seinem Arbeitgeber, dem General, gegenüber loyal sein, aber hatte das dumpfe Gefühl, daß er dadurch Verrat an den Talenten verübte. Es waren zwei NASA-Offiziere da, ein General und ein Colonel, und dieser Perversling war der weltberühmte Josephson-Technik-Spezialist – nebenbei auch noch ein malaysianischer Prinz –, der jene phantastischen Programme für den Luft- und Raumverkehr entwickelte. Peter mochte den Mann keinen Deut mehr, als er wußte, daß er ein Genie war, nicht, solange er Rhyssa anschleimte. Der Mann, der das Zimmer als erster betreten hatte, war Colonel John Greene, und Peter beobachtete mit einiger Ehrfurcht, wie der erfolgreichste EP-Pilot der Anfangszeiten des Pradugoi-Projekts einen Stuhl neben ihn, Peter Reidinger, stellte und ihn recht freundlich anlächelte. Colonel Greene schien der einzige zu sein, der lächelte. Sogar Richter Havers blickte ernst drein.

»Es wäre zwecklos, wenn ich behaupten würde, den Grund für ihren Besuch nicht zu kennen«, sagte Rhyssa ruhig. »Soll ich das Talentregister des Ostamerikanischen Zentrums aufrufen, damit Sie es überprüfen können?« fragte sie, ihre Finger über die Tastatur.

Peter sah sie voller Stolz an. Auf ihren Lippen lag sogar ein leises Lächeln. Und dieser Perversling schleimte sie weiter an.

Der russische General räusperte sich. »Wir haben es uns schon angesehen, Madam, aber wir glauben, daß Sie nicht alle telekinetischen Ressourcen, die Ihnen zur Verfügung stehen, angegeben haben.« Er legte den Kopf schief, um seinen Telempathen anzusehen.

»Andrej kann Ihnen gewiß versichern, daß unsere Deklaration ehrlich und vollständig ist. Wir haben nichts zu verbergen. Kein Talent tut das.«

»Andrej hat mir ferner versichert, Madame Owen«, fuhr der General umständlich fort, »daß bei den Wetterbedingungen, die an diesem Tag auf dem Flugplatz von Dakka herrschten, kein Telekinet auf der ganzen Welt, nicht einmal die zweiundzwanzig Telekineten, die an Bord waren, in der Lage gewesen wären, die *Erasmus* erfolgreich zu landen *oder*« – er legte eine dramatische Kunstpause ein – »sie wieder zu starten.« Seine Brust schien leicht abzuschwellen, als er seine Anklage losgeworden war.

»Ich war's«, sagte Peter. Er wollte die Sache so schnell wie möglich hinter sich bringen und diesen Schleimling aus dem Zimmer und weg von Rhyssa haben. »Ich meine, ich hab's getan.«

Das verblüffte Schweigen war schlimmer als laute Dementi. Dann begann Colonel Greene zu kichern, und Dave Lehardt fing an zu lachen. Er zwinkerte Peter zugleich anerkennend zu. Nicht einer der anderen Besucher schien im mindesten belustigt zu sein.

»Dann verraten Sie mir mal, junger Mann«, fragte Vernon Altenbach skeptisch, »wie Sie eine solche Meisterleistung vollbracht haben?«

Bleib bei den Tatsachen, Junge, den Tatsachen, sagte Rhyssa. Mentales Gelächter schwang in ihrem Ton mit.

»Nun, die *Erasmus* brauchte bei der Landung in Dakka Hilfe, weil die Telekineten dort bei der Verhinderung eines Desasters helfen *mußten*. Deshalb hat Rhyssa einen G und H ausgerufen – das ist ein Talent-Mayday – und ich konnte die Generatoren des Elektrizitätswerks an der East Side verwenden«, erwiderte Peter. Er verzog keine Miene, aber genoß die Ungläubigkeit der Nichttalentierten in seiner Zuhörerschaft; sogar der russische Telempath war voller Bewunderung, und Peter hielt sich noch gerader.

Dorotea: *Gut gemacht, Peter!*

Gordon Havers: *Im Zweifel ist Ehrlichkeit die beste Politik.*

Johnny Greene: *Sie sollten es lieber glauben, weil die anderen es nicht tun!* Er tätschelte Peter unauffällig das Knie.

»Du hast, so muß ich annehmen, ein telekinetisches Talent?« fuhr Vernon fort.

»Ja, Sir. Ich bin in der Ausbildung als Telekinet, aber ich kann nicht soviel tun, wie ich gerne würde, weil die Leute, die mich eigentlich ausbilden sollten, alle oben auf der Station sind.«

Rhyssa: *Trag nicht zu dick auf, Peter.*

Johnny: *Unsinn. Sie verdienen diesen Schlag unter die Gürtellinie.*

»Wieviel Ausbildung hast du denn dann gehabt?« fragte der General.

»Nun, Rhyssa und Dorotea tun ihr Bestes, aber sie sind Telepathen ...«

Rhyssa (trocken): *Danke schön!*

Gordon: *Er bleibt bei der Wahrheit.*

»Zu Anfang hat Rick Hobson mir geholfen«, fuhr Peter fort, »aber wir waren gerade erst mit den Grundlagen fertig, als er für das Pradugoi-Projekt zwangsverpflichtet wurde.«

»Die Talente wurden *nicht* zwangsverpflichtet«, widersprach General Schewtschenko energisch. »Sie haben sich freiwillig angeboten, bei der Fertigstellung des ersten großen Weltprojekts zu helfen.«

Peter stieß ein verächtliches Schnauben aus. »Wenn einem keine Wahl gelassen wird, dann wird man zwangsverpflichtet.«

»Und du erwartest, daß wir glauben, ein zarter Junge habe die *Erasmus* manipuliert?« Prinz Phanibal Shimaz schoß von seinem Stuhl hoch, baute sich vor Peter auf und wackelte ihm gebieterisch mit dem Finger vor der Nase herum. »Ich, Phanibal Shimaz, Prinz

240

von Malaysia West, weiß, daß dies unmöglich ist! Sag uns die Wahrheit, Jüngelchen!« verlangte er von oben herab zu wissen.

»Er hat die Wahrheit gesagt«, sagte Johnny Greene. Er erhob sich, um auf den viel kleineren Prinzen hinunterzublicken. Dave Lehardt und Rhyssa sprangen zornig auf, bereit, falls notwendig, einzugreifen.

»Wie Andrej mir bestätigt«, sagte General Schewtschenko mit barscher Stimme. »Sie überschreiten Ihre Befugnisse, Eure Hoheit.«

»Und ich werde beweisen, daß ich die Wahrheit gesagt habe«, fügte Peter hinzu und starrte den Prinzen an. Daß er mit der Josephson-Technik und Verkehrsflußdiagrammen Spielchen veranstalten konnte, die niemand anders beherrschte, machte ihn noch lange nicht zu einer Autorität, was Talente betraf. »Schauen Sie!« Peter hob den rechten Arm und wünschte sich, er hätte genug Kontrolle über seine Feinmotorik, um mit dem Finger auf ihn zu zeigen, aber das hatte er noch nicht ganz gemeistert.

Es war eigentlich kinderleicht für ihn, den großen Helikopter mit der Energie, die er dem Stromnetz des Zentrums entzog, anzuheben und vor Rhyssas Panoramafenster festzuhalten. So konnten ihn alle sehen – und auch sehen, daß sich die riesigen Rotorblätter in der Brise, die sein Aufstieg entfacht hatte, langsam drehten.

»Sei vorsichtig mit dem Helikopter, Peter«, sagte Johnny Greene, einer der wenigen im Raum, die den Augenblick genossen, freundlich. »Er ist Regierungseigentum.«

»Ich bin immer vorsichtig, Colonel Greene«, erwiderte Peter in euphorischer Stimmung. Macht zu haben war doch ein herrliches Gefühl. Es tat ihm fast leid, daß ihm nicht noch etwas Beeindruckenderes als Demonstration seines telekinetischen Talents einfiel. Und

Dorotea starrte ihn sowieso schon mit ihrem Genug-ist-genug-Blick an. Er setzte den Helikopter behutsam wieder auf dem Boden ab.

»Wie alt bist du, Peter?« fragte Colonel Greene, so als wären er und Peter die einzigen im Raum.

»Ich bin am achten September vierzehn geworden.«

»Und du kannst dich jetzt aus eigener Kraft bewegen?« fragte der Colonel.

Peter sah in den Augen des Mannes, daß er von dem wahren Ausmaß seiner Behinderung wußte.

»Ich war nach der Mission Nummer 21 selbst soviel« – er maß mit den Fingern zwei Zentimeter ab – »von einer Paraplegie entfernt«, fuhr Greene fort.

Peter erkannte, daß Colonel Greene ganz auf ihrer Seite war und es allen anderen klipp und klar zu verstehen geben wollte, daß Peters Talent tabu war. »Ich habe gelernt, meine Behinderung ganz gut zu kompensieren«, erwiderte er, und ein Blick zum Colonel sagte ihm, daß er die richtige Antwort gegeben hatte. »Rick Hobson hat mir wirklich geholfen. Wir hatten gerade erst angefangen, zu schwierigeren Dingen überzugehen, als er nach Padrugoi mußte.«

»Dann warst du Rhyssas magere Rumpfmannschaft? Du ganz allein? Colonel Greene lachte leise und blickte zum Raumfahrtminister hinüber.

»Ich bin eigentlich gar nicht mehr so mager.« Peter streckte die Arme und Beine aus und betrachtete sie objektiv. »Ich muß noch mehr Muskeln bekommen. Ich muß sie langsam aufbauen, wissen sie, und das braucht Zeit.«

Colonel Greene erhob sich. »Ich denke, das ist die Antwort, Gentlemen. Es braucht Zeit, Muskeln aufzubauen, Muskeln jeder Art, und du baust sie langsam auf, damit du länger etwas davon hast.«

»Einen Augenblick«, sagte Prinz Phanibal, der sich allmählich von seiner anfänglichen Überraschung erholte. »Das ist nicht die Antwort, die wir zu bekommen hofften. Sie haben der Welt in der Tat ein telekinetisches Talent mit erwiesenen Fähigkeiten vorenthalten. Er kann den Platz der Talente in Bangladesch einnehmen ...« Er beugte sich drohend über Rhyssas Schreibtisch, und Peter sah, wie sie zurückzuckte.

Peter hielt es nicht mehr aus. Er zog Prinz Phanibal telekinetisch von Rhyssa weg. Der Prinz war wie gelähmt. Die Tür, die sich öffnete, um ihn hinauszulassen, knallte hinter ihm zu.

»Peter!« Rhyssa konnte ihre Erleichterung und ihre Konsterniertheit wegen der Verletzung der Etikette nicht ganz verbergen.

»Er hat kein Recht, dich zu bedrohen, Rhyssa!«

Dorotea: *Bravo, Peter, obwohl ich dich nicht ermutigen sollte!*

»Nun sieh mal, junger Mann ...« Schewtschenko tat einen Schritt in Peters Richtung und blieb erstaunt blinzelnd stehen, als eine unsichtbare Kraft ihn daran hinderte, weiterzugehen.

»Das reicht, Peter«, sagte Rhyssa mit angemessenem Ernst. *Das war ziemlich clever von dir, auch wenn du dir darüber nicht im klaren bist.* Ihr Geist vibrierte vor unterdrücktem Gelächter. »Der General wird dich nicht weiter einschüchtern. General, ich denke, Peter hat unabsichtlich einen weiteren triftigen Grund dafür geliefert, warum das Zentrum nicht bereit ist, von seinen einzigartigen Fähigkeiten Gebrauch zu machen, es sei denn, es handelt sich um eine Krise. Mit vierzehn hält er sich nicht immer an die Umgangsformen, die eine reifere Persönlichkeit zu beachten gelernt hat.«

»Ich verlange, daß der Junge sich augenblicklich bei Seiner Hoheit Prinz Phanibal entschuldigt.«

»Verlangen Sie, was Sie wollen, Herr General«, konterte Rhyssa, »aber ich weiß nicht einmal, aus welchem Grund ein Verkehrsmanager, ob er nun aus königlichem Hause ist oder nicht, an dieser Besprechung teilnimmt.«

»Ingenieurin Barschenka hat auf seiner Teilnahme bestanden«, bemerkte Vernon Altenbach in dem Versuch, diplomatisch zu sein.

»Ich bestehe darauf, daß er aus allen zukünftigen Besprechungen, die das Zentrum betreffen oder an denen ich selbst beteiligt bin, ausgeschlossen wird.«

Peter: *Er ist ein Schleimscheißer!*

Johnny Greene und Gordon Havers gleichzeitig: *Wo hast du ihn hin verfrachtet?*

Peter: *Er ist im Helikopter angeschnallt und kriegt den Gurt nicht auf.* Er konnte sich ein Grinsen nicht verkneifen. *Ich lasse ihn nicht.*

Johnny: *Gurt sei Dank. Jetzt hat er's vielleicht endlich geschnallt, daß er hier nur stört!*

»Nun, Gentlemen, Sie haben sich, glaube ich, davon überzeugen können, daß wir den kleinen Peter nur beschützt und der Plattform sein Talent nicht absichtlich vorenthalten haben. Es tut mir leid, daß Sie wegen nichts und wieder nichts eine lange Reise unternommen haben«, sagte Rhyssa und ging um ihren Schreibtisch herum, um Andrej Gruschkow die Hand zu schütteln. »Wenn Peter jedoch voll ausgebildet ist und wir ein besseres Verständnis von den Parametern seines Potentials haben, werden wir Angebote von potentiellen Arbeitgebern, die an seinen vertraglich geregelten Diensten interessiert sind, selbstverständlich gerne berücksichtigen.«

Vernon Altenbach schob den verstimmten russischen General aus der Tür. Der NASA-Colonel und der Telempath halfen ihm dabei. Doch die anderen blieben, bis die erste Gruppe in den Fahrstuhl eingestiegen war.

»Ms. Owen«, begann der NASA-General. »Ist es möglich, daß der Junge, angesichts der unglaublichen Fähigkeiten, die er unter Beweis gestellt hat, daß er –

nur von Zeit zu Zeit, versteht sich ... Nun, wir haben gerade jetzt eine ernste Krise ...«

»Welcher Art?« fragte Rhyssa in abweisendem Ton.

»Das Liefersystem der NASA ist aufgrund der aktuellen weltweiten Wetterlage lahmgelegt ...«

Peter schoß aus seinem Stuhl hoch und schwebte zwischen Rhyssa und dem General. *Bitte sag ja, Rhyssa. Für die NASA zu arbeiten wäre nicht das gleiche wie Barschenkas Lakai zu sein, oder? Aber es wäre fast so gut, wie im Weltraum zu sein.* Er übte soviel Druck auf ihren Geist aus, wie er konnte und bettelte um ihre Zustimmung. Er spürte ihren festen Willen, ihn nicht auszunutzen.

Johnny: *Das solltest du dir überlegen, Rhyssa, auch wenn wir dich nicht drängen werden. Wenn du nein sagst, werden wir ohne ein weiteres Wort gehen. Aber mir würde persönlich und beruflich die Galle hochkommen, wenn Barschenka sagen könnte, daß die Amerikaner ihren vertraglichen Verpflichtungen nicht nachkommen konnten.* Er legte den Kopf schief und grinste Rhyssa ironisch an.

Peter spürte, daß Rhyssas Widerstand dahinschmolz.

Dorotea: *Sieh es als Teil seiner Ausbildung an, Rhyssa.*

Rhyssa: *Aber das ist doch der springende Punkt! Er hat fast gar keine Ausbildung gehabt!*

Johnny: *Übung macht den Meister, Mädchen, und Wiederholung reduziert sicher den Glamourquotienten.*

Peter verstand letzteres nicht, aber er spürte, daß Rhyssa endlich ernsthaft über den Vorschlag nachdachte.

»Schau«, sagte Johnny laut, »diese Angelegenheit ist so wichtig, daß Vernon sich selbst tatsächlich für einige Wochen einen anderen Aufpasser zulegen würde. Ich kenne alle technischen Daten, über die Peter Bescheid wissen muß, wenn er Shuttles durch die Stratosphäre katapultiert. Zum Teufel, es würde mir selbst einen Kick geben, wenn ich wieder ein Shuttle fliegen könnte, wenn auch nur aus der Ferne. Und wenn Peter für die NASA arbeitet, kann Barschenka nicht sagen, daß die Talente die rechtzeitige Fertigstellung von Padrugoi verhindert haben.«

»Ich weiß, es scheint so, als seien immer wir es, die Kompromisse eingehen«, mischte sich Gordon Havers in die Diskussion ein, »aber wir nehmen ihr den Wind aus den Segeln, wenn wir plötzlich für die Lieferung des Materials sorgen, das sie braucht.«

»Du müßtest Peter begleiten, Rhyssa. Solche Anstrengungen sind nichts mehr für mich«, sagte Dorotea. »Sascha ist zu beschäftigt mit der gegenwärtigen Krise in Linear G, als daß er weg könnte. Und, ehrlich gesagt, meine Liebe, du bist der stärkere Telepath und besser eingestimmt auf Peters Geist als Sascha. Jemand muß ihn während seiner Gestaltarbeit überwachen. Ich sehe, daß du darauf brennst, diese Mission auszuführen, Peter Reidinger. Ist es das, was du wirklich willst? Wirst du dich wie ein reifes Talent benehmen?«

Peter gelang es, seine Hand um Rhyssas zu schließen. »Ich werde mich benehmen. Ich tue genau das, was man mir sagt. Versprochen! Und ich würde eine Menge lernen.«

»Du würdest über die einzelnen Schritte entscheiden, Rhyssa«, sagte Johnny Greene.

»Ich glaube, daß wir auch hier wieder keine Wahl haben«, sagte Rhyssa, und Peter kuschelte sich an sie. Er wünschte sich, sie klänge nicht so niedergeschlagen. Sie sah zu ihm herunter, legte ihm die Hand auf den Kopf und lächelte ihn zärtlich an. »Ich empfinde es nicht als Niederlage, Peter, mein Junge, aber ich kann es auf den Tod nicht ausstehen, keine andere Wahl zu haben.«

»Denk doch mal an die Wahlmöglichkeiten, die du vereitelt hast«, sagte Johnny Greene mit einem boshaften Unterton, als er den Mittelfinger Richtung Himmel streckte.

»Sagen wir«, sagte Gordie grinsend, »gegen Barschenka steht es eins zu null für uns.«

Rhyssa wandte sich zu Dave Lehardt um. Ihr Gesichtsausdruck war ernst. »Und Sie halten Peters Namen aus der Presse raus.«

»Ist Ihre magere Rumpfmannschaft wieder am Werk?« fragte Dave, die Hände erhoben, als wolle er einen Angriff abwehren.

»Es klappern die Knochen am rauschenden Bach, klipp klapp, klipp klapp, klipp klapp!«* sang Johnny Greene, einen komplizierten Breakdance vollführend.

---

* Anspielung auf engl. ›skeleton crew‹ = Rumpfmannschaft. – *Anm. d. Red.*

KAPITEL 12

Der blonde Mann hatte eine Ausstrahlung, die Tirla faszinierte. Sie hatte mit Talenten noch nie viel zu tun gehabt, und sie überkreuzte heimlich zwei Finger. Sie hatte in den Wohnsilos oft genug Diskussionen in ängstlichem, ehrfürchtigem Flüsterton über solche Leute gehört, aber nicht die Hälfte von den Erzählungen über die Gaben geglaubt, die die Finder, Kristallkugelgucker, Gedankenleser, Wahrsager und Stühlerücker angeblich hatten.

Sie warf dem Mann einen verstohlenen Blick zu. Er saß mit dem Kopf an die gepolsterte Wand gelehnt da, die Augen geschlossen. Sie wagte es, ihn genauer anzusehen, und bemerkte, wie seine Gesichtsmuskeln zuckten, so als liefe in seinem Kopf ein Streit ab. Seine Kieferpartie verkrampfte sich im Zorn, und seine Lippen preßten sich zu einem schmalen Strich zusammen. Eigentlich sollte er mit seinem Tagwerk zufrieden sein, dachte Tirla. Sie war dann überrascht, als sich sein Mund entspannte und ein listiges Lächeln über seine Lippen huschte, während seine Augenbrauen zuckten. War er aus dem Streit in seinem Kopf als Sieger hervorgegangen? Er ist ein merkwürdiger Mann, dachte sie, auch wenn er sich nach außen nicht von anderen unterscheidet.

Er gehörte nicht zur RuO und gehörte doch dazu, und sie konnte sich keinen Reim darauf machen, wo er hineinpaßte, oder wie er und sein Team es angestellt hatten, genau im richtigen Augenblick am J-Gleis zu erscheinen – gerade als ihr klar geworden war, welche Schwierigkeiten es bereitete, verängstigte, weinerliche

248

Balgen wie Tombi in fahrende Güterzüge nach G zu verfrachten. Hätte es diese unerwartete Rettungsaktion nicht gegeben, dann hätten Yassims Schläger sie bestimmt wieder eingefangen, sie eingeschlossen. Sie schauderte.

Dann waren sie also vor Yassim gerettet worden. Aber nicht vor den Behörden. Sie wollte nichts mit den Behörden zu tun haben: zu viele sich widersprechende Regeln und Richtlinien und dumme Beschränkungen, die geradezu danach schrien, ignoriert oder umgangen zu werden. Die Aussicht auf eine neue ID zog sie kurz in ihren Bann, bis zu dem Punkt, wo sie das schmale Plastikband um ihr Handgelenk spüren konnte. Doch sie glaubte nicht – ganz –, daß der Mann in der Lage sein würde, ihr überhaupt irgendeine ID zu beschaffen, ganz gleich, auf welch gutem Fuß er anscheinend zur RuO stand.

Egal! Sie hatte saubere Floater – mehr als sie für die gebundenen Kredite brauchte, die sie für Yassim hätte waschen sollen – so lag sie in diesem Spiel weit vorne. Die Sache mit den heißen Krediten nervte sie, aber sie würde sich davor hüten, Yassim unter die Augen zu kommen, solange sie beim Kinderhandel ihre Hände im Spiel hatte. Und es war sehr wahrscheinlich, daß die RuO Yassim nicht zu fassen bekam, und daß er irgendwo untertauchte, bis die Luft wieder rein war. Also konnte sie die gebundenen Kredite, genau genommen, eine Zeit lang verstecken und sie unauffällig umtauschen, vor allem wenn Yassim in den nächsten Monaten aus dem Verkehr gezogen war. Dies war der größte Coup, den sie je gelandet hatte.

Doch sie fühlte sich immer noch unbehaglich. Sie war in dem geschlossenen Güterzug eingesperrt und wußte nicht wirklich, wo sie hinfuhren, obwohl sie die Stationen im Geiste mitgezählt hatte. Der blonde Mann konnte sie genauso gut einfach mit den anderen ins

Heim stecken. Wer würde ihr glauben, daß sie eine Abmachung mit ihm hatte? Der Zug begann sich zu verlangsamen, und Tirla wartete mit einem Anflug von angstvoller Erwartung auf die Weiche zum anderen Gleis. Sie fuhren zur G-Plattform. Sie war sowohl beruhigt als auch besorgt.

»Wo sind wir jetzt?« fragte sie.

Sascha öffnete die Augen, und sie sah, daß sie einen ungewöhnlichen hellblauen Farbton hatten. Er sah sie amüsiert an. »Du weißt, daß wir in G sind. Jetzt bringen wir die verlorengegangenen Kinder zu ihren trauernden Eltern zurück. Das ist dir doch wichtig, Tirla, nicht wahr? Daß Bilala, Zaveta, Pilau und vor allem Mirda Khan und Mama Bobtschik wissen, daß du geholfen hast, ihre entführten Kinder zurückzuholen?«

Wie konnte er das jetzt wieder wissen? Wieviel wußte er über sie? Warum ließ er sie so zappeln? Er war wirklich ein harter Brocken. Auf was hatte er es abgesehen? Nicht alle seine Aktionen hatten mit diesem Perversling Yassim zu tun.

Es kam ihr gar nicht in die Tüte, sich von etwas beeindrucken zu lassen, das einfach eine geschickte Vermutung seinerseits sein könnte. Die RuO war sich nicht zu schade, Veranstaltungen zu überwachen, sogar so ein albernes RE mit diesem Lama-Schamanen. Vielleicht waren TV-Augen auf ihre Kundinnen gerichtet gewesen, obwohl sie nicht wußte, warum ein solcher Haufen dummer Frauen das Objekt des RuO-Interesses sein könnte – es sei denn, es hatte etwas mit Kinderhandel zu tun. Doch keine der Frauen war dagewesen, um Kinder zu verkaufen – die meisten von ihren Kindern waren noch zu klein. Sie waren alle auf »Botschaften« und »Segen« aus gewesen. Und doch hatte Sascha ihre Kundinnen beim Namen genannt, und er hatte sogar gewußt, daß ihr Mirda Khan und Mama Bobtschik besonders wichtig waren.

»Es zahlt sich einfach aus, eine gute Nachbarin zu sein«, antwortete sie zurückhaltend.

»Oh, du bist heute definitiv eine gute Nachbarin gewesen, Tirla. Und eine sehr gute Bürgerin!« Er lachte leise, warf dabei den Kopf zurück und zeigte große, weiße, ebenmäßige Zähne. Es wäre ein sehr schönes Lachen, dachte Tirla, wenn es sie nicht beunruhigen würde, daß er überhaupt lachte. Perverserweise mochte sie ihn wegen seines starken Griffs und seiner drolligen Worte, aber sie vertraute ihm nicht ein Fünkchen mehr als Bulbar.

Sie warf ihm einen schrägen Blick zu, weil er sie »Bürgerin« genannt hatte. Bürger lebten auf der anderen Seite des Flusses in den schönen wabenförmigen Gebäuden, den luxuriösen Kegeln, Plattformen und Komplexen, nicht in den Linear-Wohnsilos.

»Vertraust du mir, Tirla?« Seine Augen waren ernst, sein Mund auch, und seine Stimme war sanft und eindringlich.

»Ich habe keinen Grund dafür.«

»Und wenn ich dir einen gebe?«

Sie schnaubte verächtlich. Gerade in diesem Moment bremste der Zug sanft ab, und die Türen der Waggons öffneten sich. Draußen stand eine Gruppe von Erwachsenen, die darauf warteten, die bewußtlosen Kinder aus den Waggons zu holen. Eine schlanke Frau in einer RuO-Uniform, die an der Bahnsteigkante stand, erspähte Sascha und drückte ihm ein schmales Plastiketui in die Hand.

»Hier ist ein Grund, Tirla.« Sascha zeigte ihr das ID-Armband im Etui. Er nutzte ihre Überraschung aus und legte es ihr ums Handgelenk.

Sie starrte es an, streckte die Arme aus und versuchte die Tragweite dessen zu erfassen, eine legale Identität zu haben. Und dann dämmerte es ihr langsam, daß das Armband nicht in den gewöhnlichen Wohnsilo-Farben

251

gehalten war. Mit einem grünen Armband durfte man zwischen den Linear-Komplexen hin- und herreisen, aber was bedeuteten goldene und schwarze Streifen?

»Jetzt bist du legal, Tirla.«

Just in diesem Augenblick erreichten die vier Frachtfahrstühle das Untergeschoß. Ein Haufen Frauen stürzte auf die Plattform. Sie brachen in lautes Wehgeschrei aus, als sie die schlaffen Körper auf Medipads sahen. Sascha zog Tirla zur Seite, als die Bediensteten des Gesundheitsamts herumgingen, um die Mütter von den Kindern, die Tirla gerettet hatte, zu ermitteln.

»Was geschieht mit ihnen?« fragte Tirla. Das hatte sie nicht im Sinn gehabt, als sie zu ihrem verrückten Unternehmen aufgebrochen war. Die Eltern würden nicht erfreut sein, daß ihre Kinder in den Händen der Behörden waren. Sie würden auch nicht davon profitieren, wie es ihr Plan gewesen war. Sie hatte ein ID-Armband und mehr Floater, als sie je in ihrem Leben besessen hatte – aber was würde sie davon haben, wenn ihr hart erarbeiteter Ruf, ihre Kunden und ihre Mittel, mit denen sie sich durchs Leben schlug, futsch waren? Plötzlich erschien ihr ihre Zukunft so düster wie die der Kinder, die sie vor Yassim gerettet hatte.

Ein großer, schlanker, sehr schöner junger Mann in einer RuO-Uniform pflanzte sich vor Sascha auf und salutierte. »Was soll ich den Frauen sagen, Sir?« fragte er.

»Daß Tirla«, sagte Sascha und schob sie vor sich, die Hände locker – und, wie sie spürte, freundlich – auf ihren Schultern, »Yassims Versteck gefunden hat. Sie war dabei, die Kinder zu ihren Müttern und Vätern zurückzubringen, als wir bei unserer Suchaktion auf sie gestoßen sind.«

Mit einer Stimme, die den Tumult der klagenden Frauen übertönte, ratterte der junge Mann die Ankündigung in den erforderlichen Sprachen herunter – eine

252

Aufgabe, die Tirla unter Saschas Händen rastlos machte. Sobald die einzelnen Sprachgruppen die Botschaft verstanden hatte, fingen sie an, miteinander zu flüstern. Als der Dolmetscher fertig war, traten Mirda Khan und Mama Bobtschik vor. Sie blickten grimmig drein. Unter Saschas Händen verkrampften sich Tirlas schmale Schultern, und sie verbarg ihr nagelneues ID-Armband verstohlen hinter dem Rücken, indem sie den Arm etwas nach hinten schob.

»Und die Kinder?« fragte Mirda Khan, ihr Kinn trotzig vorschiebend. Sie starrte Tirla ostentativ an.

»Die Daten sind überprüft worden«, erwiderte Sascha in diplomatischem, entschuldigendem Ton. »Ihre Geburt war illegal.«

Als Mirda Khan die Stirn runzelte, gab Sascha Ranjit ein Zeichen, für ihn zu dolmetschen. Die Welle hysterischen Weinens erreichte einen Höhepunkt, als die Mütter der jetzt offiziell illegalen Kinder sich auf die bewußtlosen Körper warfen, offensichtlich fest entschlossen, Versuche, sie ihnen wegzunehmen, abzuwehren. Sascha befahl den Menschenmengenkontrolleuren, die Hysterie zu neutralisieren. Er pufferte die intensive emotionale Erregung, die auf seine Sinne einstürmte, ab, aber es war ihm nicht möglich, immun dagegen zu bleiben. Er war perplex. Dieselben Frauen hätten ihre Söhne und Töchter in ein paar Jahren ohne die geringsten Gewissensbisse verkauft.

Boris, sagte er, *es wird viel einfacher sein, wenn wir diese Frauen mit irgend etwas abfinden.*

Wie wäre es mit der Wahrheit? Ist ein Heim nicht ein besseres Schicksal als die Zukunft, die Yassim für sie im Sinn hatte?

Das würde ich meinen, erwiderte Sascha, *aber ich glaube nicht, daß sie es in dem gleichen Licht sehen. Ich lange in deinen Schmiergeldtopf, wenn du nicht blechst.* Ich brauche irgend etwas, dachte Sascha, um den Wehklagen, bei denen einem Schauer über den Rücken liefen, ein Ende zu machen. Er war es nicht gewöhnt, auf dieser Ebene zu verhandeln.

Wirst du jetzt zum Weichei, Bruder?

Du bist nicht hier und mußt dir das nicht anhören. Und dann ist da noch Tirla.

Du nimmst sie unter deine Fittiche, nicht wahr? fragte Boris.

Ich möchte sie nicht in Gefahr bringen. Ihr Talent könnte in mehrsprachigen Gruppen sehr nützlich sein.

Der Lärm war angsterfüllt, und die Aura, die von den Frauen ausging, äußert unangenehm für alle Talente, die auch nur das leiseste Fünkchen Empathie besaßen. Carmen liefen Tränen über das Gesicht.

»Wieviel, Tirla?« fragte Sascha.

Überrascht wand sie sich in seinen Händen, um ihm ins Gesicht zu sehen.

»Wieviel würde ihre Tränen versiegen lassen und ihnen den Verlust erleichtern?« fuhr er fort.

»Sie würden bezahlen?«

Er sah das Erstaunen in den samtigen braunen Augen, ehe sich ein listiger Ausdruck wie ein Schleier darüber legte. *Bruder, diese Kanaille feilscht noch um die Haare, die wir auf der Brust haben.*

»Für die kleinsten müssen Sie nicht viel geben.« Sie nannte eine Zahl. »Addieren Sie für jedes Jahr, das sie älter sind, zehn Prozent hinzu, und das sollte genügen.«

»Ich würde sagen, fünf Prozent für jedes Jahr.«

»Sieben!« konterte sie. »Je größer sie sind, um so mehr braucht es, um ihre Bäuche zu füllen.«

Er spuckte in die Hand und streckte sie ihr hin. Sie schlug ein und tat dann vier Schritte zu Mirda Khan.

Ranjit, überwache das Gespräch für mich! befal Sascha.

Sie spricht Arabisch, sagte Ranjit. *Sie sagt, daß sie für die trauernden Mütter die ganze Zeit hart gekämpft hat, seit sie und die anderen Kinder in dem Tunnel gefangen wurden. Nur weil sie ein gutes Wort für sie eingelegt hat, wurde eine Möglichkeit gefunden, das Leid der Mütter zu lindern. Illegale Kinder haben Rechte, hat der große Mann gesagt, und sie glaubt ihm. Sie werden viel sicherer sein als bei Yassim, wofür alle Mütter trotz ihrer Trauer darüber, die Kinder zu verlieren, dankbar sein sollten, da sie ja ganz genau wüßten, welches Schicksal sie bei ihm erwartet hätte. Denn wie können Menschen allein von der Sozialhilfe leben? Sie hat einen Preis ausgehandelt, wie sie gesehen haben müssen, und sie hat in guter Absicht gehandelt. Sascha,* fügte Ranjit hinzu, als Tirla sich einer anderen Gruppe von Frauen zuwandte, *dieses Kind ist erstaunlich. Jetzt spricht sie Urdu so flüssig wie Arabisch. Oho!*

Es gab eine Bewegung, und eine dicke kleine Frau, deren Gesicht aufgrund widersprüchlicher Gefühle so verzerrt war, daß ihre kleinen Augen unter ihren Pausbacken verschwanden, schob sich vor. Sascha erkannte sie an ihrem Kastenzeichen und der Rachsucht in ihren aufgewühlten Gedanken. Sie hätte sich auf Tirla gestürzt, wenn Mirda Khan und Mama Bobtschik nicht eingegriffen hätten. Sascha sprang vor, um Tirla zu beschützen, und machte sich Vorwürfe, daß er nicht auf einen Angriff vorbereitet gewesen war.

»Du verdammtes Miststück«, kreischte die Frau auf Basic. »Du illegales Balg! Die Göre ist *illegal!* Sie ist illegal!« Sie kämpfte gegen die Hände an, die sie zurückhielten. »Nehmt sie. Nehmt sie, wenn ihr meinen Tombi nehmt. Nehmt sie!«

»Natürlich bin ich illegal, du alte, vertrocknete Vettel! Dein Mann wird dich morgens, mittags und abends dafür schlagen, weil du einen fairen Preis abgelehnt hast, der ihm für viele Tage Lamm und Papadums beschert hätte.« Tirla stürzte sich mit Inbrunst auf die Aufgabe, verbale Beleidigungen zurückzuschießen.

Sascha bemerkte, daß es ihr gelungen war, ihr Armband unter den Ärmel zu schieben.

Sascha hielt Tirla an den Schultern fest. »Sie ist illegal, Frau. Sie kommt mit uns. Sag es ihnen Ranjit!« Als die Botschaft übersetzt worden war, fügte er hinzu: »Der Handel, von dem sie gesprochen hat, gilt nur noch für drei Minuten.« Er sah ostentativ auf die Uhr. »Dann ist der Zug abgefahren. Jede Mutter, die das Angebot akzeptiert, stellt sich bitte neben ihr Kind.«

Um zu verhindern, daß Bilala erneut in lautes Wehklagen ausbrach, blockierte er die hysterische Frau energisch. Sie fiel in die Arme der Frauen zurück, die sie festhielten. Ihr Mund bewegte sich lautlos. Eine ehrfürchtige Stille legte sich über die Plattform.

Der Handel wurde dann schnell abgeschlossen, und Tirla beobachtete feierlich, wie nagelneue Floater den Besitzer wechselten. Sie hatte noch nie so viel Geld auf einmal und vor allen anderen in Umlauf gesehen. Es war besser so. Niemand konnte hinterher behaupten, daß einer mehr als der andere bekommen hatte. Einige der Frauen blieben noch und zeigten echten Kummer, daß ihre Kinder wieder in die ersten vier Waggons verladen wurden. Sascha zog Tirla zum letzten Waggon, in den die Suchmannschaft einstieg.

Tirla hielt den Arm mit dem Armband hoch. »Sie halten sich offiziell an den Deal, aber inoffiziell nicht?« fragte sie als sich die Tür des Waggons schloß. Sie zupfte an dem beschichteten Armband.

»Der Deal gilt offiziell und inoffiziell, Tirla, aber du kannst nicht nach G zurück, nicht mit Bilala als deiner Feindin.«

»Ach die!« Tirla schnaubte verächtlich. »Die würde mich nicht finden, wenn ich es nicht will. Ich habe keine Angst vor dieser dummen Frau.«

»Ehrlich gesagt, ich würde mich an deiner Stelle vor

ihr fürchten«, sagte Sascha. »Sie wird sicher dafür sorgen, daß Yassim erfährt, welche Rolle du beim Ausräumen seines Verstecks gespielt hast.«

Das gab ihr zu denken, wenngleich Sascha ihren Schutzschild noch immer nicht zu durchdringen vermochte.

»Warum haben wir es dann so aussehen lassen, als seien die Kids geflohen?« fragte sie verzweifelt.

»Das schien zu diesem Zeitpunkt eine vernünftige Sicherheitsmaßnahme zu sein. Bis du solch eine gute Nachbarin sein wolltest. Komm ...« Sascha streckte die Hand aus. »Ich glaube, ich kann dir für einige Tage bei einer Freundin von mir eine sichere Bleibe verschaffen.« *Dorotea?* rief er. *Kannst du für dieses obdachlose Kind etwas Zeit opfern?*

Tirla sah seine Hand an, als sei sie mit Säure bedeckt. »Im Heim? Mit *denen?*«

»Du bist legal, schon vergessen?« versicherte er ihr mit einem kleinen Lächeln. »Faktisch steht es dir frei, hinzugehen, wo immer du willst. Du hast einen Batzen Floater, aber ...« – er hob die Hand zu einer zur Vorsicht mahnenden Geste – »... du weißt so gut wie ich, daß ein Kind ohne Begleitung in einem Linear-Wohnkomplex gerade jetzt in Gefahr ist. Yassim muß Ersatz für die verlorenen Kinder finden, und Mirda Khan und Mama Bobtschik werden nicht zur Stelle sein, um dich zu verteidigen.«

»Mich verteidigen?« Tirla war sowohl entrüstet als auch erstaunt.

»Oh, sie haben es getan, auf ihre eigene Weise. Und wenn dich keiner von Yassims Räubern schnappt, dann würde es das Gesundheitsamt tun, weil du minderjährig bist und in die Schule gehörst. »*Wow!* rief er Dorotea zu, als er Tirlas plötzliche Reaktion spürte. *Das hat einen Riß in die harte Schale gesprengt.*

Dorotea: *Dann arbeite weiter daran!*

»Ehrlich gesagt, wäre ich an deiner Stelle vorsichtig«, sagte Sascha.

Tirla befingerte ihre wertvolle ID. »Schule? Ich könnte auf das Lehrprogramm zugreifen?«

»Du hast das Recht auf soviel Bildung, wie die du dir eintrichtern kannst – das heißt, wenn du das kleine Problem, eine Minderjährige ohne Bezugsperson zu sein, einmal geklärt hast. Komm, steig ein. Der Zug ist startbereit, und ich will dich aus dieser feindseligen Umgebung raus haben.«

Tirla warf einen Blick über die Schulter zu dem Knäuel von Frauen um Bilala herum und nuschelte »Blöde Fotze« in sich hinein, aber ergriff Saschas Hand und ließ sich bereitwillig von ihm in den Zug helfen.

»Wenn du das Klassenziel einmal aufgeholt hast, könntest du sogar in eine reguläre Schule gehen.«

»Ich? In einer Schule? Tirla war skeptisch und verächtlich zugleich.

»Ich vermute, daß du viel mehr Talent hast, als dir klar ist, Tirla.«

Dorotea (giftig): *Mußt du denn immer gleich so mit der Tür ins Haus fallen?*

Tirla ging in die Hocke, den Oberkörper zwischen leicht gespreizten Knien balancierend, den Hintern an die gepolsterte Wand des Waggons gelehnt, und ließ die Hände locker zwischen den Beinen hängen. Sie legte den Kopf schief, um zu ihm aufzusehen, und strich sich eine Haarsträhne aus dem Gesicht. Sascha schien es, als funkelten ihre Augen aus insgeheimer Belustigung darüber, daß er mit all seinen telepathischen Fähigkeiten nicht in ihren Geist eindringen konnte.

»Talent?« wiederholte sie.

»Ja«, sagte er. »Talent.« Als der Zug anfuhr, setzte er sich neben sie.

»Ich bin nicht so wie *Sie*«, sagte Tirla skeptisch und schwankte etwas.

»Nein, das bist du nicht. Ich kann nicht mit allen so flüssig in ihrer eigenen Sprache sprechen wie du.«

Tirla dachte einen Moment lang nach und zuckte dann die Achseln. »Das ist nicht schwer.«

»Nicht für dich. Ranjit, der ein echtes Sprachgenie ist, ist vorhin mächtig ins Schwitzen gekommen, als er deine Gespräche mit den Frauen gedolmetscht hat.«

Tirla zuckte wieder gleichgültig die Achseln.

»In ein paar Jahren könntest du allein mit dem Übersetzen eine Menge Geld verdienen.« Er spürte, daß sie hellhörig wurde. »Genug, um die Linear-Wohnsilos hinter dir lassen zu können und dir über die Yassims dieser Welt nie wieder Sorgen machen zu müssen.«

»Soll ich etwa für die RuO arbeiten?« Dazu hatte sie offenkundig überhaupt keine Lust.

»Für jemanden mit deinem Sprachtalent gibt es weitaus bessere Möglichkeiten als eine Anstellung bei der RuO. Du mußt allerdings noch Schulunterricht bekommen.«

»Ich hatte Schulunterricht.« Ihr Ton war rebellisch und entrüstet zugleich. Als Sascha nachhakte, fügte sie hinzu: »Ich habe die ID von meinem Bruder benutzt – solange ich sie hatte. Ich hatte Schulunterricht.«

Dorotea, würdest du das bitte überprüfen? Der Name ihres Bruders und die ID stehen im Vorfallbericht.

Ich habe wieder einen Blick erhascht, Sascha, sagte Dorotea. *Ich werde persönlich mit ihr in Kontakt treten müssen, um dieses Schutzschild zu durchdringen. Gehe ich recht in der Annahme, daß du planst, sie in mein Haus zu bringen, und daß ich die liebe, zärtliche, harmlose Oma spielen soll? Junge, das war ein Tag! Wer A sagt, muß auch B sagen. Hast du irgend etwas von ihren spitzfindigen Verhandlungen mitbekommen?*

Das meiste davon! Sascha sendete ihr ein Bild von sich, wie er wie ein leidenschaftlicher Fußballfan applaudierte.

Wenn sich die ganze Aufregung gelegt hat, werden wir sie mit unseren Testverfahren genau unter die Lupe nehmen.

Just in diesem Augenblick verspürte Sascha einen Ruck, als die vier vorderen Waggons abgekoppelt wurden. Sie fuhren zu dem im Westen gelegenen Heim weiter, in dem die illegalen Kinder untergebracht werden würden. Er erhaschte Tirlas beklommenen Gesichtsausdruck und den Blick, den sie ihm zuwarf.

Ich gebe ihr mein Gästezimmer, wenn es dir lieber ist, sagte er zu Dorotea.

Unsinn. Es ist vielleicht nicht meine Lieblingsbeschäftigung, Talenttests durchzuführen, aber ansonsten ist sie bei mir viel besser aufgehoben. Obwohl du ganz gut zurechtkommst, gab Dorotea etwas widerwillig zu.

Sascha lächelte und reckte sich. »Von jetzt an wird es glatter gehen«, sagte er zu Tirla. »Unser Zug wird auf das Stadtexpreßgleis rangiert.«

»Wo bringen Sie mich hin?«

»Zu meiner Großmutter.«

Ich bin nicht sicher, ob ich Wert darauf lege, mit einem hoffnungslosen Schwerenöter wie dir, der überhaupt keine Moral hat, verwandt zu sein, Sascha Roznine.

»Du kannst wahrscheinlich für ein paar Tage bei ihr bleiben, bis ich die richtige staatliche Schule für dich gefunden habe«, fügte er hinzu. »Auf diese Weise läufst du nicht Gefahr, neugierigen Beamten des Gesundheitsamts oder Yassim in die Hände zu fallen.« Bei der Erwähnung der Schule hob sich ihr Schutzschild kurz, und er sah angstvolle Erwartung – Sehnsucht und Skepsis –, ehe es sich wieder senkte. Er fuhr beiläufig fort. »Aber, wie gesagt, du hast eine legale ID, Floater genug für ein paar Monate, und du kannst tun, was du willst.«

Ihr Waggon war mehrere Male auf ein anderes Gleis rangiert worden, und die Fahrt wurde glatter und schneller. Tirla bemerkte es, und sie bemerkte auch, daß die anderen Leute im Waggon sich entspannten, lächelten und locker miteinander plauderten.

Staatliche Schule, daß ich nicht lache! Boris' angewiderter Ton hallte in Saschas Geist nach. *Ich kann mir lebhaft vorstellen, wie begeistert Fairmont oder Holyoke das Früchtchen aufnehmen werden.*

Wie wär's mit ein wenig Toleranz, Bruderherz? Sie ist sauber und gesund, und unter dieser harten Schale könnte ein Genie verborgen sein.

Boris: *Ein Talent für Tricks!*

Dorotea (in stählernem Ton): *Misch dich nicht in unsere Angelegenheiten ein.*

Seit wann gehöre ich nicht mehr dazu? fragte Boris.

Dorotea: *Wenn du deinen RuO-Hut auf hast!*

Sascha sah vor seinem geistigen Auge ein Bild von seinem Bruder, wie er sich stillschweigend zurückzog, den störenden Hut in der Hand. Niemand legte sich mit Dorotea an, wenn sie in einer Kreuzzugstimmung war. Er warf einen Blick auf Tirla, die tief in Gedanken versunken schien und auf den Boden starrte, obwohl ihr Körper entspannt wirkte. Als sich die Tür des Waggons öffnete, nachdem sie den Fahrzeugpark auf dem stillen Gelände des Ostamerikanischen Zentrums für parapsychologische Talente erreicht hatten, reagierte sie mit Erstaunen und Ungläubigkeit. Während die anderen Mitglieder von Saschas Team lachend und über die erfolgreiche Operation plaudernd ausstiegen, stand Tirla einfach nur da und blickte sich mit weit aufgerissenen Augen um. Sascha drängte sie nicht. Das alte Henner-Anwesen mit seinen großen alten Buchen, Ahornbäumen und Eichen, den ausgedehnten Wiesen und den attraktiven zweistöckigen Häusern war im modernen Jerhattan ungewöhnlich genug und mußte für einen Linear-Bewohner eine Offenbarung sein. Tirla sah verschreckt aus.

»Meine Großmutter wohnt da drüben«, sagte Sascha

und wies auf das Haus, in dem einst der Gärtner gewohnt hatte. »Da ist sie. Sie jätet gerade Unkraut.« *Du
bist eine arge Schmierenkomödiantin, Dorotea. Du und Unkraut jäten?*

*Wie wahr, wie wahr, aber ich hatte nicht vor, in Sack und
Asche zu gehen und mich mit Armreifen und Nasenringen
zu behängen, damit sie sich wie zu Hause fühlt. Und das
Unkraut sprießt wirklich.*

Und was ist mit deiner Arthritis?

*Für meine Kunst bringe ich immer Opfer, mein Lieber. Ich
habe Peter auch rekrutiert. Er muß ab und zu aus dünner
Luft herabsteigen, und etwas Haus- oder Gartenarbeit ist
dazu ein gutes Mittel. Außerdem mag er älter sein als sie,
aber er sieht jung aus. Er wird gleich mit einem Imbiß
auftauchen. Erfrischungen sind immer ein gutes Mittel,
um ins Gespräch zu kommen, besonders für jemanden, der
aus dem Nahen Osten stammt.* »Hallo Sascha, welch eine
angenehme Überraschung!« Dorotea rappelte sich auf
und streckte ihm die Arme hin. *Küß mich, du Flegel.
Selbst Großmütter brauchen hin und wieder eine Portion
Leidenschaft!*

»Großmutter, das ist Tirla … Tunnelle.«

Erfinderischer Junge! kommentierte Dorotea.

»Sie braucht für ein paar Tage eine Bleibe. Könnte sie
bei dir wohnen?«

Dorotea entwand sich Saschas Armen und streckte
Tirla eine erdige Hand hin. Da Dorotea vom Augenblick ihrer Geburt an Liebe erfahren hatte und liebens-
wert gewesen war, umgab sie eine Aura, die sie unwi-
derstehlich machte. Tirla zögerte nur einen Moment,
ehe sie die ausgestreckte Hand ergriff. *Sie hat Knochen
wie ein Vogel, Sascha. Wie konnte sie all das tun, was sie gerade getan hat?*

»Tirla, das ist Dorotea Horvath.« *An Tirlas Geist ist
überhaupt nichts zerbrechlich, Dorotea.*

»Ich wollte eigentlich gerade eine Pause machen und

eine Kleinigkeit essen und trinken. Die Sonne brennt heute heiß vom Himmel herunter. Peter, ist der Saft fertig?« rief sie, und bedeutete ihren Gästen, ihr in das kleine Haus vorauszugehen.

Sascha war froh, daß er an Dorotea gedacht und Tirla nicht in die weitaus herrschaftlichere Villa mit ihrer formellen Atmosphäre gebracht hatte. Der erstaunte Gesichtsausdruck des Mädchens verriet, daß selbst dieses heimelige Zimmer ihre Erfahrungen bei weitem überstieg.

»Ich nehme an, daß du dir die Hände waschen willst, und ich muß es auch«, sagte Dorotea sanft. Sie berührte Tirla am Arm und zeigte zum kleinen Flur. »Das Bad ist die zweite Tür links, Liebes, und es gibt genügend Handtücher. Peter«, sagte sie, als sie in die kleine Küche ging, »wir haben zwei weitere Gäste.«

Peter: *Wie ist sie?*

Sascha: *Verängstigt.*

Peter (trocken): *Das Gefühl kenne ich!*

Dorotea: *Ein festes Schutzschild.*

Peter (ernsthaft): *Ich werde vorsichtig sein.*

Dorotea: *Und gib nicht an. Du erschreckst sie sonst.*

Peter: *Ich habe heute morgen schon genug angegeben.*

Eine ängstliche Tirla kam wieder ins Zimmer. Sie fuhr verstohlen mit den Finger über hölzerne Oberflächen und die Rückenlehnen der Sofas. Sascha bemerkte, daß sie Hände, Arme, Hals, Gesicht und den Teil ihrer Brust, der über dem runden Ausschnitt ihres recht abgetragenen Overalls sichtbar war, gewaschen hatte. Sie hatte ihr langes Haar sauber über die Schultern zurückgebürstet. Sascha dachte an die freudlose Funktionalität der Sozialwohnungen und gab Tirla einen weiteren Pluspunkt für ihre Ungezwungenheit.

»Da sind wir«, sagte Dorotea und kam mit einem großen Tablett herein, das mit allen möglichen Snacks beladen war: pikante Häppchen, Schnittchen, Obst und in Streifen geschnittene Rohkost. »Peter, laß die Gläser nicht fallen!« Glücklicherweise stand Tirla mit dem Rücken zu Peter, der den riesigen Krug mit Orangensaft mit beiden Händen hielt und vier große Gläser neben ihm her schweben ließ.

»Halte es, während ich eingieße«, sagte Peter und gab Tirla ein Glas. So war sie abgelenkt und bemerkte nicht, wie die anderen Gläser auf dem niedrigen Tisch neben Dorotea und Sascha landeten.

Dorotea: *Peter!*

Peter: *Sie hat es nicht gesehen.*

Als er allen Saft eingegossen hatte, ließ sich Peter auf den Stuhl neben Tirla fallen, nahm einen großen Schluck Saft, wischte sich den Mund ab und gab ein zufriedenes Grunzen von sich.

»Verschluck dich nicht, Peter«, sagte Dorotea, als sie Tirla das Tablett mit den Snacks anbot. *Eine ungewöhnliche Vorliebe für grüne Paprika,* bemerkte sie, als sie sah, wie Tirlas Augen beim Anblick der Paprikastreifen glänzten. Sie hatte, ihre Argusaugen die ganze Zeit auf Dorotea gerichtet, drei Streifen mit den Fingern umschlossen und erhöhte ihren Fang auf sechs, als Dorotea nicht reagierte. »Die Käsepasteten sind heiß und frisch«, sagte Dorotea und schob sie zu Tirla. »Du solltest dir lieber jetzt davon nehmen, ehe Sascha oder Peter sie alle hinunterschlingen.«

Tirla ließ die Paprikastreifen in den Schoß fallen und nahm gehorsam eine Käsepastete.

Könnte ich mir nicht eine Tasse Kaffee kochen, Doro? fragte Sascha klagend.

Trink! Irgend etwas. Sie wird nichts trinken, solange wir alle es nicht tun. »Peter, genau das habe ich gebraucht. Ich muß in der Sonne ausgetrocknet sein. Sascha, in den Brotrollen ist Spargel. Ich weiß, daß du Spargel magst! Und Peter, iß nicht alle Hühnersandwiches. Er würde es tun, wenn ich es ihm nicht verbieten würde, weißt du«, schnatterte Dorotea weiter. Sie knabberte an einer Käsepastete, die sie dann zur Seite tat, um in einen mit Leberwurst bestrichenen Kräcker zu beißen. *Nun, jetzt haben wir alles gekostet, um zu beweisen, daß das Essen weder vergiftet ist, noch Drogen enthält. Ah, gut! O mein Gott! Sie ist ausgehungert!*

Tirla aß mit schnellen kleinen Bissen und trank mit hastigen Schlucken, so als sei sie zwischen dem Essen und Trinken hin- und hergerissen und hätte Angst, daß das Essen plötzlich verschwinden könnte. Alle drei Telepathen bemerkten, wie sich der Vorhang vor ihren sorgfältig gehüteten Gedanken plötzlich lüftete, als sie sich über die Snacks hermachte. Die Pasteten zergingen ihr auf der Zunge, und die verschiedenen Sinnesreize, von der herrlichen Frische der knackigen grünen Paprika über die Würze von pikantem Käse bis hin zum Aroma der saftigen Fleischfüllungen, kitzelten ihr den Gaumen und befriedigten unbekannte Sehnsüchte.

Kein Wunder, daß Essen ein Auslöser ist, fuhr Dorotea ironisch fort, *wenn man bedenkt, daß sie wahrscheinlich ihr ganzes Leben lang hungrig war.* Sie nahm einen großen Schluck von ihrem Orangensaft. »Ich hoffe, du hast noch mehr davon in der Küche, Peter, denn er schmeckt köstlich. Aber frisch gepreßter Orangensaft tut das immer, nicht wahr, Tirla?«

Sascha, sagte Boris im Befehlston, *dein Gör ist bei Dorotea gut aufgehoben. Ich brauche dich. Jemand hat sich gerade eines der Jerhattan-Schulkinder geschnappt, die wir vor drei Wochen markiert haben.*

»Nun«, sagte Sascha, während er aufstand und sich Krümel von den Fingern wischte, »ich muß jetzt gehen, Tirla. Du bist hier für ein paar Tage in Sicherheit, und Peter kann dir zeigen, wie man sich in das Lehrprogramm einloggt. Stimmt's?«

265

Als er über die Wiese zum Haupthaus ging, sagte Dorotea zu ihm: *Sie hat eine Pause beim Essen eingelegt, als du gingst, aber ich fürchte, das Snack-Tablett und der Krug mit Orangensaft sind ihr viel wichtiger als du, mein Junge.*

Sascha war insgeheim ein wenig erbost, daß ein weibliches Wesen ein paar Kanapees seiner Person vorzog, selbst wenn es ein vorpubertäres Gör war.

KAPITEL 13

»Bist du schon lange hier?« fragte Tirla Peter am nächsten Morgen, als sie in der gemütlichen und für Tirla wundersamen Küche frühstückten. Dorotea bereitete Rührei in einer Pfanne auf dem Herd zu, und zwar ausgerechnet über einer offenen Flamme. Tirla wollte sie nicht von ihrem gefährlichen Unterfangen ablenken, und deshalb sprach sie leise.

»Hmm«, gab Peter freundlich zurück und löffelte eine Zuckermelone aus. »Seit ich aus dem Krankenhaus raus bin.«

Tirla beobachtete, wie er mit der Melone umging – sie hätte schmale Streifen abgeschnitten und sie bis zur Rinde abgegessen. »Warum warst du im Krankenhaus?« fragte sie. Krankenhäuser waren furchterregende Orte für Tirla, die es sich zur Regel gemacht hatte, Ärzte wie auch Quacksalber zu meiden. Sie hatte auch einen Horror vor kranken Menschen. Sie selbst war nie krank gewesen und hatte sich auch noch nie verletzt.

Peter zuckte gleichgültig die Achseln. »Eine Mauer ist über mir zusammengebrochen.«

»Du mußt schwer verletzt gewesen sein.« Nach Tirlas Erfahrungen überlebten Menschen es nicht, wenn Mauern über ihnen zusammenbrachen.

»Ich konnte monatelang nicht gehen und nicht einmal selbständig essen.« Sein Blick verlor sich in der Ferne.

»Und sie haben dich am Leben gelassen?« Tirla war baff über so ein gute Fügung des Schicksals.

Peter sah sie überrascht an. »Natürlich, obwohl ich eine Zeit lang nicht mehr leben wollte.«

Tirla verarbeitete diese bemerkenswerte Aussage, während sie sich an die Aufgabe machte, die Melone vollends zu vertilgen. Sie war wirklich gut – nicht überreif wie die meisten, die sie sich ergatterte. Sie warf hin und wieder wachsame Blicke auf Dorotea, um sicherzugehen, daß das Feuer unter Kontrolle war. Warum verwendete die Frau nicht den Elektroherd, der daneben an der Wand stand? Eines der ersten Dinge, die sie in den Linear-Wohnsilos gelernt hatte, war, nicht mit offenem Feuer zu spielen. Das war eine sichere Methode, die RuO auf den Plan zu locken.

»Warum wolltest du es dann doch?« fragte Tirla, als ihr aufging, daß Peter auf ihren Kommentar wartete. »Leben, meine ich.«

»Rhyssa hat mir beigebracht, wie ich mich wieder bewegen kann.«

»Du bewegst dich irgendwie merkwürdig«, sagte sie. Sie hatte bemerkt, daß seine Bewegungen irgendwie gleitend waren. Er schien keine echten Schritte zu machen, obwohl sich seine Beine bewegten.

Peter kicherte mit vollem Mund. Er schluckte und grinste breit. »Das liegt daran, daß ich nicht wirklich laufe. Ich bewege mich telekinetisch fort.« Aus seinen Augen blitzte der Schalk ob ihrer Verwirrung. »Ich befehle meinem Körper, sich zu bewegen. Er kann es nicht von allein.«

Tirla hörte auf zu essen und starrte ihn an, bis ihr einfiel, daß es sogar in den Linear-Komplexen unhöflich war, jemanden lange anzustarren. »Dein Körper bewegt sich nicht? Aber du ißt doch. Du benutzt deinen Arm und deine Hand – genauso wie ich.« Sie hielt ihre Hand hoch.

»Ich bin ziemlich gut darin, nicht wahr?« Peter war über seine Wirkung auf Tirla entzückt. »Ich hab auch noch andere Dinge fertiggebracht, ich meine ...« Er brach mit einem etwas schuldbewußten Grinsen ab.

»Ich hab gehört, daß du in dem, was dein Talent ist, auch ziemlich gut bist. Das war super – die Kids von diesem Perversling wegzuholen.«

Tirla schüttelte entschieden den Kopf. Sie fand das, was sie getan hatte, gar nicht so besonders. »Nicht mit dem zu vergleichen, was du tust. Mein Talent ist nicht der Rede wert.«

Peter schnaubte gutmütig und abfällig zugleich. »Das meinst auch nur du. Rhyssa hat da ganz was anderes gesagt. Ich bin gut in dem, was ich tue. Aber du bist sehr, sehr gut in dem, was du tust. Stell dein Licht nicht unter den Scheffel.«

Etwas verlegen über die Ernsthaftigkeit in Peters Ton, wechselte Tirla das Thema. Sie brannte darauf, ihn über spannende Themen auszuquetschen. »Du hast gesagt, daß Rhyssa dir geholfen hat? Ist sie die Dunkelhaarige, die gestern abend hier war, nachdem Sascha gegangen ist?«

Peter nickte. »Sie ist die Direktorin hier.«

»Sascha ist nicht der Direktor?«

Peter schüttelte den Kopf. »Sascha ist der stellvertretende Direktor. Er springt ein, wenn Rhyssa mit anderen Dingen beschäftigt ist. So wie mit mir! Ich bin ihr Schützling …« Er brach augenzwinkernd ab und warf Dorotea einen schnellen, fast entschuldigenden Blick zu, dann grinste er. »Rhyssa muß sich als Direktorin um eine Menge spezieller Projekte kümmern.«

Tirla bemerkte, daß ihm kurz die Schamröte ins Gesicht stieg. Was konnte einen Jungen wie Peter verlegen machen? Dann verteilte Dorotea Teller mit frisch gebratenem Speck und Rührei und drängte Tirla, den heißen Toast zu probieren. Tirla aß, bis sie pappsatt war. Sie dankte Dorotea für die Mühe, die sie sich gemacht hatte.

»Ich koche gern«, erwiderte Dorotea, sanft lächelnd. »Besonders für Leute mit Appetit. Peter, warum nimmst du Tirla nicht mit ins Arbeitszimmer und hilfst ihr beim Einloggen in das Lehrprogramm? Du mußt zuerst ein paar Einstufungstests machen, Liebes, aber sobald sie abgeschlossen sind, wird von dir erwartet, daß du alle Kurse, denen du zugeteilt wirst, durcharbeitest.«

Tirla nickte kurz – die Art und Weise, wie Peter aufstand, interessierte sie im Augenblick viel mehr. Tatsächlich, er ging nicht, er schwebte, als er sie ins Arbeitszimmer führte, und seine merkwürdigen, gleitenden Bewegungen faszinierten sie.

»Und du läufst nicht wirklich?« fragte sie.

»Nee, das ist alles telekinetisch. Mein Rückenmark wurde verletzt, als die Mauer mich unter sich begrub. Die medizinische Wissenschaft kann dagegen nichts ausrichten – aber die telekinetische Wissenschaft ermöglicht es mir, daß ich mich bewegen kann. Besser, als im Rollstuhl zu sitzen«, versicherte er ihr munter. »Hier ist dein Terminal, und das ist dein Kopfhörer. Ich muß meine Stunden mit dem Lehrprogramm auch absitzen. Dem kann ich mich mit Telekinese nicht entziehen!« Er schnitt eine Grimasse, als sie sich auf den Stuhl setzte, den er ihr gezeigt hatte. Nachdem sie den Kopfhörer aufgesetzt hatte, gab er mit merkwürdigen Fingerbewegungen eine Befehlssequenz ein, und plötzlich erwachte der Bildschirm zum Leben.

»Tirla Tunnelle, ich möchte dich als deine persönliche Lehrerin in diesem Lehrprogramm begrüßen.« Auf dem Bildschirm war ein Klassenzimmer und eine Frau mit einem freundlichen Gesicht zu sehen, die an einem Schreibtisch saß. Tirla wußte, daß die Lehrerin ein Konstrukt war, das die alte Lehrer-Schüler-Beziehung suggerieren sollte. Sie hatte das Aussehen der Lehrerin indes immer gemocht. Sie war eine Person, der man vertrauen konnte, die nicht über Fragen oder dumme Fehler lachte, und die da war, um einem etwas beizubringen. »Sascha Roznine hat uns mitgeteilt, daß du unter dem Namen Kail, Bewohner von Linear G, Apartment 8732 a, ein paar gute Leistungen erzielt hast. Bevor es so richtig losgeht, Tirla, werden wir heute erst einmal sehen, wieviel du von diesen früheren Lektionen behalten hast. Wollen wir jetzt anfangen? Wenn du eine kleine Erinnerungshilfe über die Funktionstasten brauchst, kannst du mit H die Hilfe aufrufen. Oder drück die Eingabetaste, wenn du startbereit bist, und wir werden mit dem Einstufungstest beginnen.«

Mit widersprüchlichen Gefühlen – Ehrfurcht davor, daß ein lange gehegter Traum wahr wurde, und Angst davor, daß das Wunder aus irgendeinem unerfindlichen Grund wie eine Seifenblase zerplatzen könnte – drückte Tirla die Eingabetaste.

»Ich glaube«, begann Dorotea, mit den Fingern auf den Küchentisch trommelnd, »daß Tirla auf dem besten Wege ist, lernsüchtig zu werden. Sie bleibt am Terminal hocken, obwohl Peter genauso wie du, Sascha, alles versucht hat, sie nach draußen zu locken. Ich glaube auch, daß sie das Gelände als unheimlich empfindet und sich draußen nicht wohl fühlt. Sie bleibt auf den Wegen und geht nicht auf die Spielplätze. Doch all dies Lernen und kein Spiel ist keine Verbesserung.«

Don Usenik, der als medizinischer Berater an der informellen Besprechung teilnahm, schüttelte etwas belustigt, daß Dorotea sich so ereiferte, den Kopf. »Nach den medizinischen Berichten ist sie ausgezeichnet in Form. Erstaunlich, wenn man bedenkt, unter welchen Bedingungen sie gelebt hat.«

»Nun, ich glaube, daß es falsch für ein Kind ihres Alters ist, zu versuchen, sich in vier Tagen zwei Jahre Schulbildung einzuverleiben«, argumentierte Dorotea.

»Gibt es Verbesserungen bei ihrer Wahrnehmung?« fragte Rhyssa.

»Was sagt Peter?« wollte Dorotea sofort wissen. Rhyssa lachte. »Peter meint, daß sie könnte, wenn sie wollte. Wenn sie lernt, kann er ihre ständigen geistigen Kommentare hören. Sie hat ein erstaunliches Gedächtnis, auf visueller wie auch auf auditiver Ebene. Sie hat ihm ein paarmal telepathisch geantwortet, als es ihr nicht bewußt war.«

»Wir müssen ihr ihr Potential bewußt machen«, sagte Sascha frustriert.

Rhyssa beugte sich über den Tisch. »Es wird Zeit brauchen, Sascha. Es gibt keinen Grund, die Entwicklung ihres Talents zu erzwingen.«

»Boris hätte gerne noch hundert Tirlas mehr«, sagte Sascha stirnrunzelnd.

»Aber ich dachte, du und Boris, ihr habt das Kind aus Jerhattan gefunden«, erwiderte Rhyssa, die seinem Gedankengang gefolgt war. Ihr gefiel nicht, was sie las: Boris wollte, daß Tirla zusammen mit Cass als Undercover-Agentin arbeitete.

»Ach, stimmt schon, wir haben das Mädchen gefunden und gerettet«, erwiderte Sascha ohne Stolz, »und noch zwei weitere, aber es hat uns nicht wirklich weitergebracht. Wir haben nur einen kleineren Ganoven erwischt, der per Telefon in Verbindung bleibt – ein weiterer dieser praktischen illegalen Kontaktmänner. Wir sind also wieder einmal in einer Sackgasse gelandet. Die Mädchen konnten uns nichts sagen. Sie waren betäubt und mit verbundenen Augen in irgend so einen weichen Kunststoffkokon gesteckt worden. Sie haben ein ziemlich tiefgehendes Trauma erlitten.«

»Die psychologischen Narben, die ihre Einkerkerung hinterlassen hat, werden schwer zu heilen sein«, bemerkte Don stirnrunzelnd. »Eine neue Methode, die entführten Kids gefügig zu machen – taktile Desorientierung. Gemeiner Trick.« Er schüttelte den Kopf.

»Rhyssa, du und Peter reist heute ab, nicht wahr? Dann bleibt es wohl Dorotea und mir überlassen, mit ein paar brillanten Ideen auf den Plan zu kommen, wie man die Tests verbessern kann, was?«

»Ich bin natürlich mit von der Partie«, sagte Sascha, seine Frustration abschüttelnd. »Ich bin schließlich der Ausbildungsleiter dieses Zentrums. Das Problem mit einem einzigartigen Talent wie Tirla ist, daß ihr erstens gar nicht klar ist, welches Talent sie besitzt. Und zweitens: Wie kann man Kinder testen, die eigentlich gar nicht existieren sollten?«

»Welches Training hast du denn für Tirla vorgesehen?« fragte Rhyssa.

Sascha zuckte die Achseln. »Training? Sie ist ein Naturtalent – sie klinkt sich bei anderen Menschen ins Sprachzentrum ein und paßt sich automatisch an die Sprache an, die sie sprechen.« Er breitete die Arme aus. »Ich wüßte nicht, was wir daran noch verbessern könnten. Und sie kann genauso wenig wie Peter erklären, wie sie das tut, was sie tut.«

»Ich würde ja selbst gehen, aber ich hasse Menschenmengen und kann nicht so weit laufen«, sagte Dorotea unvermittelt, »aber sag mal, Sascha, kannst du sie nicht einmal für einen Nachmittag vom Lehrprogramm weglocken? Diese Schuhe von der Kleiderausgabe sind nicht zu gebrauchen, und sie mag sich in ihrer Sozialhilfemontur wohl fühlen, aber ich würde sie gerne in etwas Schönerem gekleidet sehen. In mehreren schöneren Outfits gekleidet.

»Ich?« Sascha warf erst Dorotea und dann Rhyssa einen Blick zu und tat so, als bemerke er Dons amüsierten Gesichtsausdruck nicht.

»Du!« Dorotea zeigte unerbittlich mit dem Finger auf ihn. »Sie vertraut dir.«

»Aber ich habe noch nie Kleidung für ein Kind gekauft.«

»Kein Grund zur Panik«, gab Dorotea ungerührt zurück. »Ich bin sicher, daß Tirla weiß, in was sie sich wohl fühlt, und das ist alles, worauf du achten mußt. Sie ist noch ein bißchen jung dafür, in einen Kaufrausch zu verfallen.«

Wollen wir wetten? zischte Rhyssa Dorotea zu, die ihr einen unergründlichen Blick zuwarf, ohne eine telepathische Erklärung abzugeben.

»Nimm sie zu einem der guten Einkaufszentren mit. Laß sie sehen, wie die andere Hälfte der Menschheit lebt – die, zu der sie jetzt gehört«, fuhr Dorotea fort. »Und dann lade sie zu etwas Süßem ein, etwas, das schlecht für die Zähne ist und dick macht. Verwöhne sie ein bißchen. Zeige ihr, daß das Leben in dieser Gesellschaftsschicht noch mehr zu bieten hat als einen viereckigen Kasten und ein ID-Armband.«

»Sie könnte noch von anderen Kindern wissen, die ungewöhnliche Fähigkeiten haben«, fügte Rhyssa hinzu. »Ihr entgeht nicht viel.«

»Da hast du sicher recht«, erwiderte Sascha herzlich. »Dein Heli ist gerade gelandet, Rhyssa. Ich begleite euch noch zum Flieger.«

»Peter!« rief Rhyssa. »Dave und Johnny sind auf dem Weg hierher. Hast du alles gepackt?«

Dorotea schnaubte. »Er ist schon mit dem Packen fertig gewesen, ehe du überhaupt an die ...« – sie hielt inne und grinste schelmisch – »Ablenkung gedacht hast.«

»Ich komme«, rief Peter. Er glitt in Tirlas Zimmer. »Ich wollte dir noch Tschüs sagen«, sagte er zu ihr. »Hau schön weiter in die Tasten.«

Sie drückte die PAUSE-Taste und sah ihn überrascht an. »Fährst du weg?«

Peter grinste schelmisch. »Rhyssa hat einen Job für mich.« Er zwinkerte.

»Einen Job? Für dich?«

274

»Klaro. Ich bin sehr nützlich. Ich möchte, daß du es weißt.«

Tirla sah ihn eine Zeit lang skeptisch an. »Was tust du?«

»Nur noch ein bißchen mehr von dem, was ich gut kann.«

Tirla bedachte ihn mit einem langen Blick, aus dem tiefste Ungläubigkeit sprach. »In was könntest du gut sein?«

Peter schnalzte mit der Zunge, weil er nicht mit den Fingern schnippen konnte. »Ich wünschte, ich könnte es dir erzählen, Tirla, aber es ist ein Berufsgeheimnis.«

»Dann erzähl es mir eben nicht. Ich hab was Besseres zu tun als Rätselraten!« Tirla wandte sich wieder zum Bildschirm um.

»Aber ich werde wochenlang weg sein.«

Tirla winkte ihm über die Schulter hinweg zu. »Viel Spaß«, sagte sie, die Augen auf den Bildschirm gerichtet. Die Lehrerin, die gerade einen besonderen Punkt in der Lektion hatte erklären wollen, als Tirla sie unterbrochen hatte, stand mit halb geöffnetem Mund und halb erhobener Hand da. Tirla versuchte weiterzulernen, aber war in Gedanken bei Peter, denn obwohl sie es Peter gegenüber nicht zugegeben hatte, würde sie ihn vermissen. Wochen?

Er war der erste Junge, den sie je getroffen hatte, der etwas in der Birne hatte. Sie wußte, daß er ein sehr cleverer Telekinet sein sollte – er hatte mit ihr über Gedankenübertragung und Telepathie gesprochen, was sie etwas nervös machte – aber er war auch gut darin gewesen, ihr bei einigen der schwereren Aufgaben, die die Lehrerin ihr aufgab, zu helfen. Wenigstens würde Sascha da sein. Sie würde nicht wollen, daß Sascha wochenlang weg war.

Sie war überrascht, als ihre Lektion ein zweites Mal unterbrochen wurde – von Sascha.

»Tirla! Hast du heute schon einmal einen Fuß vor die Tür gesetzt?«

»Nein«, erwiderte sie und gab die Antwort auf eine Frage auf dem Bildschirm ein.

»Tirla! Schalte diesen verdammten Kasten aus! Wir haben heute nachmittag etwas Besseres zu tun.«

Sie legte den Kopf schief, um zu ihm aufzublicken. »Was denn?«

»Dir ein paar neue Schuhe und Kleider kaufen.«

Tirla schaute auf ihre Zehen hinunter, die durch die neuesten Risse in ihren Schuhen hindurchschauten. »Ich hab ja versucht, den Kleiderausgabeschacht zu finden, aber Dorotea hat keinen.«

Sascha beugte sich hinunter und drückte energisch auf den Netzschalter.

»He!« Tirla sah ihn erst mit großen Augen an und blickte dann feindselig drein. Sie griff nach dem Schalter, aber er hielt ihre Hand fest.

»Du kannst an der Stelle weitermachen, an der du aufgehört hast, wenn wir zurückkommen. Steh auf!« Sascha zog sie energisch an der Hand. »Wir haben keine Kleiderausgabeschächte im Zentrum. Im allgemeinen bestellen wir unsere Kleidung im Versandhaus, aber weil ich deine Schuhgröße nicht kenne und nicht weiß, welche Farben du magst, werden wir dieses eine Mal in Fleisch und Blut ins Einkaufszentrum gehen. Und wenn wir fertig sind, gönnen wir uns etwas.«

Das weckte Tirlas Interesse. Sie sprang auf, und ihre schwarzen Augen funkelten. »Was gönnen wir uns denn?«

»Das bleibt ganz dir selbst überlassen, Liebes«, sagte er, während sie sich auf den Weg zur U-Bahn-Station des Zentrums machten. »In unseren Einkaufszentren ist die Auswahl groß«, fügte er in provokativem Ton hinzu.

Welche Bedenken Sascha auch immer über das Einkaufen für ein Kind hatte, sie legten sich schnell. Zuerst mußte sich Tirla von ihrem anfänglichen Schock über die Größe des Einkaufszentrums, das Sascha gewählt hatte, erholen. Dann vollführte sie einen Tanz durch jede Abteilung des zwölfstöckigen Komplexes, Sascha im Schlepptau. Ihre Augen und ihr Kopf waren in ständiger Bewegung, während sie sich einen ersten Eindruck verschaffte.

Wieder im Erdgeschoß angekommen, sinnierte sie ausgiebig über die verschiedenen Gegenstände, die bei der ersten Runde ihre Aufmerksamkeit erregt hatten, und begann mit einer zweiten Runde. Im dritten Stock, in dem sich glücklicherweise die Young Fashion-Abteilung befand, löste sich die Sohle von einem ihrer Schuhe ... »Von der Hitze, die sich bei der Geschwindigkeit, mit der sie durch die Räume gesaust war, entwickelt hatte«, erzählte Sascha Dorotea später.

Als ein dienstbeflissener Wachmann mit der offensichtlichen Absicht auf Tirla zusteuerte, das Balg aus dem eleganten Gebäude zu entfernen, hielt Sascha ihn zurück.

»Das würde ich nicht tun«, sagte Sascha mit einer tiefen Baßstimme und schob seinen Ärmel hoch, um sein ID-Armband mit dem speziellen Muster zu entblößen. »Ich begleite sie. Ist sie jetzt als Kundin akzeptabel?«

»Ja, Sir, tut mir leid, Sir, aber Sie müssen zugeben ...«

»Deshalb sind wir ja hier.«

Der Mann machte, daß er wegkam, wobei er sich mehrmals umdrehte und Sascha ängstliche Blicke zuwarf.

»Du hattest doch nicht vor, ihn zu verhexen, Sascha?« fragte eine amüsierte Stimme neben ihm.

Er wandte sich um und erblickte Cass Cutler, die lächelnd zu ihm aufsah. »Wenn ich könnte, würde ich einen Zauberspruch über Tirla verhängen, damit sie endlich zu Potte kommt«, sagte er. »Wir sind wie ein

277

Wirbelwind durch alle zwölf Stockwerke dieses Hauses gefegt, und jetzt ist sie bei der zweiten Runde.«

Cass lachte über sein Unbehagen. »Und sie haben dich ganz allein mit deinem Schützling losgeschickt? Das ist aber gar nicht nett.«

»Es soll uns beiden eine Lehre sein.«

Tirla tauchte wieder auf und ergriff Saschas Hand. Sie sah Cass aus zu Schlitzen verengten, auf einmal unergründlichen Augen an.

»Ich erinnere mich an dich«, sagte Cass. »Du hast mich und meine Partnerin in Linear G abgehängt. Und du hast Flimflams Affentheater in perfektes Chaos verwandelt. Herzlichen Glückwunsch!«

»Du bist eine von ihnen«, beschwerte sich Tirla mit einer Kopfbewegung zu Sascha.

Cass lachte wieder, ein kehliges, herzliches Lachen. Sascha spürte, wie Tirlas Finger sich entspannten. »Nicht ganz, Mausi. Wir gehören zum gleichen Verein, aber im Moment hat mich die RuO zur Menschenmengenkontrolle eingeteilt.«

Tirla sah sich etwas abfällig um. »Ist nich gerade viel los hier heute.«

»Ich bin heute nicht im Dienst«, gab Cass zurück und blickte lächelnd auf Tirla hinunter. »Wie ich sehe, hast du heute auch einen freien Tag. Hast du etwas gefunden, das dir gefällt?«

Hilfst du mir, Cass? Bitte sag ja! flehte Sascha. *Ich habe den bösen Verdacht, daß dieses Kind vorhat, das ganze Einkaufszentrum noch einmal durchzukämmen, ehe es überhaupt etwas anprobiert.*

»Wenn ich mir eine Bemerkung erlauben darf, Tirla, du wirst mit einem guten Paar Schuhe an den Füßen länger laufen können. Im Moment gibt es ein paar Superangebote. Was gefällt dir?«

Sascha fiel ein Stein vom Herzen, und er folgte Cass und Tirla in die Schuhabteilung. Eine Stunde später, nachdem zwei gestresste Verkäufer sich anstelle des unbrauchbaren mechanischen Fitters abgemüht hatten, endeten Tirlas kleine, schmale und sehr zierliche Füße in weichen, violetten Lederstiefeln, dem einzigen Paar Schuhe, das ihr paßte.

Natürlich völlig ungeeignet für ein Kind, sagte Cass, *aber sie passen.*

Und sie liebt sie! Sascha sah, wie Tirla über das ganze Gesicht strahlte, als sie von Spiegel zu Spiegel stolzierte und sich die Stiefel anschaute.

»Mr. Roznine«, bemerkte der Chefverkäufer, als das Kartenlesegerät den Kassenzettel ausspuckte, »Ihre kleine Gefährtin hat einen äußerst zarten und ungewöhnlichen Fuß. Kann ich Ihnen diesen Konzern empfehlen? Er stellt ausgezeichnete Maßanfertigungen her.«

Sascha konnte die Gedanken des Mannes leicht lesen und bekam mit, was er nicht aussprach: »Dann müssen wir das nicht noch einmal durchmachen.« Doch er war genauso dankbar für die Karte, die man zum Home-Shopping in Doroteas Versandhaus-Automaten stecken konnte.

Er pries Cass für jeden neuen Kauf, denn sie schien das Anschauen, das Anprobieren und die endlosen Diskussionen über Schnitt, Stil und Farbe tatsächlich zu genießen.

»Der Gedanke, unbegrenzte Mittel zur Verfügung zu haben, ist Tirla fremd, Sascha«, sagte Cass an einem Punkt, »aber du mußt zugeben, daß sie weiß, was ihr steht.«

Tirla stand in einem Einteiler Modell, der so wenig mit Sozialhilfe-Kleidung zu tun hatte wie Diamanten mit Kieselsteinen. Seine Grundfarbe war ein gedämpftes Blau mit violetten Verzierungen am Saum, auf den Taschen und den Klettverschlüssen. Als Tirla einmal festgestellt hatte, daß der Anzug sowohl ihr als auch

279

Sascha gefiel – es war immer Sascha, den sie nach seiner Meinung fragte –, konnten Sascha und Cass sie nur mit vereinten Kräften dazu bewegen, weitere Kleidungsstücke zu kaufen.

»Wozu brauche ich denn noch mehr? Ich hab Stiefel, und dieses Material ist robust. Es wird jahrelang halten. Selbst wenn ich wieder auf Güterzüge aufspringen müßte«, fügte Tirla hinzu und blickte schalkhaft zu Sascha auf.

Er mußte über ihre Frechheit lachen. »Es ist ein zauberhaftes Outfit, Tirla, ohne Frage. Doch die Lehrerin wird es leid werden, dich darin zu sehen.«

Tirla bedachte ihn mit einem langen zynischen Blick. »Die Lehrerin *sieht* mich nicht.«

»Nein, aber Dorotea und ich, wie auch Sirikit, Budworth, Don und Peter und Rhyssa. *Sie* haben nie zwei Tage hintereinander das gleiche an.«

»Ach, die haben eine Menge Kleider. Dorotea hat ganze Schränke voll.« Tirla klang nicht eifersüchtig – wenn überhaupt, war ihr Ton leicht kritisch, so als habe sie das Gefühl, daß es sich nicht ziemt, so viele Kleider zu besitzen.

»Du brauchst ein paar Kleider zum Wechseln«, sagte Cass. »Ich habe selbst recht viele«, fügte sie ermutigend hinzu, während Tirla einfach zurückstarrte. Sie hatte die Hände in den tiefen Taschen des Overalls vergraben, und stand mit hängenden Schultern da.

»Du mußt die Kleider nicht mit deinen Floatern bezahlen, Tirla«, begann Sascha, dem plötzlich klar wurde, daß das der Grund für ihr Zögern sein könnte. »Dorotea und Rhyssa wollen, daß du jetzt, da du zu uns gehörst, gut gekleidet bist. Du bist jetzt ein Talent und kein Untergrundkid mehr, weißt du.« Er deutete auf ihr ID-Armband.

»Oh.« In Tirlas Gesicht breitete sich ein Ausdruck des Staunens und der Verwunderung aus, als sie ihr

Armband ansah und ihr die Bedeutung seiner Worte ins Bewußtsein drang. »Ist das der Grund, warum diese Verkäufer so freundlich zu mir waren?«

»Höchstwahrscheinlich«, sagte Cass ironisch. »In Einkaufszentren wie diesem kennen alle das charakteristische Muster.«

Tirla drehte ihr Armband um ihr zierliches Handgelenk. »Echt?« Sie schob das Band aus dem Ärmel ihres neuen Outfits. »Was kann ich alles kaufen, nur weil ich dieses Armband trage?«

Sascha schnappte nach Luft, aber verbarg sein Erschrecken mit einem Husten, als Cass ihm den Ellbogen in die Rippen stieß.

»Wollen wir es herausfinden, Mausi?« fragte Cass fröhlich und streckte ihr die Hand hin.

Tirla ergriff sie bereitwillig, aber ihre andere Hand tastete sofort nach Saschas, und dann zog sie ihre Begleiter hinter sich her zu einem Stapel Hosen in leuchtenden Farben.

Sie war nicht so raffgierig, wie Sascha befürchtet hatte, aber sie hatte zum Schluß »für jeden Wochentag etwas anderes zum Anziehen«. Schließlich löste Sascha sein Versprechen ein, daß sie sich nach dem Einkaufen etwas gönnen würden, und lud Cass ein, ihnen im »Traditionellen Café mit feiner Confiserie und unwiderstehlichen Desserts« Gesellschaft zu leisten.

Tirla gelang es, drei überladene Eisbecher zu vertilgen, daß Sascha sich insgeheim der Magen umdrehte.

Cass: *Gönn ihr den Genuß, Sascha. Eis ist etwas, das sie vorher nur vom Hörensagen kannte.*

Sascha: *Was, wenn sie mit verdorbenem Magen nach Hause kommt? Dorotea wird mir bei lebendigem Leibe das Fell über die Ohren ziehen.*

Cass: *Dieses Kind hat eine eiserne Konstitution, wenn sie den Habenichtse-Fraß bisher überlebt hat. Und schau, wie sie es genießt.*

281

Sascha (stöhnend): *Ich muß gleich kotzen!*

Just in diesem Augenblick fiel Tirla auf, daß in dem Café auch noch andere Mädchen und Jungen saßen. Sie löffelte automatisch und begutachtete die anderen Kids ausgiebig.

Die Blonde da sollte keine grellen Farben tragen. Die würde in Pastelltönen viel besser aussehen. Mann, warum trägt der eine so enge Hose? Die quetscht ihm ja den Sack ab. Also, dieses rote Teil würde mir gut stehen. Vielleicht kann ich das nächste Mal, wenn Sascha Geld ausgeben will, so was ergattern.

Sascha warf Cass einen verstohlenen Blick zu. Sie verdrehte die Augen.

Sascha: *Bewußtseinsströme – und laut und klar. Ist ihr bewußt, daß sie sendet?*

Cass, die emsig den letzten Rest ihres Eisbechers auslöffelte: *Höchst unwahrscheinlich. Diesem Kind muß es sein ganzes Leben lang nur ums Überleben gegangen sein. Ehrlich, Sascha, ich empfinde es als großes Kompliment, daß sie in unserer Gegenwart entspannt genug ist, ihren Schutzschild herunterzulassen.*

Sascha: *Gutes Argument.*

Sascha beobachtete Tirla so unauffällig wie möglich und hörte sich ihre markigen und scharfsinnigen Bemerkungen über Aussehen, Stil, Kleidung, Verhalten und eine Reihe von anderen Themen an, die durch ihren wachen und faszinierenden Geist strömten.

Schließlich erhob sich Cass offenbar widerstrebend und sagte, daß sie zum Zentrum zurück müßte, weil sie abends einen Auftrag hatte. Tirla schien enttäuscht darüber zu sein, daß sich ihr Trio auflöste.

»Schau, Mausi, wenn du dich noch in einem weiteren Einkaufszentren tummeln willst ...« begann Cass.

»Es gibt noch *weitere?*« rief Tirla aus und warf Sascha einen anklagenden Blick zu.

»Tausende«, verriet ihr Cass mit einem verschmitzten Grinsen. »Aber man kann wirklich jeweils nur ein Einkaufszentrum durchkämmen. Sonst kommt man ganz durcheinander, was man wo und zu welchem Preis gesehen hat. Glaube mir, ich weiß, wovon ich rede!«

Tirla sah das ein und faßte Sascha bei der Hand, bereit, zum Zentrum zurückzukehren.

Als sie in Doroteas Haus ankamen, waren ihre Einkäufe schon über die Expreßpaketröhre eingetroffen und sauber im Zimmer aufgestapelt.

»Welch eine bezaubernde Kombination!« rief Dorotea aus, als sie Tirlas Kleider sah. *Hast du das Einkaufszentrum leergekauft, Sascha?*

Gib ihr noch ein bißchen Zeit, und sie wird wahrscheinlich genau das tun. Cass hat den Fehler gemacht, ihr zu verraten, daß es noch unzählige andere Einkaufszentren wie das Grafton's gibt, und wir werden vielleicht nie in der Lage sein, ihre Rechnungen zu bezahlen.

Dorotea lachte. »Ich erwarte eine Modenschau nach dem Abendessen, Tirla.«

»Eine Modenschau? Warum? Ich kann diese Woche jeden Tag etwas anderes anziehen. Dann siehst du alles«, erwiderte Tirla. »Was gibt es zum Abendbrot? Es riecht gut!«

»Nach all dem, was du gerade verdrückt hast?« fragte Sascha.

»Das war die Schleckerei, die du mir versprochen hast. Kriege ich danach kein Abendbrot?«

»Natürlich kriegst du das«, versicherte Dorotea ihr und warf Sascha einen tadelnden Blick zu.

Wenn du die drei riesigen, glibberigen, ekelhaft süßen Eisbecher gesehen hättest, die sie erst vor einer halben Stunde verschlungen hat, würdest du vielleicht nicht so hinterher sein, sie mit dem Abendessen vollzustopfen, blaffte Sascha.

»Wasch dir die Hände, Tirla, ich werde gleich das Abendessen auftragen. Bleibst du zum Essen, Sascha?«

»Nein, danke«, sagte er, und es gelang ihm, höflich zu klingen. *Peter hatte recht damit, daß sie Telepathin ist. Aber sie weiß nichts davon.*

Hmm. Siehst du, du hast heute etwas von ihr gelernt. Was hat sie von dir gelernt?

Wie man Geld ausgibt, erwiderte Sascha bissig und ging.

Wenn die offiziellen Zuschauer den Jungen, der auf einer Seite des oberen Kontrollraums saß, beim Start überhaupt bemerkten, dann nahmen sie an, daß es sich um ein Besucherkind handelte, das ausnahmsweise zuschauen durfte. Die Männer bemerkten gewiß die Frau, die neben ihm saß, denn sie hatte eine entwaffnende Schönheit und eine ungewöhnliche silberne Strähne in ihrem dunklen Haar. Sie wandte ihre Aufmerksamkeit indes nie von dem Jungen ab. Ebenso konzentriert auf ihn war ein großer, dunkelhaariger Mann in Uniform mit dem Adler eines Colonels auf dem Revers. So wenige hatten mehr als einen flüchtigen Blick für das Trio übrig. Der eigentliche Akt fand draußen an der massiven, emporragenden Abschußrampe statt, wo orkanartige Winde den Rauch, der aus den Raketen des Shuttles austrat, über die Startbasis fegten. Alle kürzlichen Starts waren recht heikel gewesen. Das schlechte Wetter führte bei allen Flügen zu chaotischen Zuständen, aber in den ersten kritischen Minuten eines Shuttle-Starts war es besonders gefährlich.

Der Countdown hallte selbst in dem abgeschirmten Raum wider – bei acht versuchten die Zuschauer auf der Galerie, die sich unterhalb des Kontrollraums befand, sich in eine gute Position zu drängeln, um ungehindert durch die schmalen, in die Wand eingelassenen Fenster sehen zu können und Zündung und Start ja nicht zu verpassen. Man drückte verstohlen die Daumen, denn dies war der dreizehnte Shuttle-Start nach zwölf erfolgreichen Starts in Serie.

»Zündung!« So oft, wie dieses Wort schon ausgesprochen worden war, es war immer wieder ein Unterton stillen Triumphs darin.

Als die Shuttle-Triebwerke mit voller Kraft aufheulten, konnte keiner der Zuschauer ein anderes Geräusch hören – das von Stromgeneratoren, die sich mit immer größerer Geschwindigkeit drehten: ein leises Heulen, das anschwoll und sich dann einpendelte, als die Schubkraft des Shuttles, eines von der majestätischen neuen Rigel-Klasse, sich allmählich aufbaute. Die letzte Versorgungsbrücke zum Start-Tower wurde abgesprengt. Alle hielten den Atem an. Dann hob das Shuttle dem heulenden Wind und dem prasselnden Regen zum Trotz vom Stahlbetonpodest ab, ohne einen Zentimeter von der optimalen Flugbahn abzuweichen. Das Shuttle beschleunigte bei seinem Aufstieg, und plötzlich war der Vogel in der Luft und verschwand in den tief hängenden, treibenden, dunkelgrauen Wolken.

Sofort wandten sich alle Augen den neu installierten Infrarot-Monitoren zu. Sie verfolgten den geraden Weg des Shuttles durch die Atmosphäre in sichere Sphären oberhalb der Turbulenzen zur Padrugoi-Station, wo seine Ladung dringend gebraucht wurde.

»Der Pilot kann die Steuerung jetzt übernehmen«, sagte Peter Reidinger und öffnete die Augen. Er warf zuerst Rhyssa einen Blick zu, und sie nickte mit einem bestätigenden Lächeln, als sie seine Hand losließ. Er mochte es, wenn sie ihn in diesen Momenten berührte, auch wenn er es nicht spüren konnte.

»Jetzt sind Sie dran, Crosbie«, sagte der Fluglotse und stieß einen kleinen Seufzer der Erleichterung aus. »Guter Start, Pete. Du arbeitest hervorragend. Du hast das Ganze zu einer Wissenschaft gemacht.«

»Es ist eine«, erinnerte ihn Johnny Greene grinsend.

»Sie wissen, was ich meine, Colonel«, sagte der Fluglotse, mit der Hand wedelnd.

»Er nimmt Sie auf den Arm«, sagte Peter und blickte auf den Monitor. Er brauchte es nicht wirklich – er konnte den Aufstieg des Shuttles wie einen Blutstrom, der durch seine Venen pulsierte, wie ein Kribbeln, das ihm durch Mark und Bein ging, mitverfolgen. Das konnte er *spüren*.

»Sehr ökonomischer Start, Peter«, bemerkte Johnny, der den Ausdruck an der Kontrollkonsole des Generators studierte. »Das ist der dritte nacheinander auf dieser Gestaltebene. Ich denke, wir können jetzt bestimmte Parameter über den Stromverbrauch bei Schlechtwetterstarts definieren – auch wenn ich immer noch nicht verstehe, *wie* du es machst.« Er grunzte verärgert. Der Ex-EP-Pilot hatte gehofft, daß es ihm gelingen würde, Peters Gestalt-Verbindung nachzuvollziehen, indem er seinem Geist bei einem Start folgte. Er und Rhyssa hatten sich überlegt, ob nicht die Tatsache, daß er nur ein latentes telekinetisches Talent besaß, ein Vorteil sein könnte – denn einem reinen Telekineten würde es vielleicht nicht möglich sein, sich an Peters Art anpassen. Er hatte bei seinen Versuchen, etwas über die Methode herauszufinden, die der Junge anwandte, jedoch nicht mehr Glück gehabt als Sascha.

»Vielleicht versuchen Sie es zu verbissen, J.G«, schlug Peter vor. »Ich bleibe so offen, wie ich kann ...«

»Ich weiß, Kumpel. Weit offen. Ich bin einfach nur zu unbeholfen, um durch die Tür zu kommen. Ich glaube, es *muß* ein voll ausgeprägter Telekinet sein.«

»Die zweite Stufe ist gezündet«, verkündete der Fluglotse, der auf der Kontrollkonsole ein Signal empfing. »Das Baby ist auf dem Weg! Du machst gute Arbeit, Peter. Gute Arbeit.«

»Komm, es ist Zeit für deine Schwimmstunde, Pete«,

sagte Johnny. »Wir müssen dich fit halten, damit du diese Vögel starten kannst.«

»Kann ich nicht noch etwas bleiben? Um sicherzugehen, daß es richtig andockt?« Peter würde selbst in der hintersten Ecke seines Schädels, in die Rhyssa vielleicht noch hineinblicken könnte, nicht zugeben, daß er direkt nach einem Start nicht mehr genug Kraft hatte, um von der Couch aufzustehen. Er war froh um jeden Vorwand, der es ihm ermöglichte, die paar Minuten Zeit zu gewinnen, die er brauchte, um wieder zu Kräften zu kommen.

»Der Vogel ist okay«, versicherte der Fluglotse ihm.

»Schau, solange du magst«, sagte Johnny und setzte sich wieder. Wenn er Peters wahres Motiv erraten hatte, dann ließ er sich das nicht anmerken.

Die Zuschauer unterhalb des Kontrollraums verließen die Galerie nacheinander, nachdem sie Regenschutzkleidung angezogen und sich gegen die tobenden Winde gewappnet hatten. Mit einem Augenzwinkern schaltete der Fluglotse das Intercom ein.

»Ich sage Ihnen, Senator, es ist ein Maßstab für den neuesten Stand der Raumfahrttechnik, daß wir jetzt in der Lage sind, *trotz* der schlechten Wetterlage Starts durchzuführen.«

»Wenn ich für jeden aufgeschobenen Start einen Nickel bekommen hätte, mein Junge, könnte ich euch allen auf der Raketenabschußbasis jetzt einen Drink spendieren. Wieviel hat diese neue Technik doch gleich noch gekostet?«

Die Zahl, die der Kongreßabgeordnete nannte, war dreimal so hoch wie die Summe, mit der Peters Vertrag tatsächlich dotiert war. Und sie überstieg die Kosten für den Generator fast um hundert Prozent.

Peter grinste breit. Er genoß es in vollen Zügen, daß er mithören konnte. Er war entsetzt gewesen, als er hörte, was ein großer Generator kostete – obwohl Colonel Greene ihm versichert hatte, daß es im Vergleich zu anderen Objekten, die für Cape Canaveral gekauft wurden, Peanuts waren – und er konnte nicht glauben, was sie ihm für seine kurzfristigen Dienste bezahlten. Von den Bonussen für jeden erfolgreichen Start gar nicht erst zu reden. Er war sogar noch entzückter gewesen, als Rhyssa vorschlug, die Pension, die seine Eltern vom Zentrum bekamen, zu erhöhen.

Talente wurden im allgemeinen nicht unter Vertrag genommen, bevor sie nicht mindestens achtzehn Jahre alt waren, aber die Umstände und seine ungewöhnliche Gabe waren Grund genug gewesen, eine Ausnahme zu machen – eine kurzfristige Ausnahme.

Vernon hatte dem Zentrum den Rat gegeben, daß die Technik als effizienter angesehen werden würde, wenn sie *teuer* war. Die Differenz zwischen Faktum und Fiktion floß in den Forschungsfundus des Zentrums.

Daher hatte Altenbach geschickt vorgehen müssen, um die Verantwortlichen von Cape Canaveral zu überreden, die »neue Technik« in Betracht zu ziehen, auch wenn er von General Halloway und Colonel Straub begeisterte Unterstützung bekam. Peter war nicht erwähnt worden, die Generatoren sowie sehr merkwürdige »Instrumentation« waren es dagegen. Peter war in der Tat mit Rhyssa hinter einer Trennwand verborgen gewesen, als die »neue Technik« zum ersten Mal getestet wurde. Er hatte trotz orkanartiger Winde und einer tief hängenden Wolkendecke in nur hundert Metern Höhe eine Drohne telekinetisch von Cape Canaveral nach Eglin Field geflogen. Er hatte das Flugzeug direkt auf dem Zielpunkt gelandet, der auf die Start- und Landebahn gemalt war – um die Präzision der »neuen Technik« zu demonstrieren. Dann hatte man ihm erlaubt, eine beladene Drohne in den Orbit zu schießen, wo das Flugzeug von einem Raumschiff aus Padrugoi übernommen werden konnte. Seine Präzision war auch hier wieder der entscheidende Faktor: Es waren so viele Drohnen von ihrem Kurs abgekommen, daß man ihren Einsatz drastisch eingeschränkt hatte.

Zwei Tage später wurde widerwillig einem richtigen Shuttle-Start zugestimmt. Es war keine Veränderung der katastrophalen Wetterbedingungen abzusehen, und man war mit den Lieferungen um Wochen hinterher. An jenem ersten Morgen war Peter etwas nervös, und das Shuttle stieg mit einer so erstaunlichen Geschwindigkeit auf, daß die Fluglotsen dachten, es habe eine Fehlzündung gegeben, und den Start schon abbrechen wollten. Peter, dem Johnny telepathisch half, reduzierte die Schubkraft, und das Shuttle setzte seinen Flug fort. Der Pilot sagte später, daß seine Instrumente in den ersten Augenblicken einen Andruck von 11 registriert hatten – er hatte sich vor Angst in die Hose gemacht und gedacht, daß er nicht einmal in der Lage sein würde, den Schleudersitzmechanismus auszulösen.

Die »neue Technik« verfeinerte sich während der folgenden Starts, und die NASA stieß einen allgemeinen Seufzer der Erleichterung aus, daß alle geplanten Lieferungen nach Padrugoi transportiert werden konnten.

Rhyssa und Johnny beobachteten den Gesichtsausdruck des Jungen, während er den Aufstieg des Shuttles mitverfolgte. Der Fluglotse brachte ihnen Kaffee, und sie warteten darauf, daß Peter sich von dem Anblick lösen konnte.

»Okay«, sagte der Junge schließlich, als auf dem Bildschirm zu erkennen war, daß das Shuttle seine Andockposition erreichte, und er sich genug erholt hatte. »Die neue Technik ist für ihre Schwimmstunde bereit.« Er war zwar immer noch ein bißchen schwach, aber schaffte es, normal von der Couch aufzustehen. Er hob die rechte Hand und winkte dem Fluglotsen zu, als er die Treppenstufen zum Ausgang hinunterging.

Der Fluglotse hatte vier Starts gebraucht, um sich mit der »neuen Technik« und Peters seltsamer Rolle dabei wohl zu fühlen, aber er hatte den Jungen ins Herz geschlossen und es aufgegeben, zu versuchen, sich einen Reim darauf zu machen, wie er tat, was er tat – was immer es war.

»Zieh deinen Regenmantel an, Pete«, sagte Johnny.

Peter hatte entdeckt, daß er Regen telekinetisch von sich fernhalten konnte, aber er versuchte, der Versuchung zu widerstehen, unnötigerweise damit anzugeben. Gehorsam warf er sich den Regenmantel um die Schultern. Sie verließen den Betonbunker und spurteten zu ihrem wartenden Schweber.

Zwei Wochen nachdem Rhyssa und Peter nach Florida geflogen waren, stattete Boris dem Zentrum einen seiner seltenen Besuche ab, um Sascha von der Tatsache zu berichten, daß nach Ansicht der Undercover-Agenten weitere Kinder verkauft worden waren. Die Agenten hatten bemerkt, daß in Linear A, B und C viele Floater im Umlauf waren. Also wurden Cass und Suz nach Linear E gesandt. Da die beiden Frauen sich in allen Linear-Wohnkomplexen in Jersey ab und zu sehen ließen, waren sie den Bewohnern bekannt. Cass' Schwangerschaft machte sie weniger verdächtig, und sie gab vor, sich nicht wohl zu fühlen, um Suzs Gesellschaft zu erklären. Bislang hatten sie nichts zu berichten, nicht einmal einen Anflug von gespannter Erwartung. Wann immer sie einem Kind begegneten, markierten sie es, sofern das möglich war.

Ähnliche Teams markierten die Linear-Kinder im Bereich von Jerhattan. Scan-Teams arbeiteten rund um die Uhr und warteten darauf, daß ein markiertes Kind in einem ungewöhnlichen Gebiet auftauchte.

»Weißt du, Bruderherz«, meinte Boris bei seinem Besuch im Zentrum, »wir können nur Schadenskontrolle durchführen. Einen Telempathen einzusetzen verhindert nicht, daß Kids entführt werden.« Sascha war einmal nicht mit der Entwicklung neuer Testverfahren beschäftigt, sondern saß in Rhyssas Büro, um routinemäßige Verwaltungsarbeiten zu erledigen. Boris stand am Fenster und blickte auf die friedliche Umgebung hinab.

»Nein, nein, nein und nochmals nein«, sagte Sascha, ohne den Blick vom Bildschirm abzuwenden. Er fuhr mit den Fingern über die Tastatur und wirbelte dann mit dem Stuhl herum, um seinen Bruder böse anzusehen. »Ich werde auf gar keinen Fall zulassen, daß Tirla als Lockvogel eingesetzt wird!«

»Aber sie ist ein Naturtalent«, sagte Boris. »Sie versteht es wie kein anderer, der uns zur Verfügung steht, sich einen Reim auf die Gerüchte in den Linear-Komplexen zu machen.«

»Glaubst du, daß ich …« – Sascha schlug sich mit der Hand auf die Brust – »sie einem Risiko aussetzen würde?«

»Ehrlich, ich glaube nicht, daß Tirla in Gefahr wäre«, fuhr Boris fort, während er durch den Raum tigerte. »Wir könnten sie mit Cass und Suz einschleusen und sie mit allen Wanzen ausstatten, die es gibt. Sie *kennt* die Linear-Komplexe, sie kann jede Sprache sprechen, sie ist ein schlauer Fuchs und …«

»Sie ist zwölf Jahre alt, und du verwendest sie nicht als Lockvogel«, brüllte Sascha. Er gab sich keine Mühe, seine Entrüstung und seinen Zorn zu dämpfen.

Boris sah ihn überrascht an. »Dieses Kind ist nie und nimmer zwölf! Und was ist denn dabei, den einzigen Trumpf, den wir in der Hand haben, um der Entführungen in den Linear-Komplexen Herr zu werden, auszuspielen? Sie besitzt ein einzigartiges Talent, eine natürliche Tarnung und eine Gabe für diese Art von Dingen. Denk doch mal daran, wie sie in Linear G klar gekommen ist.«

»Linear G war einmal. Ich setze sie nicht wieder einem solchen Risiko aus.«

»Sie war nie in Gefahr. Außer vielleicht durch dich!« Boris starrte seinen Bruder böse an. »Und dies war Cass' Idee, wie ich finde, eine Superidee. Eins ist klar, Sascha – wenn wir den Kopf der Bande nicht schnappen, werden wir weiter Kinder verlieren. Kids, die vielleicht sogar talentiert sein könnten.«

»Kümmere dich ums Suchen und Schnappen der Ganoven, aber laß Tirla aus dem Spiel. Es gibt andere Methoden, ethisch vertretbare und wissenschaftliche Methoden, RuO-Probleme zu lösen.«

»Sascha, wenn ich das Personal hätte, es auf die harte Tour durchzuziehen, dann würde ich diesen Weg wählen«, erwiderte Boris. Sein Gesicht lief rot an, als er versuchte, sich angesichts der Unnachgiebigkeit seines Zwillingsbruders zu beherrschen.

»Verwende doch einige der Kids aus Linear G als Köder. Sie würden sich über eine Gelegenheit, aus dem Heim rauszukommen, freuen!«

Boris bedachte seinen Bruder mit einem langen Blick. »Weißt du, das ist gar keine schlechte Idee. Ich werde mal schauen, was sich da machen läßt.« Damit verließ er das Zimmer.

KAPITEL 14

Trotz der Arbeit waren die letzten drei Wochen in Florida fast wie Ferien für Rhyssa, John Greene und Peter gewesen. Dreizehn der achtzehn Shuttles mit Lieferungen zu starten, nahm für Peter höchsten zwei oder drei Stunden pro Tag in Anspruch.

Als Johnny Greene begann, die technischen Einzelheiten über Schubkraft, Flugbahn, Umlaufbahn und andere Dinge, die mit seiner Arbeit zu tun hatten, zu erklären, stellten er und Rhyssa fest, daß Peter große Wissenslücken hatte. In den Monaten, in denen er im Krankenhaus gelegen hatte, war ihm nicht einmal ein Lehrer zur Verfügung gestanden. Somit heuerten sie sofort einen telepathischen Tutor an.

Alan Eton entdeckte schnell, daß Peter das gewöhnliche Desinteresse von Jungen an Grammatik, Rechtschreibung und Syntax hatte, doch in bezug auf die Terminologie in technischen Bereichen war er seiner Altersgruppe weit voraus. In Mathematik lag er auf Universitätsniveau, und sein Verständnis gewisser Aspekte der Physik war erstaunlich fortgeschritten. Mit dem Colonel als seinem Rollenmodell hatte Peter den Ehrgeiz, in diesen Wissenschaften Fortschritte zu machen. John Greene nutzte die Tatsache, daß der Junge ihn bewunderte, und riet ihm, auch seine Computer- und Englischkenntnisse zu verbessern, auch wenn sein ganz besonderes Talent die Telekinese war. Obwohl Peter einige chemische und biologische Konzepte verstand – besonders jene, die mit seinem Unfall zu tun hatten –, hatte er natürlich keine Laborerfahrung. Sie stellten einen Lehrplan auf und hielten regelmäßige

293

Unterrichtsstunden ein, in denen Alan Peter anregte, selbständig zu lernen, was immer ihn interessierte, während er die offensichtlicheren Lücken füllte. Ein Universitätsabschluß war für Peter Reidinger kein Thema – er machte ja bereits eine steile Karriere. Wenn er sein volles Potential entwickeln wollte, war es gleichwohl sehr wichtig für ihn, ein allgemeines Verständnis vieler Disziplinen zu erlangen. Hin und wieder fragte er sich, während er sich durch seine Lektionen kämpfte, wie es Tirla wohl ging und welchem Training Sascha sie unterzog.

Peter brauchte immer noch Krankengymnastik, und ohne den hemmenden Stützapparat hatte er keine Schwierigkeiten, seine Gliedmaßen zu trainieren. Er hielt seinen Trainingsplan akribisch ein, in der Hoffnung, seine Muskeln aufzubauen.

»Es hat Fälle gegeben«, hatte die Krankengymnastin Rhyssa und Johnny berichtet, »in denen geschädigtes Nervengewebe wieder stimuliert wurde. Das ist es, was wir Peter wünschen können. Daß sich seine Sinneswahrnehmungen und Bewegungen normalisieren.«

»Wie stehen die Chancen dafür?« fragte Rhyssa.

Die Krankengymnastin hatte bedauernd die Achseln gezuckt. »Schwer zu sagen. Es schadet ihm sicher nicht, telekinetisch zu trainieren. Das verbessert den Muskeltonus und die Geschmeidigkeit der Bewegungen. Ich will ehrlich sein. Ich hätte nicht gedacht, daß er jemals telekinetisch würde laufen können, als er das erste Mal in den Gymnastikraum kam.«

Schwimmen war Peters Lieblingssport. Das Wasser trug seinen Körper, und er konnte mit minimalem Aufwand den Eindruck erwecken, daß er wirklich schwamm. Er konnte sogar unglaubliche Sprünge vom Sprungbrett hinzaubern. Er schwebte über dem Wasser, während er seinen Körper Drehungen vollführen ließ, und dann sauber ins Wasser eintauchte. In den letzten

Wochen hatte die Sonne nicht oft genug geschienen, als daß man davon braun werden konnte, aber auf der Sonnenbank hatte er eine wunderschöne Bräune bekommen. Rhyssa hatte die künstliche Sonne auch gut getan.

»Du hast die Pause gebraucht«, sagte Johnny zu ihr, als sie auf den Sonnenbänken lagen, während sie ein Auge auf Peter hatte, der fröhlich im Pool herumplanschte und so tat, als sei er ein Delphin.

»Weißt du«, sagte sie mit einem tiefen Seufzer, »ich glaube, das habe ich. Es ist in den letzten Monaten ziemlich hektisch gewesen.« Sie seufzte wieder. »Aber das ist das Kreuz, das man als Direktor eines Zentrums tragen muß – und ich möchte nichts anderes sein, *trotz* der Nachteile.«

»Willst du je heiraten oder Kinder haben?« fragte Johnny in seinem lässigsten Plauderton.

»Johnny Greene, worauf willst du hinaus?« Sie hob eine Augenbraue, was ihn warnte, daß sie sich die Informationen wahrscheinlich selbst holen würde, wenn er nicht ehrlich mit ihr war.

Johnny bedachte sie mit einem kecken Grinsen. »Auf nichts – außer, daß Dave Lehardt gerade angekommen ist.« Sein Grinsen wurde breiter, als er ihre Reaktion bemerkte. »Ach! Sieh mal einer an! Du bist also doch nicht völlig immun gegen seinen Charme.«

Rhyssa schaffte es, einen Lacher von sich zugeben, aber konnte nicht verhindern, daß ihr bei der Neuigkeit die Röte ins Gesicht stieg. »Woher weißt du das? Du kannst ihn nicht ›hören‹, wenn ich es nicht kann.«

»Ich habe ihn aus dem Auto steigen sehen. Er kommt ums Haus herum.« Sie konnte das spöttische Funkeln in Johnnys Augen nicht ertragen.

»Wir sind nur gute Kollegen«, sagte sie und hörte ein mentales Haha von Johnny, als Dave Lehardt die Schwimmhalle betrat. Johnny gluckste weiter vor sich hin, als Daves Blick nur einen Moment länger auf ihr ruhte, ehe er die anderen begrüßte.

»Hallo, du Rumpfmannschaft«, rief Dave Peter zu, der einen Arm um den Handlauf der Swimmingpool-Treppe geschlungen hatte. »Soll ich dir raushelfen?«

»Ich denke, es ist genug, Pete«, sagte Rhyssa. »Du hast blaue Lippen, und deine Haut ist schon ganz aufgeweicht. Hallo, Dave.«

Johnny über eine private Verbindung: *Ihr wärt ein gutes Team, weißt du. Seine Schönheit und deine Intelligenz!*

Rhyssa projizierte ein Bild von sich selbst, wie sie Johnny mit einem riesigen Holzklotz jagte, auf dem das Wort »Rohling« eingeritzt war.

Johnny: *Dorotea findet das auch.*

Rhyssa: *Ich mache mir lieber meine eigenen Gedanken dazu.*

Johnny: *Die kann Dave aber nicht hören. Und das ist überhaupt der einzige Nachteil. Er begehrt dich, weißt du.*

»Wirklich beeindruckender Start heute, Pete«, fuhr Dave fort, während er den Jungen mit einem Arm aus dem Pool holte und ihn in ein riesiges Handtuch einwickelte.

»Er wird jedesmal besser«, sagte Johnny und zog mit seinem künstlichen Fuß eine Liege heran.

Rhyssa: *Sieh dich vor, John Greene, ich habe meinen eigenen Aufpasser.* Sie erinnerte sich belustigt daran, wie Peter mit dem lästigen Prinz Phanibal umgesprungen war. *Und ich werde ihn bitten, dich ins Wasser zu schmeißen, wenn du dich nicht anständig benimmst.*

Johnny übermittelte ihr ein Bild von sich, wie er sie mit großen Augen unschuldig anblickte. *Ich? Aus der Reihe tanzen – besonders wenn du drohst, in einem lausigen Pool einen Kurzschluß in meinen cybernetischen Gliedmaßen zu verursachen? Weißt du was Salzwasser meinen Ersatzteilen antut?* Er visualisierte, wie es ihn heftig schüttelte, während Stromstöße durch seinen Körper liefen und Teile von seinem künstlichen Arm und Bein in alle Richtungen davonspritzten.

»Bei den letzten drei Starts war der Stromverbrauch eigentlich gleich«, sagte Rhyssa zu dem Neuankömmling.

Dave Lehardt beugte seine langen schmalen Glieder, um sich auf eine Liege zu setzen, und grinste Rhyssa an. Bildete sie sich ein, daß seine Augen wärmer blickten, wenn er sie ansah? Verdammt, daß er kein Talent hatte! Verdammt, daß er so einen natürlichen, undurchdringlichen Schutzschild hatte! Sie hatte keinen Fingerzeig – außer blauen Augen, in denen sie ertrinken wollte –, ob da mehr war. Kein Wunder, daß die Nichttalentierten regelmäßig in Beziehungskisten gerieten. Und doch…

»Die NASA ist über die Effizienz ihres neuen Steuerungs- und Kontrollsystems entzückt«, sagte Dave, übers ganze Gesicht strahlend, »und sie gibt sich damit zufrieden, es in der Kategorie »Was ich nicht weiß, macht mich nicht heiß« zu belassen. Von Padrugoi sind indes weitere Anfragen zum möglichen Einsatz dieses streng geheimen Systems für ihre Zwecke gekommen.

»Und?« fragte Johnny. Er drehte sich auf der Sonnenbank um. Seine Augen verengten sich zu Schlitzen, und sein Körper entspannte sich in der Sonne.

»General Halloway druckst herum, wir hätten einen Prototyp, für den eine formidable Testreihe vorgesehen sei, aber keinesfalls ein völlig erprobtes System…«

»Ich bin ein erprobtes System«, sagte Peter beleidigt, während er zu ihnen schwebte – ein unheimlich aussehendes Manöver, weil seine Füße unter dem Handtuch, das er versuchte aus den Pfützen um den Pool herum herauszuhalten, nicht zu sehen waren. Er klapperte mit den Zähnen.

»Komm her«, sagte Rhyssa und machte Platz für ihn auf der Sonnenbank. Sie wäre heruntergefallen, wenn

Dave sie nicht schnell mit Händen und Knien abge-
stützt hätte. Sie spürte die Wärme, wo er sie berührte,
eine Wärme, die ganz anders war als die von der Sonnenbank. Dann ließ sich Peter neben ihr nieder und
ordnete seine Gliedmaßen. »Dir ist heute doch nach
fünfzehn Minuten Sonnenbank, nicht wahr?«

»Ich sag dir eins«, fuhr Dave fort. »Du hast in letzter
Zeit ganz schön was auf die Knochen gekriegt. Von
einer Skeleton crew* kann nicht mehr die Rede sein.«

»All diese gute gesunde Sonne von Florida«, sagte
Peter und grinste Dave an. Er hatte seine Eifersucht auf
den PR-Mann schließlich überwunden: Es war schwer,
auf einen Menschen eifersüchtig zu sein, der so eine
gewinnende Ausstrahlung hatte, so tolle Vergnügun-
gen ersinnen konnte und die besten Restaurants
kannte. Johnny meinte oft zu Rhyssa – wenn Dave
nicht da war –, daß der Mann ein Talent haben mußte,
das einfach nicht meßbar war. Dann diskutierte er über
Dinge wie traumatische Durchbrüche und psychische
Blockaden, und Rhyssa erwiderte, daß es manchmal
schön war, jemanden zu kennen, der immer für eine
Überraschung gut war.

»Wenn du diese gesunde Sonne siehst, laß es mich
wissen, ja?« bemerkte Dave angesichts der Tatsache,
daß es in den letzten drei Wochen fast unaufhörlich ge-
regnet hatte. »Wann werdet ihr endlich ein zuverlässi-
ges Wetter-Talent finden?«

»Schau, wir haben gerade erst ein kleines Wunder
vollbracht«, gab Rhyssa zurück. »Gib uns mindestens
drei Tage!«

»Gott hat nur einen Tag geruht«, sagte Dave. Er
senkte die Stimme zu einem tiefen Baß und setzte ein
frommes Gesicht auf.

---

* Skeleton crew: wörtlich: Skelett-Mannschaft, dt. Rumpfmannschaft

»Drei Wochen, drei Monate, drei Jahre, drei Jahrzehnte«, erwiderte Johnny mit Grabesstimme. »Ich kann nicht mal austüfteln, was der gute alte Petey macht, und ich habe mich jetzt wochenlang abgestrampelt.

»Pete«, begann Dave, »wie siehst du, was du tust? Wir können die Quelle genauso gut gleich selbst fragen«, fügte er zu Rhyssa gewandt hinzu.

Peter lachte und gab vor, über die Frage nachzudenken. Er zog die Stirn kraus und strich sich übers Kinn, so wie Johnny das manchmal tat. »Ich denke daran, was ich tun will – das Shuttle in die Luft befördern – und dann greife ich auf die Generatoren zu und bringe sie auf Touren und« – er hob die schmalen Schultern – »schieße es ab.«

»Wie einen Stein in einer Steinschleuder?« fragte Dave.

»Ja, so ähnlich.«

»Du klingst so, als seist du dir nicht sicher.«

»Bin ich auch nicht. Es muß getan werden, also tue ich es.«

Rhyssa, die Peters Unbehagen darüber, daß er es nicht richtig erklären konnte, spürte, legte Dave warnend die Hand aufs Knie. Seine Hand umschloß sofort die ihre und hielt ihren Arm in einer etwas seltsamen Stellung. Johnny grinste sie über den auf dem Bauch liegenden Peter hinweg an.

»Es gibt viele Handlungen«, fuhr Rhyssa schnell fort, »die rein unwillkürlich sind. Wie zum Beispiel das Atmen. Wir führen die Schritte des Einatmens und Ausatmens nicht bewußt aus – es sind unwillkürliche Funktionen. Oder nehmen wir zum Beispiel die Handlung, nach einem Glas zu greifen. Wir befehlen unserer Hand nicht bewußt, sich bis zum Glas auszustrecken, befehlen unseren Fingern nicht, es zu umschließen, und unserem Arm nicht, den leichten Gegenstand hochzuheben. Wir führen die Handlung ohne große bewußte Anstrengung aus. Peter arbeitet auf einer derart unwillkürlichen Ebene, daß er die erforderlichen Schritte – noch – nicht analysieren kann. Sobald Lance Baden von der Zwangsarbeit auf der Station befreit ist, werden wir, denke ich, besser verstehen lernen, was der Rumpfmannschaft so leicht fällt wie das Atmen.«

»Es ist nicht ganz so leicht«, sagte Peter.

»Verletze die Gefühle der Rumpfmannschaft nicht«, sagte Johnny scheinbar angriffslustig. »Sonst streikt sie!«

»Nicht mit diesem Vertrag, niemals«, sagte Rhyssa mitfühlend.

»Weißt du, Pete«, begann Johnny in nachdenklichem Ton, »du hast gesagt, daß etwas getan werden muß, und du es einfach tust. Denkst du vorher wirklich *nicht* darüber nach, wie du es tust? Tust du es einfach?«

»Wie Sie selbst, wenn ich Sie daran erinnern darf, auf ihrer einundzwanzigsten Mission ein stark beschädigtes Shuttle gelandet haben«, warf Dave ein. »Die Experten haben immer noch nicht herausgefunden, wie Sie das bewerkstelligt haben!«

John Greene grinste ihn an. »Mir geht's genauso. Tut mir leid, Pete.«

»Haben Sie Telekinese verwendet?« fragte Peter.

»Nichts anderes hätte uns an jenem Tag hintergebracht, mit einer zerschmetterten Tragfläche und einem abgefallenen Heck. Technisch gesehen, habe ich das erlebt, was man einen traumatischen Durchbruch von Talent nennt, der durch einen starken Überlebensinstinkt erzwungen wird.«

»Was hat sie getroffen?« fragte Peter dann. Er hatte immer danach fragen wollen, aber es war irgendwie nie der richtige Zeitpunkt gewesen, und er war sich nicht sicher, ob es dem Colonel nicht unangenehm war,

300

daran erinnert zu werden, wie er einen Arm und ein Bein verloren hatte.

»Irgendwelche übergeschnappten halbstarken Clowns, die Akrobatik in der Flugbahn vollführten«, sagte Johnny und fluchte einfallsreich auf hörbarer wie auch auf telepathischer Ebene. Peters Augen wurden kugelrund vor Ehrfurcht vor seiner saftigen Sprache. »Sie haben leider nicht überlebt, um sich vor mir oder dem Gesetz für ihre Mätzchen zu verantworten.«

»Oh!« war Peters Reaktion auf Johns uncharakteristische Bitterkeit.

»Du wirst doch den Pool nicht verschmähen, Dave?« fragte Rhyssa, um das Thema zu wechseln. Sie hoffte, wieder die Kontrolle über ihre Hand zu bekommen, ehe ihr der Arm einschlief.

»Ihr müßt auf jeden Fall ein paar Tage mit mir vorliebnehmen«, gab Dave zurück. »Ohne die Hilfe der Rumpfmannschaft ist der Flughafen blockiert.« Er stand auf und bahnte sich, ein fröhliches Liedchen pfeifend, einen Weg durch die Pfützen zu den Umkleidekabinen.

Johnny stieß einen Seufzer aus und legte sich wieder auf die Sonnenbank, die Arme unter dem Kopf. Die Kunsthaut, die seinen künstlichen Arm bedeckte, sah ziemlich echt aus, bemerkte Rhyssa, außer, daß sie keine Bräune annahm. Peter dagegen bekam eine tiefe Bräune, die ihn wie jeden anderen gesunden, wenn auch hageren Jungen in seinem Alter erscheinen ließ. Er war kurz davor einzunicken und erschöpfter von den morgendlichen Aktivitäten, als er zugeben würde. Rhyssa lächelte auf den Jungen hinunter, stand von der Sonnenbank auf und machte es sich auf der Liege bequem, von der Dave sich gerade erhoben hatte. Sie sah auf die Uhr: Peter hatte noch zehn Minuten. Sie entspannte sich auf dem weichen Kissen.

»Jesus Christus!«

Bei Daves plötzlichem Ausruf schreckte sie hoch und sah hilflos zu, wie er mit Armen und Beinen in der Luft zappelte, nachdem er in einer Pfütze ausgerutscht war. Sein langer Körper würde gleich genau auf der Kante des gekachelten Pools knallen. Die Sonnenbänke erloschen, und im nächsten Moment wurde sein abrupter Fall gestoppt, so daß er behutsam am Rand des Pools landete – unverletzt, ohne blaue Flecken, aber furchtbar erschrocken.

»Wie, zum Teufel …«

»O mein Gott!« rief Johnny aus. »Hast du das getan, Peter?« fragte er. Die Antwort war ein ganz leises Schnarchen. »O mein Gott! Ich hab's getan! Ich hab's getan! *Ich hab's getan*!« Seine Stimme schwoll zu einem Crescendo an, als er Rhyssa in einem Zustand schockierter Entzückung und Überraschung anstarrte.

Rhyssa schüttelte langsam den Kopf und grinste so breit bei diesem Durchbruch, daß sie dachte, sie würde noch zum Breitmaulfrosch.

»Das bist allein du gewesen«, versicherte sie ihm. »Wieder einmal war Johnny zur Stelle.«

Der Augenblick, in dem Dave Lehardt an diesem Abend die Küche betrat, als Rhyssa die Reste ihres Zelebrierungsmahls beseitigte, wußte sie, daß »ein Augenblick« gekommen war. Im Laufe der letzten Monate ihrer engen Zusammenarbeit hatte sie gelernt, die subtilen Anzeichen seiner Körpersprache und ihre eigenen Reaktionen auf Dave einzuordnen. Sie spürte, wie sich ihr Herzschlag beschleunigte, und sie versuchte, kein Geschirr zu zerschlagen oder Dinge fallen zu lassen. Schlimmer noch, sie konnte keine hilfreichen Hinweise aus dem Geist dieses Mannes erhalten. Vielleicht war das der Grund dafür, daß Dave ihr so viel romantischer erschien als alle Talente, die sie kannte.

Er trat ganz nah zu ihr, so daß sie sich umdrehen

mußte, um ihm zu zeigen, daß sie seine Anwesenheit bemerkt hatte.

»Das Schwerste beim Umgang mit euch Talenten ist, euch zu erwischen, wenn keiner sonst zuhört«, begann er. Seine blauen Augen hatten einen sehr intensiven Blick. Er nahm ihr die Pfanne aus der Hand und legte sie wieder ins Seifenwasser. Dann umschloß er mit beiden Händen ihre Arme und zog sie sanft, aber bestimmt zu sich. »Pete und Johnny sind so beschäftigt damit, meinen Beinahe-Unfall noch einmal durchzuhecheln, daß sie sich auf nichts anderes konzentrieren können.« Mit einem leichten Händedruck zog er sie an sich.

Johnny: *Sei bloß nicht schüchtern!*

Rhyssa: *Verschwinde aus meinem Kopf, Johnny Greene.*

Peter: *Ach, immer wenn's interessant wird. Wie soll ich je lernen, wie man's macht!*

Rhyssa: *Verschwindet! Alle beide! Wenn ich auch nur einen Hauch von euren Gedanken spüre ...*

Johnny: *Ich glaube, sie meint's ernst.*

Peter: *Ich weiß es!*

In ihrem Geist breitete sich Totenstille aus.

»Sie hören nicht zu«, versicherte Rhyssa ihm.

»Man hat mich indirekt gewarnt und es mir direkt ins Gesicht gesagt, daß ich kein Recht habe, eine Frau mit deinem offensichtlichen Talent und deinen Gaben zu fragen, ob sie einen Mann heiraten will, der nicht ein Fünkchen von dem richtigen Zeug in sich hat.«

Rhyssa spürte, wie die Wut in hier hochkochte. Sie fragte sich, wer diesen wunderbaren, fürsorglichen Mann gebremst hatte – besonders angesichts dessen, was er alles für die Talente getan hatte. Dann brachte sie ihn dazu, nicht damit aufzuhören, ihr solche romantischen Sachen zu sagen, indem sie den Kopf schief legte und ermutigend zu ihm aufsah. Sie zitterte vor Erwartung.

»Aber ich glaube, daß es eine Entscheidung ist, die nur uns beide etwas angeht«, fuhr er fort. »Und ich bin so verrückt nach dir, daß ich keinen klaren Gedanken fassen kann, wenn du mit mir im gleichen Zimmer bist, und ich kann von fast nichts anderem denken, wenn wir nicht zusammen sind. Rhyssa Owen, würdest du überhaupt in Erwägung ziehen, meine Frau zu werden?«

»Warum hast du so viele Äonen gebraucht, um mich das zu fragen?« antwortete sie, schlang ihm die Arme um den Hals und lächelte zu ihm auf.

Mit einem Glücksgefühl, das ihm aus jeder Pore zu dringen schien, nahm er sie fest in die Arme und küßte sie mit völlig befriedigender Expertise, gerade so, als habe er ihre Gedanken gelesen.

KAPITEL 15

Sascha!

Er konnte Doroteas Ruf nicht ignorieren, aber er kam zu einem ungünstigen Zeitpunkt. Er hob die Hand, um Budworth und Sirikit zu signalisieren, daß sie ihre Diskussion kurz unterbrechen sollten.

Doroteas mentaler Ton war von Ärger gefärbt. *Da du ihr gezeigt hast, wie sie ihr Armband dazu verwenden kann, um fast alles überall zu kaufen, kannst du ihr jetzt beibringen, wie man Maß hält und spart. Und sag ihr, daß sie ihr Zimmer aufräumen soll! Es gibt keinen Zentimeter mehr, der nicht bis zu der Decke mit »Schnäppchen« zugestopft ist.*

Sascha: *Wo ist sie?*

Dorotea, am Ende ihrer Geduld: *Sie probiert Kleider an, während sie sich die Lektionen von heute ansieht!*

»Hör mal, Bud, geh diese ethnischen Gruppen noch einmal durch«, befahl Sascha. »Wir haben zumindest eine statistische Vorhersage darüber, wie viele psionische Talente jede Generation seit der Zeit von Henry Darrow und David op Owen hervorgebracht hat. Laß sie uns nun in die einzelnen Talent-Manifestationen unterteilen: Präkogs, Finder, Affinitäten, Telekineten, Telepathen, Telempathen.«

Budworth zuckte gleichmütig die Achseln und rief die entsprechenden Daten auf.

»Ich weiß jedoch immer noch nicht«, sagte Sirikit mit ihrer leisen, vibrierenden Stimme, »*wie* das uns helfen soll, in den Linear-Wohnkomplexen Talente zu entdecken.«

»Wo Rauch ist, da sollten auch ein paar Feuer sein«, kommentierte Sascha geheimnisvoll, als er hinausging.

Doch er war in Gedanken bereits bei einem bestimmten Talent, das sich inzwischen meilenweit von seinen frühen Kinderjahren in den Linear-Wohnkomplexen entfernt hatte.

Seit jenem schicksalshaften Einkaufstrip vor drei Wochen hatte Tirla einen neuen Zeitvertreib entdeckt, der ihrem »Hunger« auf Lernen fast Konkurrenz machte. Anfangs war Dorotea amüsiert gewesen. »Es ist ein Hunger anderer Art: auf Besitz. Es wird vorübergehen.«

Cass hatte sie auf zwei weiteren Expeditionen begleitet und ihr gezeigt, wie sie die U-Bahn benutzen konnte. Es hatte sie amüsiert zu sehen, wie Tirla in den exklusivsten Geschäften und Boutiquen ein- und ausging. Dann hatte Tirla begonnen, auf eigene Faust einkaufen zu gehen, und die Nase gerümpft, als Dorotea sich darüber sorgte, daß Kinderhändler sie schnappen könnten.

»Mich schnappen? Unwahrscheinlich«, hatte Tirla verächtlich erwidert. »Ich kann sie förmlich riechen, wenn sie die Straße entlangkommen. Ich bin in den Einkaufszentren sicher.«

Sie war in den Einkaufszentren indes nicht vor allem Übel gefeit, denn sie wurde zweimal von übereifrigen Bediensteten festgehalten. Man mußte es ihr jedoch lassen, daß sie geduldig wartete, bis jemand – gewöhnlich Sascha – vom Zentrum kam, um ihr Recht, das ID-Armband zu tragen und das Konto des Zentrums zu belasten, zu bestätigen.

Daß sie festgehalten worden war, amüsierte sie eher, als daß sie es ängstigte, und sie war entschlossen, ihren neuen Zeitvertreib zu genießen. Das hielt sie gewiß nicht von ihren Expeditionen ab, und da Sascha Cass' Meinung teilte, daß Tirla in der Lage war, alleine zurechtzukommen, schlugen sie Doroteas Warnungen in den Wind. Unausbleiblich beendete Tirla ihr Nachmittage im traditionellen Café. Als Tirla verkündete, daß sie sich schnurstracks durch die fünf Seiten der Speisekarte hindurchessen würde, hatte Dorotea lachend erklärt.

»Sie könnte dadurch etwas Fleisch auf ihren Vogelknochen ansetzen, und sie ißt ihr Abendessen immer«, sagte sie. »Ich wünschte, sie würde zunehmen. Was müssen die Verkäufer denken, wenn dieses Kind die ganze Zeit halb verhungert aussieht?«

Dorotea stand im Wohnzimmer, als Sascha auf ihren Ruf hin auftauchte, und zeigte nachdrücklich zu Tirlas Zimmer. Sascha klopfte an die Tür, und Tirlas fröhliches Summen brach ab.

»Wer ist da?« Sie war immer auf der Hut, wenn man sie überraschte. Sie würde sicher bald in der Lage sein, in den telepathischen Modus zu wechseln, und dann würde man nur noch selten unerwartet bei ihr hereinplatzen können.

»Sascha!«

»Einen Augenblick.«

Nur einen Moment lang dachte Sascha, daß er einen verirrten, scheuen Gedanken erfaßt hatte, und dann öffnete sich die Tür stückchenweise, weil Tirla Sachen umräumen mußte, um sie weit genug öffnen zu können, damit er eintreten konnte. Sascha sah sich um und stöhnte.

»Tirla, was ist mit dem Kind passiert, das man überreden mußte, mehr als ein Outfit zu kaufen?« Das war das erste, was ihm in den Sinn kam, und vermutlich überhaupt nicht dazu geeignet, um mit der Situation umzugehen.

Dorotea (entsetzt): *Du Elefant im Porzellanladen!*

Tirla blinzelte. »Aber du hast mir gesagt, daß ich einkaufen gehen kann, wann immer mir danach ist. Schau mal, was für ein Schnäppchen ich heute gemacht habe!« Sie hielt ein Paar hochhackige Sandaletten mit Pfennigabsätzen und juwelenbesetzten Riemchen hoch. »Und sie passen. Sie haben nicht viel gekostet, weil es Ladenhüter waren und der Ladenbesitzer sie mir praktisch geschenkt hat. Sind sie nicht bezaubernd? Soll ich sie dir vorführen? Sie machen mich viel größer.«

»Ich bin sicher, daß sie das tun, Tirla, aber um ehrlich zu sein, sie sind nicht das, was ein Mädchen deines Alters tragen sollte.«

»Aber sie passen!« wiederholte sie, als sei dies der wichtigste Faktor.

»Tirla! Gibt es hier kein Plätzchen, wo ich mich hinsetzen kann? Und das ist es, worüber sich Dorotea so aufregt. Du weißt doch, wie ordentlich sie alles im Haus hält.«

Dorotea: *So ist's richtig. Gib mir die Schuld.*

»Talente können bekommen, was sie brauchen und auch, was sie wollen, aber *im vernünftigen Rahmen*«, fuhr er fort. »Das ist es, was zählt. Dies hier ...« Er machte eine ausladende Geste und schlug dabei einen Bügel und die darauf hängenden Kleiderschichten von der Tür. Die Kleider fielen auf einen Berg farbenfroher Blusen, der neben der Tür aufgetürmt war. »Dies ist nicht mehr vernünftig!«

Tirla schaute nur mit ausdrucksloser Miene zu ihm auf, aber er spürte, wie tief verletzt und enttäuscht sie war, so daß es ihm sofort leid tat. »Ich glaube nicht, daß ich das Zeug zurückgeben kann. Ich habe alles anprobiert.«

»Hör mal, Mausi«, sagte er, Cass' liebevollen Kosenamen für sie verwendend, »alles zurückzugeben ist nicht die richtige Antwort.«

Es ist ein Anfang! warf Dorotea ein.

»Vernünftig einzukaufen ist die richtige Antwort. Ein Teil von diesem Zeug ...« – Sascha wies auf Spitzendessous und Netzstrümpfe, die selbst für eine Zwanzigjährige viel zu gewagt waren – »läßt sich einpacken und aufbewahren ...«

Dorotea (bissig): *Wo?*

»Im Keller.« Er hob weitere ungeeignete Kleidungsstücke hoch. »Und wir werden den Plunder auf handhabbare Mengen verringern.« Unter den Kleidungsstücken tauchte ein kleiner Berg Schuhe in allen Farben und einer Vielzahl von Stilen auf, der ihn erstaunte – und alle Schuhe waren so klein, daß Tirlas zarte Füße hineinpaßten.

Dorotea: *Macht sie jetzt auf Aschenbrödel?*

Sascha: *Es sind Paare. Jedes Töpfchen hat ein Deckelchen*, sagte er trocken.

Dorotea: *Wie können es dann Paare sein?*

»Fünf Paar Schuhe, nicht mehr, Tirla.« Er sah ihren schmollenden Gesichtsausdruck. »Fünf Paar Schuhe zugleich. Und zehn verschiedene Outfits im Schrank. Nichts von diesem ...« Er hielt ein smaragdgrünes Ballkleid mit einer kostbaren Perlenstickerei in Silber und Blattgrün hoch. Es war ausgesprochen schick, und die Farbe war perfekt für Tirla – aber nicht, bevor sie zwanzig war. Zumindest achtzehn. »Ich werde dir ein paar Kartons schicken lassen, damit du alles einpacken kannst. Dann werden wir uns zusammensetzen und ein Budget ausarbeiten.«

»Budget? Wie sie es für Städte und Projekte haben?« Überrascht hörte Tirla auf zu schmollen.

»Ja. Das Zentrum hat ein Budget, ich habe ein Budget, Peter hat ein Budget ...«

Dorotea: *Alle Kinder Gottes haben ein Budget!*

»Dann werde ich keine Einkaufsbummel mehr machen können?«

Sascha war nicht immun gegen ihre geknickte Stimme und ihren traurigen Gesichtsausdruck. »Mach so viele Einkaufsbummel, wie du willst. In allen gottverdammten Einkaufszentren in Manhattan, Long Island an der Küste von Jersey. Nur kaufe nichts. Mach nach Herzenslust Schaufensterbummel.«

»Darf ich nie wieder etwas kaufen?«

La da da, da da da dah! sang Dorotea, eine nostalgische Geigenmelodie imitierend.

Mach dich nur lustig, gab Sascha zurück. *Und wie würdest du ein Kid zügeln, das in seinem ganzen Leben noch nie viel gehabt hat und plötzlich alles haben kann, was es will?*

Mehr oder weniger so wie du, gab Dorotea zu. *Laß dich nur nicht von Krokodilstränen in ihren großen schwarzen Kulleraugen erweichen.*

Sascha bemerkte einen Unterton in Doroteas Stimme, der ihn verwirrte. Doch er beachtete ihn nicht und wandte seine volle Aufmerksamkeit wieder Tirla zu. »Nein, Mausi, nicht nie wieder. Nur nicht ständig so vieles, Dinge, die du im Augenblick nicht wirklich brauchst, weil du genug hast – praktisch von allem, soweit ich das beurteilen kann.«

Er hockte sich auf die Kante ihres kaum mehr sichtbaren Betts. »Aber Schaufensterbummel alleine machen keinen Spaß. Wo ist Cass? Sie geht gerne einkaufen.«

»Cass ist wegen eines Auftrags unterwegs.«

Tirla legte den Kopf schief und sah zu ihm auf. Sie war nicht mehr die enttäuschte und verwirrte Zwölfjährige. »Werden wieder Kinder vermißt?«

»Noch nicht«, log er. »Und wir wollen, daß das so bleibt.«

»Ist sie in einem Linear-Wohnkomplex?« In ihren Augen leuchtete Begeisterung auf.

Sascha nickte.

Dorotea: *Verrate ihr um Himmels willen nicht, wo, sonst macht sie sich auf die Suche nach Cass.*

»Warum läßt du mich nicht verdeckt mit ihr ermitteln? Ich könnte ihr Kind sein und ...«

»Nein!«

Tirla zuckte bei der Heftigkeit seiner Antwort zusammen. Sie sah wieder verletzt und verwirrt aus und sogar jünger als sie wirklich war.

»Tut mir leid, Mausi.« Sascha strich ihr über ihr volles, glänzendes Haar, bemüht, sie für seine Unerbittlichkeit zu trösten. »Gönn dir eine kleine Pause. Wir haben Yassim nicht geschnappt, und wenn er dich erspäht, würde er so schnell Hackfleisch aus dir machen, das niemand von uns dir noch helfen könnte.«

Tirla erblaßte merklich.

Dorotea: *Nun, sie hat immer noch Angst vor Yassim!*

Tirla wirkte so verängstigt, daß Sascha sie in die Arme nahm und wiegte. »Yassim kann dir hier im Zentrum nichts anhaben, Tirla. Du bist hier sicher. Ich möchte dich in Sicherheit wissen, damit du erwachsen werden und dieses seltene Talent, das du besitzt, anwenden kannst ... um genug Geld zu verdienen, um für all das zu bezahlen, was du gekauft hast.« Er versuchte, einen Witz daraus zu machen. Er spürte, wie sie sich in seinen Armen verkrampfte. »Nein, nicht deine Floater!« Er mußte lachen. Die kleine Hexe. Ihr Schatz war ihr ein und alles und durfte nie angetastet werden. »Denk doch mal daran, wie wenig du noch übrig hättest, wenn du deinen Schatz ausgegeben *hättest*. Denk das nächste Mal daran, wenn du etwas kaufen willst. Tu so, als würdest du *dein* Geld ausgeben.«

»Ich würde *mein* Geld *nicht* ausgeben«, nuschelte sie an seiner Brust.

Ihren schmalen, kleinen Körper auf dem Schoß, der sich vertrauensselig an seine Brust drückte, erlaubte sich Sascha nur wenige Augenblicke, um ihr übers Haar zu streichen und das Gefühl zu genießen, sie im Arm zu halten. Warum Tirla? Wie konnte dieses kleine frühreife Straßenkind von allen weiblichen Wesen auf der Welt sich so in seine Gefühle und sein Herz einschleichen? Sie konnte unmöglich begreifen, wieviel sie

311

ihm bedeutete. Sie war viel zu jung für diesen Aspekt des Erwachsenwerdens, als daß sie schon damit in Berührung gekommen wäre. Und doch ... sie reagierte auf ihn wie auf niemand anderen. Mit einer letzten kleinen Umarmung schob er sie so behutsam weg, wie er konnte. Eines Tages, in acht oder neun Jahren ...

Dorotea enthielt sich eines Kommentars. Zu seiner Überraschung begann Tirla gehorsam, ihre Besitztümer sauber und ordentlich zusammenzufalten. Sascha sah ihr eine Zeit lang zu und ging dann hinaus, um sich um Kartons zu kümmern.

Peter und Rhyssa kehrten an dem Tag in stillem Triumph zurück, an dem Cass Cutler Boris berichtete, daß drei Neester und zwei Hispanier in Linear E mehr Geld besaßen, als es auf legalem Wege möglich war. Boris beschloß, daß er die glückliche Heimkehr nicht mit solchen Nachrichten trüben wollte, und informierte nicht einmal Sascha davon.

Sowohl Dorotea als auch Tirla waren des Lobes voll, wie gut Peter aussah, braun und gesund, und daß er sich mit mehr Selbstvertrauen bewegte, während Rhyssa zuhörte, ein seltsames sanftes Lächeln auf den Lippen. Dave Lehardt war in Florida geblieben, um seine PR-Kampagne abzuschließen und das Bühnenbild für Colonel Johnny Greene zu entwerfen, der die Rolle der Rumpfmannschaft übernehmen sollte.

Peter fiel seinerseits Tirlas neue Eleganz auf und war erstaunt, daß sie allein einkaufen gegangen war.

»Nun, Sascha hat mich das erste Mal begleitet«, gab sie zu.

Dorotea über eine private Verbindung zu Rhyssa: *Und hat »Sesam öffne dich« gesagt, und in einer Woche war Tirlas Zimmer so überfüllt wie ein Basar.*

Sascha: *Ich hab's gehört. Jetzt mach aber mal'n Punkt!*

Rhyssa: *Hat sie sich diese Sachen selbst ausgesucht?*

Dorotea: *Sie hat sich alles selbst ausgesucht und darunter eine Menge Dinge, die ein zwölfjähriges Mädchen nicht braucht – jedenfalls noch nicht.*

Rhyssa: *Sie hat einen guten Geschmack – das, was sie gerade an hat, steht ihr sehr gut.*

Dorotea: *Alles in allem ja. Sie ist ein bißchen extravagant.*

Bewußt, daß Sascha vor Wut schäumte, wechselte Dorotea das Thema.

Peter und Tirla schlüpften aus dem Zimmer.

»Wie kommt es, daß du die ganze Zeit in die Einkaufszentren gehen darfst?« fragte Peter neidisch darauf, daß man ihr solche Freiheiten einräumte. *Er* durfte nirgendwo allein hingehen.

Tirla zuckte die Achseln. »Ach, sie haben versucht, mir zu erklären, wie gefährlich es ist.« Sie kicherte. »Als wenn ich nicht in jedem dieser beschissenen Linear-Komplexe auf mich selbst aufpassen könnte. Besonders einem, der so durchschaubar ist wie der hier in Jerhattan.«

»Und du gehst, wann immer du willst?«

»Fast jeden Tag.« Sie legte den Kopf schief und sah ihn an. Bist du schon mal in diesem traditionellen Café mit den ausgefallensten Leckereien gewesen?«

»Ich?« Peter schlug sich mit der Hand auf die Brust und zog dann eine Grimasse. Er hatte immer noch nicht die Kontrolle über die Feinmotorik, die erforderlich war, um nur einen Daumen oder einen Finger zu gebrauchen. Er war aus mehreren Gründen gekränkt. »Ach, ich hab von dem Café gehört.« Er tat so, als ließe es ihn kalt, aber dann konnte er sich doch nicht verkneifen zu fragen: »Ist es wirklich so gut?«

»Gut?« Tirla sprudelte vor Begeisterung. »Es ist phantastisch. Du würdest nicht glauben, was für tolle Kreationen die servieren. ›Die leckersten‹«, zitierte sie aus der Speisekarte, ›köstlichsten, süßen Monstrositäten, die Sie je erleben werden.‹«. Sie spürte Peters Sehnsucht und schürte sie absichtlich. »Alle Eissorten, die du dir erträumen kannst, alle selbstgemacht, mit allen Zutaten, die es auf dem Erdball gibt …«

»Und du gehst einfach hin?«

»Klaro. Warum nicht? Es sind nur vier Stationen mit der U-Bahn dahin.« Sie streckte den Daumen in Richtung des Stimmengemurmels der Erwachsenen, das aus dem Wohnzimmer drang. »Wer würde uns vermissen, wenn wir eine halbe Stunde weg sind?« Als Sie das Zögern in seinem Gesicht sah, fügte sie fast herausfordernd hinzu: »Sie sind beschäftigt. Wir sind wieder zurück, ehe sie überhaupt bemerken, daß wir uns verdünnisiert haben!«

Das überzeugte Peter, obwohl er ganz genau wußte, daß seine körperliche Verfassung völlig anders war als Tirlas. Nichtsdestoweniger war sie jünger als er, und wenn sie weg durfte, dann durfte er das auch.

Sie verließen das Haus durch den Seiteneingang. Tirla hüpfte vor Freude darüber, daß Peter sie begleitete, auf und ab. Es würde so viel Spaß machen, ihm zu zeigen, wie gut sie sich auskannte.

Peter spürte, wie viel Spaß Tirla daran hatte, ihn an einen Ort mitnehmen zu können, den er noch nicht kannte. Also lächelte er nur, als sie an der Station des Zentrums in die U-Bahn einstiegen und sich setzten. Andere Talente im gleichen Wagen grinsten die beiden an und sandten telepathische Grüße und Glückwünsche an Peter, der gelernt hatte, in der Öffentlichkeit ein bescheidenes Verhalten an den Tag zu legen, auch wenn er mit anderen Talenten beisammen war.

Tirla beschrieb in allen Einzelheiten ihre gastronomische Lieblingskreation – die mit vier verschiedenen Eissorten, vier verschiedenen Soßen, vier verschiedenen Nußsorten und Kirschen, Kokusnuß und mehrfarbigen Streußeln.

»Meine Mutter hat mich mal in so eine Eisdiele mitgenommen«, sagte Peter, »oh, das ist lange her. Zu meinem zehnten Geburtstag. Meine Schwester geht oft dahin. Meine Mutter sagt, darum hat sie so oft Mitesser.«

»Mitesser?«

»Pickel. Pusteln. Auswüchse im Gesicht.«

»Oh«, erwiderte Tirla in einem Ton, der Unverständnis ausdrückte. Peter übermittelte ihr ein Bild von einem verpickelten Gesicht. »Ach so. Das meinst du.« Sie fuhr sich verstohlen übers Gesicht.

Peter lachte. »Du kriegst vielleicht nie Pickel, Tirla«, sagte Peter aufmunternd. »Sie sorgen jetzt sowieso dafür, daß wir uns gesund ernähren. Wir kriegen keinen Sozialhilfepamps.«

»Wie war es in Florida?« fragte Tirla.

Peter hatte von Dave Lehardt gelernt, wie man schwierige Fragen taktvoll beantwortete. Also erzählte er ihr von dem flachen Land und den Palmen, dem Strand, dem guten Essen, dem Pool und den Sonnenbänken, und sie schien sich mit seiner Andeutung zufrieden zu geben, daß er und Rhyssa Ferien gemacht hatten.

Sie übernahm die Führung, als sie an der richtigen Station angekommen waren, und rannte ungeduldig vor ihm die Treppe hinauf, ehe ihr seine Behinderung einfiel. Als sie stehenblieb, war er direkt neben ihr.

»Die Ferien haben dir gut getan, nicht wahr?« sagte sie und sprang weiter die Treppe hinauf. »Guck mal – da ist das Café, direkt neben dem Eingang des Einkaufszentrums«, fügte sie, mit dem Finger darauf weisend, hinzu.

Beide bemerkten sie nicht, daß sie von zwei Männern, die gerade aus einem eleganten, privaten, zweisitzigen Hubschrauber ausstiegen, der auf dem Helipad des Einkaufszentrums geparkt war, genau beob-

315

achtet wurden. Der kleinere Mann nahm ein kleines schwarzes Gerät aus der Tasche und zeigte damit auf sie.

»Wie unvorsichtig. Keines von ihnen ist markiert! Ich will sie! Besonders diesen abscheulichen kleinen Jungen! Ich will keine Schnitzer, keine Entschuldigungen. Sie sollten mit dem Jungen nicht zu viele Schwierigkeiten haben, aber seine Kameradin darf keine Chance bekommen, einen Alarm auszulösen. Erledigen Sie das, sobald sie eine Mannschaft beisammen haben. Habe ich mich klar ausgedrückt?«

»Ja, Sir.«

Peter konnte nur einmal schreien. Sein Schrei klang eher entrüstet als alarmiert. Dann breitete sich trotz Rhyssas Versuchen, die Kommunikation wiederherzustellen, eine unheilverkündende Stille aus.

ALARM! AN ALLE TALENTE UND ALLE RUO-BE-AMTEN! Peter Reidinger ist möglicherweise entführt worden. Vermutlich in der Nähe des traditionellen Cafés. Tirla war bei ihm.

TIRLA! Saschas Schrei war fast so laut wie der ihre.

Ich bin zur Stelle! kam Boris beruhigender Baßton. *Alle Einheiten in dem Gebiet beginnen mit Suchaktionen. Faxfotos der Kinder werden an allen Fahrzeugen angebracht. Ich beginne sofort, alle möglichen Zeugen zu befragen. Dieser Fall hat höchste Priorität.*

Dieser Fall ist ein G und H! fügte Sascha mit bitterer Heftigkeit hinzu. *Sirikit, was hat Budworth auf dem Markierungs-Scanner?* Es gab eine lange und perplexe Pause. *O mein Gott. Tirla ist nie markiert worden. Rhyssa?*

Peter auch nicht, gab Rhyssa entsetzt zurück. *Wie konnten wir so dumm sein?*

Ihr wart es nicht, sagte Dorotea in gefaßtem Ton. *Ihre ID-Armbänder können weitaus genauer verfolgt werden als ein markiertes Kid.*

Der Gedankenaustausch hatte nur Sekunden gedauert, während Rhyssa, Sascha und Dorotea zum Kontrollraum eilten, wo die Überwachungsgeräte, so hofften sie, in der Lage sein würden, ihnen einen Hinweis darauf zu geben, wo die Kinder waren.

Budworth saß vor dem Scanner-Bildschirm. Sein Gesicht war vor Wut und Kummer verzerrt. »Die Armbänder wurden abgeschnitten. Der Scanner hat sie in einem Abwasserkanal neben dem Heli-Parkplatz des Einkaufszentrums gefunden.«

»O mein Gott!« Saschas Ausruf ging in einem Schluchzen unter. Dann schüttelte er sich. *Carmen, komm her, Bertha, Auer, ihr auch. Dorotea, gibt es eine Chance, daß du Tirla erreichen kannst?*

Wenn du es nicht kannst, dann habe ich erst recht keine Chance. In ihrer Antwort schwang unsäglicher Kummer mit. *Sie ist auf dich fixiert wie niemand anders.*

»Da ist nichts, überhaupt nichts«, murmelte Rhyssa. Ihre Stimme erstarb zu einem Flüstern. »Ich bin immer in der Lage gewesen, Peters Gedanken zu hören.«

»Nicht, wenn er betäubt ist, meine Liebe«, sagte Dorotea. »Das ist die einzige Zeit, in der er weder hören noch antworten kann.« Dann redete sie über eine private Verbindung mit Sirikit. *Ruf Dave Lehardt an und sag ihm, er soll herkommen, so schnell er kann.*

Sirikit gehorchte diskret. Sie blickte selbst erschüttert drein.

»Los, Bruder, los! Wie lange brauchen deine Mannschaften, um in die Gänge zu kommen?« fragte Sascha. Er marschierte aufgeregt im Zimmer auf und ab.

Die Talente mußten weitere fünf qualvolle Minuten warten, bis Boris sie kontaktierte.

Die Kids saßen ohne Begleitung hier. Tirla ist hier gut bekannt, und sie stellte der Kellnerin, die sie immer bediente, ihren Freund Peter vor. Sie hat gesehen, wie sie das Café verließen, und vier Männer beobachtet, die aus einem

317

kleinen privaten Hubschrauber ausstiegen, der das Emblem des Talentzentrums trug. Sie konnte ihre Gesichter jedoch nicht erkennen. Die Männer gingen auf die Kinder zu, nahmen sie in ihre Mitte und hievten sie anscheinend in den Hubschrauber. Es war nicht so genau zu erkennen, weil die Kinder immer von den Männern verdeckt waren. Und, nein, sie hat die Registriernummer nicht gesehen. Ich habe ein Verzeichnis von kleinen Hubschraubern mit Emblemen des Talentzentrums in Jerhattan, aber es wäre hilfreich, wenn eure Scanner ihre ID-Armbänder aufgespürt haben.

Sascha: *Die Armbänder wurden abgeschnitten. Sie liegen im Abwasserkanal vor dem Einkaufszentrum.*

Boris: *Das wäre das nächstliegende. Könnt ihr denn schon etwas auf den Markierungs-Scannern erkennen?*

Rhyssa, ernst: *Weder Peter noch Tirla sind markiert worden.*

Boris (explodierend): *Im Namen von allem, was heilig ist, warum nicht? Die beiden wichtigsten jungen Talente? Ihr scheucht alle wie die Verrückten herum, daß sie hirnamputierte Slum-Kids und verwöhnte Hascherl aus den Luxusvierteln markieren, und markiert Peter und Tirla nicht?* Die Stille, die auf seinen Ausbruch folgte, sagte mehr als tausend Worte.

Rhyssa begann zu weinen, und Dorotea versuchte, sie mit körperlichen wie auch mentalen Berührungen zu trösten.

Nun gut, fuhr Boris in ruhigerem Ton fort. *Wir müssen davon ausgehen, daß die Entführer ihre neuesten Verfahren angewandt haben. Das ist das einzige, was für die völlige telepathische Stille verantwortlich sein kann. Die Kinder wurden mit Gas betäubt. Sie werden irgendwo in diesen netten kleinen Kokons beiseite geschafft werden. Entschuldige, Rhyssa, aber ich bin zu wütend, um diplomatisch zu sein. Sascha, hast du Carmen herbeordert? Alle meine Finder sind auf den Fall angesetzt. Irgendwie werden wir sie finden.*

318

Diese Kids sind gewitzt. Sobald sie aufwachen, werden sie in der Lage sein, uns zu helfen, sie zu finden.

Suz und Cass verpaßten den Talenten einen weiteren Dämpfer, als sie berichteten, daß außerdem dreißig Kinder in jedem Wohnkomplex verkauft oder einfach verschleppt worden waren. Ranjit, der verdeckt im Wohnkomplex W arbeitete, bestätigte auch, daß auf den Märkten auffällig viel Aktivität herrschte. Ein Kinderhandel solchen Ausmaßes und mit solcher Dreistigkeit war mehr als die RuO oder das Zentrum vorausgeahnt hatten. Alles war so glatt und gleichzeitig über die Bühne gegangen, daß sowohl das Zentrum als auch die RuO davon überrascht worden waren.

»Drücken Sie Rhyssa und den anderen Talenten mein Bedauern aus. Es ist unglaublich, daß auch zwei brillante junge Talente dieser verabscheuungswürdigen Bande in die Hände fallen konnten«, sagte die Oberbürgermeisterin Teresa Aiello zu Boris, der ihre Nachricht an Sascha und Rhyssa weitergab. »Dieser Fall hat höchste Priorität, und Ihnen stehen alle Ressourcen der Stadt zur Verfügung. Es werden keine Mühen gescheut. Gibt es irgend etwas, das ich persönlich tun kann? Eine Belohnung aussetzen? Informanten Immunität gewähren?«

»Berufen Sie eine Sitzung ein«, erwiderte Boris, »und überlegen Sie mit den Leitern der verschiedenen Dienststellen, wo eine so große Zahl von Kindern festgehalten werden könnte. Ich habe jede verfügbare Person zur Verkehrsüberwachung eingeteilt. Sie können nicht aus dem Jerhattan-Bereich hinausgebracht worden sein, weder in der Gruppe, noch einzeln. Ich habe alle Güterzüge gestoppt, und jeder Container wird untersucht. Jede Fracht von verdächtiger Größe wird geöffnet. Sie müssen irgendwo in der Nähe sein – zumindest noch einige Zeit lang.«

»Jeder in diesem Team wird mögliche Verstecke untersuchen – unbenutzte Lagerhäuser, alte Gebäude, Keller«, versicherte Teresa Boris grimmig.

Boris Roznine hatte nicht alle seine Leute zur Verkehrsüberwachung eingeteilt – ein gutes Drittel schnappte so viele Schläger und Killer wie möglich, die sich in Einkaufszentren oder Gewerbegebieten herumtrieben. Vielleicht würde die RuO ja auch einfach Glück haben und einem verschreckten Habenichts einen Hinweis entlocken.

»Peter ist am Leben, nicht wahr?« fragte Budworth, der zu besorgt war, um taktvoll zu sein.

»Er ist am Leben. Es ist keine Totenstille«, sagte Rhyssa und zuckte über ihre Wortwahl zusammen. Ihre Stimme war rauh vor Anspannung. »Aber er ist nicht bei Bewußtsein.«

»Noch nichts, Carmen?« fragte Sascha die Finderin, die mit den Fingern über Tirlas abgerissene Haarsträhne fuhr. Sie vermochte ihm nicht in die Augen zu sehen, als sie langsam den Kopf schüttelte.

»Teufel noch mal! Wie konnten wir so arrogant sein zu glauben, daß wir sie mit einem ID-Armband beschützen könnten!« entfuhr es Sascha, während er auf der freien Fläche des Kontrollraums hin- und hertigerte. »Warum, um alles in der Welt, haben wir nicht daran gedacht, sie zu markieren?« Er schlug die rechte Faust in die linke Hand. »Wir haben den ganzen Raum voller Talente«, sagte er und wies beinahe hohnlachend auf die verschiedenen Teams, die sich um Monitore drängten oder Daten in den Mainframe einspeisten. »Wo könnten sie sie hingebracht haben? Diese vielen Körper sind zu schwer zu verstecken. Die Kids müssen ernährt werden. Die Entführer können sie nicht zu ihrem …« Sascha konnte nicht das richtige Substantiv finden und zog eine Grimasse. »Wo immer. Boris hat die Verkehrsüberwachung binnen Minuten eingeleitet. Verdammt, die U-Bahn- und

Güterzuglinien werden schon seit dem Vorfall in G überwacht.«

Sascha, immer mit der Ruhe, bremste Dorotea ihn über eine private Verbindung. *Rhyssa hat schon so genug Schuldgefühle ...*

Sascha: *Glaubst du, ich hätte keine, weil ich Tirla nicht markiert habe und weil ich sie angeregt habe, in dieses gottverdammte Einkaufszentrum zu gehen? In dieses unsägliche, gottverdammte Café?* Saschas Antwort troff vor Hohn. *Sie wäre, verdammt noch mal, sicherer gewesen, wenn ich zugelassen* hätte, *daß Boris sie als Lockvogel benutzt!*

Dorotea: *Hör auf, dich mit Selbstvorwürfen zu zerfleischen, Sascha. Tirla ist schon seit Wochen sicher in diesem Einkaufszentrum und dem Café ein- und ausgegangen.*

Rhyssa (gebrochen): *Peter hat so hart gearbeitet ... Was ist bloß in ihn gefahren, daß er ein solches Risiko eingegangen ist?*

Dorotea: *Er ist noch ein kleiner Junge, bei all seinen Fähigkeiten. Keine Angst, wir werden sie hören. Das leiseste Flüstern, und wir hören sie.* Dorotea suchte im Geiste unermüdlich nach einer Spur von Tirla. Nach fast fünf Wochen, die sie mit dem Mädchen verbracht hatte, sollte sie in der Lage sein, einen Zugang zu ihrem Bewußtsein zu finden.

ICH WÜNSCHE EUCH, DASS KAMELSCHEISSE ALLE EURE KÖRPERÖFFNUNGEN VERSTOPFT UND EUCH DIE KOTZE IM HALS STECKENBLEIBT! DASS EUCH DIE ZUNGE VERFAULT UND DIE ZÄHNE AUSFALLEN UND EUCH DER MUND MIT EITERPUSTELN ZUSCHWILLT! DASS EUCH DIE LEBER VERROTTET UND DIE BLASE AUSTROCKNET UND EURE DRÜSEN VERSCHRUMPELN UND VERWESEN!

»Guter Gott!« Dorotea fuhr hoch. »Habt ihr das alle gehört? Das war laut genug!«

»Peter hat nicht so einen Wortschatz!« sagte Rhyssa mit einem leichten Grinsen.

»Tirla schon«, erwiderte Sascha, von einem Ohr zum anderen strahlend. »Hat sie nicht eine spitze Zunge? Verdammt, wo ist sie? Ich höre sie nicht mehr.«

»Nun, ich höre sie, und sie ist immer noch gut in Form«, sagte Dorotea. »Kann keiner von euch sie mehr hören? Sie kann sicher an alle senden, wenn sie in einen Geist eingeklinkt ist.« Sie hob die Hand und hörte zu, alle Muskeln angespannt. *Hier ist Dorotea, Tirla. Kannst du mich hören?* Doroteas mentaler Ton war ruhig und bestätigend.

Tirla: *Dorotea? Wo bist du?*

Dorotea: *Um auf den Punkt zu kommen, wo bist du?* »Könnt ihr sie jetzt hören, Sascha, Rhyssa?« fragte sie. Beide schüttelten kurz den Kopf, was Dorotea bestätigte, daß sie die Primärkontaktperson war. Sie spürte die leichten mentalen Berührungen von Rhyssa und Sascha, die mithörten.

Tirla (wutschnaubend): *Sag du mir's. Ich kann nichts sehen. Ich kann nichts fühlen. Ich kann riechen, und der Gestank hier ist schlimmer als auf einer Müllkippe. Konntet ihr mich nicht finden?*

Nein, das konnten wir nicht, Tirla. Sie haben eure Armbänder direkt am Einkaufszentrum weggeworfen, als sie dich und Peter entführt haben. Ist Peter in der Nähe? Sascha hatte Carmen herbeigewinkt, aber sie schüttelte wieder den Kopf, weil sie Tirla immer noch nicht orten konnte. *Kannst du dich erinnern, was passiert ist?* fuhr Dorotea fort.

Tirlas Entrüstung war offensichtlich. *Ich kann mich an nichts erinnern. Peter und ich haben den neuen Spezialbecher gegessen. Er hat mich eingeladen, so zur Begrüßung, weil er gerade aus den Ferien wiedergekommen war. Wir waren auf dem Weg zur U-Bahn, als plötzlich etwas mein Gesicht bedeckte, und an mehr kann ich mich nicht erinnern. Scheußliches Zeug. Süßer, ekliger Geruch. Wie kommt es, daß ich auf einmal mit dir sprechen kann?*

Manchmal ist es eine Frage der Notwendigkeit, Tirla, erwiderte Dorotea des Lobes voll.

Warst du darauf angewiesen, daß ich mit dir sprechen kann? fragte Tirla. *Oder war ich darauf angewiesen, daß du mich hörst? Peter? Peter, antworte mir.* Dorotea nahm die widerstreitenden Gefühle in Tirlas Frage wahr, aber ein solches Ringen war kein schlechtes Zeichen.

Du und Peter wart nicht die einzigen, die heute entführt wurden. Cass und Suz haben berichtet, daß noch eine Reihe von Kindern aus E gekidnappt wurden. Ein gut organisierter Coup. Deswegen hilft uns alles, was du uns erzählen kannst, Tirla. Alles, ganz gleich, wie trivial es dir vorkommt.

Peter antwortet mir hier drinnen nicht. Vielleicht ist er einfach noch nicht wach. Ich habe Sodbrennen. Ich hätte diesen Spezialbecher nicht essen sollen. Peter? Peeeeter!

Dorotea redete sanft auf Tirla ein. *Keine Panik, Tirla. Peter wird sicher bald aufwachen, wenn er zur gleichen Zeit wie du betäubt wurde. Glaube mir, wir sind sehr erleichtert, von dir zu hören.*

Tirla (leicht überrascht): *Ich glaube dir. Man kann im Geiste nicht lügen, oder?*

Mich kannst du jedenfalls nicht anlügen, antwortete Dorotea und machte eine abwehrende Geste zu Rhyssa und Sascha, die versuchten, über sie Fragen zu senden. Tirlas Stimme war deutlich zu verstehen, aber weder so stark noch so laut wie bei ihrem ersten Wutausbruch. Sie konnte es nicht riskieren, den Kontakt zu Tirla zu verlieren. *Jetzt erzähl mir soviel wie möglich über deine Umgebung.*

Es stinkt!

Das wissen wir bereits. Wonach? Abgesehen von den unangenehmen Körperabsonderungen verängstigter Kinder, die du vermutlich riechst. Was kannst du hören?

Tirla (angewidert): *Viel Geheule.*

Sogar das sagt mir etwas, Tirla. Kannst du heraushören, wie viele Kinder etwa um dich herum sind?

Dorotea spürte, wie Tirla sich konzentrierte, und störte sie nicht.

Tirla: *Ich glaube, es sind viele Kinder. Viele weinen und klagen, und ein Kind hat Schluckauf. Sie sind rechts und links von mir und über mir, aber niemand ist unter mir. Warum haben die uns die Augen verbunden und gefesselt? Die meisten dieser Kids würden nicht einmal versuchen zu fliehen.*

Dorotea: *Yassim hat alle Kinder aus G verloren, nicht wahr? Ich glaube, das hat ihn leider dazu bewogen, seine Taktik zu ändern. Er wendet jetzt eine Desorientierungstechnik an, bei der er die Sinneswahrnehmungen der Kinder einschränkt, um sie gefügig zu machen. Du hast doch keine Angst, oder?*

Tirla (ehrlich): *Es gefällt mir nicht, aber ich habe keine Angst. Ich bin stinksauer.* Ihr Ton verstärkte sich. *Ich habe meine Mathestunde verpaßt.*

Dorotea brach in erleichtertes Lachen aus. Eine wütende Tirla würde sehr viel nützlicher sein als eine verängstigte. Sascha brachte ein erleichtertes Glucksen über die Lippen, und Rhyssas Anspannung ließ merklich nach.

Dorotea: *Bleib zornig, Tirla. Wut kann eine wertvolle Kraftquelle sein. Ich möchte jetzt, daß du versuchst, die Kinder zu beruhigen. Bring sie dazu, dir zu sagen, wie sie heißen, und, wenn möglich, wo sie her sind. E und R waren nicht die einzigen betroffenen Linear-Komplexe. Wir vermuten, daß sie so an die hundert Kinder ergattert haben.*

Peter und ich eingeschlossen?

Mit euch sind es hundertzwei. Hör zu, Tirla, wir werden deine Hilfe brauchen, um dich, Peter und die anderen finden zu können. Dorotea hob eine Augenbraue bei Rhyssas schwelendem Protest. »Ehrlich, dieses Kind kann viel besser selbst auf sich aufpassen.«

Ich soll euch helfen? Wie? Ich kann nichts sehen und bin wie ein Paket verschnürt! He, ihr da! Haltet die Klappe!

Hört auf zu quengeln, ihr dämlichen Neester. Tirla fiel dann in Sprachen, die Dorotea nicht verstehen konnte. *Sie schreien lieber nach ihren Mamis! Nach Mamis, die sie verkauft haben!* sagte Tirla, die plötzlich wieder ins Basic zurückfiel. *Etwa ein halbes Dutzend ist aus E, sieben sind aus W und zwei aus C. Wie sie blöken! Peter ist nicht dabei.*

Dorotea: *Frag sie, wie sie heißen.*

Tirla konnte zehn Namen der schätzungsweise fünfzehn Kinder angeben, die zusammen mit ihr eingesperrt waren. Dorotea gab sie sofort an Boris weiter.

»Wo Peter wohl ist?« murmelte Rhyssa leise. Während sie sich auf Doroteas Gespräch mit Tirla konzentriert hatten, war Dave Lehardt zu der aufgeregten Gruppe im Kontrollraum gestoßen. Er nahm sie an die Hand, und der Körperkontakt war fast beruhigender als die aufmunternde Aura, die alle Telepathen um sie herum ausstrahlten.

»Frag sie noch einmal nach den verschiedenen Gerüchen«, forderte Sascha Dorotea auf. »Es gibt vielleicht etwas, das uns einen Hinweis auf ihre Umgebung geben kann.«

Hmm, da ist ein… metallischer Geruch, gab Tirla zurück, als Dorotea die Frage an sie weiterleitete. *Und da ist ein Gestank nach etwas Moderigem, Schimmeligen, Fauligen, der stärker ist. Dann ist da noch ein Geruch, bei dem ich mir nicht sicher bin, was das sein könnte. Ich würde sagen, Öl. Ich bin in etwas eingeschweißt – fühlt sich wie Plastikschaum an. Sogar meine Finger stecken in einzelnen Löchern. Sie haben mich an Handgelenken, Knöcheln, über der Taille und über der Brust auf dem Unterteil von diesem Sarg festgeschnürt. Noch ein bißchen fester, und ich würde keine Luft mehr bekommen. Jetzt hört doch auf zu jammern. Keiner tut euch was!* Sie brüllte Wiederholungen in anderen Sprachen, während sie mental weitersendete.

»Ihr wird langsam klar, in welchem Dilemma sie

steckt«, sagte Dorotea grimmig. *Tirla, ich bin bei dir. Auch wenn du sie nicht hören kannst, Rhyssa, Sascha, Boris, Sirikit, Budworth, Dave – alle sind hier. Wir holen dich da raus, das verspreche ich dir.*

Tirla: *Bitte bald. Wenn ich all dieses Geheule und Gejammere noch lange anhören muß, raste ich noch aus. Was ist mit dieser Frau, die meine Haarsträhne trägt? Warum kannst du sie nicht fragen, wo ich bin?*

Carmen steht neben mir und erinnert dich daran, daß sie Licht braucht, um dich zu finden! Weißt du noch? Das war der Grund dafür, daß sie dich im Linear-Komplex nicht finden konnte – du warst im Dunkeln.

Tirla (ironisch): *Hier ist es erst recht zappenduster. Was, wenn sie kein Licht anmachen?* Zum ersten Mal schwang in ihrer Stimme mehr Angst als Empörung mit.

Dorotea: *Es mag dich im Augenblick nicht trösten, Tirla, aber sie wollen, daß ihr in guter Verfassung bleibt. Sie müssen euch mit Nahrung versorgen und euch sauber halten.*

Tirla: *Ja? Wann? Irgendwann nächste Woche?*

Ihr wurdet etwa um drei entführt. Jetzt ist es halb elf. Sie können euch nicht viel länger ohne Essen und Wasser schmoren lassen.

Tirla: *Du hast recht. Das tröstet mich nicht gerade. Dorotea, hör nicht auf, mit mir zu reden, ja? Es ist mir egal, was du sagst. Hör nur nicht auf zu reden.*

Ich stehe ganz zu deinen Diensten, Tirla. Dorotea projizierte ein Bild von einer schwungvollen Bewegung und einem Hofknicks. Sie wurde mit einem Kichern belohnt. *Sollen wir mit der Mathestunde beginnen, die du verpaßt hast?*

Tirla überrascht. *In meinem Kopf?*

Dorotea: *Schreib die Lösungen der Aufgaben in meinem Geist an die Tafel.*

»Und so ganz nebenbei förderst du dabei ihre telepathischen Fähigkeiten«, sagte Rhyssa schmunzelnd. »Du bist unverbesserlich, Dorotea.«

»Und auch sehr gut in dem, was ich tue«, erwiderte die alte Frau selbstbewußt.

Rhyssa? Rhyssa?

Rhyssa rang ungläubig nach Luft, so erschrocken war sie über Peters schwache Stimme. Dave legte ihr einen Arm um die Schultern und hielt sie im Arm, als sie die Hand hob, um alle im Raum zum Schweigen zu bringen, damit sie die schwache Stimme verstehen konnte. *Ja, Peter. Ich habe darauf gewartet, etwas von dir zu hören.*

Peter: *Ich kann nichts sehen. Sie haben mich betäubt. Ich muß mich gleich übergeben.*

Rhyssa behielt einen ruhigen und bestimmten Ton bei, während sie Daves Hand umklammerte. *Ruhig, Peter. Erinnere dich an unsere Übungen. Verringere die Übelkeit.*

Es ist noch nie so schwer gewesen, Rhyssa. In seiner Stimme schwang Verzweiflung mit. Rhyssa wußte nur zu gut, wie sehr er Betäubungsmittel haßte. Er vertrug die meisten der gängigen Mittel nicht. Er würde Zeit brauchen – Zeit, die sie ihrer Meinung nach nicht hatten –, um die restliche Desorientierung und Übelkeit abschütteln und seine telekinetische Gabe einsetzen zu können.

Rhyssa: *Fokussiere deinen Geist, Peter, genauso wie du es im Krankenhaus getan hast. Fokussiere deine Gedanken; ignoriere die externen Einflüsse.*

Peter: *Es sind noch andere Kinder mit mir hier drinnen. Ein paar von ihnen machen sich vor Angst in die Hose.*

Rhyssa: *Ruf nach Tirla. Sie ist irgendwo – vielleicht ganz in der Nähe.*

Dorotea (eindringlich): *Tirla, Peter ist aufgewacht. Ruf seinen Namen.*

Sie konnten sich gegenseitig nicht hören.

»Jesus! Was sind wir doch für ein tolles Team von Talenten, wenn unsere Kids in Gefahr sind!« bemerkte Sascha in bissigem Ton.

Warum gleitet Peter nicht einfach aus seiner Verpackung, Dorotea? fragte Tirla, wobei unbewußt ein Echo von Saschas Frustration mitschwang. *Er ist doch der Telekinet!* Als Dorotea ihr Peters Problem mit dem Betäubungsmittel erklärte, brach Tirla in schallendes Gelächter aus. *Dann bleibt es mal wieder an mir hängen, schätze ich. Vergiß die Lösungen für meine Gleichungen nicht, versprichst du mir das, Dorotea?*

Dorotea: *Tirla, was hast du vor?*

Tirla: *Mich aus diesem Sarg zu befreien.*

Dorotea: *Wie?*

Tirla: *Sie haben einen Fehler begangen, als sie mich hier drinnen festgeschnürt haben. Sie haben mich mit den Handflächen nach unten festgebunden und nicht nach oben, wo ich an nichts rankommen könnte. Ich sollte genug Plastik herauspulen können, um meine Hände frei zu bekommen.*

Dorotea spürte die Anstrengung in Tirlas Geist – Anstrengung und Schmerzschübe. »Könnte sie es schaffen?« fragte sie Sascha.

»Mein Bruder sagt, daß die Kids, die man in Manhattan gefunden hat, in aufgeschäumten Kunststoffkokons gesteckt haben. Sie könnte in der Lage sein, daran zu kratzen.«

Ihr habt mit Tirla und Peter Kontakt aufgenommen? Boris Stimme klang aufgeregt.

Kontakt, Bruderherz, aber mehr auch nicht. Beide Kids stecken in Kokons. Und Peter kämpft mit einer heftigen Reaktion auf das Betäubungsgas, das sie verwendet haben. Saschas Gesicht spiegelte den Ärger wider, den sein Bruder mental ausdrückte. *Er wird etwas Zeit brauchen, bis er sich wieder vollkommen davon erholt hat.*

Boris: *Haben wir denn Zeit? Mir sitzen die Oberbürgermeisterin und der ganze Stadtrat im Nacken. Unter den anderen Kids, die sie geschnappt haben, sind auch legale.*

Rhyssa konzentrierte sich darauf, ihre Verbindung zu Peter zu verstärken, und half ihm, sich von den verbleibenden Spuren des Betäubungsmittels zu befreien. Ihr Gesicht spiegelte seine Verzweiflung und sein Gefühl, versagt zu haben, wider, und sie lehnte sich an Dave.

Da! Der Triumph in Tirlas Stimme war für Dorotea offensichtlich, und sie hob die Hand, um die Worte des Mädchens für die anderen zu wiederholen. *Dämliche Scheißefresser! Brunzdumme Furzer! Arschgeigen, verschimmelte! Verludertes Gesocks!*

Gütiger Himmel! Welche Ausdrücke! Tirla, hast du dich verletzt? fragte Dorotea, die Schmerz spürte.

Tirla: *Nicht so schlimm. Ich bin raus aus diesem Kokon. Hier stecken neunzehn weitere Kids in Kokons. Einige von ihnen sind immer noch bewußtlos. Peter ist nicht dabei. Sag Carmen, sie soll sich nicht den Kopf zerbrechen, um mich zu finden. An diesem Ort ist's zappenduster. Igitt. Ich bin in irgend etwas Glibberiges getreten. Igitt! Ich bin jetzt an einer Wand. Pfui Teufel. Sie ist schleimig und voller Dreck. Zu glatt und kalt für Metall. Ah, eine Öffnung. Ein Fenster. Kunststoffbeschichtet. Ich kann nicht einmal einen Splitter abkratzen. Hör mal, ich werde was ausprobieren,* fuhr Tirla fort. *Sie vergessen immer die Decken. Von irgendwoher kommt Luft herein.* Sie schwieg eine ganze Weile, obschon Dorotea eine körperliche Kraftanstrengung wahrnahm. *Ich tu dir nicht weh. Ich verwende dich als Trittleiter. Und ich werde dich nicht loslassen, du Heulsuse. Du nützt mir nichts. Hör auf zu quengeln.* Darauf folgte wieder Stille, und Dorotea registrierte weitere Kraftanstrengungen, die von Ächzen begleitet waren.

Tirla: *Tja, ich hatte recht. Da ist eine Deckenluke. Und ich kann ein bißchen was sehen. Tja, weißt du was? Wir sind in einem Rangierbahnhof. Da sind Reihen über Reihen mit Waggons, alten Waggons. Die sind bestimmt schon jahre-*

lang nicht mehr bewegt worden. Und irgendwo rechts unten von mir ist Licht. So um eine Kante herum, wie die eines Fensters oder einer Tür. Habt ihr eine Idee, wo wir sein könnten?

In dem Augenblick, als Tirla einen Rangierbahnhof erwähnte, wurde die Beschreibung an alle Beteiligten weitergegeben.

Ich gehe auf den Dächern der Waggons in Richtung des Lichts, berichtete das Mädchen. *Ich kann niemanden hören, und keiner wäre so dämlich, hier ohne Lampe herumzulaufen.*

Sag uns, in wie vielen Waggons Kinder sind, Tirla, drang Dorotea in sie.

Tirla: *Peter! Peter! Antworte mir! Peter! Ich bin's, Tirla! Antworte mir! Auweia! Ich bin beinahe von dem Waggon gefallen. Die Oberfläche ist naß und rutschig. Die ganze Halle ist feucht!*

»Versucht es mit Bahnhöfen am Fluß, am Meer. Entlang des Sound«, sagte Sascha, der an der Reihe der Bildschirme auf- und abschritt und Diagramme überprüfte.

Tirla! schrie Peter triumphierend. Seine Stimme hallte von Tirlas Geist zu Doroteas und nahm allen Talenten im Zimmer die Ängste. Rhyssa sank auf einen Stuhl, den Dave für sie heranzog. Dann reichte er ihr einen Vitamintrank und bedeutete ihr, das Glas auf einen Zug zu leeren.

Tirla: *Hier haben sie dich also versteckt, was? Warte, ich lasse mich neben dich fallen. So! Es wird etwas brennen, wenn ich das Klebeband abreiße – oh, das war wohl etwas zu doll. Tut mir leid.*

Peter: *Ich fühle es sowieso nicht – tu, was du tun mußt. Reiß mir nur nicht die ganze Haut von den Handgelenken ab! Gibt es denn überhaupt kein Licht hier?*

Tirla: *Ich glaube nicht. So – jetzt bist du frei. Nur die Bräune ist ab. Hier! Sack mir nicht weg. Leg dich hin. Ent-*

spann dich. Atme tief durch. Hör mal, ich glaube, du solltest dich noch ein bißchen ausruhen. Dorotea nahm die nervöse Besorgnis in Tirlas Stimme wahr, was sie Rhyssa jedoch nicht verriet. *Ich werde mich hier noch ein bißchen umsehen, Peter*, fuhr Tirla fort. Kümmere du dich darum, deine Telekinese wieder in Gang zu bringen, denn ich kann dich unmöglich tragen.

Peter: *Ich erhole mich schon wieder, Tirla. Ich erhole mich. Bitte – bitte komm nur wieder.*

Tirla: *Oho! Ein Luftwagen! Riesenteil. Teuer! Keine Lichter!* Es folgte eine längere Stille. *Das war verdammt nah.*

»Frag sie, ob sie eine Nummer, eine Beschreibung, irgend etwas gesehen hat!« forderte Sascha Dorotea auf.

Tirla: *Ich würde sagen, es ist ein Jetwagen in Blaumetallic, ein Zwölfsitzer, ohne Licht. Aber ich habe einen Blick erhascht – eine Drei, ein Bindestrich und R-I – glaube ich. Das R könnte auch ein B gewesen sein, aber das I war deutlich zu erkennen.*

Als Dorotea wiederholte, was Tirla gesagt hatte, machte Sascha einen Luftsprung. »R-I! Was haben wir für ein Glück!« Er schlug sich mit der rechten Hand auf die Stirn. »Budworth, setz dich mit Auer und Bertha in Verbindung und frag sie, ob sie irgendwelche Geistesblitze über Flimflam haben.«

»Flimflam?« fragten Rhyssa und Dorotea gleichzeitig und suchten in Saschas Geist nach Bestätigung, aber er war in ein intensives Gespräch mit Boris vertieft und ließ sie nicht hinein.

»Boris führt eine Suche nach der Registriernummer durch«, sagte Sascha laut. Er hielt eine Hand hoch. Sein Gesichtsausdruck war konzentriert und feierlich. »Dorotea, sag Tirla, sie ist ein Star!«

Tirla (überrascht): *War das genug für euch? Oh. Da kommt noch einer rein, aus einer anderen Richtung. Auch ohne Licht. Ich schau mal, ob ich die Aufschrift erkennen kann.*

Tirla, gab Dorotea hastig zurück, *riskiere es nicht, entdeckt zu werden. Und Rhyssa sagt, ihr wäre es lieber, wenn du bei Peter bleibst.*

Tirla ungerührt: *Peter geht's gut. Er arbeitet an seiner Telekinese. Ich werde rausfinden, wem der andere Nachtfalter gehört!*

Tirla! Dorotea war einen Moment lang sprachlos über ihre Eigenmächtigkeit. *Tirla!* Sie drehte sich zu Rhyssa um und warf hilflos die Hände in die Luft. »Die kleine Hexe hat die Verbindung zu mir abgebrochen! Oh, warte nur, bis ich dieses Kind in die Hände kriege! So eine Unverschämtheit.«

Rhyssa war auch irritiert. *Peter, halt sie auf!*

Peter, bei seiner Würde: *Ich brauche keinen Aufpasser, Rhyssa. Wirklich nicht. Nur genug Zeit, um wieder zu Kräften zu kommen. Außerdem könnte niemand Tirla aufhalten.*

»Recht bewundernswert von dem Kind, finde ich«, erwiderte Sascha. Einen Moment lang war eine knisternde Spannung zu spüren, als er sich im Geiste mit Rhyssa stritt. »Mir ist klar, Rhyssa, daß Peter durch die Betäubung geschwächt ist. Wenn es Tirla gelingt, auch an dem zweiten Luftwagen eine ID zu erkennen, schnappen wir vielleicht noch mehr von der Bande als nur den Quacksalber Ponsit Prosit, der jetzt fällig ist, ob er sich nun Hochwürden oder ehrwürdiger Vater tituliert, oder was auch immer.«

»Hat Boris den Eigentümer dieses Jetwagens ermittelt?« fragte Rhyssa nur unwesentlich beruhigt.

»Registriert auf Ponsit Prosit, alias Flimflam«, erwiderte Sascha mit einem Grinsen. »Komplett mit Nummernschild – HPP/2430/RI – an einer Riverside-Adresse, die eher vornehm ist als ehrwürdig. Boris sendet Überwachungs- und Standby-Teams aus. Ich möchte, daß das Zentrum sofort die Talente darauf ansetzt!« Sascha wartete lange genug, damit Rhyssa zustimmen konnte, und bedeutete Budworth dann, auf den Alarmknopf zu drücken. »Wir können losschlagen, sobald wir eine definitive Ortung haben.«

»Weder Auer noch Bertha haben etwas für uns«, berichtete Sirikit.

»Das ist merkwürdig«, sagte Rhyssa stirnrunzelnd. »Eigentlich sollten sie eine Vorahnung haben!«

»Ich finde ein Präkog-Schweigen beruhigend«, bemerkte Sascha. Er legte sein Pistolenhalfter an und überprüfte die Tranquilizer-Pistole. »Das bedeutet, daß Flimflam zumindest in der nahen Zukunft keine Massenhysterie auslösen wird. So haben wir eine sehr gute Chance, ihn in flagranti zu erwischen. Dorotea, ist Tirla wieder erreichbar?«

Dorotea schüttelte den Kopf und zog einen Flunsch. »Die kleine Ratte!« sagte sie mit einer gewissen widerstrebenden Bewunderung in ihrem Ton.

»Ich hab's!« rief Carmen plötzlich. Sie sprang von ihrem Stuhl auf, eilte zum Kartenterminal und gab Koordinaten ein. Das South Shore-Gebiet erschien auf dem Bildschirm. »Tirla ist wieder aufgetaucht. Es kann nur hier sein. Sie ist auf dem Weg zu einem alten Stellwerk. Ich kann es gerade noch erkennen. Da ist ein Lichtstrahl, der durch ein Fenster scheint, das auf einen Bahnsteig hinausgeht. Da sind offenbar Hunderte von alten Waggons, die vor sich hin rosten. Hier ist es!« Sie zeigte auf das markierte Gebiet auf der Karte. »Hier sind die Gleise. Sie ziehen sich kilometerweit hin. Und die veralteteten Waggons, die darauf warten, recycelt zu werden.«

Die anderen drängten sich um den Bildschirm, um sich den vergrößerten Bildausschnitt anzusehen.

»Sie hätten sich keinen besseren Ort aussuchen können«, sagte Dorotea gedehnt, »um verschreckte Kids zu verstecken!« *Tirla! Antworte mir! Wir wissen jetzt, wo du bist.*

Als Tirla nicht antwortete, bedachte Sascha Rhyssa mit einem bedeutungsschwangeren Blick. Dann stürmten die Telepathen, mit Dave Lehardt im Schlepptau, aus dem Kontrollraum und rannten die Treppe hinauf zu den Schwebern auf dem Dach, wo die Teams warteten.

KAPITEL 16

Tirlas Augen gewöhnten sich langsam an die Düsternis – teils Nebel und teils Finsternis trotz des zornigen roten Widerscheins von Jerhattan, der den Rand des Horizonts erhellte. In der Ferne hoben sich die Linear-Wolkenkratzer, die in der Nacht majestätisch wirkten, als lange Silhouetten gegen den glimmenden Horizont ab. Auf den Dächern mit Antennen und Schornsteinen blinkten die Warnsignale der Luftfahrtwarnleuchten. Sie bewegte sich vorsichtig auf den gewölbten Dächern der Waggons. Wenn sie ausrutschte, würde sie sich an nichts festhalten können. Die Waggondächer waren schmutzverkrustet und in der feuchten Luft rutschig. Sie ging auf jenes von einem schmalen Lichtstreifen umrahmte Viereck zu, das vor der dunklen Masse des dahinter liegenden Gebäudes zu erkennen war.

Sie hatte fünf Waggons sicher überquert, zwei weitere mit jammernden und weinenden Kindern darin, als sie einen Druck in ihrem Kopf verspürte und erkannte, daß Dorotea versuchte, Kontakt mit ihr aufzunehmen.

Laß mich in Ruhe! Ich muß mich konzentrieren.

Sie fluchte leise, als sie einen panischen Moment lang zwischen zwei Wagen rutschte, und wartete dann, bis ihr Herzklopfen nachgelassen hatte und sie sich ziemlich sicher war, daß man ihr Stolpern nicht gehört hatte. Aus dem Gebäude waren gedämpfte Stimmen an ihr geschultes Ohr gedrungen. Die Reihe von Waggons setzte sich hinter einem langen Bahnsteig fort, und sie überlegte, ob sie sich hinuntergleiten lassen und nahe genug an das Gebäude herangehen sollte, um die Gespräche zu belauschen.

Doch Gespräche waren nutzloses Beiwerk; die Registriernummer eines Luftwagens war dagegen ein unwiderleglicher Beweis. Sie kroch auf dem Bauch weiter, sich jedes Geräusches, das sie machte, ihres trockenen Mundes und der zunehmend schmerzhaften Steifheit ihrer Finger bewußt.

In der Düsternis blitzte plötzlich etwas auf, und da, neben dem weniger deutlich erkennbaren blauen Jetwagens stand ein teurer Sportjetwagen. Sein Rumpf leuchtete weiß, und seine ID am Heck war unverkennbar. Die beiden Luftwagen waren am einzigen Nebengleis geparkt, auf dem sich keine Waggons befanden.

Tirla: *Peter, ich hab den zweiten. Die Nummer ist CD-08-MAL. Ich kann sie ganz deutlich sehen. Und der andere Wagen ist direkt dahinter. Peter?*

Peter: *Ich hab dich gehört, Tirla. Ich hab's ihnen gesagt. Komm zurück. Sie sind sauer auf dich, weil du die Verbindung zu Dorotea gekappt hast. Du wirst dich bei ihr entschuldigen müssen.* Peter klang empört.

Mich entschuldigen? Wofür? Tirla war so überrascht, daß sie ausrutschte und auf den Waggon knallte. *Jetzt hast du's geschafft!* Sie preßte sich flach auf die vom Gebäude abgewandte Seite des Waggons, als Licht aufflammte und den Bahnsteig und die leicht gewölbte Seite des Waggons, auf dem sie lag, anstrahlte.

»Ich sag dir, ich hab was gehört!« sagte der Mann, dessen Silhouette in der halb geöffneten Tür zu sehen war. Er spähte durch den Türspalt, und Tirla hatte eine gute Aussicht auf die Szene hinter ihm: zwei Männer, von denen einer müßig einen kurzen Stock schwang und ihn mit träger Lässigkeit gegen seinen Stiefel schlug.

»Mach die Tür zu, du Kretin. Haste Säcke vor der Tür?« Die Tür schloß sich abrupt und öffnete sich dann wieder, diesmal einen viel kleineren Spalt. »... Sieh dich gut um. Darauf, darunter, drum herum. Mach noch einen Fehler, du Pfeife, und du sitzt mächtig in der Scheiße.«

Die Tür schloß sich ein zweites Mal, aber erst, nachdem Tirla die wütende Stimme erkannt hatte. Ihr blieb fast das Herz stehen. Sie hörte, wie sich der Ganove, der durch die Tür geschlüpft war, bewegte. Der Schotter entlang des Bahngleises knirschte unter seinen Sohlen. Sie hörte ihn eine der Waggontüren öffnen. Die Tür quietschte, als er sie aufschob, um in den Wagen zu schauen. Er ging weiter am Bahngleis entlang und fluchte in seinen Bart hinein, als er sich bückte, um mit seiner Lampe unter den Waggon zu leuchten. Tirla konnte kein Risiko eingehen. Sie bewegte sich gebückt und sprang auf den nächsten Waggon – gerade noch rechtzeitig – der rote Strahl seiner Taschenlampe fiel kurz auf die Stelle, an der sie gerade gewesen war. Sie hielt den Atem an und hoffte wider alle Hoffnung, daß der Mann ihre Silhouette auf dem verstaubten Dach nicht bemerken würde.

Als er die Tür zum Gebäude vorsichtig öffnete, spähte sie durch den Türspalt. Der Mann mit dem Stock saß am nächsten an der Tür – sie erhaschte einen weiteren ausgiebigen Blick auf sein hochmütiges Gesicht mit der Hakennase und den schmal gezupften Augenbrauen. Und sie sah einen Tisch, auf dem Banknoten aufgetürmt waren, die zwei weitere Männer zählten – Floater, von ihrer Größe her. Einer der Zähler kam ihr irgendwie bekannt vor, aber es war das Gesicht des Mannes, der den Stock in der Hand hielt, das sie in seinen Bann zog. Er hatte ein grausames Gesicht, ein lüsternes noch dazu. Er schlug müßig mit dem Stock auf seinen schwarzen Stiefel. Sie bemerkte einen Goldschimmer um den Griff herum. Erst dann dämmerte es ihr, welche Bedeutung der Stapel Floater hatte.

Tirla: *Dorotea! Die Geldübergabe findet gerade statt! Floater. Mehr als ich in meinem ganzen Leben je gesehen habe!*

Dorotea mit einem scharfen Unterton: *Tirla, wage es nie wieder, mich auszusperren.* Tirla war kurzzeitig bestürzt. Tat sie nicht, was getan werden mußte? Wie konnte eine so süße alte Lady so hart und böse mit ihr sein?

Tirla: *Wenn ihr übergeschnappten Talente nicht endlich den Hintern hochkriegt, werdet ihr alles vermasseln, und dann will ich nichts mehr mit euch zu tun haben.*

Peter! Hilf Peter jetzt! Doroteas Stimme klang nicht reumütig, sondern ängstlich.

Tirla wußte nur zu gut, daß Peter Hilfe brauchte – von den anderen Kids ganz zu schweigen. So schnell sie konnte, ging sie über die Reihe von Waggons zurück. Wenn die Geldübergabe stattgefunden hatte, könnten einige der Kids bald abtransportiert werden. Sie mußte Peter rausholen und so viele von den anderen Kids befreien, wie sie konnte. Wenn sie in verschiedene Richtungen davonliefen und sich versteckten, würde es die ganze Nacht dauern, sie wieder einzufangen – wenn sie in der Lage war, sie lange genug vom Weinen abzuhalten, damit sie sich selbst helfen konnten.

Tirla rutschte aus, und diesmal verlor sie das Gleichgewicht. Sie glitt an der Wand des mit Schmutz verkrusteten Waggons hinunter und landete schmerzhaft auf Steinen und Schlacke. Sie prellte und zerschnitt sich ihre bloßen Füße und fluchte wegen ihrer Unbeholfenheit. Sie hoffte, daß sie mittlerweile weit genug von dem Gebäude entfernt war und die Männer die Geräusche, die sie bei ihrem Fall verursacht hatte, nicht gehört hatten. Sie ging auf dem Boden weiter und verfluchte die Dreckskerle, die ihr die schönen violetten Stiefel, die sie bei ihrem ersten Einkaufsbummel gekauft hatte, ausgezogen hatten.

Das Weinen war in den ersten beiden Waggons zu

einem Wimmern verkümmert. Tirla zuckte zusammen. Wieviel Zeit hatte sie, um Peter rauszuholen, wenn die Geldübergabe schon stattgefunden hatte? Konnte er sein besonderes Talent jetzt anwenden?

Ja, das kann ich, sagte Peter, der zwischen zwei Waggons aus der Dunkelheit auftauchte. Er berührte ihre Hand. *Und ich weiß auch genau, wie. Komm!* Er führte sie an den Gleisen entlang, bis sie fast über einen großen Hebel fielen, der neben dem Gleis angebracht war. *Wir werden die Waggons verschwinden lassen.* Er lachte leise. Das geht viel schneller, als all diese Kids zu befreien. Es sind hundert.

Sie hörten ein gedämpftes Brummen und sahen den weißen Sportjetwagen, der sich hinter dem Gebäude langsam erhob, in der Dunkelheit aufblitzen.

Komm, drängte Peter. *Ich brauche diesen Transformatorkasten, sonst funktioniert meine Idee nicht! Ich brauche die Gestalt dafür. Weißt du, wie man Waggons abkoppelt?* Vor Tirlas geistigem Auge erschien plötzlich ein lebensnahes Bild davon, und ihr wurde vor Verblüffung darüber etwas schwindlig. *Dann geh zurück und kopple den letzten Waggon, in dem Kinder sind, ab. Bleib da und warne mich, wenn jemand kommt.*

»Meinst du, von da oben?« fragte Tirla mit einem heiseren Flüstern und wies zum Himmel.

Nein, von dort! Peter deutete auf das Gebäude.

»Wann bekommen wir Hilfe?« flüsterte Tirla wieder. Sie weigerte sich, telepathisch zu sprechen, wenn sie Peter Auge in Auge gegenüberstand. »Mir tun die Füße weh!«

»Bald«, zischte Peter und schob sie telekinetisch an. »Versuch, auf meine Art zu laufen!«

Sie konnte es nicht, aber wünschte sich, daß sie es könnte. Ihre Füße und Hände schmerzten. Sie begriff nicht ganz, wie es ihm möglich war, das zu tun, was er ihrer Meinung nach vorhatte. Waggons, die seit Jahren nicht mehr bewegt worden waren, würden einen fürchterlichen Lärm machen. Peter war verrückt! Sie beeilte sich und hoffte, daß das Motorengebrumm des Jetwagens einen Teil der Geräusche, die die Waggons sicher verursachen würden, übertönen würde.

Sie erkannte den letzten Waggon mit Kindern darin an dem Gejammere, das daraus zu hören war, und kämpfte mit den Kupplungen, die von einer dicken Kruste aus verharztem Öl und Schmutz bedeckt waren. *Peter, es ist* – plötzlich löste sich die eingerostete Kupplung von allein, und sie verlor das Gleichgewicht und taumelte zur Rückwand des Waggons hinter ihr zurück. *Na, danke!* Im Innern des Waggons erhob sich Gebrüll. *Haltet die Klappe, ihr dämlichen Bälger*, befahl sie telepathisch. Sie hatte ganz vergessen, daß die anderen Kinder sie nicht hören konnten. *Ich tue mein Bestes, um eure Eingeweide und eure Unschuld zu retten.* Sie schlug mit der Faust einmal gegen die Wand des Waggons und fand, daß es den Schmerz wert war, als die Warnung sofort zu einem Nachlassen des Gejammers führte.

Sie warf nervös einen Blick in Richtung Himmel, um den langsamen Aufstieg des Jetwagens zu beobachten. Ohne Licht mußte der Pilot acht geben, daß er sich nicht in dem Netz von Drähten in der Umgebung des Gebäudes verfing. Wenn Peter doch endlich in die Gänge kommen würde ... Ja, endlich! Sie hörte das Quietschen, Rattern und Klopfen, als die Räder, die lange auf den Schienen blockiert gewesen waren, sich widerstrebend zu drehen begannen. Sie schwang sich hinauf und setzte sich auf die Kupplung, während sie das Gebäude auf irgendein Anzeichen hin beobachtete, daß jemand im Gebäude den metallischen Protest der alten Waggons hörte. Doch das Gebäude lag etwa zweihundert Meter entfernt, und der Jetwagen surrte und brummte.

Sie spähte zum Horizont, in der Hoffnung, eine noch

so kleine Bewegung zu sehen, die darauf hindeutete, daß Hilfe nahte. Diese Talente waren so lahm. Wie bald war »bald«? Ihr Wagen bewegte sich allzu ruckartig. Er ratterte und klapperte, aber er kam auf den Schienen voran. Sie entfernte sich langsam von dem dunklen Gebäude mit dem verräterischen Lichtschein um die Tür herum. Sie spürte, wie der Waggon über die Weiche ratterte und nach rechts abbog, und fühlte sich etwas erleichtert. Wenn dieser Halunke nach draußen schaute und sah, daß der halbe Zug fehlte ...

Sie sah das verschwommene Gesicht von Peter – ein weißer Fleck in der Dunkelheit – als der Waggon am Transformatorkasten vorbeirollte. In der dunklen Nacht übertönte nichts das Brummen, das er von sich gab. Was tat Peter?

Sie sprang von der Kupplung hinunter, und zuckte zusammen, als sie mit ihren zerschnittenen Füßen auf dem steinigen, von Schlacke bedeckten Boden aufkam. Die Waggons bewegten sich wie von Geisterhand weiter und rollten über ein leeres Gleis aus der Gefahrenzone.

»Du kannst das Gleis nicht einfach leer lassen. Sie werden es bemerken ...« Tirla legte ihm drängend eine Hand auf den Arm und konnte sie dann nicht mehr wegziehen. Sie spürte, wie er von der Anstrengung, die er hinter sich hatte, zitterte, und noch etwas ... und sie wurde von seinem Zittern und von dem, was immer sonst noch durch ihn strömte, erfaßt.

»Ich versuche es«, sagte er angespannt. »Eine Gestalt ist schwer bei dem Betäubungsmittel, das mich immer noch hemmt. Hilf mir!«

»Ge ... Gestalt?« stotterte sie bei dem ungewöhnlichen Wort, und Peter übermittelte ihr eine Erklärung. Ehe sie überhaupt fragen konnte, wie es ihr denn möglich wäre, ihm zu helfen, tat sie es schon. Ihr Körper schien von dem Strom, der durch sie hindurchfloß, er-

341

füllt zu sein, wie damals, als sie einen Schlag bekommen hatte, weil sie einen blanken Draht angefaßt hatte. Nur war dies hier nicht so schmerzhaft, wie es der Schlag gewesen war. Aber es war ... was war es?

Der metallische Protest hallte furchtbar laut in der Stille wider. Der weiße Jetwagen war in den tief hängenden Wolken verschwunden. Tirla fühlte sich sowohl stärker als auch schwächer. Sie klammerte sich mit beiden Händen an Peter, wollte ihm helfen, die Gestalt zu erzeugen, und brauchte ihrerseits seine Hilfe. Plötzlich nahm sie eine Bewegung hinter ihr wahr, als sich ein Wagen nach dem anderen an ihnen vorbeischob – Klick, Klack, Klick, Klack – viel zu laut. Plötzlich stießen die neuen Wagen mit einem hallenden Klirren an die Wagen in der Nähe des Bahnsteigs, und Tirlas Herz krampfte sich zusammen, als sie die Alarmrufe der Männer hörte, die hinauseilten, um nachzuschauen, was da vor sich ging.

»Los, sag's mir! Hast du alle diese anderen Kids befreit?« fragte Flimflam, die Nase nur Zentimeter vor Tirlas Gesicht. Sie wünschte sich, er würde sich nur noch ein bißchen weiter zu ihr herabbeugen, damit sie ihn beißen konnte. Aber sie würde wahrscheinlich eine seltene Krankheit von ihm kriegen, dem schmierigen, widerlichen, hinterhältigen Drecksack.

Leider hatten sie zwei der Diebe geschnappt, bevor Tirla Peter helfen konnte, sich zu verstecken. Sie waren brutal in das Gebäude und zu einem vor Wut schäumenden Flimflam geschleift worden. Die Ganoven hatten die verzweifelt brüllende Tirla dem tobenden Mann vor die Nase gesetzt, während Peter stöhnend auf dem Boden zusammengebrochen war.

»Wir haben die anderen nicht gesehen«, sagte einer der Diebe nervös. »Keine Spur von ihnen und auch nicht von den Kokons in den Waggons.«

»Sag mir, wo die Kinder sind!« wiederholte Flimflam in einem der gängigeren Neester-Dialekte. Er quetschte ihre geschwollenen Finger. »Hast du sie befreit?«

Tirla stieß unwillkürlich einen Schmerzensschrei aus und versuchte, ihre Hand aus seinem eisernen Griff zu befreien. Es schmerzte so sehr, daß sie nicht einmal eine geeignete Verwünschung ersinnen konnte, um sie ihm an den Kopf zu schmeißen. Er ließ sie los, aber nahm einen Stock vom Tisch und drosch ihr damit auf den Rücken.

»He, Boss, die Ware! Verpassen Sie der Ware keine Narben!«

»Sag mir, wo die Kinder sind!« schrie er.

Tirla ließ Tränen über ihre Wangen kullern, während sie ihren Blick schnell im Zimmer herumschweifen ließ, so als suchte sie nach jemandem, der ihr erklären konnte, was er meinte. Dann antwortete sie in einer der seltensten Sprachen, die sie kannte, in einem mitleiderregenden Ton: »Schlagen Sie mich nicht. Ich verstehe Sie nicht! Schlagen Sie mich nicht wieder!«

»Von allen …« röhrte Flimflam und wirbelte zu den Dieben und Schlägern im Zimmer herum. »Was hat sie gesagt?« Einer muß sie doch verstehen! Genau das, was ich brauche. Ein beklopptes Kid! Also?«

Es gab ein allgemeines Gemurmel und Achselzucken, als alle zugaben, daß sie nichts verstanden hatten.

Dorotea, beschwichtigend: *Wir sind fast da, Tirla. Wir haben den Bahnhof auf dem Nacht-Sichtgerät.*

»Wo …?« Flimflam machte lächerliche, ausschweifende, pantomimenhafte Gesten, die seinen gekonnten RI-Posen so unähnlich waren, daß Tirla beinahe lachen mußte, auch wenn er fortfuhr, sie mit seinem Stock zu pieksen, um seine Worte zu unterstreichen. »Wo – sind – die – anderen?« Kann niemand mit ihr sprechen? Weckt das andere Kind auf. Wir dürfen keine

343

Zeit verlieren. Dieser gottverdammte Prinz wird die Transporter schicken. Wir müssen die Ware bereit haben. Monatelange Planung, und alles klappt wie am Schnürchen, wir haben das Geld, und jetzt das hier – *wo sind die anderen?*«

Ein Dieb goß Wasser über Peter, der nicht einmal stöhnte. Tirla beobachtete ihn ängstlich. Er sah schrecklich blaß aus, wie ein Häufchen Elend, so wie er dalag. Er war okay gewesen, bis sie wieder eingefangen worden waren. Vielleicht war es zuviel für ihn gewesen, diese schweren Waggons zu bewegen ... Sie schnappte nach Luft, als der Stock sie direkt auf dem letzten Striemen traf. Tirla versuchte zurückzuweichen, aber Hände umklammerten ihre Schultern und hielten sie fest. Sie trat mit ihren malträtierten Füßen nach hinten, aber ihr Bewacher trug schwere Stiefel, und sie holte sich nur noch mehr blaue Flecken, als sie sowieso schon hatte.

»Laßt uns ihr mal so richtig Angst einjagen«, sagte Flimflam mit einer Geste, und sie wurde mit dem Gesicht nach unten auf die harte Oberfläche des Tisches geworfen, auf dem sie vor kurzem noch Berge von Floatern gesehen hatte. Grausame, harte Hände griffen sie an Handgelenken und Knöcheln. Schmerzen explodierten jäh in ihren gepeinigten Füßen. Sie schrie und schrie wieder bei der zweiten Welle stechender Schmerzen, die über sie hereinbrach, und dann fiel sie zum ersten Mal in ihrem Leben in Ohnmacht.

Deshalb verpaßte sie, wie Flimflam mit voller Kraft nach hinten gerissen und gegen die Wand gedonnert wurde. Sie verpaßte den phänomenalen Auftritt von Sascha, Rhyssa, Dave Lehardt und den anderen Talent-Teams. Und sie verpaßte auch die anderen sensationellen Ereignisse, die ihr immense Befriedigung verschafft hätten.

KAPITEL 17

»Kommissar«, sagte Ranjit, »das ist die Registriernummer eines Diplomaten.«

»Es wäre mir gleich, wenn es Gott persönlich wäre, Lieutenant«, erwiderte der RuO-Kommissar. »Wenn wir Recht und Ordnung aufrechterhalten und durchsetzen, dann gilt das für alle, von ganz unten bis ganz oben. Sonst ginge es uns um Privilegien und nicht um Recht und Ordnung!« Er maß die Entfernung auf der riesigen Karte, von dem Rangierbahnhof an der South Shore bis zu der Riverside-Adresse. »Teilen Sie den besten Fahrer ein, den wir haben, um diesen CD zu beschatten. Und ich will, daß dieser Bienenstock – nicht nur der Penthouse-Lift oder die bewohnten Stockwerke, sondern der ganze Komplex – bewacht wird. Wer immer in diesem Jetwagen ist, könnte überall landen. Besetzen Sie alle Eingänge mit Sensitiven. Sagen Sie ihnen, daß sie auf alle starken Gefühle achten sollen – möglicherweise handeln wir uns damit 'ne Menge Ärger ein. Sie wissen ja, wie die Bienenstockbewohner es hassen, wenn man seine Nase in ihre privaten Angelegenheiten steckt.« Er wandte sich zu einem anderen Berater um. »Barry, bestellen Sie die Oberbürgermeisterin her und sagen sie ihr, daß dies eine prekäre Angelegenheit ist. Ich will, daß sie vorgewarnt ist, damit sie uns bei diesem Corps diplomatique Rückendeckung geben kann. Schalte die Justiz ein und besorge mir vier – nein fünf – fiktive Kläger und einen Durchsuchungsbefehl. Und hoffen wir, daß Sascha effizient ist.«

Er zog seine Uniformjacke an, auf der »Tapferkeitsstreifen« und Tressen prangten, und bedeutete Ranjit

345

und seinen anderen Helfern, ihm zur Garage auf dem Dach zu folgen. Jetwagen und Schweber brausten über die gewöhnlichen Routen davon, nachdem sie instruiert worden waren, umsichtig zu fliegen.

Sascha? klinkte sich Boris bei seinem Bruder ein, als sein Schweber startete.

Wir sind fast da, Bruderherz. Es dauert etwas länger, den Weg mit dem Auto zurückzulegen. Der andere Vogel ist nicht geflogen – zum Teufel, was passiert jetzt wieder? Bis später.

Boris spürte, wie abrupt die mentale Verbindung abbrach, und brummelte einen leisen Fluch vor sich hin, als sein Schweber sich seinen Weg zu seinem Zielort bahnte. Die Funkstille hielt an, was ihm einiges Unbehagen bereitete. Sicher war Sascha kompetent genug ... Hätte er den Teams des Zentrums einige von seinen Männern zuteilen sollen? Wenn die Kinderhändler auf dem Rangierbahnhof es schaffen würden, eine Warnung durchzugeben, könnte die ganze Operation gefährdet sein.

Mein Gott, Boris – brüllte Sascha auf ihn ein – *wenn du diesem Schleimbeutel Shimaz nicht die Schlinge um den Hals legst, Hoheit, Prinz, Manager oder was auch immer, verspreche ich dir, daß die Talente ihn* ex officio *behandeln werden!*

Der RuO-Kommissar hatte noch nie zuvor eine solche Rachlust in der Stimme seines Bruders gehört.

Boris: *Was ist passiert?*

Sascha: *Der ehrwürdige Vater Ponsit Prosit hat mit einem Stock auf Tirlas Füße eingedroschen. Und Peter ist zusammengeklappt!*

Boris: *Flimflam hat doch keine Warnung aussenden können, oder? Wenn der Mann es geschafft hat, könnte uns der wichtigste Kriminelle durch die Lappen gehen.*

Sascha (vor Wut schäumend): *Nein, weil er ein kleines Mädchen foltern mußte! Bring diesen anderen Schweine-*

hund hinter Gitter, versprichst du mir das? Sonst werde ich das tun, bei allem, was mir heilig ist. Ich höchstpersönlich ohne Hilfe von irgendeiner anderen Behörde, mein lieber RuO-Bruder.

Boris: *Die RuO ist schon im Einsatz, Sascha. Zügele du erst mal dein Temperament. Hast du die anderen Kinder gefunden? Haben wir irgendeinen Beweis für Komplizenschaft?*

Sascha (sarkastisch): *Ich nehme nicht an, daß Tirlas blutige Füße mehr hergeben als tätlicher Angriff und Körperverletzung. Aber wir haben auch einen Koffer mit viel zu vielen Floatern darin an uns genommen, der für eine Nachteinzahlung bereit ist, komplett mit Kontonummer, und ich wette, daß wir sie zu Hochwürden Ponsit Prosit zurückverfolgen können.*

Boris: *Das sollte genug sein, um Flimflam zu verurteilen. Aber haben wir genug in der Hand, um diesen – wie hast du ihn genannt – zu schnappen?*

Sascha: *Shimaz, Prinz Phanibal Shimaz, der offenbar nicht nur ein Computergenie ist. Flimflam hat ausgepackt: Seine Hoheit hat eine Menge Dreck am Stecken – Kinderarbeit auf seinen Reisfeldern und in seinen Minen, Kinderprostitution und eine Kinderfarm, auf der die gesündesten Kinder gefangen gehalten werden, bis jemand für ein Organ bezahlen kann, das er braucht.*

Boris (knurrend): *Besorg mir was, das seine Verbindung zu diesem Rangierbahnhof beweist. Etwas, das ihn auffliegen läßt!*

Sie waren schon eine ganze Weile unterwegs, als über den Comlink eine Verbindung mit der Oberbürgermeisterin Aiello angekündigt wurde. Sie erschien in formeller Kleidung auf dem Bildschirm in der Kabine. Neben ihr lauerte ihr Protokollbeamter Jak, der bei all seiner Empathiegabe zuzeiten eine ziemliche Nervensäge sein konnte, wenn er auf Details herumritt.

»Haben Sie einen hieb- und stichfesten Beweis, Roznine?« fragte sie.

»Wir haben einen Beweis für Machenschaften, die sich mit keiner diplomatischen Tätigkeit vereinen lassen«, erwiderte Boris. Sein Gesicht nahm einen entschlossenen Ausdruck an.

»Wer? Doch nicht der Botschafter!« In diesem Augenblick überkam Teresa Aiello der Pessimismus.

»Wir sind nicht hinter seiner Exzellenz her. Jak braucht sich also nicht aufzuregen. Hinter Mitgliedern seines Corps sicherlich, und ein Fahrzeug der Botschaft wurde identifiziert und vom Versteck der Kinderhändler aus verfolgt. Wir können seine Beteiligung ohne Probleme beweisen. Ist der Bezirksstaatsanwalt auch da? Nun, hauchen Sie dem alten Jungen ein tröstliches Wort in seine langen Ohren. Die Talente haben den Entführerring geknackt.« Letzteres gab er nur ungern zu, denn obwohl er es abstritt, lagen sein Bruder und er in einem ständigen Konkurrenzkampf.

Der massive Bienenstock hatte seinen Spitznamen zurecht. In den unteren Stockwerken im massigen quadratischen Unterbau, den andere Gebäude verdeckten, lagen Wartungs- und Lagerräume und Arbeiterwohnungen. Wo sich der Bienenstock über die benachbarten Gebäude erhob, fügten sich große, gewölbte Acrylglasscheiben nahtlos aneinander, die teils zur Gewinnung von Solarenergie dienten und teils als Statussymbol für Prestige und Reichtum. Jedes kuchenstückförmige Apartment protzte mit üppigen Gärten und bot von der Außenwand her sensationelle Ausblicke. Und im Atrium, dem Herzstück des Bienenstocks, schmückten seltene Pflanzen und Bäume die Innenwände. Natürlich waren die Apartments in den obersten Stockwerken die exklusivsten und teuersten. Ein ganzes Stockwerk war nur für private Gärten, Garagen, Swimmingpools, Sportplätze und, was immer die Bewohner sonst noch als höchsten Komfort erwarteten, reserviert.

Ist das Gebäude vollständig umzingelt, Ranjit? fragte Boris über sein Mikro im Helm.

Gerade eben ist alles vollständig abgeriegelt worden, Sir. Niemand kann mehr unbemerkt hinein- oder herauskommen.

»Kommissar«, sagte Boris' Pilot, »da kommt das verdächtige Fahrzeug.«

Der schnittige weiße Jetwagen landete sanft auf dem Dach des Bienenstocks, um seine Passagiere abzuladen.

»Drei Männer!«

»Das sehe ich selbst«, sagte Boris. »Sichern Sie diesen Jetwagen in dem Augenblick, in dem er in der Garage abgestellt wird. Schauen Sie, was Sie aus dem Piloten herausbekommen können. Nehmen Sie das Logbuch und alle Aufzeichnungen über die Benutzung der Garage in Ihren Gewahrsam. Und jetzt ...« er konnte die Befriedigung in seiner Stimme nicht verbergen, »laßt uns die Schweinehunde schnappen.«

Der RuO-Pilot setzte sie auf dem Dach des Bienenstocks ab, und Boris Roznine und seine Mannschaft eilten zur Rampe, die zum Eingangsbereich der Penthouse-Wohnung hinunterführte. Als er die formelle Kleidung des RuO-Kommissars und seines Begleiters sah, eilte der Portier zur Tür, um sie zu öffnen. Seine Verbeugung war respektvoll und nervös.

»Was tun sie da, Sie Schwachkopf? Ich erwarte keine Gäste!« rief der Mann am anderen Ende der imposanten, weißen, mit Marmorplatten ausgelegten Empfangshalle aus. Ein Diener half ihm gerade aus seinem eleganten Mantel aus blauem Wildleder, während sich ein zweiter Mann ohne Hilfe seines Mantels entledigte. »Werfen Sie sie sofort hinaus.«

»Nein, das sollten Sie nicht tun, Prinz Phanibal«, sagte Boris und trat vor, während er Ranjit schnell übermittelte, daß sie Verstärkung brauchten.

Der Begleiter des Prinzen verschwand mit bewundernswerter Geschwindigkeit durch die nächste der vielen Türen, die aus der Empfangshalle führten, während der erstarrte Portier Mund und Nase aufsperrte.

»Ist seine Exzellenz zugegen?« fragte Boris. Trotz seiner Wut hatte er Jaks Protokollektionen noch nicht ganz vergessen. Der Portier nickte furchtsam, ehe ihm der Prinz befahl, nicht zu reagieren.

»Wie können Sie es wagen – wer immer sie sind –, das Heim eines Diplomaten ohne Einladung zu betreten?« verlangte Prinz Phanibal zu wissen. Sein Gesichtsausdruck war hochmütig und selbstbewußt. Er würdigte den Lieutenant an Boris' Seite und der Wache, die vor der Tür stand, keines Blickes.

»Boris Roznine, Kommissar der Behörde für die Aufrechterhaltung und Durchsetzung von Recht und Ordnung in Jerhattan!« Boris drehte sich zu dem ehrfürchtigen und zitternden Portier um. »Bitte machen Sie Seiner Exzellenz meine Aufwartung und bitten Sie um ein sofortiges Gespräch über eine Angelegenheit höchster Dringlichkeit.«

Der Portier mißachtete die Gegenbefehle und Drohungen des Prinzen, öffnete eine verborgene Tür und verschwand. Er war kaum gegangen, als sich die anderen Türen der Empfangshalle öffneten und eine Wachmannschaft mit militärischer Präzision hereinmarschierte. Drei schwarzgekleidete Männer mit Turban und silberbesetzten Gürteln und Dolchen, die genau die gesetzlich zulässige Länge aufwiesen, flankierten den Prinzen als Leibgarde.

Boris brauchte nicht über die Schulter zu schauen, um sich zu vergewissern, daß die RuO-Beamten vor der Tür, die die gesetzlich vorgeschriebenen Waffen trugen, den Wachen des Botschafters zahlenmäßig überlegen und zur Erzwingung des Einlasses bereit waren. Er wartete einen Augenblick, damit der Prinz dieser Tatsache gewahr werden konnte.

»Ich glaube, daß wir nun das Erscheinen Seiner Exzellenz erwarten«, sagte er mit einem grimmigen und unhöflichen Lächeln und setzte sich demonstrativ auf die nächste dekorative Bank.

»Ist Ihnen nicht klar, was für Folgen dieses unerlaubte Eindringen für Sie haben kann ...« begann Prinz Phanibal gebieterisch. »Ich bin nicht nur ein Prinz aus königlichem Hause, sondern auch Manager von Padrugoi. Ich werde mit dem nächsten Shuttle auf der Plattform zurück erwartet.«

»Das ist der Grund dafür, daß ich als RuO-Kommissar hier bin, um persönlich mit dem Botschafter zu sprechen«, erwiderte Boris. *Ist das der Bursche, der Rhyssa so viel Kummer bereitet hat? Vielleicht können wir in seinen Geist eindringen, wenn wir es beide versuchen,* übermittelte er Sascha. *Es ist zwar vor Gericht nicht als Beweis zulässig, weil es unter Zwang geschieht, aber vielleicht bekommen wir einige Hinweise.*

Es gab eine kurze Pause, als die Brüder versuchten, in den Geist des Prinzen einzudringen. Dann zog sich Boris zurück. *Sein Schutzschild ist stark gepanzert. Er hat eine sorgfältige Konditionierung genossen, und ich würde nur zu gerne wissen, von wem. Nein, wir können seinen Schutzschild nicht durchdringen, nicht ohne das Gesetz zu brechen.*

Der leiseste Anflug eines Lächelns umspielte die Lippen des Prinzen, und seine Augen verengten sich zu Schlitzen, als er sich insgeheim ins Fäustchen lachte, daß er die mentalen Eindringlinge abgewehrt hatte. Er hob kurz die linke Hand. Seine Finger schlossen sich, so als wolle er einen gewohnten Gegenstand umfassen. Dann öffnete er die Hand ärgerlich und legte sie träge auf die Brust. Sein Lächeln wurde breiter.

»Sie haben wohl Ihren kleinen Stock verlegt«, hörte

Boris sich sagen. Sascha war da! *Sparst du Zeit und Mühe, Bruder?* fragte Boris.

Den kleinen Stock, der rohes Fleisch aus Tirlas Füßen gemacht hat, sagte Sascha aufgebracht.

Prinz Phanibal erstarrte zur Salzsäule. »Ich habe ... was?«

»Den kleinen Stock, mit dem Sie so gerne herumfuchteln, denn Sie besitzen keine – Tiere – soweit ich weiß«, fuhr das Boris/Sascha-Gespann fort. »Den mit dem Elfenbeingriff und der recht ungewöhnlichen, goldenen Filigranverzierung.

»Ich brauche Leuten wie Ihnen keine Rechenschaft über meine Besitztümer abzulegen«, erwiderte Prinz Phanibal, während er den Kopf schief legte und sein Kinn arrogant vorschob, um zu unterstreichen, was viele vermutlich für ein schönes Profil hielten.

An diesem Punkt trat der Botschafter, der in eine dunkelviolette Samtrobe mit exquisiten Goldmustern gekleidet war, durch die Mitteltür ein. Er warf einen erstaunten Blick auf den Prinzen und seine Pose, einen weiteren auf die Gruppe an der Tür und bedeutete den Wachen dann, sich zurückzuziehen. Boris Roznine erhob sich und trat zu dem Malaysianer.

»Wegen des Ernsts der Lage, Eure Exzellenz«, sagte er selbst, obgleich er wußte, daß Sascha aufmerksam zuhörte, »erlaube ich es mir, die Formalitäten beiseite zu lassen. Dieser Mann« – er wies auf den abseits stehenden Prinzen – »und ein anderer sind in Aktivitäten verwickelt, die sich mit keiner der Aufgaben Ihrer Botschaft vereinbaren lassen. Ich muß Sie darum bitten, Ihre Hoheit und seinen Gefährten anzuweisen, mich zur RuO-Zentrale zu begleiten.«

»Was könnte dem Prinzen Phanibal zur Last gelegt werden?« fragte der Botschafter mit großer Würde.

»Die Beschuldigung ist in der Tat sehr ernst, Eure Exzellenz, denn es handelt sich um die Entführung von

Kindern und ihr illegales Festhalten zum Zwecke von Sklavenarbeit, sexuellem Mißbrauch und schwere Körperverletzung durch illegale Organentnahme.«

»Haben Sie Beweise für solche ungeheuerlichen Anschuldigungen?« Der Botschafter straffte die Schultern, aber er wirkte nicht allzu überrascht.

»Ja, Eure Exzellenz.« Boris neigte bedauernd den Kopf. Der Botschafter war ein zu edler alter Mann, um mit einem solchen Skandal belastet zu werden. »Es gibt Zeugen!« fuhr Boris im Verein mit Sascha fort, der Boris' Antwort unterstützte. »Talentierte Zeugen.«

Der Prinz schnaubte ungläubig und ließ sich nicht aus der Ruhe bringen. »Eine solche Beschuldigung entbehrt jeder Grundlage. Sie werden diese Heuchler fortschicken, Onkel.«

Sascha: *Dieser Kerl ist clever.*

Boris: *Er hat weder mit der Wimper gezuckt noch etwas zugegeben.*

Sascha: *Denkt er, daß alle Talente Erwachsene sind?*

Boris: *Tirla ist im offiziellen Register eingetragen, nicht wahr?*

Sascha: *Kannst du dich an das ID-Armband erinnern, das du ihr vor sechs Wochen beschafft hast? Und dann haben wir noch vier der Diebe, die aus dem Nähkästchen plaudern, um sich aus der Affäre zu ziehen, und die bestätigen, was wir aus Flimflam herausgekriegt haben – wir mußten nur wenig Druck auf ihn ausüben, als er wieder bei Bewußtsein war. Ihre Machenschaften sind ziemlich übel. Noch dazu war es der gute Prinz, der sich in die RuO eingeschlichen und die Marker-Formel geklaut hat. Er kannte alle speziellen Paßwörter zum Zugriff auf die Daten, weil er auf Padrugoi arbeitete und all diese ausgezeichnete Arbeit mit der Josephson-Technik verrichtete. Er durchsuchte die Verzeichnisse und nahm sich, was er brauchte. Er hat die Marker-Formel in seinem Labor abwandeln lassen, damit Flimflam die Marker in seinen RI-Shows als Spezialeffekte einsetzen konnte.*

Wir haben genug Beweise, um den Prinzen und seinen Helfershelfer zur Strecke zu bringen. Von wegen Fastenmeditationen und Erleuchtung im Fernen Osten. Er hat die ganze Chose mit Prinz Phanibals Unterstützung geplant. Saschas verächtliches Schnauben war so heftig, daß Boris aufstöhnte.

Der Botschafter drehte den Kopf und sah über die Schulter zu Prinz Phanibal. »Ich werde sie nicht fortschicken, Neffe. Talente sind maßgebliche Zeugen.« Er sah Boris einen Moment lang prüfend an, dann bedeutete er dem Prinzen vorzutreten. »Du gehst mit ihnen.«

»Aber ich kann doch nicht wie ein gewöhnlicher Krimineller behandelt werden!«

»Oh, wie wahr, Neffe, du bist ein ungewöhnlicher Krimineller, denn Päderasten werden nicht durch diplomatische Immunität geschützt«, erwiderte der alte Mann mit einer Stimme bar jeglichen Gefühls.

»Sie können nicht zulassen, daß unser Name so in den Schmutz gezogen wird«, winselte der Prinz, die Hände in seiner kaum bezähmbaren Frustration und Wut zu Fäusten geballt. »Mein Vater wird davon hören. Sie werden davon hören. Sie werden in Ungnade fallen! Sie werden nie wieder nach Hause zurückkehren. Ihre Kinder und Ihre Kindeskinder werden den Hunden zum Fraß vorgeworfen werden ...«

Der malaysianische Botschafter schenkte ihm keine Beachtung, schritt zur nächsten Tür und schloß sie fest hinter sich. Die Wachen stellten sich vor alle Türen, womit sie dem Prinzen diskret ihren offiziellen Schutz entzogen.

Kommissar? sagte Ranjit höflich. *Der Pilot wurde verhaftet, und wir haben den Flugschreiber des Jetwagens und das Garagen-Logbuch. Außerdem haben wir den Komplizen von Shimaz, der versucht hat zu fliehen, geschnappt.*

»Wenn Sie mit uns kommen würden ...« begann

Boris formell und wies auf die Treppe zum Dachlandeplatz.

Der Prinz nahm auf einmal die Beine in die Hand und versuchte mit vor Wut verzerrtem Gesicht zwischen Boris und Ranjit hindurchzustürmen. Ranjit stellte dem Mann mit großer Geistesgegenwart ein Bein.

Danach waren drei RuO-Beamte nötig, um den tobenden Mann zu überwältigen.

»Alle Rechtsbeschwerden seines trauernden Vaters und Proteste von Ludmilla Barschenka, daß Seine Hoheit Manager Phanibal Shimaz freigelassen werden *müsse*, bis die Station fertig ist, haben nichts genützt«, erzählte Sascha, der in Doroteas Haus auf Tirlas Bett saß. »Dieser Drecskerl wird den Rest seines Lebens bei Zwangsarbeit auf dem Mond verbringen.«

»Und Flimflam?« Tirlas Augen blitzten derart vor Wut und Haß, daß Sascha betroffen war, wenngleich er ihre Gefühle verstand.

»Ach, weil er gesungen hat, bekam er mildernde Umstände und konnte unter mehreren Beschäftigungen wählen«, sagte er mit einem Grinsen. »Er entschied sich für einen Job als Kalfaktor auf der Raumstation. Es ist nicht ganz der Weltraumtrip ohne Wiederkehr, aber es ist weit genug weg.«

»Wie viele der Kids *waren* illegal?« fragte sie, nachdem sie sich Flimflams Zukunft zur Genüge in allen Farben ausgemalt hatte. Sie und Peter waren beide im Gericht gewesen, um auszusagen, aber hatten das Urteil nicht gehört. Ihre Füße waren immer noch sehr empfindlich, so daß sie sich noch kaum auf den Beinen halten konnte. Und Peters geduldige Versuche, ihr beizubringen, sich wie er zu bewegen, waren gescheitert. Peter war perplex, weil er davon überzeugt war, daß sie eine latente telekinetische Gabe besaß. Er blieb dabei, daß er bewußtlos gewesen sei, als Flimflam beim Eintreffen der Retter gerade wüst telekinetisch durch den Raum geschleudert worden war.

»Siebenundachtzig Kinder«, gab Sascha brüsk zurück.

»Sie sind jetzt im Heim, nicht wahr?« Tirla stieß einen tiefen Seufzer aus.

»Denk doch nur mal daran, wovor Peter und du sie bewahrt habt, Tirla. Du hast einen Vorgeschmack davon bekommen.«

»Und es hat nicht noch mehr Entführungen gegeben?«

Sascha schüttelte den Kopf.

Die Apathie, die Tirla nach dem Gerichtsverfahren überkommen hatte, machte allen im Zentrum Sorgen. Gehorsam hatte sie mit der Krankengymnastin gearbeitet, um ihre verletzten Füße wieder beweglich zu machen – sie war ernster verletzt gewesen, als es dem ersten Anschein nach ausgesehen hatte. Sie hatte auch pflichtschuldig versucht, ihre telepathische Reichweite zu vergrößern, aber Dorotea und Peter waren die einzigen, die sie über jede Entfernung hören konnten. Sogar Sascha drang nur zu ihr durch, wenn sie nicht weiter als hundert Meter entfernt war. Tests hatten allerdings ergeben, daß sie eine erstaunliche Empathiegabe besaß, was ihre ungewöhnlichen sprachlichen Fähigkeiten erklärte.

Sie hielt sich gewissenhaft an ihr Schulprogramm und wählte freiwillig eine breite Palette von Kursen, von denen einige – da war sich Dorotea sicher – noch zu schwer für sie waren. Es zeigte sich, daß sie in ihrer Entwicklung sehr viel weiter war als angenommen. Sie hatte indes keine Freude an der Freiheit, die ihr das Gelände des Zentrums bot, und spielte nicht mit den anderen Kindern, obwohl sie wiederholt versuchten, ihr Interesse zu wecken. Sie hatte es sogar abgelehnt, mit Sascha oder Cass einen Einkaufsbummel zu machen. In Peters Gesellschaft lebte sie auf, aber sie sah ihn nur selten, weil er und Rhyssa sich intensiv mit seinem äußerst speziellen Training beschäftigten. Sie hatte die Entführung vollkommen verdaut, war aber noch immer in einer sehr niedergedrückten Stimmung, so daß Dorotea darauf bestand, daß Sascha sie besuchte.

»Was braucht man, um ein Kind zu markieren?« fragte Tirla ihn.

»Hör mal, Mausi«, sagte er und legte ihr sanft eine Hand aufs Knie. Es fühlte sich nicht weniger zerbrechlich für ihn an, obschon sie seit ihrer Ankunft im Zentrum zugenommen hatte. »Du kannst nicht alle illegalen Kinder retten. Und im Augenblick ist die Gefahr vorüber.«

»Aber Kinderschänder gibt's immer noch«, sagte Tirla grübelnd. »Wie diesen ekelhaften Prinzen.« In der Privatsphäre ihres Zimmer nahm ihr Gesicht einen rachsüchtigen Ausdruck an. »Ist es schwierig, ein Kind zu markieren? Cass und Suz haben gesagt, daß sie Kids in Linear E markiert haben. Halten die Marker jetzt länger?«

»Ich weiß, daß du biologisch zwölf Jahre alt bist, Tirla, aber du klingst wie fünfzig.« Sascha war verzweifelt.

Sie legte den Kopf schief und sah ihn mit katzenhaften Augen an. Ein mattes Lächeln umspielte ihre Lippen. »In den Linear-Komplexen bin ich das auch. Du willst bestimmt nicht, daß noch einmal so viele Kinder entführt werden, oder? Und du hast gesagt, daß sogar illegale Kinder Rechte haben! Ich weiß, daß Cass ihr Baby gekriegt hat und nicht so bald wieder als Undercover-Agentin arbeiten möchte. Aber ich würde meinen letzten Penny verwetten ...«

»Du hast dein ganzes Geld dem Zentrum überantwortet, erinnerst du dich?« neckte Sascha sie und sah das durchtriebene Funkeln in ihren Augen. Dann hatte Dorotea also recht mit ihrer Vermutung, daß sie einige Floater hatte verschwinden lassen. Alte Gewohnheiten ließen sich nur schwer austreiben.

»Das Zentrum muß mir aber auch alles geben, was ich will ...«

»Im vernünftigen Rahmen.«

»Nun, ich werde vernünftig sein. Ich habe Sprachtalent, aber ich kann es nicht anwenden, wenn ich hier bin«, sagte sie und zeigte durch das Fenster auf die Wiese. »Und die Lehrerin sagt, daß ich nicht alle Sprachen der Welt kenne – noch nicht. Ich biete dir einen Deal an, Sascha Roznine.« Sie neigte den Kopf – Sascha hatte diese Pose ihre »Feilscherpose« getauft. »Ich werde illegale Kids in allen Linear-Komplexen in Jerhattan markieren. Ich markiere sie, aber verpetze sie nicht. Sie bedachte ihn mit einem humorlosen Grinsen. »Wenn es Suchaktionen gibt und ich dafür verantwortlich gemacht werde, würde ich meine – wie nennt ihr das? – Glaubwürdigkeit verlieren. Auch ich habe ethische Grundsätze, weißt du. Aber ich würde es mitbekommen, wenn sich Ärger anbahnt, und ich würde euch darüber informieren. Das würde helfen, oder? Ich würde darin besser sein als all diese RuO-Pfeifen, die dein Bruder losschickt!« Aus ihren Augen blitzte der Schalk. »Ich hab schon immer gewußt, wer von der RuO war – sogar wer Talent hatte.«

Während ihre Zuneigung zu Sascha außer Frage stand, war sie in Boris' Gegenwart nie unbefangen, obwohl er versucht hatte, ihr Vertrauen zu gewinnen. Sascha wußte, daß Tirla allen RuO-Beamten gegenüber ein tief eingegrabenes Mißtrauen hegte und wünschte ihr nicht, daß sie sich mit seinem Zwillingsbruder überwarf.

»Kannst du dir wirklich nicht vorstellen, hier bei

Dorotea zu bleiben und deine Fähigkeiten zu vervollkommnen?«

Tirla schüttelte den Kopf und zog eine Grimasse. »Nicht, daß ich Dorotea nicht mag. Sie ist die Beste von allen. Es ist nur – ich fühle mich hier nicht wohl.« Ihr Blick schweifte durch das gut ausgestattete Zimmer. »Ich bin ein Linear-Balg. Mein Talent, wie ihr es nennt«, sagte sie und zog selbstkritisch die Nase kraus, »funktioniert am besten in einer Linear-Umgebung.« Ihre Augen funkelten.

»Du kannst doch nicht dein ganzes Leben in einem Linear-Komplex verbringen«, sagte Dorotea, die ins Zimmer getreten war, mit besorgtem Gesichtsausdruck.

»Warum nicht?« fragte Tirla und warf verzweifelt die Hände hoch.

»Ja, warum eigentlich nicht?« sagte Sascha.

»Cass und Suz leben in den oberen Stockwerken der Linear-Komplexe, wenn sie als Undercover-Agentinnen arbeiten. Ich hätte wirklich gerne ein eigenes Apartment, sagen wir, im 19. Stock. Da ist die Aussicht besser und weniger Smog.« Sie grinste breit. »Frag deinen Bruder doch mal, ob ich ihm in einem Linear-Komplex nicht nützlicher wäre, wenn er nicht sowieso schon mithört.«

Sascha lachte. *Bruderherz? Hast du das gehört?*

Die kleine Kanaille! Man weiß nie, woran man mit ihr ist. Sie hat nachweislich einen ausgleichenden Einfluß auf die Bevölkerung. In Linear G gibt es viel mehr Kabbeleien und Streits, seit sie nicht mehr da ist. Ich könnte Tirla in allen großen Linear-Komplexen gebrauchen. Wenn Rhyssa nichts dagegen hat …

Dorotea: *Ich habe etwas dagegen!*

Boris: *Tut mir leid, Dorotea, aber Tirla ist ein registriertes Talent, und ihr Talent ist viel zu wichtig, als daß man es brachliegen lassen sollte, bis sie volljährig ist. Doch kein Sta-*

tut besagt, daß sie im Zentrum leben muß, während sie auf ihren achtzehnten Geburtstag wartet. Wenn sie in einem Linear-Komplex viel glücklicher wäre, könnte sie in einem leben. Vielleicht mit Lessud und seiner Familie in Linear K auf Long Island? Sie könnte ordnungsgemäß zur Schule gehen und dabei immer noch für das allgemeine Wohl der Bewohner sorgen und Augen und Ohren offenhalten. Nachdem der Coup in Jerhattan geplatzt ist, ist Long Island der nächste logische Pool zum Angeln von illegalen Kids. Tirla wäre eine verläßliche Ordnungshüterin für uns.

»Hast du irgend etwas mitbekommen, Tirla?« fragte Sascha sie grinsend. Er hatte wahrgenommen, wie sie sich aufs »Zuhören« konzentriert hatte, aber in ihrem Geist war nichts zu spüren als der Wunsch, etwas zu hören.

Sie schüttelte den Kopf und stieß einen kleinen Seufzer aus. Sie warf Dorotea, die sich so viel Mühe gegeben hatte, ihre telepathischen Fähigkeiten zu schulen, einen entschuldigenden Blick zu.

»Mein Bruderherz möchte wissen, ob du lieber in einem Wohnkomplex auf Long Island leben möchtest, während du darauf wartest, erwachsen zu werden«, erklärte Sascha.

»Ein Wohnkomplex auf Long Island?« Tirlas Lebensgeister erwachten sofort, und sie setzte sich im Bett auf. Ihre großen schwarzen Augen funkelten, ihre Wangen röteten sich und ein hoffnungsvolles Lächeln umspielte ihre Lippen. »Das würde ein Leben in großem Stil sein!«

EPILOG

Drei Monate später.

Rhyssa?

Die Stimme, die schuldbewußt, aber bestimmt klang, weckte Rhyssa aus einem tiefen Schlaf, nach dem es schwierig ist, sich zu bewegen, auch wenn man schon wach ist. Sie lag mit schweren Gliedern im Bett und öffnete mühsam ein Auge, um auf die Uhr zu sehen. Dann hörte sie die vertrauten Geräusche von Dave, der im Bad leise vor sich hin summte. Wieder einmal hatte sie verschlafen. Sie wußte wirklich nicht, was in den letzten Wochen mit ihr los war – sie konnte einfach nicht genug Schlaf bekommen.

Rhyssa! ertönte es dringlicher, und dann erkannte sie die Stimme.

Ja, Madlyn. Was ist los?

Hab ich dich geweckt? Ich dachte, ich hätte die Zeiten auf der Erde im Kopf.

Ich habe verschlafen. Was ist los?

Sie *ist los!* Dieses eine Fürwort war so von Empörung, Frustration, Wut und Verzweiflung geladen, daß Rhyssas sämtliche Alarmglocken klingelten. *Sie hat das Kriegsbeil wieder ausgegraben. Sagt, daß wir Talente nicht unseren Job tun! Wir haben sie gerade erst aus dem Schlamassel gezogen, doch sie besitzt die Frechheit, uns für alles, was hier oben schiefgeht, die Schuld in die Schuhe zu schieben.*

Was ist es diesmal? Rhyssa stopfte sich ihr Kissen in den Rücken und griff nach der Thermoskanne mit Kaffee – ein weiterer guter und noch dazu so praktischer Einfall von Mr. Lehardt. Sie begann sich eine Tasse Kaf-

fee einzugießen und hielt dann inne. Bei dem Kaffeege-
ruch drehte sich ihr der Magen um.

Es soll noch eine letzte wichtige Lieferung ankommen,
fuhr Madlyn fort. *Das ist sie nur noch nicht, weil Johnny
gesagt hat, daß er sie noch nicht abschickt.*

Er schickt sie noch nicht ab? Rhyssa war auf einmal
hellwach. Auf was war Colonel Greene denn jetzt wieder aus? *Und natürlich ist sie wichtig für Barschenka, um
die Installation abzuschließen?*

*Lebenswichtig! Die Lieferung enthält die letzten mechani-
schen Teile und Regler. Hochempfindliche Teile, das weiß
ich – Teile, die man am besten in Watte packt. Und bis zum
Fertigstellungsdatum ist es nur noch eine Woche. Dann können wir alle wieder zur Erde zurückkehren!* In Madlyns
Ton schwang von Herzen empfundene Erleichterung
mit. *Wir wollen also wissen,* warum *die Lieferung aufgehalten wird. Denn wir werden es auch.*

Ich weiß. Ich finde es heraus, Madlyn. Großes Ehrenwort.

Dave sang jetzt, da er wußte, daß sie wach war, lauter. Er mochte kein Telepath sein, aber er war hochsen-
sibel, was sie betraf, und das glich sein fehlendes Talent
in so vielerlei Hinsicht aus, wie sie es nie erwartet
hätte. Sie grinste in sich hinein und erinnerte sich dann
an ihre Mission. Acht Uhr dreißig war nicht zu früh,
um Colonel John Greene in Florida aus dem Bett zu
holen.

Johnny, mein Junge, ruf mich an! Florida war für ein telepathisches Gespräch mit ihm viel zu weit entfernt,
aber ihren Ruf hörte er bestimmt. Sie sah auf das Telefon und zählte die Sekunden. Es klingelte nach genau
zehn Sekunden.

»Sie wünschen mich zu sprechen, Madame Lehardt?«

»Ja, Colonel Greene. Welches Spiel spielst du mit der
guten alten Ludmilla?«

Johnnys Kichern troff vor Schadenfreude. »Sie kriegt

nur, was sie verdient, Süße. Sie hat uns Talente zwangs-
rekrutiert, um sicherzugehen, daß sie rechtzeitig fertig
wird, und das wird sie auch. Keine Sekunde früher,
keine Sekunde später. Warum?«

»Oh, ich verstehe.« Rhyssa kicherte. »Und du hast es
bis auf die letzte Minute eingeplant?«

»Lance und ich haben einen Zeitplan für die Installation dieser hochempfindlichen Teile ausgearbeitet und
die dafür benötigten Telekineten eingeteilt. Wir wissen
genau, wie lange es dauern wird. Lance muß vergessen
haben, Madlyn Bescheid zu geben. Es tut mir leid, daß
sie unter Beschuß steht, aber sie wird es schon aushalten.
Beruhige sie, Rhys. Wir erledigen es auf unsere Weise!«

»Oh, ich bin ganz deiner Meinung. Nicht eine Sekunde zu früh und nicht eine Sekunde zu spät.«

Als sie auflegte, kam Dave ins Zimmer. Er hatte ein
Handtuch um seine schmalen Hüften gewickelt. »Ich
habe versucht, dich zu wecken, Rhys«, sagte er mit
nachsichtiger Miene. »Du bist ja eine richtige Schlaf-
mütze geworden.«

»Ich gebe ja zu, daß ich es genieße, im Bett zu liegen,
aber ich sähe es lieber, ich wäre wach und hätte dich
neben mir, als wie eine Tote zu schlafen.« Sie hob die
Arme, um sich zu recken, hielt dann aber inne. »Und
kannst du mir mal verraten, was mit dem Kaffee nicht
stimmt? Mir wird bei dem Kaffeeduft schlecht.«

Dave grinste, als er sich auf die Bettkante setzte und
sie ansah. Seine blauen Augen funkelten. »Na, däm-
mert's nun?« fragte er und warf einen Blick auf ihren
Bauch.

»Ich dachte – ich meine, ich bin nicht krank gewesen«, sagte Rhyssa, der langsam ein Licht aufging.
»Nur schläfrig! Oh, Dave, könnte ich wirklich schwanger sein?«

»Denk mal drüber nach, du kluges Köpfchen!« Er
stand auf, ließ das Handtuch fallen und begann sich

363

anzuziehen. Sie liebte es, ihn anzusehen, ganz gleich, was er tat, und die Intimität dieser alltäglichen Handlung war etwas Besonderes für sie. »Schließlich habe ich seit Monaten mein Bestes getan!«

Von der Möglichkeit entzückt, begann Rhyssa über ihren Körper nachzudenken. Sie legte sich behutsam die Hände auf den Bauch und konzentrierte sich auf das Biofeedback.

»Oh, Dave, ich bin schwanger. Ich bin's!«

»Ich glaube, du bist die letzte, die auf den Trichter kommt«, erwiderte er mit einem breiten Grinsen. »Dorotea weiß es auch.«

»Und sie hat nichts gesagt?« Rhyssa fuhr wie von der Tarantel gestochen hoch. Sie war ganz aus dem Häuschen und irgendwie enttäuscht, daß sie im dunkeln gelassen worden war – und noch dazu von Dorotea!

»Nun, es gibt einige Dinge, bei denen es mehr Freude macht, sie selbst herauszufinden«, sagte er grinsend, als er sich hinunterbeugte, um sie liebevoll zu küssen. »Es ist auch so ein Strahlen an dir. Alle haben es bemerkt. Sie haben höflich auf eine offizielle Ankündigung gewartet.« Er strich ihr über ihr verwuscheltes Haar und fuhr mit den Fingern über ihre silberne Strähne.

Sie seufzte und platzte dann heraus: »Weiß Sascha es schon?«

Dave, der sich gerade seinen Pullover überstreifen wollte, hielt inne und sah sie etwas pikiert an. »Sascha? Ich weiß, daß ihr euch nahesteht, aber ...«

»Nun ...« Rhyssa verstummte. Einer der wenigen Nachteile davon, daß Dave nicht talentiert war, lag darin, daß sie ihm manchmal etwas weitaus genauer erklären mußte als einem Talent. »Nun, Sascha muß warten, das ist alles, und er wartet nicht gerne.«

»Warten?« Dave zog den Pullover an. »Auf was denn?«

»Daß Tirla erwachsen wird, natürlich«, sagte sie und stand vorsichtig auf. Sie hatte das seltsame Gefühl, das neue Leben in ihr schützen zu müssen, auch wenn es töricht war, weil es sich offensichtlich gut eingenistet hatte.

»Tirla?« Dave fielen beinahe die Augen aus dem Kopf. »Er ist scharf auf sie? Dieser unanständige lüsterne alte Kerl!«

»Nicht so alt und gewiß nicht unanständig, was Tirla betrifft. Lüstern schon. Es hat ihn aus heiterem Himmel getroffen, das stimmt schon. Er hat noch keinem anderen weiblichen Wesen gegenüber solche Gefühle gehegt.« Rhyssa erlaubte sich ein kleines wissendes Lächeln. »Doch sie ist die Richtige für ihn, und er weiß es. Er muß nur noch ein paar Jahre warten.«

»Das Früchtchen ist noch nicht einmal …«

»Tirla ist jetzt zwölf und benimmt sich, als wäre sie zweihundert«, erwiderte Rhyssa mit einer gewissen Schärfe. Tirla war eine interessante Persönlichkeit, und sie und Sascha würden gut zusammenpassen. Es war wirklich unglaublich, daß sie während ihrer Amtszeit als Direktorin zwei so unterschiedliche Talente gefunden hatte: Ein Makrotalent, das Berge versetzen konnte, und ein Mikrotalent, das Sprachbarrieren ausradierte. »Neester entwickeln sich viel schneller als wir nördlichen und westlichen Typen. Sie wird in vier Jahren längst soweit sein, daß Sascha sie heiraten kann.«

»Und das ist beschlossene Sache?« Dave war skeptisch.

Rhyssa lächelte. »Sascha hatte eine Präkog darüber – zu seinem bassen Erstaunen. Nächstes Mal, wenn du sie zusammen siehst, mußt du einmal darauf achten, wie sie ihn anschaut. Die junge Lady ist recht besitzergreifend, was Sascha anbelangt. Und sie paßt besser zu ihm als Madlyn.«

»Und werden sie talentierte Kinder haben?«

»Höchstwahrscheinlich.« Rhyssa lächelte verschmitzt.

Dave legte die Stirn in Falten. In ihrer Gegenwart zeigte er immer seine Gefühle. Er räusperte sich und fragte aufgeregt: »Was ist mit uns? Wann werden wir es wissen?«

Um den Mann, den sie liebte, zu beruhigen, lächelte Rhyssa, als sie nickte. »Alles im grünen Bereich.«

»Du klingst so sicher.«

Sie legte ihm die Arme um den Hals und drückte ihren schwangeren Bauch an seinen, als sie seinen Kopf hinunterzog, um ihn zu küssen. »Ich bin es. Er hat es mir gerade erzählt.«

ÜBER DIE AUTORIN

Zwischen ihren häufigen Aufenthalten in den Vereinigten Staaten und in England als Vortragende und Ehrengast bei Science Fiction Conventions lebt Anne McCaffrey in Dragonhold, in den Hügeln der Grafschaft Wicklow, in Irland, mit einem Sammelsurium von Pferden, Katzen und einem Hund zusammen. Von sich selbst sagt Ms. McCaffrey: »Ich habe grüne Augen, silbernes Haar und Sommersprossen – der Rest verändert sich unmerklich.«

Mission Mars Direct

Robert Zubrin & Richard Wagner
Unternehmen Mars
Der Plan, den Roten Planeten zu besiedeln
448 Seiten. Gebunden
ISBN 3-453-12608-4

Wo alle anderen Sachbücher über den Mars aufhören, beginnt dieses Buch.

Es schildert
1. Eine realistische, kostengünstige bemannte Mars-Expedition direkt von der Erdoberfläche aus, analog zum Apollo-Programm.
2. Die Errichtung einer ständig bemannten Marsbasis, die von den Ressourcen vor Ort existieren kann und ohne Hilfe von der Erde auskommt.
3. Die ersten Schritte zur Terraformung und Besiedelung unseres Nachbarplaneten.

HEYNE